新养老时代

XIN YANGLAO SHIDAI

陕西玉周◎著

中国书籍出版社

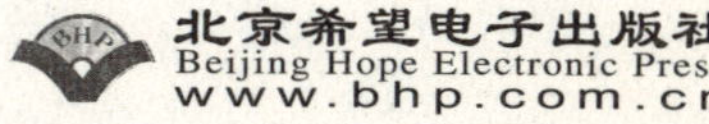
北京希望电子出版社
Beijing Hope Electronic Press
www.bhp.com.cn

图书在版编目（CIP）数据

新养老时代 / 陕西玉周著. — 北京 ：中国书籍出版社，2012.5

ISBN 978-7-5068-2825-3

Ⅰ. ①新… Ⅱ. ①陕… Ⅲ. ①长篇小说－中国－当代 Ⅳ. ①I247.5

中国版本图书馆 CIP 数据核字(2012)第 088476 号

策划编辑 / 武天宇　　赵书亚
责任编辑 / 高　雅　　赵书亚
责任印制 / 孙马飞　　张智勇
责任校对 / 刘　伟
出版发行 / 中国书籍出版社　北京希望电子出版社
地址：北京市丰台区三路居路 97 号(邮编：100073)
北京市海淀区上地三街 9 号嘉华大厦 C 座 610(邮编：100085)
电话：(010)52257143(总编室)(010)52257153(发行部)
(010) 82702677（总编室）(010) 62978181（发行部）
电子邮箱：wuty@bhp.com.cn
经销 / 全国新华书店
印刷 / 北京市密东印刷有限公司
开本 / 787 毫米× 1092 毫米　　1 / 16
印张 / 18
字数 / 300 千字
版次 / 2012 年 7 月第 1 版　　2012 年 7 月第 1 次印刷
书号 / ISBN 978-7-5068-2825-3
定价 / 29.80 元

版权所有　翻印必究

Sequence 序

张 炯

农民作家赵豫周的长篇小说《新养老时代》不但写得好看，更提出一个具有重大意义的主题，即当今社会的养老问题。这部小说曾获得中华炎黄文化研究会、中共孝感市委市政府、孝感学院、铜锣湾公司等单位联合举办的全球孝文化征文特等奖。现在即将出版，并要拍成电视连续剧，这实在是件大好事！作者要我为小说写序，我自然十分乐意。这不但因为作者是有才华的农民作家，而且这部小说十分感人，人物形象的塑造相当生动、丰满和典型，反映现实社会的生活图画也相当有深度。当然最重要的是，这部小说确实具有重大的社会教育意义。

养老问题已经成为我国社会发展所面临的尖锐问题。据统计，我国60岁以上的老人已有1.8亿。即100个人中有14个是老人。由于国家的计划生育政策施行多年，人们大多只生一胎，这就造成如今一对夫妇要扶养双方的父母和祖父母，一个小家庭要面对6个乃至8个老人的现象。要解决这个问题，国家固然要采取必要的措施，如普及社会养老保险，多建敬老院等，但我国是具有数千年孝道传统的国家，尊老爱幼是天经地义的事。子女赡养老人是公认的义务，也是中华文化美好的道德传统。可是当今社会，并不是为人子女的人都有足够的孝心和爱心，有的人不但不能赡养父母，还成为“啃老族”，更有甚者还虐待父母。所以，当今之世，弘扬孝道精神，提倡以报恩之心，爱老之心去尊老养老，实在是极为必要的。

《新养老时代》塑造了叶丽这样一个堪为榜样的女性，她爱她的丈夫，也爱她丈夫叶泽春的父母和爷爷、奶奶，还爱自己的寡母和自己生病的爷爷、奶奶。她将自己生病的爷爷、奶奶从乡下接到城里的自己家赡养，并为他们治病。叶泽春虽然支持她，这却引起婆婆和泽春奶奶的不满。特别是她的婆婆，尽管身为教师，却无法容忍叶丽的赡养行为，千方百计想把叶丽的爷爷、奶奶赶回乡下去，甚至挑唆儿子和她离婚，并设计陷害叶丽，导致叶丽爷爷去世、自己的儿子服农药自杀，从而将双方的矛盾推到极为尖锐的顶点。而由于叶丽的坚忍和顾全大局的付出，才没有酿成两家更大的悲剧。相反，由于她的爱心和孝心，加上对双方老人都悉心爱护，最后小说才以大团圆结束。

诚如小说获奖的评语所指出：小说不仅仅是一个关于孝顺与感恩的故事，还是一幅关于传统与现代、城市与乡村矛盾纠结的现实画卷。它不仅仅是一个80后女性的孝顺故事，还是一部厚重而凝练的具有历史深度的作品。它张扬时代的一个沉重话题，将引起广大读者乃至整个社会的强烈共鸣和深入思考。

由于作者具有厚实的生活体验和对生活细节的敏锐感受，加上对故事情节作了精心的构思，对笔下的不同人物性格有深入的把握，语言生动活泼，文笔流畅，饶有生活情趣和艺术魅力，读来令读者眼前一亮，不忍释手。所以，我愿意向广大读者推荐这样一部小说，希望它对传承和弘扬孝道精神，完善社会主义的道德伦理，对我国的养老敬老能起到有益的推动作用。同时，希望作者能够继续关注社会现实问题，发挥艺术才华，写出更多有益于社会和人民的优秀作品。是为序。

2012年4月11日于北京花家地

Contents 目录

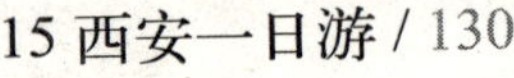

新养老时代
XIN YANGLAO SHIDAI
Contents
目录

1 她要把你们家当成养老院？

叶泽春最近有点烦。

作为西安某区的一名拆迁办的普通工作人员，他不得不整天在外面跑，处理那些让人见了就心烦但又不得不硬着头皮来解决的杂碎事情。

更让叶泽春受不了的是，这几天他在外够烦了，回到家里还要忍受寂寞，别说冰冷甚至令人窒息的空房子，就连一顿热乎饭都吃不上。一天两天还能忍受，如今已经快半个月了，一回到家里看到那冷锅冷灶，叶泽春就忍不住想摔碟子砸碗。

叶泽春当初娶叶丽，并非完全看中叶丽那自然得像一朵花儿的相貌，更看上了她出身农家的勤苦劲儿。在叶泽春看来，如果让一个城市女孩单独做了太多的家务，她的怨气肯定会像发电厂烟筒里的烟一样向外喷涌，气势磅礴。但是叶丽不会，对此她完全出于自愿，甚至给了叶泽春这样一种错觉：她做家务也是一种享受！不信，你看：她一边洗碗、拖地，还一边哼着小曲，脸上总是带着灿烂的笑容，好像单位又给她发了几千元奖金似的。

叶泽春见过喜欢做家务的，但没见过像叶丽这样爱做家务的！最主要的，叶丽做的饭菜超香。她会做几十种菜肴，特别是“叶氏炸酱面”，面酱那个香醇，那个浓厚，面条那个筋斗，那个爽滑，口感那个带劲儿呀，叶泽春想起就直流口水。

但是，现在，叶泽春想起来却是非常的恼火，他只能咂咂嘴，揉揉肚子，因为流再多的口水，没用！

叶泽春在屋子里转了两圈，脑子里又转出来叶丽的诸多好处——邪了门了，此刻，叶丽的好处就像泉眼的浪花一样不停地在他脑海里翻滚，叶丽在家时可从来没有发生这种情况！

除了爱劳动以外，叶丽还不爱闹，喜静，即便叶泽春哪一天想吵架了，叶丽也会用她那特有的，透着巨大魅力的沉默和大度把叶泽春的怒气化解掉。

叶丽好像天生不懂得生气一样，就知道闹着笑。

然而叶丽却不失风流，对于叶泽春别样的性要求，她全部接纳，而且配合得酣畅淋漓，让叶泽春激情澎湃。

再有，叶丽出身农家，身上隐藏着一种纯天然的野性，她的扭动，她的呻吟甚至她的拥抱是那样的缠绵有力，透露出一种魔性的刺激和诱惑。

于是乎叶泽春坦然地享受着这一切，享受着懒惰，享受着自由，享受着叶丽美妙而温柔的躯体。一回到家里，他就像回到了幸福的王国，浑身上下溢满了温馨的感觉。

但是，现在这一切都没有了。叶泽春的怨气就像孕妇的肚子一样越撑越大，却无处发泄。

叶泽春在三室一厅的家里来来回回地走动，平日里非常喜欢网游的他现在就是不知道该怎样打发这无聊的时光。戒网瘾竟然还如此简单？

这时候有人敲门，母亲苏美华走了进来，一看见叶泽春那阴沉的，没有光泽的脸，就问："叶丽还没回来？"不悦的表情立刻出现在这位母亲的脸上。

"没有。"叶泽春有气无力地回答。

"怎么能这样呢？管了自己的娘家就不管自己丈夫了？"苏美华语调里透着一种凌厉。

叶泽春没有吭声。

"她家里到底怎么样了？"苏美华继续问。

"她奶奶得了老年痴呆，她爷爷又突然得了脑梗，下不了床了，这两天能好一点，听说病情得到了控制，已经出院了。"叶泽春郁闷地接着又自言自语道，"我就纳闷了，她爷爷已经出院了，她怎么还不回来呢？"

正在这时，叶泽春的手机响了，他看了一下手机，声音突然间提高了几十分贝，眼睛里发着光芒，刚才的有气无力一下子没了踪影："老婆，我想死你了，你什么时候回来？"

叶丽在电话中甜甜地说："这两天就回去，老公，和你商量个事，我想把爷爷奶奶和我妈接到咱们家，你看行不行？"

叶泽春没加思索就高兴地回答说："行，行，只要你赶快回来就行。"

叶丽在电话里"叭"地亲了一下叶泽春，能听出来她语气里透着兴奋："我就知道老公疼我，那我后天就回来！"

"行，行！"

挂了电话，几滴晶莹的眼泪竟然涌出了叶泽春的眼眶。

苏美华却瞪着疑惑的眼神问："你说什么行行，叶丽向你要求什么了？"

叶泽春还沉浸在兴奋中，他的脸上显露着愉悦："她要带她一家人过来住！"

苏美华立刻警觉起来，她能感觉到自己的身子一沉："他们一家人！都有谁？"叶泽春感到母亲打扰了他幸福的思索，不耐烦地回答："还能有谁？她爷爷奶奶，还有她妈。"话音刚落，他的耳旁立刻就是一声响雷："什么！她要把她爷爷奶奶还有她妈全部接来，要把你们家当养老院了？"叶泽春被这声音吓了一跳，扭头看母亲时，苏美华的眼睛已经瞪得与铜铃一般大，"这可不行！你想想，一个老年痴呆，一个脑梗，一个半老婆子，一下子全到你们家来，你们家还能有安宁呀！你还能像现在这样悠闲吗？到时候还不把你烦死累死？"

苏美华的话像动车的车速，迅疾得让叶泽春一愣一愣的，过了好一会儿他才反应过来，神情不悦地反驳母亲说："你说什么呢？他们一家人来也就是住一段时间，怎么可能在这长住？再说，这是叶丽第一次向我提出这样的要求，我能不答应她吗？她也是一片孝心，又不是什么坏事！"苏美华怔了一下，一时间也想不出反驳儿子的话来，于是开始改变策略。

"泽春，妈把你养这么大了，现在能听妈说两句话吗？"

"当然了，妈，儿子又不是不懂道理的人！"

"你是谁的儿子？"

"您的呀！"

"叶丽是谁的媳妇？"

"我的呀！"

"那么妈想问你，叶丽应该听谁的话？你又应该听谁的话？叶丽应该为谁着想？你又应该为谁着想？"

"这还用问吗？"

"既然这样，妈想问你，你做到了吗？叶丽爷爷奶奶要到咱们家来，这么大的事你和妈商量了吗？你尊重妈了吗？"

"妈！"

"你别叫妈，你就回答问题！我现在心里很难过，搞不清楚我在你的心目中到底有多重？"

"那您的意思呢？"

"妈不同意！"

"为什么？"

“你爷爷奶奶需要人养，我和你爸爸也需要人养，你们都去养了叶丽的爷爷奶奶，我们怎么办？”

“你们不是好好的吗？”

“好好的就不用人养了吗？你知不知道家庭是什么？家庭是一种气氛，是一种关怀，是一种恩爱，更是一种组合，这种组合缺少了任何一方都是不行的！”

“妈——”

“你别叫妈，妈现在想明白了，妈还真的不能让叶丽将她爷爷奶奶接过来。他们要是过来了，我们的爱就不够了！”

“可是我已经答应叶丽了！”

“答应叶丽怎么了？答应她了你就可以伤妈的心吗？妈今天告诉你，妈今天的态度非常明确，也非常坚定，你看着办吧！”

说完，苏美华拿起自己的包，头也不回地走出了叶泽春的家门。

叶泽春愣了一会儿，拿起手机给父亲打了一个电话：“爸，叶丽要带她爷爷奶奶到西安来，我妈却不让，态度还非常坚决，你赶紧帮我做做我妈的思想工作吧！不然我和叶丽该有矛盾了！”

作为西安某高校党委书记的叶凯成此刻正在思索着新校区的配套建设问题，听了叶泽春的描述后，他没多想就说：“这种事情你妈也阻拦，我真不知道她心里怎么想的？你就按你的想法去做吧，你妈的工作我来做！”

听爸爸这样一说，笑容立刻又回到了叶泽春的脸上。他想的不是叶丽带着一家子来会给他增添多少麻烦，而是叶丽回来后，他又可以享受到别人享受不到的幸福了。

叶泽春正得意时，他不知道，自己已经给爸爸出了一个很大的难题。

晚上躺下来后，叶凯成忽然想起了儿子的电话，于是问苏美华：“听泽春说，叶丽想带她爷爷奶奶到西安来，你不同意？”

苏美华说：“你那宝贝儿子又向你告状了？”

叶凯成说：“这怎么能叫告状，孩子是实话实说。”

“我是拒绝了，说实话，我也想让他们来着，可是我无法忍受他们对我的不尊重！”

“孩子怎么不尊重你了？”

“这么大的事，叶丽和我商量了吗？泽春和我商量了吗？”

“这是他们一家人的事情，叶丽和泽春商量就行了。”

苏美华冷笑：“是吗？照你这么说咱们都是局外人了？咱们给他们创造

了安逸的生活，结果，咱们靠边站了？”

叶凯成说：“我看你就是小心眼，孩子又没说不管咱们！”

苏美华说：“他们能管过来吗？那么难服侍的两个病人，需要多大精力呀！”

叶凯成说：“正因为两个病人难服侍，孩子的想法才是对的，才值得赞赏！美华，这件事上你千万不要扯孩子的后腿。孩子的孝行一定要表扬、鼓励、支持！等咱们老了的时候，孩子才有心思来养咱们。你对孩子的孝行泼冷水，你就是对自己的未来不负责任！我希望你能明白这个道理。我已经告诉泽春了，让他明天去叶丽家帮忙接两位老人过来，咱们不仅不能反对，而且要热烈欢迎！这才是我们应该做的。”

苏美华说：“你？”

2 接下来的日子可能真的不好过了

农村的夜色降临在一片安详、静谧的气氛中，农活已经结束了，辛苦了一天的人们已经回到家里或者聚在邻居家的门前慢条斯理、悠哉游哉地说着闲话。没有喧哗也没有吵闹，一缕缕炊烟和雾气缭绕在屋顶和柴垛间，犹如油画般美丽。

叶丽家里，一个四十瓦的小灯泡发着昏黄的光。几件上世纪五六十年代的老式家具已经褪尽了光鲜，发着黝黑的光。叶丽曾对叶泽春说过，这些就是爷爷奶奶疼爱他们的最好例证，爷爷奶奶穷尽了他们的后半生供养了叶丽和她的妹妹叶焕。

叶丽爷爷说："爷爷总觉得到你们家去有点儿不好，我们不去行不行？"

叶丽说："爷爷，您又想多了。"

"不是爷爷要多想，古人有句俗语不是说'宁住儿茅屋，不住女金殿'不是家长看不起女儿，是每一个做父亲的都有自己的尊严，中国的传统就是，女儿是嫁出去的人，要随男方的意愿做事，看人家脸色的，何况你还是我的孙女。"

"爷爷，这都什么年代了，还谈那些老思想！现在讲究的是男女平等、自力更生，谁看谁的脸色？照您这样的说法，现在的家里都一个孩子，要么儿子，要么女儿，生了女儿的到时候就没人养了？"

"爷爷是担心你的幸福，像爷爷奶奶这样的病人，走到哪里都是讨人嫌的。只怕我们去了以后，泽春家里人不高兴。"

"爷爷，这个您不用担心，泽春我了解，他是一个很善良的人。我公公婆婆都是受过高等教育的人，他们的觉悟也是很高的。"

"这个爷爷也知道，可是爷爷还是担心！"

叶丽哭了，说："爷爷，您总是替我们着想，您为什么不替自己想想呢，您现在需要人细心地照顾，需要一个好的治疗环境，您在家里能行吗？"

叶丽爷爷笑着说："能行，怎么不行？你奶奶的病就那样了，医生都说没办法。我的病现在也开始恢复，医生不是说等天气热了，我的病就问题不大了？”

叶丽说：“再怎么样，您也需要人好好照顾。你们把我从小养到大，为我付出了那么多心血，我现在就想好好赡养你们，你们为什么不答应呢？”

叶丽妈说：“不是你爷爷不愿意让你养他们，你也可以在家里帮忙。去你们家，妈也有点担心。”

叶丽爷爷说：“要不这样吧，我先和你的几个叔叔商量商量，看他们怎么说，如果他们愿意帮助你妈养爷爷，爷爷就不到你家去了。你礼拜六礼拜天回来看看爷爷就行。”

叶丽：“爷爷，这样多不好！你让我几个婶婶怎么说呢？您一直跟着我们过呢，我们占着老宅基地，您和奶奶挣的钱也全给我和叶焕花了，您现在有病了，您就去找他们，这让他们怎么看我？再说了，咱们农村不是有个不成文的规定吗？谁占老宅基地，老人以前跟谁过着呢，帮谁的多，老人的养老问题就由谁解决！”

叶丽爷爷说：“我把我的儿子养大了，给他们都娶了媳妇，让他们养我几天还不行吗？再说，又不让他们掏钱，就是帮帮你妈的忙，他们能有啥意见！”

叶丽妈说：“你爷爷说得有道理。”

“妈，你怎么不帮我说话呢？”

“乖孩子，你别怪你妈了，你去叫你的三个叔叔吧！”

叶丽坚定地说：“我不去。”

叶丽爷爷对叶丽妈说：“翠云，你去！”

叶丽急得跺脚：“哎呀。爷爷，您怎么不相信您的孙女呢？”

一会儿，叶丽的三个叔叔来了。

叶丽爷爷说：“丽丽想把我接到西安去，你们说怎么办？”

叶丽四叔说：“爸，这是好事呀，咱们丽丽那么有能耐，你就光明正大地去。”

叶丽爷爷说：“没出息，我就知道你会这么讲！”

叶丽二叔说：“爸，我觉得你去丽丽家不妥，你还有我们三个，你去西安，村里人会笑话我们的，说我们不管你，全把责任推到丽丽身上。”

叶丽四叔说：“村里人谁会笑话我们？这是丽丽自愿的，又不是我们强迫的！我觉得咱爸到丽丽家去是很体面的一件事，谁家老爷子有咱爸这福气呀！”

叶丽三叔训斥四弟说："去去去，没事一边呆着去！除了好面子，懒，你还有什么本事？"

叶丽说："三叔，你别说我四叔了，我四叔说得有道理。"

叶丽四叔得意地说："瞧，侄女表扬我了吧。"

叶丽二叔说："爸，你看这样行不行？你主要还是由我大嫂养着，然后我们三个来轮流帮着大嫂。还有，我们家里人也可以替换大嫂。"

叶丽爷爷说："爸也是这个意思，这样显得咱们一家人和睦。"

这时候，叶丽的三个婶婶走了进来。

叶丽爷爷说："你们来得正好，我有事要和你们商量呢。叶丽要带我到西安去，我觉得这样不好，毕竟叶丽是嫁出去的人。这样会给她添很多麻烦。我的意思是，我还是由你们大嫂来养，我们的医药费和生活费也由你大嫂来出，你们就是每天轮换着过来帮帮你大嫂的忙就行了。你们有啥意见？"

叶丽四婶说："爸，看您说的，我们没啥意见。二嫂、三嫂，你们说对不对？"

叶丽二婶说："爸，我们没意见。"

叶丽说："叔叔，婶婶们，你们的心意我领了，我还是想接爷爷奶奶到西安去。城里的居住环境和医疗设施都比农村好，我希望爷爷奶奶把病治好！说着眼泪涌出了她的眼眶。

叶丽二婶说："大家不是担心影响你家里人吗？"

这时，叶丽的电话响了，叶泽春在那边高兴地说："我把你要接爷爷奶奶来西安住的事跟我爸说了，你猜怎么着，我爸非常支持。还让我明天亲自去接你们呢！你明天在家里等着，我一早就来了。"

叶丽高兴地说："谢谢你，泽春！真的谢谢你！你把这个消息跟我爷爷说说好吗？他还不想去呢！"

叶丽将手机放在了爷爷的耳朵旁，并摁在免提上，里边传来叶泽春的声音："爷爷，我已经把你们要来西安的事情跟我爸我妈说了，他们都非常欢迎，说您培养了这么好的一个孙女，现在该到享福的时候了，还让我明天去接你们呢，我明天一早就过去了，你们就在家里等着吧，可不要不来啊！"

叶丽爷爷说："好，好！"

叶丽四叔说："瞧人家这态度，主要还是我们叶丽有出息，找了这么一户好人家。爸，我看咱们明天好好办几桌酒席吧，你到城里享福去了，这是大喜事。当初，叶丽、叶焕考上研究生时，村里人都让咱们好好请请大家，咱也没来得及，这一次一起请了吧！"

叶丽三叔训斥四弟说："就你好显摆，咱爸还没说去呢，看把你急成啥样了？”

叶丽四叔说：“咱爸刚才不是说好了吗？”

叶丽四婶说：“三哥，我不是帮着说话，我觉得叶丽将咱爸接到西安，那是天大的好事情。西安的环境好这不用说了吧，西安还有大医院，医疗水平不知道要比咱们这高多少倍。再说丽丽心细，这是大家都有目共睹的，咱们几个谁能比得过。我三嫂一天到晚要围着那些猪转，你一天到晚要出去给人家干活，你们有时间来帮咱大嫂养咱爸吗？”

叶丽三婶说：“我们没时间硬挤时间。只要轮到我们了，我哪怕让猪饿死，也过来帮咱大嫂！”

叶丽四婶不屑地说：“大话谁都能说！”

叶丽爷爷说：“好了，不说了，我决定了，到西安去。四栓让摆酒席，那就摆几桌吧，我走之前让乡亲们都跟着高兴高兴，我也再和我的老哥们聊一聊。丽丽，你有意见吗？”

叶丽高兴地说：“爷爷，我没意见，就按照您的意思办吧！”

春末夏初的早晨是那样的清新，空气不仅湿润而且透着一种青草的芳香。太阳看起来像一位清纯的少女，散发着一种让人迷醉的妩媚。

叶丽老家距离西安并不远，大约 2 个小时的路程。

叶丽和叶泽春说的是，她可以在乡下租个车带爷爷奶奶进城：“我们村里有好几辆小车呢！”但是叶泽春见叶丽心切，自己借了一辆车，又死皮赖脸地向单位请了假，亲自去接叶丽。

城里有点难走，车堵，人心里也堵。但是一出了城，叶泽春就感觉到自己心里开阔了很多。现在乡村的公路修整得相当好，不仅路面平坦宽阔，道路两旁还绿树成荫，如少女般婀娜自然，再加上路两边大片大片的已经吐穗但还带着浓绿色的麦田——真是风景这里独好。叶泽春的心情大好，一路上放着音乐，风驰电掣。

进了叶丽家所在的村子，道路才变得不好。虽然也是水泥路，但是很窄，道路两旁不是柴禾就是厕所和羊圈，还时不时地碰上一两堆鸡屎羊粪什么的，看起来很不和谐。

不过，道路两旁靠里，就是一户户人家。每户人家的门前又变得整齐漂亮，不是有一小片菜园或者花园，就是有几棵果树或者桐树。几乎家家是

一砖到顶的平房，门面还都贴了瓷片，有的门楼甚至用琉璃瓦装饰了，非常漂亮。其实，这也正是高速发展的中国农村的真实现状，文明与落后，时尚与愚昧并存。

但是叶丽家还是老式土墙房，在整个村子只有他们一家这样，显得格外寒酸扎眼。

不过叶丽妈将屋里屋外打扫得非常干净，虽然是土地面，但是上面没有一丝浮灰，白光白光的。门口有两棵大桐树，叶子刚长出来不久，还没有巴掌大，嫩绿嫩绿的，像小孩儿的皮肤，煞是吸引人。院子里还种了一棵葡萄树，枝藤弯弯曲曲几乎盘满了整个院子。果实也是刚刚长出来，指甲般大小，让人赏心悦目。一到叶丽家，像是进了古色古香的农家乐。这也是叶泽春引以为荣的事情，他曾经想带他的同事到叶丽家里来，呼吸呼吸这里新鲜的空气。

叶泽春将车在叶丽家门前停下。此时叶丽家门前早已站满了人，一张张向日葵般的笑脸绽放着。见叶泽春下了车，全都围了上来，打招呼的，帮忙提东西的，让他瞬间有了一种受宠的感觉。

叶泽春爱看《新闻联播》。而在《新闻联播》里，叶泽春最爱看国家领导人出访外国的镜头。他觉得领导人下飞机受欢迎的那一刻是那样的荣耀，让人羡慕。此刻他就像受到了这样的待遇。

叶泽春意气风发，浑身舒坦，在大家的簇拥下踏进叶丽家的大门。

结婚三年多，叶泽春来岳母家已经好多次了，但是，今天，他多了一种即将接叶丽回家的喜悦感和期待，这种感觉像是动人的音乐溢满了他周身的细胞。

叶丽家是那种两边对称的房子，一共六间房，一边三间。东边是两个主房，一个灶房，西边同样，不过灶房改成了柴房。六间房子的中间是个院子。叶丽爷爷奶奶现在就住在东边靠大门的一间正房里，来了客人都在这里集合。

这间房子不算小，长六米，宽四米，共二十多个平方。里边放了一张床，一些柜子和家具，外边还剩下一块空地。这块空地就是大家聚集的地方，放了一些小木板凳，这些小木板凳的颜色都已呈黑褐色，并且凳腿上都沾满了泥巴。叶泽春第一次到叶丽家来时，还有些不习惯，感觉这里的环境很脏，但是他现在感觉叶丽家充满了新鲜的泥土味，这是他这个城里人在大都市里体会不到的。

房间只有一个小窗户，还是那种小格式的木窗户，上边糊了一层旧报纸，因此屋子里更显得昏暗阴潮。

叶泽春曾经打趣叶丽说："你是搞建筑设计的，怎么不为你家好好设计一套房子？"叶丽嘿嘿一笑。叶泽春哪里知道，叶丽早已有了要将农村这个家搬到城里的想法。

此时叶丽正给奶奶喂鸡蛋，见了叶泽春浅浅一笑。就这一笑已让叶泽春浑身酥麻。因为他马上体会到了，叶丽那笑容里流露着幸福，流露着挑逗，流露着满足。

"你吃了吗？"叶丽问。

"吃了。"叶泽春回答。

说完，两人的目光对视了一下。就是这种对视，把所有的思念和向往都传递给了对方。

叶丽又冲叶泽春浅浅一笑，然后收回了目光。

叶泽春甜蜜极了，在这人多的地方，目光传情是最好的表达方式。

叶丽奶奶坐在屋子里的竹椅上，一言不发，只是用一种警惕的目光看着叶泽春。叶丽爷爷躺在床上，头的旁边放着卫生纸，床底下放着痰盂。他看起来非常瘦弱，整个脸有一个巴掌大，颧骨高高顶起，眼睛也深陷了，但目光还算有神。

见了叶泽春，他想挣扎着坐起来，但是没有成功。叶泽春慌忙走过去，坐在爷爷的身旁说："爷爷您别动。"爷爷说："又麻烦你了，让你跑到我们乡下来。"叶泽春说："爷爷，不麻烦，这也是我的家，回自己的家只有高兴没有麻烦。"爷爷眼里有了眼泪，说："我算是有福气的人，拾了两个好孙女，拾了一个好孙女婿。"

大家都跟着叶泽春进了屋子，但是半天都没人说话，这时叶丽三婶说："爸，你偏心，别的孙子孙女就不好了，就叶丽、叶焕好。"叶丽二叔说："爸不是那个意思，叶丽和叶焕都考上了研究生，别的孩子还都没有，等都考上了，都是爸的好孙子。"叶丽三婶说："我是和爸开玩笑。咱爸当然爱他的孙子了，是吧，爸？"叶丽爷爷回答："是。"大家就哈哈笑起来了。

大家这一笑，气氛就不尴尬了，能说话的都开始聊起来了，都停不下来。

在农村人的眼里，去城里总是好事情，村里前来祝贺的老人们，这个说："老叶头这下可以享几天福了。"那个说："老叶头真厉害，一下供出两个研究生来，他不享福才怪呢！"大家一说一笑，农村人的嗓门又高，笑声一片，显得非常热闹。

叶泽春很喜欢到农村来，觉得无拘无束，甚至可以随便地放屁，大家

开怀一笑就过去了，没有人鄙视你，耻笑你。

叶泽春听了一会儿大家的谈话，见没人注意到他，便在那里发呆。他太想叶丽了，恨不得现在屋子里就剩下他和叶丽两个人，然后他能搂她，能亲她，能……但是，这些暂时还只能是想象，即使他心里就像猫抓般难受……

屋里另一个人也暗怀着心思，那就是叶丽的二叔。侄女婿回来了，爸和妈也要跟到城里去了，他寻思着好好宴请一下叶泽春。于是他悄悄地将妻子叫出来，让她去买点好吃的，叶丽二婶说："这里不是什么都有吗？"叶丽二叔说："这里的和咱家里的能一样吗？让你去你就赶紧去。"叶丽二婶走了，叶丽二叔又问："兜里装钱没？整丰盛点。"叶丽二婶说："有。"

叶泽春急着和叶丽亲热，见大家闹了有一会儿了，便对叶丽说："咱们该走了吧？"屋里人立刻哑口无言了，怔了一下，叶丽二叔才反应过来，匆忙地说："怎么这么快就要走？二叔今天也为你备了一桌酒席，等这边忙完了，咱们都到我那边吃饭去。爸妈要去城里了，大家都很高兴，趁此机会好好聚一聚。也算送送我爸妈。"

"就是，大家难得在一块聚聚，热闹。"叶丽三叔附和着。

叶泽春显得有点为难，说："我只向单位请了半天假。"

叶丽四叔说："那你就再请半天假，现在大家都有手机，很方便的。"

叶泽春看着叶丽。

叶丽说："既然回来了，就和我二叔他们多呆一会儿。"

见叶丽这样说，叶泽春一百个不情愿地答应了。

叶丽四叔眼睛眯成了一条缝，笑着对叶丽说："你二叔也不白请你，你弟弟以后考不上大学，还要靠你在西安帮他找工作呢！"

一屋子人全笑了。有人说："还别说，现在丽丽和泽春都有这本事呢。"大家又笑了。

过了两三个小时，乡亲们吃饱喝足后大家这才帮忙把叶丽的爷爷奶奶抬上车，然后目送着叶泽春他们离开。

五月的阳光温暖得像一位慈祥的老人，加上临近黄昏，更让人感到它的柔情和安详。大片大片的麦田一动不动，像一片绿色的海洋美不胜收。

出了叶丽老家的村子，叶泽春一边开车一边兴奋地不时地用眼睛瞄着叶丽，看得叶丽有些害羞。她娇嗔地在叶泽春的大腿上掐了一把，说："专心开车。"叶泽春却把叶丽的手抓住，放在自己的大腿上，脸上洋溢着幸福的笑容。

叶丽抽出手，拿出手机，用短信写了一段话：我想你了，今晚和你好好聚聚。然后把手机递给叶泽春。叶泽春拿着手机看了，会意地冲着叶丽一笑，然后又在她的腿上掐了一把。

叶丽又写了一段话：这一段时间让你吃苦了，回去给你做好吃的。写完，又把手机拿给叶泽春看。

叶泽春抓过叶丽的手，左手开车，右手在她手心里写了几个字：不吃，想吃你。

叶丽笑着在叶泽春腿上捶了一下。

这一捶让叶泽春感觉爽极了。

这时，坐在后座的奶奶忽然说："我要尿尿。"

爷爷说："你坚持一会儿，在车上怎么尿？"

车还行驶在乡间的公路上，一个村庄挨着一个村庄。在农村，家家门前有厕所。叶丽正好看见一个，对叶泽春说："停，停，让我奶上趟厕所。"

叶泽春将车停在公路边上。叶丽下车，打开车门，想扶奶奶下车。奶奶却躲闪着，一脸哭相，说："你你你……"

叶丽爷说："你不是要尿吗？赶快下去。"

叶丽奶却像没明白他的话似的，继续"你你你"地说着。

叶丽爷说："她根本不尿，故意的。"

叶丽说："不是的，我奶可能是有点怕，不敢下车。"

叶丽哄奶奶说："奶奶，别怕，慢慢来，我扶着你。"可是任叶丽怎么哄奶奶，她就是不下车。叶丽妈帮着哄也没用。

没办法，叶丽只好先关上车门。可是车刚启动，奶奶又说："我要尿尿。"爷爷对老伴发火说："别喊。一会儿到你孙女家了再尿。"

奶奶说："到我孙女家了再尿？你你你……"

叶丽想着奶奶生气了，于是又让叶泽春停了车。这一次，叶丽弯腰下来，对奶奶说："奶奶，来，我背你。"

叶泽春慌忙过来帮忙，拉着叶丽奶奶的一只胳膊，叶丽妈则在车里扶着奶奶。但是奶奶仍不愿下车，非但不往前走，反而往后退，好像前面有老虎似的。

"妈，你要上厕所就得下车，你看，你孙女背你呢，没事。"叶丽妈着急地说。

叶丽奶奶照样不肯下车，大家说急了，她又是一脸哭相，"你你你"地说着，好像大家欺负了她似的。

叶丽爷爷觉得她在叶泽春面前丢了人，大声呵斥老伴说："下去。"叶丽奶奶回头瞪了老伴一眼，却无动于衷。爷爷又说："让你下去听见没？"奶奶忽然怒目看着爷爷，说："你你你……"

叶丽说："爷爷，别惹我奶奶生气了，可能是她没坐过小车，有点怕。"

叶泽春也说："爷爷，您别着急，叶丽说得对。"

大家又继续哄叶丽奶奶，时间一分一秒地过去，奶奶却让大家无计可施。叶丽说："算了，等一会儿再说吧！"又重新坐回到车子里。

可是车刚启动，奶奶又说："我要尿尿。"这一次还使劲拉扯叶丽的衣服。叶丽爷爷气极了，对老伴说："嗯，我想一棍抽死你！"

叶丽对爷爷说："爷爷，看你说话狠的，我奶是病人，她能知道什么？以后别说我奶了。"说着又下了车，想哄奶奶下车，奶奶还是不下车，不断地向后躲闪着。叶泽春问叶丽："医生说奶奶得的是什么病？"叶丽说："不是跟你说过，老年痴呆。"叶泽春问："老年痴呆怎么会这样？"叶丽反问："我怎么能知道？"说完继续哄奶奶，可是还是不能成功。

叶丽爷爷越来越生气，开始咬牙切齿。

这时叶丽忽然想起自己口袋里还装了几颗叶泽春拿回来的巧克力，便下了车，让妈坐到前排，自己挨奶奶坐下，对她说："奶奶乖，咱们现在不上厕所，咱们吃巧克力。"说着，剥了一颗巧克力塞进了奶奶的嘴里，这一招果真灵验，奶奶不吭声了。叶丽对叶泽春说："你稍微开快一点，争取早点到家。""好的。"叶泽春回答说。

可是汽车还没进城，鼻子灵敏的叶泽春就闻到了一股尿骚味。他对叶丽说："你看看奶奶是不是尿裤子了？"叶丽朝奶奶裤裆下一看，果真是尿裤子了。叶丽慌忙用卫生纸给奶奶擦拭，又撕下一沓卫生纸垫在她屁股底下。

刚才，在叶丽家，叶泽春和叶丽爷爷奶奶并没有呆多长时间，他并不知道爷爷奶奶是这个样子，直到此时，他才感觉到自己未来的日子可能真的不好过了。因为有了担心，他初见叶丽的高兴劲儿一下子减去了大半。

叶泽春和叶丽的家在西安高新技术开发区。这里高楼林立却视野开阔，各式各样的绿化带交错出现，清新而富有朝气。在西安，这里算是比较理想的居住环境了。

叶泽春的一些朋友还有叶丽的一些朋友提着礼物、拿着鲜花已经在楼底下等候。看见叶泽春的车子，大家伙一拥而上，将车子包围。

车门一打开，大家早已想好的祝福词语在脑海里滴溜溜乱转，随时准备向老爷子和老太太说呢。但是老爷子和老太太迟迟下不了车，叶泽春蹲在了车门跟前，叶丽去扶老爷子，大家这才明白过来，睖睁了一下，想好的祝福词全忘了，纷纷上前帮他们的忙。场面又变得热闹起来，有人喊小心，有人不停地哄老太太开心，最后竟然连老太太也被哄下车来了。叶丽爷爷高兴了，说："还是你们这些年轻人有办法。"有人说："那当然了，为什么说社会的将来要靠我们。"大家又是一阵笑。

叶丽和母亲搀扶着奶奶，叶泽春的女同事安米琴对叶丽妈说："阿姨，让我来吧，您歇歇，到我们这，您就是客人了。"叶丽妈说："你们没扶过她，不好扶的。"叶丽说："妈，你让米琴扶吧，我这些朋友都细心着呢。"叶丽妈便将位置让给了安米琴。

叶丽奶一边在叶丽和安米琴的搀扶下往前走，一边不停地问："到家了吗？"叶丽不停地回答说："奶奶，到家了。"安米琴忍不住地问："老太太是不是有点糊涂了？"叶丽也不避讳，回答说："我奶奶得了老年痴呆，脑子是有点糊涂。"安米琴"哦"了一声，心想叶泽春这一下有苦受了，看他还表扬不表扬叶丽？

安顿好了老爷子、老太太，看到大家都呆在屋子里有点乱，叶丽便让叶泽春带大家去吃饭。大家让叶丽一块儿去，安米琴还说："今晚没你可不行，大家就冲着你们长期分居才来的，就想看你们怎么眉目传情呢，大家说对不对？"众人一起嬉笑着回答："对！"

叶丽正想回答，忽然听见妈妈对奶奶喊："你别动。"叶丽冲过来一看，奶奶已经从床上颤巍巍地站了起来，想往前迈步。妈妈正抱着爷爷往一个板凳跟前走，脱不开身。叶丽慌忙跑到奶奶跟前扶住她问："奶奶，您要干嘛？"

"我想尿尿。"奶奶说。

叶丽这才想起奶奶的湿裤子还没换呢，扶着奶奶走出来，路过客厅时，对大家说："今晚我就不去了，改日请大家。谢谢大家今天赏脸。"

安米琴调皮地说："你不去，可不要怪我抢你老公哟。"

叶丽说："只要他愿意，你就抢去吧。我正好不想伺候他了。"说完，瞟了一眼叶泽春。叶泽春冲叶丽撅了一下嘴。

叶丽的话刚说完，爷爷又剧烈地咳嗽起来，并且把手倔强地伸向一个方向。叶丽妈慌忙跑过去，拿起一张餐巾纸递给公公，然后自己又拿起一张餐巾纸帮公公去痰。

大家全看呆了，在这一瞬间大家明白了叶丽爷爷奶奶真的不好伺候。

于是在酒店里，大家便拿这个当话题开叶泽春的玩笑："看你以后还在我们面前表扬不表扬叶丽，你小子以后有吃苦的时候呢！"叶泽春不服气地说："你们不要把我们家的叶丽当做你们的老婆，她的能耐远远不是你们能想象到的。"安米琴笑着冲大家撇了撇嘴，说："那我们就等着看好戏了。"王秋说："安米琴，我怎么听着你这话有点意味深长哟，你是不是想趁火打劫呀！"安米琴说："呸，你一张乌鸦嘴，谁见了谁心烦。你是不是想做我的护花使者？我实话告诉你，我让猪八戒做都轮不到你。"大家一下子全都笑了，一边吃着饭，一边取笑着王秋。

也是刚回到家里，叶丽急着想把家里收拾一下。

叶泽春早已把家里搞成猪窝了，衣服被凌乱地扔在床上，厨房里锅碗瓢盆乱放一气，地上烟头酒瓶随处可见。真不知叶泽春怕不怕他的同事笑话！

叶丽刚拿起抹布，便听妈妈冲着奶奶喊："别动，你先别动。"叶丽慌忙冲出卧室往爷爷奶奶的房间跑。奶奶已经站起来，一步五公分地朝前挪动。叶丽扔掉抹布搀住奶奶，忍不住地问："奶奶，您又要干嘛！""我要尿尿！""您不是刚才尿过吗？""没有，我要尿尿。"没办法，叶丽只好又搀着奶奶去厕所。

这时，叶丽才注意到，妈妈正拿着尿壶为爷爷接尿，脸不由得一红。

一会儿功夫，奶奶去了五次厕所，每次叶丽都耐心地扶她进去。爷爷在旁边不停地发牢骚，对奶奶发着脾气，叶丽还得安慰爷爷。这时候，母亲终于腾出手来，对叶丽说："你去忙你的吧，我来照顾你奶。"

叶泽春回来的时候，叶丽还没有搞完家里的卫生。叶泽春陪着笑脸对叶丽说："全是你平时把我惯的，看你走后，我都不知道该怎样做家务。"边说边往叶丽跟前凑。叶丽小声说："以后稍微注意点，现在不是咱们俩在一个屋子了。"说完，冲叶泽春妩媚一笑。叶泽春觍着脸说："先让我抱一下，就一下，我想死你了。"叶丽笑着说："你厚脸皮。"不过还是走过去，把厨房门轻轻地合上。叶泽春立刻搂住了叶丽，手也不安分起来，在叶丽身上游弋，叶丽开始激动，气息变得急促。可是叶丽的思维还是清醒的。她将叶泽春的手拿开，说："先去买菜吧，别说我爷爷他们了，我都饿了。"叶泽春还是恋恋不舍。叶丽说："好了，好了，晚上我一定好好给你。"叶泽春这才放开了搂着叶丽腰的手。

叶泽春走出厨房门，叶丽又追上来对他说："别忘了，今天是你在我妈面前表现的机会！”叶泽春还期待着晚上的好事，脸上笑得一朵花似的，说：“你就放心吧！”

爷爷又剧烈地咳嗽起来，干瘦的脸憋得通红。叶丽跑过来，心疼地攥住爷爷的手，却不知道该怎样安慰，只是可怜兮兮地看着爷爷。爷爷头半垂着，喘息着对叶丽妈说：“你把糖姜片拿给我。”叶丽慌忙转身在床头柜里拿出一片糖姜片，急忙递给母亲。母亲再将糖姜片递到爷爷手里，爷爷一只手无力地接过糖姜片，慢慢地把它送进嘴里，含了一会儿，咳嗽才稍微好一些。

爷爷有肺炎，在家里已经好多了，怎么来到叶丽家反而重了。眼泪不知道什么时候已经涌上了叶丽的眼眶，她问爷爷：“您嗓子里疼吗？不行我再带您到医院看看？”爷爷说：“不用了，可能是我刚到你们家，换了新环境，还有些不习惯，过一两天就好了。你们家的房子要几十万吧？这么大，这么漂亮？”叶丽心里稍微舒服一些，说：“现在应该有八十多万了，不过当时买的时候没有这么多，五十多万。”爷爷眼里忽然涌出了眼泪，说：“爷爷没白疼你姐妹两个呀，你们两个都争气，给爷长脸了，爷就是死了也知足了。”

叶丽忽然特别地伤心。

叶丽六岁的时候，爸爸就去世了，是爷爷奶奶一直在帮妈妈支撑着这个家。为此他甚至得罪了其他几个儿子。按照农村的习俗，祖屋一般都是留给小儿子的。但是爷爷奶奶却将自己的小儿子赶出了家门，让他自立门户，把祖屋留给了叶丽的妈妈。平时爷爷奶奶也只帮叶丽妈妈干活，很少去帮助其他几个孩子。为了供叶丽和叶焕上大学，爷爷已经七十多岁了，依然去赶集做小生意。一次爷爷被一辆摩托车撞了一下，大半个手臂上的肉皮都擦掉了。但是第二天他还是继续去赶集。当时叶丽问爷爷：“疼吗？”爷爷说：“不疼，我一看见你就不疼了。”

叶丽还在回忆着，爷爷又对她说：“丽丽，你知道吗，当初爷爷为什么要把祖屋留给你妈？因为我喜欢你和焕焕，我怕你妈改嫁，把你们带走了。”叶丽哭出声来，求爷爷说：“爷爷您别说了。”这时候叶丽妈也忍不住地哭起来。奶奶却喊：“我要尿尿。”

叶泽春回来见叶丽脸上挂着泪水，惊讶地问：“怎么了，好好的怎么流泪了，我什么地方没做好吗？”叶丽说：“和你没关系，刚才爷爷说起我爸了。”叶泽春说：“事情都过去这么多年了，别想了。你看，我为你爷爷奶奶买了甲鱼、龙虾，还买了你妈爱吃的排骨。”叶丽脸上这才露出了笑容，抓紧时间为大家做饭。

吃完饭，叶丽让叶泽春帮爷爷洗了澡，自己和妈妈则帮奶奶洗了澡，因为奶奶不停地闹腾，等叶丽从洗澡间出来的时候，已经是晚上十一点多了。

叶泽春早已经满怀期待地躺在床上等叶丽，叶丽刚一进房间，他就调皮地从被窝里抽出来——只穿着一个裤头——嬉皮笑脸地向叶丽奔来："哟，宝贝，老公迎接你来了。"叶丽一边用毛巾搓头发一边笑着说："你这贫劲是从哪里学来的？网上教你这个吗？平时看着很正经的，怎么一到这个时候就看起来这么轻浮？"叶泽春继续嬉皮着脸说："这就叫情趣嘛，太正经了有什么意思？"说着，双手就解开了叶丽的浴巾，瞪大眼睛看着叶丽。叶丽脸颊有点潮红，问："看什么看？没见过？"叶泽春咂了咂嘴说："回去后好像把身上的赘肉去掉了，现在看起来更迷人了。"叶丽说："去你的，我本来就没有什么赘肉。"叶泽春却一下抱住叶丽，嘴在她的脸颊上亲起来。叶丽享受地让他亲了一会儿，感觉身体越来越支持不住了，对叶泽春说："好了，等一下，咱们上床吧！"

叶丽刚上床，叶丽妹妹叶焕的电话就打过来了。叶泽春嘟囔了一句："你妹妹真会挑时候，整整一天不打，偏偏这时候打。"叶丽没有理会他，和妹妹说着话。但是姐妹两个没完没了，让叶泽春等得非常焦急。好不容易等到叶丽把电话打完了，叶泽春刚将身子凑了过去，外边的房间里却传来爷爷剧烈的咳嗽声。叶丽先是停止了动作，听爷爷咳嗽个不停，便对叶泽春说："你先忍一下，我过去看看。"然后穿了衣服跑出去了。叶泽春欲火正盛，突然被抑制，懊恼万分，却一点脾气没有——爷爷的咳嗽声真的太让人揪心了。过了一会儿，爷爷还在咳嗽，并且一声紧似一声，叶泽春只好也穿了衣服走了出来。

这时已是夜里十二点多，叶泽春说："我出去买点蜂蜜。"叶丽感激地看了他一眼，说："快去吧，小心一点。"

这多亏是在城里，即使午夜也有不打烊的地方，叶泽春很快就买到了蜂蜜。拿回到家里，又放在冰箱里冻了一会儿，然后让爷爷吃了一些。

这个方法还真管用，一刻钟过后，叶丽爷爷真的停止了咳嗽。他愧疚地对叶泽春说："太打扰你了。"

叶泽春说："爷爷，您这是什么话，您再这样说，我就该无地自容了。"

叶丽爷爷说："你们快过去睡觉吧，这么晚了，泽春明天还要去上班呢！"

叶丽说："好的，爷爷，你把被子盖好。"说完，又将爷爷的被角压了压。

回到自己的卧室，叶泽春对叶丽说："看来，你真是一个孝顺孙女。"

叶丽问："是在讽刺我吗？"

叶泽春说："你怎么会这么想？"

叶丽过来抱住叶泽春说：“我也觉得愧对你，我爷爷奶奶以后要给你添很多麻烦。不过，你放心，我尽量不打扰你，你可以继续以前的生活。”

叶丽说得非常温柔，叶泽春很感动，原有的一点怨气和担心瞬间烟消云散：“我是你的丈夫，该我承担的，我一定会承担，不要说太见外的话。”

叶丽说：“谢谢。”然后举目深情地看着叶泽春。叶泽春忽然觉得特别地冲动，他猛地搂紧叶丽，在她脸上狂吻起来。

良久，两个人都平静下来，叶泽春问：“你妹妹和你说什么了？”

“她为给我帮不上忙难过，现在她的工作也不是很好。”

“告诉她一切都慢慢来。”

夜，很深了。那边又传来了爷爷的咳嗽声……

3 婆婆来了

第二天，叶丽早早起来将家里安顿好后，准备到单位报到。叶泽春却说："今天是礼拜六，你跑单位干什么去？"叶丽这才想起自己犯糊涂了。但是，叶丽很快又高兴起来，这样她又可以再陪家人两天了。

叶丽给奶奶喂了饭，又帮着爷爷活动活动身体，叶丽妈要把爷爷的胡子刮掉，叶丽说："我来吧。"给爷爷擦完脸，爷爷又剧烈地咳嗽起来。叶丽又跑去给他买了润肺膏。

九点了，叶泽春还在睡觉，叶丽跑过去要拉他起来，叶泽春含糊着说："又怎么了，我每个礼拜六都要睡懒觉的。"叶丽小声说："现在我妈在这！""你妈在这怎么了，我又不影响他们！""你不觉得难看吗？""哎呀，不觉得，我在我家里也是这样，我妈从来不叫我，等我什么时候睡醒什么时候吃饭。""但是，今天不一样呀，我妈刚来，你总得做个样子吧！再说还有我爷爷呢，老年人都不喜欢年轻人睡懒觉。""哎呀，真麻烦，好，等一下我起来。"叶泽春说着又打起呼噜来。叶丽没办法，只好站起来。一转身，却发现婆婆站在她的身后。

"妈，你什么时候来的？"叶丽非常吃惊。

婆婆苏美华面无表情地说："你们家门开着，我就直接进来了！"叶丽说："门怎么能开呢，我刚才明明是关着的。"

叶丽走出卧室，发现，主房门真的大开着。叶丽到爷爷的房间找妈妈，妈妈和奶奶都没在，叶丽喊了两声，妈妈在厕所里应答了一声。

叶丽对婆婆说："可能是我妈刚才把房门打开了。""这怎么能行，打开了不关上，要是你们都不在，遇见小偷怎么办，你没听说最近的社会治安不好吗？"苏美华拉着脸，一副教训人的样子。

叶丽记得，当初她喜欢上叶泽春的时候，好多室友都劝她："你看你找谁不行，非得找一个姓叶的，搞得你们像兄妹似的，不知道的人还以为你们是兄妹恋呢！"叶丽却觉得这好像是命中注定的，不是一家人不进一家门，不仅仅是一种缘分，更有一种亲情甚至血缘的传承。因此，叶丽一进叶家门就非常地自然，将叶泽春父母当成了自己的亲爸爸亲妈妈，苏美华向她拉着脸，她也从来没觉得难为情，这反而增进了她们婆媳的关系，让苏美华不好经常拉着脸。当然，今天是个例外，苏美华本来就是来找碴的。

叶丽却没想到这点，还自然地说："我妈在农村，白天是不关房门的。"苏美华又冷生生地说："农村是农村，城里是城里。"叶丽觉察出苏美华嫌她带爷爷奶奶来住了。可是叶丽早已打定了主意，不管苏美华如何发脾气，她一律不接招，她是下定决心要养好爷爷奶奶，为此她愿意忍受所有的委屈和责难。于是叶丽说："一会儿，我跟我妈交代一下。"

这时候叶丽妈扶着奶奶从厕所里走了出来，一眼看见叶丽的婆婆，笑着问："这是亲家母吧？"叶丽有点尴尬，妈怎么这么说话？她们以前见过的。叶丽又想，也难怪，三年之内妈妈和婆婆只见过两次，还是在她和叶泽春刚结婚的时候。叶丽过去帮妈扶住奶奶，然后看着婆婆，婆婆却礼节性地笑了一下说："是，她奶奶怎么这样走路，迈不开脚？"叶丽妈说："医生说这是老年痴呆的一种表现，协调走路的脑神经退化了。一个月前还好一些，自己能单独行走，现在需要人扶，不扶她就有可能摔跤。"

苏美华走过来，换过叶丽扶住奶奶，然后低头看着叶丽奶奶的双脚。只见奶奶不停地抬腿，但是每次抬完腿后，脚下迈出的距离却只有几公分，好像在原地踏步一样。从厕所到房间不到六米的距离，奶奶却走了二十多分钟。

叶丽奶奶一边往前走，一边不时地瞪着苏美华看，看得她极不舒服。叶丽妈说："她现在连自己儿子都不认识了，对人有一种戒备心理。"

苏美华看了看躺在床上的叶丽爷爷。叶丽对爷爷说："爷爷，这是我婆婆，您不是说一直想见见她吗？她来了。"爷爷激动地想翻身起来却没翻动，然后又抬起胳膊指着身边的板凳对苏美华说："儿亲家，快坐。孩子刚回来，要去看你的，你怎么来了。"苏美华说："老伯，你太客气了，你们来了，本来就应该我来看你们，怎么能让孩子先去看我？"爷爷说："听丽丽说，你对她很好，我早就想谢谢你，没想到我得了这样的病，这次反倒要给你们添麻烦。"苏美华心想这老头挺聪明，一来就奉承我，是不是想在我儿子家长住呀？这可没门儿。但是她只能在心里这么想，不能现在就把这话说出来，既然人已经来了，她适当的风度还是要有的。于是她笑着说："老伯，你这说的是什么话，孩子孝顺长辈都是应该的，有什么添麻烦的。叶丽是我儿媳妇，我不对她好，还能对谁好？"眼泪却从叶丽爷爷的眼眶里涌了出来："你们

知识分子就是识大体，我老头子服气。”叶丽爷爷刚说完，又剧烈地咳嗽起来，随即喉咙里像鸽子般地响着。叶丽妈慌忙把手指头塞进爷爷的嘴里，从爷爷嘴里拉出一丝丝清痰。叶丽在旁边帮忙用卫生纸接住。一会儿工夫，叶丽就用了十多张卫生纸。

苏美华轻微地撇了撇嘴，皱了皱眉头。

叶丽爷爷这边的痰还没清理完，叶丽奶奶又颤巍巍地站了起来，径直要往厕所走。叶丽朝奶奶身边跑：“奶奶，您是不是又要上厕所？”奶奶说：“我要尿尿。”

爷爷稍好了一些，喘着气说：“你看我们老两口现在真的成了累赘了，多亏孩子们孝顺，要是孩子不孝顺，我们老两口早死掉了。”爷爷说着，眼泪又流了下来。

“老伯，你别自责，每个人都有老的时候，都有得病的时候，孩子们赡养老人都是应该的。”苏美华言不由衷地说，但心里还是觉得一阵阵恶心，她已经有了要离开的想法，可是她的身份不允许她这样做，她还得再忍一会儿。

“叶丽这孩子从小就疼我，她四岁的时候就知道给我递烟端茶，见我累了就知道给我捶背，她一天要是见不到我，晚上准会哭个没完没了。那一年，她爸爸去世了，她也哭得像个泪人似的，却劝我别哭，小心哭坏了身子。这一次，见我们老两口病成这样了，一定要带我们到城里来，说要亲自照顾我们，我们都不知道是答应孩子好还是不答应孩子好。”爷爷说。

苏美华心想，这老头还真虚伪，答不答应你不是来了吗？现在说这话有什么用？她看了叶丽一眼，叶丽却笑着对苏美华说：“小时候的事情我早都忘记了，爷爷还记得那么准。”

苏美华没吭声。

叶丽妈觉得自己坐在那儿很尴尬，便问：“亲家母，你吃过饭了没？我给你弄去！”苏美华说：“不用了，我吃过了。城里人都这样，一起床就做早餐吃。”叶丽爷爷说：“你没吃的话就让叶丽妈给你弄去，别客气。都是自己人。”苏美华心想我在我儿子家客气什么？这老头还真不拿自己当外人了？但她却客气地说：“老伯，我真的吃过了，你别操心了。”

叶丽爷爷又问：“儿亲家怎么没来？”“他去参加一个会议了，下午就回来。”苏美华回答。

爷爷说：“儿亲家真有能耐，听叶丽说他是一家大学的教授。”苏美华说：“什么教授，就是一个教书匠，到了教室在讲台上站着的人！”爷爷说：“哪里，在我们农村人眼里，教授就是过去的举人，有大学问的人。我们邻村就出了一个教授，听说经常出国访问，世界各地转遍了。”苏美华心想教授算什么，出国访问算什么，她丈夫是学校的党委书记，全国叫得响的学者！

这时候爷爷又剧烈地咳嗽起来，嘴张着，脸憋得通红。苏美华不知道如何是好，叶丽妈忙走过来，拿了一片甜糖生姜片放进他的嘴里。

苏美华问："怎么总是咳嗽，咳嗽得这么厉害？"叶丽妈说："医生说是肺炎，在家里时已经好了，到这儿后又犯了！"苏美华问："没再看？""她爷爷不去，吃的还是以前的药，丽丽也给买了一些新药。""严重的话就要赶快看医生，不然很伤人的。"苏美华心疼地说。这次她是真心。

早上十一点多了，叶泽春还没有起来。叶丽再一次走进卧室，想叫他起床。叶泽春睡得正酣，似乎忘记家里有客人，忽然大声嘟囔道："哎呀，让我再睡一会儿好不好。你不知道我礼拜六的习惯吗，不到一点钟不起来！"

苏美华稍微有点脸红，冲着叶丽爷爷说："这孩子礼拜五晚上回来后喜欢放松，上一夜的网，白天又睡懒觉，家里有客人了也不知道起来，没礼貌！"叶丽爷爷说："丽丽说泽春的工作压力大，每个周末就是他放松的日子，不用管他。"

苏美华走进了儿子的卧室，捏了一下叶泽春的耳朵说："你这孩子，今天也不看看什么情况，还睡懒觉，快起来！"叶泽春猛然间醒了，问："妈，你什么时候来了？"苏美华说："我来了两个小时了。"

叶泽春慌忙穿衣服。洗完脸后，苏美华让叶泽春去买菜，说是要招待招待亲家。

叶泽春走出家门后，苏美华又急匆匆地去找他，说是忘了让叶泽春买一样东西。在门外她却问叶泽春："她家亲戚来后，你能受得了吗？"叶泽春一挠后脑勺说："马马虎虎吧！"苏美华说："什么马马虎虎，我全看出来了。他们要是呆在这儿，你没有好日子过。"叶泽春心烦地说："妈，你怎么总是用有色眼镜看人家？你这个态度不对。"苏美华说："我的态度有什么不对的？"叶泽春乜斜了母亲一眼，然后转身走了。

说实话，苏美华并不是诚心去看望叶丽爷爷奶奶的，不然的话她不会去得那么早！她是想看叶丽爷爷奶奶到底是怎样一个病情，会影响儿子到什么程度。

丈夫叶凯成一回到家，她的话匣子就打开了。

“哎哟，你不知道，她爷爷那个脏呀，一会儿一口痰一会儿一口痰的，擦痰的卫生纸往地上扔了一大盆。过不了几天儿子家就该臭气熏天了！还有她那个奶奶不停地要上厕所，连一刻钟都不闲着。上厕所还要人扶，走路都不方便，像练习原地踏步似的。我看得赶紧向儿子交代，丽丽再有什么要求，绝不能答应。”

叶凯成听着苏美华的话很不顺耳，不耐烦地说：“孩子们的事情让孩子去处理，你不用掺和。”

“什么孩子的事情让孩子处理，你没见泽春像绵羊似的？我总觉得有了叶丽爷爷奶奶，叶丽肯定没有时间照顾咱们儿子。你没见她今天早上三番五次地让儿子起床，孩子想睡个懒觉都睡不成。”

叶凯成说：“你就知道疼你的儿子，他已经是大人了，有些该注意的地方也该注意了。”苏美华生气了，说：“注意什么，为了叶丽的爷爷奶奶，我儿子就应该吃苦？放弃以前养成的习惯？我看你根本就不关心儿子，每次说起他的时候，你总是显得那么不耐烦。你别忘了，你可就他一个儿子，将来你老了，可全靠的是他！他现在要是没有一个健康的身体，健康的心理，你将来喝西北风去吧！”

叶凯成说：“这都是哪儿跟哪儿呀？你总是把事情说得那么严重，泽春已经是快三十岁的人了，不至于什么事情都让你来安排吧！也不至于一点儿小事就能给他带来这样那样的恶果！我看你是没事整事，就算你爱孩子，心疼孩子，也不能这样溺爱他。”

苏美华挑了挑眉毛，说：“我这种爱法才是对的，你是没到他家去，你不知道他家现在糟糕到什么程度，要是我，一天都忍受不了。”

叶凯成扶了扶快要掉下来的眼镜说：“也就你那脾气吧。”

苏美华说：“不行，我今天晚上得把泽春叫回来，好好问问。也要早点给他打预防针。”她说着就拿起了电话。那边是叶丽接的。

苏美华说：“叶丽，刚才你爸打回来电话，说他在外边还有点忙，让泽春去给他送件衣服。”叶丽问：“要不要我去？”苏美华说：“不用了，你在家照顾你爷爷奶奶吧。你爸回来了，明天我和他去看望你爷爷奶奶。”

叶泽春回来后，见父亲坐在沙发上，非常吃惊：“爸，你什么时候回来的？我妈不是说你在外边很忙吗？”

叶凯成把正在看的书朝茶几上一放，说：“你妈为了让你单独过来，骗叶丽的！”

“为什么？”叶泽春更加疑惑了。

“你问你妈！”叶凯成说。

叶泽春把疑惑的目光投向了母亲。

“说白了，就是不放心你。”苏美华端了一盘草莓走过来说。坐下来后，她拿起一颗最大的草莓递给叶泽春，说：“先吃草莓吧，以前你总是吵着让妈买这些。你搬出去后，再听不到你要草莓的声音了。”叶泽春心头一酸，他也想起，自从他搬出去后，他的确很少和妈妈聊天了。

叶泽春把草莓盘子又往父亲跟前推了推。

叶凯成问儿子：“叶丽爷爷的病重不重？”

叶泽春回答：“算是重的吧，一天要咳嗽很多次。吃喝拉撒都要有人照顾。叶丽把她爷爷奶奶接来也对，我看她妈一个人根本忙不过来。”

苏美华警惕地说：“你就不觉得烦？”叶泽春说：“烦什么？”苏美华说：“我在那儿呆了一会儿，我都受不了，难闻的空气，压抑的气氛，吵闹的声音。”叶泽春说：“叶丽只让我偶尔过去陪她爷爷奶奶说说话就行，别的什么不用我做。他爷爷看起来挺慈善的。”

叶凯成对苏美华说：“听见没？你总把事想得那么复杂？”

叶泽春听不明白父亲的话，问：“怎么了？”

苏美华说：“不用你爸说，我来说。我不想看到你的生活受影响，叶丽没提说让他爷爷奶奶在这长期住，你千万不要乱开口。另外，尽量少到她爷爷跟前去，谁知道他都得了些什么病。”

叶泽春说：“妈，你瞎说什么呢？这话要是让叶丽听到，她会多不高兴？叶丽现在也没说让她爷爷奶奶在这长期住。”

“妈说的是如果。妈要给你打打预防针，你这孩子善良，别到时候被叶丽欺负了。”

叶泽春说：“妈，看你说的都是什么话，我什么时候被叶丽欺负过，你还有事没？没事的话我先走了！”

苏美华不高兴了：“妈是为你好，你这孩子怎么这么不懂事。你先坐这，妈教教你怎么应付叶丽和她妈！”

“哎呀，妈，叶丽和她妈都很善良的，也很懂道理，应付什么呢？我走了，你说这些我不爱听。好好的心情让你搞得乱七八糟的。”叶泽春说完就站起身来往外走。苏美华显然没想到儿子会这样做，瞪大了眼睛，别的话也想不起来，只是在后边“唉唉”着。叶泽春头也没回，“砰”的一声关上了门，苏美华才想起生气：“这小子真是翅膀硬了，敢不听他妈的话了？”

虽然还是早上六点多一点，但是大都市里已经充斥着嘈杂的声音。湿润而清新的空气好像与这儿无缘，却而代之的是又黄又白的灯光和迷蒙的灰尘。

苏美华洗漱完毕，本来想打开客厅的窗户，呼吸呼吸外面新鲜的空气，可是她一想到最近的拉土车特别的疯狂，她又放弃了这个想法。紧接着，她又想起了要赶快做早饭，早一点带丈夫去"见识见识"儿子家的现状，她想来想去还是万分讨厌叶丽爷爷奶奶在儿子家长住，就像鱼刺卡喉，不吐不快！

苏美华比以往的星期天提前了一个小时准备好了早餐，然后吵嚷着让叶凯成赶紧起床吃饭。叶凯成被吵嚷烦了，说："这么急干嘛？"苏美华说："你不是说要去看望叶丽爷爷奶奶吗？让你早点去见识见识。"叶凯成说："你这是什么心态？"

到商场为叶丽爷爷奶奶准备礼物时，苏美华又和叶凯成发生了矛盾。苏美华说随便买几件就行了："他们都是农村人，看见什么都是好的。"叶凯成把正在商场里搜寻的目光收了回来，看着她说："我怎么发现叶丽爷爷奶奶这一来，你越来越不像话了。你以前买东西不是讲求品位讲求质量吗？现在怎么小气起来了！"

苏美华说："他们一家子现在住在我儿子家里，吃在我儿子家里，每天要花多少钱，还要给他们买好的礼物？"

叶凯成说："你别忘了，人家叶丽的工资比你儿子的工资高！什么花你儿子的钱？我看是你疼爱儿子的心理在作怪。"

苏美华说："好好好，你买吧，看上什么买什么，别把你这个老教授的面子丢了。我就说嘛，平时你不和我出来买东西的，今天怎么出来了，敢情是想向人家展示你有钱有能耐。"

叶凯成狠狠地瞪了一眼苏美华说："你今天到底怎么了？什么我想向人家展示我有钱有能耐？要是这样我不去了，你一个人去。越来越不像话了，资产阶级小心眼！"

苏美华说："我就去，你能把我怎么样？"说完，一想不对，又说："我先出去，在门外等你，省得在你面前碍手碍脚。"

苏美华赌气地走出商场，站在商场门外等叶凯成。街上的行人如同天上的繁星，一个挨着一个，不停地从苏美华面前走过。五分钟，十分钟，十五分钟，就是不见叶凯成出来，她开始郁闷起来，眼前不断晃动的人影就像谁拿了一根芦苇不断地在她眼前摇晃，更增加了她的烦躁。

为了释放心中的郁闷，苏美华开始四处张望，寻找能给她带来快乐的目标。这时她看到一个和叶丽一般大的女人抱着一个小女孩站在离她不远的右侧，她看到那个小女孩挺可爱，脸上的皮肤像牛奶一样白皙，头上的小辫子翘立着，调皮而灵动。苏美华不由自主地向她走过去。

谁知那个女人看见她竟叫了一声："苏老师。"苏美华这才想起，眼前的女人是她教过的一名学生。苏美华问："你的女儿？"学生羞涩地点了点头。苏美华笑着说："挺漂亮的小家伙，有一岁多吧？"学生说："一岁半。"又对自己的女儿说："叫奶奶。"小女孩奶声奶气地叫了一声："奶奶。"苏美华开心地笑了，说："真好听。"学生又对自己的女儿说："向奶奶示示好。"小女孩双手一合，向苏美华鞠了一躬。苏美华笑着说："小家伙还会什么本事呢？展示给奶奶看！"小女孩又捏了几下自己的鼻梁骨，然后向苏美华努了努嘴。小女孩的这个鬼脸让苏美华一下子开心地笑了，说："这小家伙太逗了。"

叶凯成买了两瓶脑白金，两棵高丽人参，又买了一些老年人爱吃的点心，然后出来找苏美华。找了半天才发现苏美华正和另外一个女人在逗一个小孩玩。叶凯成喊了一声，苏美华回头看了一下，然后站起身来，向叶凯成走来。这时的苏美华一脸的开心，笑容舒展动人。

拦了一辆出租车，叶凯成和苏美华一前一后钻进出租车里。苏美华说："我忽然觉得有个小孩特好。逗他玩非常开心。"叶凯成说："你是不是又想让叶丽给你生一个孩子？"苏美华说："有点，你说叶丽会同意吗？我就搞不明白，现在的年轻人为什么对生育那么冷淡。生孩子好像是苦差事似的。"叶凯成说："这也是好事，说明孩子们的事业心都重。现在国家实行计划生育，只准生一个孩子，晚生两年也没什么。"苏美华说："当初泽春说晚要孩子，我就不同意，你倒好，充当起了老好人，泽春像拿到圣旨似的，不然的话我们的孙子也该有1岁多了。"叶凯成说："孩子生下来谁带？叶丽妈要照顾两位老人，你和我要上班，总不能让叶丽辞掉工作吧，孩子们的想法是对的。"苏美华说："对什么对，叶丽过两年再生孩子是非常危险的，属于高龄产妇，你懂吗？对自己和孩子都不好。不行，我得和泽春重新谈谈，到时候没人照顾小孩就雇佣高级保姆，这钱我出。总之不能让叶丽耽搁了咱下一代。"叶凯成说："你什么事情都想干预孩子，你这种思想我很不赞成。"苏美华说："泽春是我的儿子，我不能干预？"叶凯成说："好了，不说这事了，你爱怎么做怎么做去！现在是在出租车上，我不想和你吵。"

两个人瞬间都沉默了。

到了儿子家里，叶凯成热情地和叶丽爷爷、叶丽妈交谈着，苏美华则悄悄地来到了儿子的书房。叶泽春正在上网玩游戏。

“这些东西总是玩不够？也不操心点正事？”苏美华说。叶泽春眼睛继续盯着电脑，说：“就瞎玩玩，上班了想玩也玩不成！”“你玩游戏你岳母没向你表示不满？”叶泽春回答：“没有呀！”“真的没有？我就不信，天下所有的岳母都爱端一下架子的。你是不是让叶丽拿捏着，不敢说呀！”“妈，我跟你说过他们是善良的，来了两天了，还没过问我的私事。”苏美华说：“那就是他们气短，住在我们家，吃在我们家，心里就是不满也不敢说出口。”叶泽春忽然站起来，朝门外看了看，对她说：“妈，你现在怎么什么话都敢说？你这不是平白无故地找事吗？不管是叶丽还是她妈听见了，心里能好受吗？”苏美华说：“听见了怕什么，妈说的是事实。妈才发现你还这么怕叶丽！”“我怎么怕叶丽了，我只是觉得你的话太不着边了。”“你说什么？有你这样和妈说话的吗？妈的话不着边，谁的话着边？”苏美华又生气了。叶泽春看了母亲一眼，说：“我不和你说了。反正，我不希望你以后在我面前说这样的话。我不觉得叶丽和她妈心眼坏，反而很好。这两天，叶丽非常忙，她也从来没在我面前抱怨一句，反而对我很感激的样子。”“你的生活就不受影响？”苏美华还想穷追猛问。“没有太大的影响，都是他们一家子忙，我不操心，也不烦心。上网有耳麦，晚上睡觉关了门，就是吵闹我也听不见。和我以前的生活没有太大的区别。以前每到礼拜天叶丽还缠着我带她出去玩，现在反而不缠了。”“照你这样说，你比以前还舒服了。”苏美华没好气地瞪了儿子一眼，说。叶泽春却一本正经，说：“差不多。”

一下子，苏美华再不好意思提这个话题了。

她盯着儿子看了一会儿，说：“既然你这样说，妈也没什么好说的了，不过，妈还想和你商量个事！”叶泽春问：“什么事？”苏美华说：“你们打算什么时候要孩子？妈想抱孙子了，今天见了一个小孩特好玩，逗得妈心里痒痒的。”叶泽春说：“我不是跟你和我爸说过吗？等过几年再说。”苏美华说：“现在已经过了几年了！你们刚结婚时，叶丽在他们单位还没扎稳脚跟，妈理解，可是，现在叶丽已经成了他们单位的骨干人员，应该考虑要孩子了。再晚的话，对孩子的发育不好。妈听人说，一个女人一生的最佳受孕年龄在24岁到28岁之间，这期间生出来的小孩聪明健康，跨过了这个年龄，生出来的孩子容易生病，母亲生产时也容易给自身带来很大的伤害。”叶泽春说：“这事我要和叶丽商量商量，生孩子不是我一个人的事。”苏美华说：“商量什么？这一段时间她的注意力肯定集中在她爷爷奶奶身上，和她行房时你稍微用点功就行。”叶泽春又有点心烦，说：“妈，你怎么总是不尊重别人呢？”苏美华又瞪起了眼睛，说：“尊重什么，她是你的人，你让她怎么就怎么，再说生孩子也是关系到咱们一家人的利益，能由她一个人说了算吗？”叶泽春说：“我不和你说了，我先和她商量商量。”苏美华说：“你和她商量她肯定不同意，你不信，就把妈的话记住。看她会不会尊重你！”

晚上,叶丽靠在床背上。橘黄色的灯光让屋子里多出几分朦胧美。顶灯、墙画，甚至衣架都像睡美人似的，透出一丝安详和静谧。

叶丽非常兴奋。今天公公终于说动爷爷去医院了，这解决了她的一块心病。

想起公公说服爷爷去医院的情景，叶丽再一次感受到了公公的不同凡响。叶丽觉得自己嫁给叶泽春挺幸福的，叶泽春家没有拖累她的人，反而于无形之中会给她许多帮助。

但是明天是星期一，叶丽已经二十多天没上班了，领导催了她多次，她说好明天去上班的，爷爷却赶在这个时候同意治病。叶丽觉得有点疲惫。

叶泽春说：“你先去单位报个到，至少说明你来了，然后再向领导说明情况。”

叶丽说：“只好如此了。我现在担心的是领导不高兴，一下子 20 多天没有上班，我要是领导，我也会生气的。”

叶泽春说:“你平时工作那么努力,领导不看僧面也看佛面,不会有事的。”

叶丽心里温暖了许多，也放心了许多。在叶丽心里，叶泽春这个人虽然贪图享乐一些，但他绝对是一个懂得体贴人的丈夫，往往一些复杂难缠的事情出现，他会及时出面，并且经他一点拨或者一处理，人的心里就会豁然开朗，如沐春风。在这一方面，他好像得了他父亲的遗传。

“这两天一定很累吧，要不要我给你揉揉肩捶捶背？”叶泽春问。

叶丽笑了一下，她明白叶泽春的所图。叶泽春聪明就聪明在这一点，他想行乐了，却先让你高兴，等水到渠成时，他的目的自然达到了。

叶丽说：“我想洗澡。”

叶泽春说：“我帮你洗。”

叶丽笑嗔叶泽春说：“你不嫌害臊，我妈在这呢！”

叶泽春却觍着脸说:“你妈是过来人,什么不知道,还会笑话咱?”说到这,叶泽春忽然想起了母亲让叶丽怀孕的事。但是叶泽春觉得这时候和叶丽说这些不合适，别弄得他想做的事情都做不成了。

叶丽说:“你想得美，今天就不让你去，呆一会儿我出来你给我揉背。”

叶泽春说:“用你妈来吓唬我，是吧？不过，也行，你说怎么弄就怎么弄，现在你是我的公主。”

叶丽说:“你就贫吧！”但心里却是相当的舒服。

叶丽两口子就是这样，叶丽对叶泽春不提任何要求，叶泽春想起让两人都能高兴的办法了，叶丽欣然接受，并且是全身心地投入，以此来鼓舞激励叶泽春，以便他下一次更加努力。这样，两人处得反而非常和谐幸福。

从洗澡间出来，叶丽果真趴在了床上，让叶泽春为她敲背。叶泽春敲着敲着，手就不安分起来，在叶丽身上这儿揉揉那儿捏捏。

“今天不许乱捏哦！”叶丽说。

叶泽春说:“我这不叫乱捏，我这叫按摩，你到按摩店去按摩还要钱的，我这却是免费的，你有什么好说的？”

叶丽说:“你这不叫按摩，你这叫骚扰，并且是性骚扰！”

叶泽春说:“我就骚扰你怎么了？”说着一下子紧紧地将叶丽搂住，叶丽也不再说话，手胡乱地在叶泽春身上动着。

一番激情过后，两人都静静地躺在了床上。

叶丽问叶泽春:“你妈今天和你说什么了，和你在书房里呆了那么长时间？是不是为你担心了，怕我爷爷他们影响你的生活？”

叶泽春说:“没有。”

叶丽说:“我一眼就看出来你在撒谎。不过，话说回来，你妈替你担心也是正常的，谁家母亲不为自己的孩子考虑，我能理解，如果是我，我也会。但是，我有我的难处，希望你体谅，也希望你能向你妈解释一下。我知道你妈不是一个斤斤计较的人。”

叶泽春说:“我妈真的没说这些，我妈只是在街上看见了一个小孩，非常喜欢，突然想让你也为咱们生一个。”

叶丽拧了叶泽春一下，问:“你答应你妈了？”

“没有。我说要和你商量商量。”

叶丽说:“按理说，这一次我应该接纳你妈建议的，她老人家想孩子也是情理之中，不过你看现在咱们能要吗？我爷爷奶奶这样，我妈整天累得够呛，我这两天还想和你商量，晚上，我想和我妈轮流照顾我爷爷奶奶。你看，爷爷不停地咳嗽，奶奶晚上也不好好睡觉，我妈几乎整宿整宿地睡不着。人看起来非常憔悴，让我心疼。”

叶泽春忽然想起妈妈的那句话“你和她商量她肯定不同意，你不信，你把妈的话记住。看她会不会尊重你！”，现在叶丽非但不说要孩子，还说晚上要去照顾她爷爷奶奶，这不是变本加厉吗？叶泽春心里不悦，也不好拒绝叶丽，含糊地说：“那你看着办吧！”

叶丽觉察出了叶泽春的这一心理变化，但她不想向叶泽春使性子，反而向叶泽春撒娇道：“我知道我老公最支持我，最理解我，最爱我，就是心里不舒服也是一下下，过了这一会儿就好了，对吗？老公！”

叶泽春没了法子，说：“你的事我不干涉，你看着办吧。”

叶丽说：“你什么时候想我了就叫我，我随叫随到。”

叶泽春说：“我现在就想你了。”

叶丽说：“那就来吧。”

说完，两人又纠缠在了一起。

4 一家人终于聚在一起了

星期一，叶丽先去了一趟单位。领导虽然对叶丽的行为非常不满，最终也没发脾气。说句实话，单位里想找出第二个像叶丽这样有才华又勤勤恳恳、踏实工作的人很难。叶丽虽然 20 多天没有上班，但对单位下发的设计任务还是认真及时地完成了，仅仅差个考勤而已。别的同事就是想找个借口挤对一下叶丽也难。

“去吧，去吧，但是我跟你说，你这一次的假期最长不能超过 7 天，到了第 8 天你爷爷就是还住在医院，你也得回来！”领导无奈又心烦地说。

叶丽一阵高兴，满脸笑容地走出了领导的办公室。

叶丽将爷爷带到了西安最好的医院——西京医院。由于母亲要在家里照顾奶奶，而叶泽春又出去执行公务，叶丽一个人在医院里忙得团团转。一会儿带爷爷去做心电图，一会儿带爷爷去拍胸片，一会儿又带爷爷做头部 CT，接下来是化验血，一切都做完了，医生看着眼前的一大堆检验结果，琢磨了一会儿对叶丽说：“你爷爷现在得了多种疾病，肺炎，血糖高，脑血栓，个个都是要命的病。你还是让他住院为好。”

听完医生的话，叶丽有点发懵，一会儿眼泪就掉下来，问医生：“我爷爷的病都不重吧？”医生说：“都不轻。最好住院。”叶丽说：“好，我马上为我爷爷办理住院手续。”

从医生办公室出来，爷爷一边咳嗽一边问叶丽：“医生怎么说，现在咱们能回家了吗？”叶丽心里一阵难过，表面却装得轻松，对爷爷说：“医生建议您在医院住几天。”爷爷忽然拉住叶丽的手说：“怎么又住院？我不住！”叶丽耐心地劝爷爷说：“昨天您和我公公不是说好了吗？您来到西安了，就应该到大医院好好查查您的病，争取把病治好了。”爷爷说：“我的病治不好，那都是白花钱，村里已经有好几个爷爷这样的病例了，一个没好。”叶丽说：“别人是别人，你是你，一个人一个身体条件，再说他们也没有到这样的大医院来看过，怎么能说治不好呢？”爷爷说：“大医院的医术不见得高明，让医生开点药，咱在家里吃。这样还可以省钱。”叶丽说：“当初您供孙女上学时，孙女问您要钱，您说过少给一点的话吗？您现在也不要害怕花您孙女钱。我不在乎钱，我只在乎您能少受一点病痛，能够健健康康地和我们生活在一起。”爷爷还想说什么，叶丽抚摸着他的手说：“孙女现在离不开您，您能离开孙女吗？”爷爷摇摇头。叶丽说：“就是嘛，但是，您现在不看病，哪一天病加重了，突然间离开了我们，我们不难过吗？所以咱们先把病看好，医生让住院咱们就住院。”爷爷说：“爷爷在这住院，谁管爷爷？”叶丽说：“我管。”爷爷说：“你已经20多天没上班了，领导能答应吗？”叶丽说：“领导又批了我7天假，7天过后，我一定要上班，所以在这7天内，咱们一定要把病看好。好吗？爷爷？您要有信心，有信心了病就好得快。”眼泪溢出了爷爷的眼睛：“爷爷给你添麻烦了。”叶丽说：“您怎么不说您为我们操心了？”

叶丽径直将爷爷推进了住院部，然后让一位护士代管，自己去办住院手续。

医院让叶丽先交5000元押金，叶丽说：“多交一点吧，到时候让医生为我爷爷多开一点儿好药和补品。”

这时，叶焕的电话就打过来了：“姐，听妈妈说你带爷爷去看病了？现在看了吗？爷爷的病情怎么样？”叶丽回答说：“不大要紧，但是医生建议住几天院，我刚为爷爷办完住院手续。你给咱妈打电话了？”叶焕说：“哦，妈妈说爷爷这两天咳嗽得厉害。我很担心。”叶丽说：“没事。你安心工作吧。这两天的工作怎么样？”叶焕说：“比前一段时间好一些，但还是有压力，感觉总不是很适应。”叶丽说：“慢慢来，要对自己有信心。”叶焕说：“我会的。麻烦你把爷爷照顾好，我一想到爷爷有病，我就想哭。”叶焕说着哽咽了。叶丽忍不住也鼻子一酸，却尽量语气平静地安慰妹妹说：“你放心吧，你现在把工作做好，这边你就别操心了。我有你姐夫帮忙，没事的。”叶焕问：“你们的钱够吗？”叶丽说：“够，你不用担心。”叶焕又在电话里哭了一阵子。

将爷爷安排好后，叶丽先给妈妈打了一个电话，说明了情况，又给叶泽春打了一个电话，让他中午下班后到医院来一趟。

叶泽春很积极，12点多一点就到了医院，手里提了香蕉和蜜橘。叶丽说：“爷爷现在血糖有点高，不能吃蜜橘了。”叶泽春笑了笑说：“我不知道。以后不买了。”

叶丽让叶泽春出去买点生活用品，他刚要出门，叶丽又说：“要不先给爷爷买一碗馄饨回来。”转过头又问爷爷：“馄饨行吗？”爷爷说行。叶泽春这才跑了出去。

叶泽春把馄饨买回来了，又去买了生活用品回来。叶丽一边给爷爷喂

着馄饨一边对叶泽春说："等一会儿你再回家一次，看家里蔬菜还有没有，差什么买一些。这两天我妈还没来得及出去，对周围的环境还不熟悉。"叶泽春说："行。"叶丽感激地看了他一眼。

下午下班后，叶泽春又来了，对叶丽说："晚上让我陪爷爷吧！"叶丽说："算了让我来吧，趁此机会让我单独好好照顾照顾爷爷。"

叶丽真的想好好照顾照顾爷爷。这些天来，往事像电影一样浮现在她的脑海里。

爸爸去世后，爷爷就成为家里唯一的男人了。有男孩子欺负叶丽了，爷爷就会追着那男孩子打。直到打得那孩子再不敢欺负叶丽为止。叶丽被妈妈打了的时候，孤独的时候，害怕的时候，爷爷会把叶丽搂在怀里，哄她开心。爷爷没读过什么书，大字认识不了几个，但是爷爷却能给叶丽编出来好听的故事，常常逗得她开怀大笑，忘却了自己的不幸。

叶丽上学了，爷爷本来抽烟，为了给叶丽交学费，买书本，他将烟戒了，茶叶也是家里来了客人才用。

叶丽和叶焕上学的开支越来越大，爷爷就开始学着做小生意。常常为了多赚钱，他要跑到100多里外的地方进一些当地不出的特产回来卖。记得有一次，爷爷到一个叫做双桥的地方去进辣椒。他是早上5点多去的，按照往常的习惯，天黑以前就会回来。但是那一天，直到晚上10点多了爷爷还没有回来。奶奶和妈妈去找，等叶丽看见爷爷时，眼前的景象把她惊呆了。爷爷的半张脸皮都不见了，眼角处还向外渗着血。叶丽吓得大哭，不停地问爷爷疼吗？爷爷却说不疼，怪他自己不小心跌倒了。第二天一早，等叶丽起床的时候，爷爷又出去卖辣椒了。

可以说，爷爷在这个家里承担了父亲和爷爷的双重角色。家里的重活都是他干的，家里需要往外跑的工作也是爷爷做的。叶丽在西安上大学，需要钱的时候，每次都是爷爷送过来的。13岁时，叶丽曾经得过一次急性脑膜炎，爷爷抱着她急跑了20多里，才找到能够治疗叶丽病的医院。等到了医院，爷爷路都走不动了，坐在地上干呕的情景深深地刻在了叶丽的脑海里。

所有的一切叶丽都忘不掉，所以后来叶丽刻苦地学习，发誓一定要找到好的工作，有丰厚的收入，将来好好孝敬爷爷奶奶和妈妈。如今，她的这一愿望基本实现了。

叶丽为爷爷安排的是高档病房。房间里只住两个病人，不仅整洁干净，而且带卫生间，这里的医疗设施也非常先进。

爷爷的病症主要表现为不能走路，咳嗽，吃喝拉撒都要人照顾。但是爷爷是个男人，对于叶丽来说照顾起来很不方便。叶丽起初也有些顾及，后来想爷爷是自己最亲近的人，有什么好顾及的，照顾起爷爷来也就自然多了。

叶丽自然地给爷爷换衣服，接大小便，整理床铺。早上为爷爷洗脸，端水让他漱口。打完针后，让护士帮忙把爷爷扶到轮椅上，然后推着他出去散步。到了吃饭时候，叶丽先要问爷爷想吃什么？爷爷想不起来，叶丽就把爷爷爱吃的饭菜名一个一个报出来，帮他回忆，爷爷猛然想起什么来了，叶丽就给他买。给爷爷喂饭前，叶丽先要尝尝饭的咸淡，是否烫嘴。

一整天，叶丽就陪在爷爷的身边，陪他聊天，专拣爷爷爱听的话说。爷爷输液时间长了，厌烦了，叶丽就缠着爷爷给她讲自己小时候的事情，这样一讲，爷爷的表情就舒展开来，变得眉飞色舞。

到了晚上，叶丽将医院提供的“椅子床”展开，就放在爷爷病床的旁边，挨着他睡下。爷爷晚上一有响动，叶丽就能马上起来。

爷爷咳嗽的时候是最痛苦的时候，叶丽想着法子减轻爷爷的痛苦：为他捶背，端温开水给他喝。有时候，夜里，爷爷要咳嗽一个多小时，叶丽就一直陪着他，直到爷爷再睡下。

两天过后，母亲和叶泽春先后要替换叶丽，叶丽说：“还是我来吧，我觉得和爷爷呆在一起挺开心的。爷爷开心，我也开心。”

苏美华和叶凯成来看望爷爷，隔壁病床上的人对他们说：“这个孙女真孝顺，像这样孝顺的孙女，现在几乎没有！”

也许是医生的医术高，也许是叶丽的孝心、细心感动了老天，爷爷在医院治疗五天后，肺炎不仅痊愈了，糖尿病也得到了有效控制，更重要的是，爷爷的双腿有劲了，能够自己站立起来了！

那一天，叶丽让爷爷试着扶着自己的肩膀站起来，他努力了一下，真的站起来了。叶丽看呆了，接着一颗心就砰砰狂跳。她掩耐不住兴奋的心情给妈妈打了一个电话。电话里，妈妈兴奋地问：“真的吗？”叶丽回答：“真的，妈妈！”“那太好了，太好了，我们能在你二叔他们面前抬起头了。”叶丽脸上的笑容凝固了，问：“你这话是什么意思，什么叫在我二叔他们面前能抬起头了？”“妈以前没给你讲过，你爷爷得了脑梗，你二叔他们都说是妈的过错，没有照顾好你爷爷，妈心里憋屈。现在能把你爷爷的病治好，妈就能在你二叔他们面前抬得起头了。”叶丽说：“妈，你别多想，我二叔他们说这话时可能也是心急，上了年纪的人谁不得病？”叶丽妈说：“这些就不说了，妈现在心里不憋屈了。妈谢谢你！”母亲说着竟然哽咽了，叶丽在电话里安慰了她好长时间。

给母亲打完电话，爷爷在旁边叹了口气，说："别人不知道，爷爷知道，你妈苦呀！"说着眼睛就湿润了。

叶丽慌忙打岔说："爷爷，这些都是过去的事了，不说了，以后，不管是你还是我妈，我都不让你们受苦了。现在，咱先为你的病好起来高兴，我马上给泽春打电话。"

一下班，叶泽春就赶过来了，叶丽对他说："你去给爷爷买一个拐杖，要下面四个脚的那种。"

叶泽春把拐杖买回来后，爷爷拄着拐杖真的能走两步了。

叶泽春也忍不住地跳了起来，"耶，耶"地喊了两声。

他接着高兴地说："明天正好是礼拜六，今天晚上，咱们为爷爷好好庆祝一下。"

叶丽说："行，要庆祝就在金花饭店庆祝，让我爷爷享受一回。"

叶泽春说："好，把我爸我妈叫来，也把我爷爷奶奶叫来，让两对老人家认识认识，咱们一家子来个大聚会。"

叶丽说："好。咱们也有一段时间没去看你爷爷奶奶了。"

叶泽春去安排了。

叶丽也是高兴过了头，让叶泽春这么一说，失去了理智。她哪里知道，就因为这一次吃饭，他们家的战争正式开始了。

回到爸妈家，叶泽春正在跟苏美华说着他们想为叶丽爷爷搞庆祝的事。

听说叶丽爷爷的病大有好转，甚至能下床走路了，起初苏美华也非常高兴。但是，听说叶丽要在金花饭店为爷爷搞庆祝，她的脸立刻拉了下来："这是谁的主意，你的还是叶丽的？"

叶泽春老实回答："叶丽的。"

苏美华把手里的瓜子往盘子里一扔，说："叶丽也越来越不像话了，给她爷爷用高档药，住高档病房，这一次又要在金花饭店搞庆祝，那可是五星级饭店，是普通人去的吗？一桌饭菜下来，最普通的也需要上千元。再说了，金花饭店的饭菜有多好，不就是贵一点吗？她拿她爷爷奶奶当宝了，你们家的日子不过了？"

叶泽春本来很高兴，被母亲这样一说，兴奋的感觉一点都没有了。他向母亲解释说："妈，你别想太多，叶丽就是想让她爷爷见识见识，老人家一辈子也挺可怜的，没享过一天福，现在又这么大的年纪了，还病魔缠身，说不定哪天就去了，叶丽也是想弥补一下。”

“弥补？人民大会堂的饭菜更好，哪天也带她爷爷奶奶到人民大会堂吃饭去。不要觉得把房买了，没多大压力，想怎么花钱就怎么花钱，要知道你们买房首付那40万元是我们掏的，那是我和你爸的血汗钱。要享受也应该是我们，轮不到他们！”苏美华越说越气，头发都快要竖起来了。

叶泽春安慰母亲说：“所以叶丽不是让我来叫你和我爸吗？还有我爷爷奶奶，就是想趁此机会大家都聚一聚，高兴高兴。”

“什么聚聚，高兴高兴，前年你爸病好了，她怎么想不起来为你爸庆祝？她爷爷病还没好，就是刚会走路，就想着庆祝了？”

“妈，看你说的，要庆祝是我的主意。”叶泽春说。

“你刚才不是说是叶丽的主意吗？现在怎么又是你的主意？”

“庆祝是我的主意，我说的为她爷爷庆祝庆祝，在金花饭店庆祝是叶丽的主意。”

“你别为叶丽担待，为她爷爷开高档药，让她爷爷住高档病房也是你的主意？你别这样护着你媳妇，这样下去，将来你要吃大亏的。女人越让着她，她越不知道天高地厚，有一天她会骑在你头上撒尿的！”

母子两个正在理论，叶凯成回来了。

正在气头上的苏美华又将炮头对准了叶凯成：“你今天干什么去了，回来得这么晚？”

叶凯成迅速觉察出了妻子语气中的火药味：“今天学校开了个讨论会，结束得晚了一些！怎么了？看你生气的样子！”

叶泽春说：“叶丽爷爷会走路了，我说庆祝一下，叶丽答应了，我妈在这发脾气呢！”

叶凯成看着苏美华说：“这是好事情呀，发什么脾气？”

苏美华说：“你知道她要在哪里庆祝？在金花饭店！”

叶凯成愣了一下，说：“也没什么嘛，偶尔在金花饭店吃一顿饭也是对国家经济的一个贡献。”

苏美华说：“你说得倒轻巧，她是看我们给她把房买了才这样张狂，要是他们现在还没买房，看她会不会这样乱花钱？”

叶凯成说：“你别总说这些欺负人的话，人家叶丽现在的工资水平也够资格在金花饭店吃一顿饭的，再说她平时也不浪费呀，挺朴实的一个孩子嘛！孩子就是觉得应该向她爷爷奶奶表达一种孝心，夸张一些也可以理解。”说完，

叶凯成又对叶泽春说："今天你和你妈的谈话，不要说给叶丽听，以免起误会。"叶泽春回答："我不会的。"

苏美华说："我发现什么事情都是你们父子两个一条战线，什么事情都是我的错！"

叶泽春说："妈，你别说这些了好不好？我没说你有错呀。你和我爸收拾收拾，我先去接我爷爷奶奶，过来咱们一块走。"

苏美华说："要去你们去，我不去！"

叶泽春请求着："妈——"

叶凯成对叶泽春说："你去接你爷爷奶奶吧，你妈的工作我来做。"

叶泽春感激地看了一眼父亲，然后"噔噔噔"地下楼了。

叶泽春的爷爷叶天水只比叶丽爷爷小3岁，但是他比叶丽爷爷身子骨硬朗多了，到如今还能提动10斤重物上楼。叶泽春的奶奶刘一慧虽然看起来没有叶天水的身体好，但也没什么大毛病，能做饭、干家务。现在老两口单独过，互相照应。

叶天水以前是一家汽配厂的厂长，经济上马马虎虎，退休后在家里养养花，养养鸟，日子倒也过得舒服。这样叶凯成两口子和叶泽春两口子也就没什么负担，过上了舒心的日子。

爷爷家距离爸爸家并不是很远，开车30多分钟的路程。

叶泽春到爷爷家时，叶天水正站在阳台上给鸟喂食，看见叶泽春高兴地说："哎哟，我孙子来了，你有1个多月没来了，爷爷正想去看你呢！"

叶泽春说："爷爷您这是什么话，不会是在变相指责我吧！"

爷爷哈哈笑着说："我孙子就是聪明，总能听出爷爷的心思，不过，这一次爷爷没有指责你的意思，我听你妈说你这个月忙，也心烦，是因为叶丽回老家了。现在叶丽爷爷奶奶又来了，我正想过去看看。"

叶泽春说："忙是忙了一点，心不烦，没来看爷爷奶奶是我的错，所以今天赶快过来了。也带爷爷奶奶出去吃顿饭，大家伙高兴高兴。"

刘一慧端了一盘葡萄出来，说："算你还有良心。人老了，别的事不关心了，就关心你们这些孩子，你们要是一两个月没有消息，我们就要胡思乱想了，天天念叨你。"

叶天水放下手中的活儿，问："叶丽爷爷的病好一些吗？我听你妈说，叶丽爷爷因脑梗导致瘫痪了，现在咳嗽得还非常厉害。"

叶泽春接过奶奶递过来的一颗葡萄说："这一次在西京医院看病了，好多了，现在都能走路了。正因为这，我建议庆祝庆祝，也把你们聚到一块高兴高兴。"

叶天水高兴地说："是好事情，叶丽爷爷80岁的人了，得了脑梗，瘫痪了还能重新站起来，应该算是一个奇迹了，值得庆祝。前两天你妈还很为他担心，现在不用担心了。你们打算到哪里，怎么庆祝？"

叶泽春一下子变得小心起来，说："为了让大伙们都高兴高兴，我和叶丽决定在金花饭店吃饭。"叶泽春说完，又后悔说这话了，虽然他已对此话进行了包装，还是担心爷爷奶奶会反感，像妈妈一样弄得大家心里都不舒服，要知道他们可都是从苦难中过来的人。

没想到叶天水却说："金花饭店，西安最好的饭店，那地方好！爷爷也去见识见识，享享口福。我当了10多年的厂长，曾经做梦都想到那儿去吃一顿饭，却总是没有机会，平添了许多遗憾，现在可以享到我孙子的福了。"

听了爷爷这话，叶泽春非常高兴，刚才悬着的心也放下来了。

叶泽春又问奶奶："奶奶，您有什么意见？"

刘一慧说："白吃饭还有什么好说，何况还在这样高档的酒店，吃回来还能在邻居面前显摆显摆，去。"

叶泽春高兴地说："那咱们现在就走。"

叶泽春开着车，拉着爷爷奶奶又到了父母家。苏美华的脸色没有刚才那么难看，却也不怎么好看。

叶泽春说："现在咱们走吧，我爷爷奶奶他们还在车里。"叶凯成说："走。"又对苏美华说："去了，别在孩子面前流露你的不满。该装糊涂的时候就要装糊涂，不然大家都会不高兴的。"苏美华说："我就原谅她一次，下一次还这样，我就要给她母女好看。"

叶泽春拉着爸妈、爷爷奶奶来到金花饭店的时候，叶丽他们还没有过来。

金花饭店在长乐西路，建筑不高，但是面积很大，中间一个圆轴，两边建筑对称舒展开来，像翱翔中的两个大鸟翅膀，夜幕中感觉更是如此，玻璃幕墙上发着璀璨的光芒，绚烂多姿。"西安金花大酒店"几个字不大，但却是那样的夺目！

叶天水拉着老伴在饭店外边看了很久，进了饭店后又是这儿瞅瞅那儿瞅瞅，然后感叹着说："就是不一样呀，单这气派就够人陶醉的，瞧这房柱，瞧这转梯，有点国际饭店的派头，这在别的饭店是享受不到呀！"

叶凯成见父亲高兴，转过头对苏美华说："你看，咱爸是一副享受的样子，你能说叶丽的想法是错误的吗？人老了，都想把没见过的世面见识一下，这样心里就会有一种自豪感，精神上也会放松很多，从养生保健上来讲，这比吃任何药物、保健品都管用。"

叶天水说："凯成说得对，谁不想让自己的人生过得精彩一些，特别是人老了的时候，总想着人生快谢幕了，自己这也没享受过，那也没享受过，平添几分惆怅。但是人生就是这样无奈，没有机会那也是没办法的事。我今天很感激我孙子和叶丽，他不做这个提议，也许我这辈子都没有机会在这样豪华高档的饭店吃一顿饭。今天一来，心里特满足，这一生值了，无憾了。"

苏美华有点脸红。

刘一慧对叶凯成和苏美华说："你爸这人就知道享受，谁要是让他吃一顿好的，他能感激谁一辈子。"

几个人正说着，叶丽推着爷爷，叶泽春和叶丽妈搀扶着叶丽奶奶进来了。叶丽奶奶走得慢，许多食客都扭过头来看她。

苏美华说："你看丢人不，跑到饭店让人取笑来了？"叶凯成说："这丢什么人？谁没有老的时候，谁能确保自己将来就不得老年痴呆？大家只是好奇，你别把什么事情都往坏处想！"然后礼貌地站了起来。

叶天水问："这就是叶丽爷爷奶奶了？"叶凯成回答："是的，爸。"叶天水说："看起来就是苍老一些。"说着，他站起来迎了上去。

叶天水热情地握住叶丽爷爷的手说："老亲家，早听说您了，幸会幸会。"叶丽爷爷憨厚地笑了笑，说："您就是泽春爷爷了？"叶天水说："正是。"叶丽爷爷说："好。给你们都添麻烦了。"叶天水说："不麻烦，不麻烦。来坐这里，咱们俩坐到一块，咱们能聊得来。"

叶丽看见叶凯成和苏美华叫了一声："爸，妈。"

大家坐定后，叶丽拿起菜单递给叶凯成说："爸，你和我妈看着点吧！"

叶凯成问叶丽爷爷："老伯，你爱吃什么，今天你是主角，大家都是为了让你高兴，你爱吃什么只管说，不要客气。"

叶丽爷爷红着脸腼腆地说："我爱吃的这儿没有，这么高档的酒店一定不做我们乡下饭。丽丽让我来，我说不来了，要为我庆祝，吃一碗羊肉泡馍那是最美的，不要花这冤枉钱。丽丽说吃饭是一方面，主要让我见识见识。说我苦了一辈子了，连个饭店都没进过，她想起来就心酸，还说你们都来，我才来的。我没在饭店里吃过饭，对这里的菜也不熟悉，你们点吧，你们爱吃什么就点什么，菜上来给我介绍介绍，让我知道那叫什么名字就行了。"

菜还没上来，叶天水问叶丽爷爷："听说你们老家也是山东的？"叶丽爷爷回答说："是的。"叶天水问："山东哪儿的？""荣城。""那里以前落后。我们是烟台的，咱们离得不是很远。你现在还说家乡话不？"叶丽爷爷回答："说。"两位老人就说起了山东话，你一句我一句，一会儿大家都笑了。

叶丽奶奶走进酒店后一言不发，盯着这个人看一阵子，又盯着那个人看一阵子，叶丽让她喝果汁，她就端起杯子一阵猛喝。

刘一慧问叶丽爷爷："嫂子她什么时候得的老年病，看样子病得挺严重的？"叶丽爷爷回答："一年多了，医生说是脑萎缩，没法治。现在言语不多，除非自己想干什么了，才说两句。"刘一慧说："人老了就是麻烦，哪儿都不行了，想不拖累人都不行了。我和老叶也是一年不如一年，说不准哪一天也得老年病了。"

叶凯成说："妈，别说不吉利的话，你和我爸身体不是好好的，心情放开朗一些，说不准还越活越年轻呢。"

这时候，叶丽爷爷忽然想起什么了，说："怪了，丽丽奶奶今天来到饭店不说去尿尿了。你们瞅，这么长时间了，她没说过。"

苏美华正在喝果汁，差点吐出来。

叶丽看了一下婆婆，见婆婆没有大碍，接着爷爷的话说："我奶奶今天可能是见了这么多人，注意力完全被吸引了，正在琢磨这些人都是干什么的？"

大家笑了。

这时候菜已经开始上了，叶丽爷爷只是看着，不敢动筷子，不知道怎么吃。叶丽妈也是。

叶天水说："老亲家，咱们也别见外，现在我一样一样教你，比如这龙虾应该这么吃。"叶天水说着，用手给叶丽爷爷比划起来。叶丽爷爷憨厚地笑着，用手试验着。

叶天水问："老亲家，你感觉味道怎么样？"

叶丽爷爷说："好吃。"叶凯成又给他夹了一只。叶丽爷爷说："让你们见笑了。"叶天水说："什么见笑了，这种做法的龙虾我也没吃过，我只是在电视上看到过人家怎么吃。"说完，他笑了，大家也笑了。

接下来，上一道菜，叶天水就给叶丽爷爷讲解一道菜，从来源到做法，再到吃法。有的，老爷子也不知道，只好请教儿子，叶凯成就给他们作详细的解释。

叶丽奶奶还是不说话，叶丽给她喂什么她就吃什么，她吃得很香，大口大口地嚼着，嚼菜的同时还要盯着别人看，好像永远都不认识这些人似的。

这一顿饭叶丽爷爷吃得很开心。

吃完饭，叶丽要去结账，叶凯成说："你不用去了，爸爸已经结过了。"

叶丽愣了一下。

叶凯成又补充了一句："爸一来就把卡交给服务台了。你就安心吃吧。"

叶丽感激地看了一眼公公。

5 为什么我们如此孤独

叶天水正在家里一边唱着秦腔，一边把玩着两个不锈钢小球。他的心情是舒畅的，表情是陶醉的。昨晚的一顿饭让这位老爷子心中填满了幸福的泡泡。单纯只用惬意这个词已经无法形容老爷子此刻的心情，还有一种得意，一种回味，就像调出来的鸡尾酒一样，好喝却难解其味，让人留恋。

叶天水得意的是他在叶丽爷爷面前露了一手。别小看这教人吃饭，那也显示着他的学识，他的地位，他的成就。叶丽爷爷一无所知、单纯憨厚的样子让叶天水一下子觉得他这一生没有白活，他的人生不是一张白纸，而是画满了山水。叶丽爷爷的人生里只出现了一个小山头，那就是培养了叶丽这个研究生！

刘一慧提起自己的小布包想出去。刚下了楼，却见苏美华提着西瓜迎面走来。

苏美华问："妈，你干嘛去？"刘一慧说："你可来了，来得太好了，我受不了了！"苏美华非常吃惊，问："怎么了？"刘一慧说："你爸他自从昨晚回来，秦腔就唱个没完了，他那破锣嗓子震得我心口那个痛呦，想阻止他，怕拂他面子，不阻止他我活不了了，干脆逃吧，逃得越远越好。"苏美华问："我爸他怎么了，突然爱唱起秦腔了？"刘一慧说："在金花饭店吃一顿饭把他高兴的呗，好像吃了一顿国宴似的。"苏美华笑了，说："我以为你们吵架了呢。"

苏美华刚走到公公住的楼梯口，一句句吼秦腔就从房间里冲了出来，充满了整个楼道。

刘一慧说："你瞅瞅，门都能震破了。"

刘一慧打开门，苏美华对公公说："爸，看不出来您的唱功还真好，在外边就能听到了。"叶天水哈哈一笑说："以前在厂里练习唱戏时，我挣断过一条皮带，唱功自然了得，厂里人都说我有气吞山河之势。"苏美华说："爸，我看你适合演包公，那一吼像极了。"叶天水说："在厂里的文艺晚会上，爸演的就是包公，厂里的职工们手都拍红了，最后将晚会的一等奖硬塞给了我，说要是把奖给了别人就太对不住这一等奖了。”苏美华又笑了，说：“没想到爸还挺幽默！”叶天水说：“这是真的，这不是幽默。”

刘一慧给苏美华沏了茶，问：“凯成怎么没来？”

苏美华说：“他到学校去了，这两天学校事多。”

刘一慧说：“当官也不是什么好事，比别人都忙，工资也不见得比别人拿得多。”

苏美华说：“再过几年就该退休了，到时候就不用忙了。”

刘一慧说：“唉，人都盼儿子成才，等儿子真成才了，又后悔了，还不如他整天呆在自己的身边。”

叶天水说：“你这叫恋子情结，没出息，你干你的事情，想儿子干嘛？儿子整天呆在你身边又能怎样，到头来还不是厌烦了！”

刘一慧说：“厌烦也比没在跟前儿强，像这样，有时候想找儿子说说话也不行，有什么意思。”

叶天水说：“你可以找我说话，我有的是时间陪你。”

刘一慧说：“你能和儿子相比吗？你能给我儿子和我聊天的感觉吗？”

叶天水说：“呦，呦，还感觉呢？我看你们就是事多。没儿子就不活了？”

苏美华说：“爸，妈，你们别争了，我回去跟凯成说说，让他以后常来。这一段时间凯成也的确忙，他也为过不来感到内疚。所以他昨天晚上特意点了那么多你们爱吃的菜，就是向你们表达歉意。”

刘一慧说：“别提昨晚的事，一提昨晚的事我就来气。”

苏美华问：“怎么了？”

刘一慧说：“你看人家叶丽爷爷奶奶多幸福，儿子不在了，儿媳妇，孙女全围绕在他们的身边，陪他们说话，照顾他们的生活，哄他们开心，我羡慕死了。”

叶天水怕苏美华多心，慌忙解释说：“你妈是嫌凯成和泽春这一段时间都没来过，发点牢骚，你别介意。你妈没有说你的意思。”

苏美华心想婆婆心里只有她儿子和孙子，哪里有我，嘴上却对公公说：“我做得也不好，就是婆婆说我，我也没意见，我今天就是冲着这事来的，也是为了咱们家的幸福，和你们商量一些事情。”

这一次轮到老两口吃惊了，异口同声地问：“商量什么事情？”

苏美华说：“昨晚我听爸说要经常过去看望叶丽爷爷，现在事情是这样的，你们看我说的有没有道理？”苏美华继续说，“咱不能对叶丽家人太友

好。你们也看到了，她奶奶的病很重，她爷爷的病也不轻，虽然现在好多了，但是脑梗那是一个容易复发的病，并且一旦复发，病情肯定会加重。叶丽自从回去到现在忙得不亦乐乎，对于咱们泽春也照顾不到位了，相反泽春还得帮忙照顾她爷爷奶奶。更重要的是，叶丽也老大不小了，该要孩子了。但是，她现在明确告诉泽春她还不想要孩子，她要照顾她爷爷奶奶。这不是耽搁咱们叶家后代吗？”

“叶丽是好孩子，我承认。但是她只有一双手，只有一个脑袋，把力气和思想都用在照顾她爷爷奶奶上了，别的她肯定顾不来了。这也就是她以前常来看你们，现在却来不了的原因，你们就是想也没用。”

“所以，叶丽爷爷奶奶不能在这长时间住。如果他们就叶丽妈和叶丽两个亲人，咱也没的说，问题是他们还有 3 个儿子和 1 个女儿，他们都有责任赡养老人。不能全是咱们叶丽一个人的责任。”

“我的想法是，现在咱们不好直接向叶丽表达这个意思，但是咱们的态度不能太热情，不能给他们赖在这儿的理由和错觉，要让他们自觉地感受到咱们的态度，自己提出来离开。不知道我的想法对不对？”

刘一慧说：“你不说我还想不起来，你这样一说，我突然意识到这的确是个问题。叶丽这孩子心地善良，还真有可能把她爷爷奶奶长期留在这儿。”

苏美华说：“现在我最担心的就是影响到叶丽要孩子。她爷爷奶奶那么难照顾，照顾了她爷爷奶奶，她哪有心思要孩子，给咱们一年一年地朝后推？”

刘一慧说：“的确是这样，还是你这个当老师的想得周到。绝对不能让叶丽影响到咱们的后代。当初我就反对他们晚要孩子，你们不听，现在想要孩子了，你看，事情一件一件地出来了。我明天就开始装病，让泽春和叶丽来伺候我。咱们的孩子不能给别人生下了，咱们受苦他们享福，这是什么道理？”

苏美华说：“装病不行。”

刘一慧问：“怎么不行？年纪大了的人说病就病了，还要有个过程？”

苏美华说：“我觉得应该给叶丽几个月时间，她也是一片孝心。这个我倒挺感动的。我这次来就想跟你们说说，现在别对叶丽爷爷他们太过热情了。农村人都老实，你一对他好，他就会觉得你不嫌弃他，他也就会心安理得地呆在这儿。”

刘一慧说：“有道理。”

苏美华说：“你们别像昨晚说的那样，经常往他们那儿跑，让他们感受到我们的冷淡。这比用语言说要好得多。”

刘一慧说："我赞成。我以后坚决不去。"

苏美华见公公半天没有吭声，就问公公："爸，你是什么意思？"

叶天水说："你说的也有道理，就支持你吧！"

苏美华说："那就好，我还担心你们提出反对意见。凯成就整天说我小心眼，让我不要干预叶丽他们的事情。"

叶天水说："怎么能那么说。他现在还年轻，不需要孩子的照顾，我们怎么行？泽春能多来一次，我们就能多高兴一次。他有时间迟抱两年孙子，我们哪有时间？今年还活着，说不准明年就到阎王爷那儿去报到了。凯成考虑问题就是简单，别看他是学校的党委书记，现实生活当中，他高中还没毕业。以后他要说你，你就告诉我，让我去教训教训他。"

苏美华说："爸，这个不用了，你也别说我和你们说过这事了，有你们的支持，我以后不在他面前提此事就行了。"

叶天水说："好，还是你想得周到。"

从公公婆婆家出来，苏美华心情非常舒畅。她的目的终于达到了。她不能眼看着儿子受苦，她不能把自己掏钱买的房子拿去让别人享福，她更不能眼看着别人都有小孩哄，享受天伦之乐，而自己还是孤孤单单，感情无处寄托。

苏美华打算最多给叶丽半年时间，如果半年后，叶丽爷爷奶奶还是不回去，她一定要采取行动。

坐在车上，她忽然间想起了自己的父母，一会儿眼泪就流下来了。

苏美华是上海人，在西安上的大学。大学期间，她和叶凯成谈起了恋爱，并对叶凯成一往情深。大学毕业后，苏美华不顾家人的反对毅然留在了西安，嫁给了叶凯成。

但是，随着时间的推移，问题产生了。由于路途遥远，加上工作忙，苏美华一年四季回不了家。偶尔回去一趟，在家里也呆不了多长时间。父亲60多岁时，忽然得癌症去世。父亲临终时对她说的一句话，永远刻在了她的心里："爸这一生好像就养了一个儿子，没养女儿。"这句话里包含了父亲对她的多少指责！并且随着年龄的增长，苏美华对这句话体会得越来越深，它就像一把铁刷，时时刻刻刺刷着苏美华的心灵，让她内疚。后来苏美华把母亲接到西安住过，但是母亲并不留恋这里，不到1个月就吵闹着要回家了。

母亲回去后，生活又变成了以前的样子，有时候她连续几年都回不了一趟家，回去一趟也没时间和母亲好好聊聊。在这种尴尬中，母女情也好像淡漠了。后来母亲曾经说过："幸亏我有一个儿子，不然的话，我该是怎样的孤独和无奈！"

回到家里，叶凯成还没有回来，苏美华忍不住拿起电话。电话是侄女接的："姑姑，你好吗？你有一段时间没给家里打电话了，最近身体怎样，工作忙吗？"苏美华说："还都好，小宝贝上托儿所了吗？"侄女说："上了，调皮着呢，每天要让他爸爸带他去公园，在公园里上高爬低的。"苏美华说："那样的孩子聪明，身体好，有想象力。"侄女说："你总是表扬你的孙子！我看他一点都不聪明。"苏美华说："要是让你看出来他聪明，你儿子快成科学家了。你奶奶在不在？"侄女说："在。"然后在那边喊："奶奶，我姑电话。"过了一会儿，电话那边"喂"了一声。眼泪瞬间从苏美华的眼睛里流了出来，她哽咽地叫了一声："妈！"母亲说："你怎么了，凯成欺负你了吗？"苏美华说："没有。"母亲说："没有？怎么一拿起电话就哭了？准是凯成欺负你了，你不敢说是吗？当初妈就不愿意你嫁那么远，你不听妈的话，现在被人家欺负，你在妈跟前哭，妈有什么办法？你想让妈难受吗？"苏美华说："妈，不是，我想你了。今天我到婆婆家去了，婆婆嫌凯成不到她家去，说她孤独死了，凯成也不知道，我就想起你了，想起我不在你身边……"母亲说："妈不孤独，有你哥陪着。"苏美华说："我哥我嫂子上班去了呢？"母亲说："我就在家看看电视，看厌了就出去和外面的老太太坐坐。"苏美华说："你一个人在家的时候要注意安全，把我哥的电话号码写在墙上，有什么事情给我哥打电话。"母亲说："你哥就在墙上给我写着呢。"

打完电话，苏美华的心情还是不能平静。她甚至非常羡慕叶丽爷爷奶奶，不管是病痛也好，痴呆也好，有人陪着他们，哄着他们，多温馨，多和谐。不知道她老了的时候是个什么样子，像公公婆婆一样，还是像母亲一样？苏美华非常沮丧。

苏美华突然非常希望儿子此刻能陪在她的身边，陪她说说话，陪她做做饭，陪她出去走一走。

苏美华把电话拿起来，又轻轻地放下了。她忽然想起，叫儿子过来会引起叶丽的猜忌。她已经接二连三地表现出反常的行为了，叶丽不是个愚笨人，她能没有想法？她并不想得罪叶丽，在她的印象中，叶丽的确是个好孩子，没有别的姑娘的娇气，不爱慕虚荣，踏实肯干，不多事，还漂亮，走在人面前有一种天然的气质，做她家的儿媳妇完全称职。问题是她把她爷爷奶奶带来让人心烦。

“再过一段时间看看吧！”苏美华自言自语地说，心头充满万般无奈和沮丧。

过了一会儿，苏美华又生起气来，叶丽不能因为她爷爷奶奶而剥夺了大家的幸福，爷爷奶奶想见孙子见不成，母亲想见儿子见不成，这都是什么呀？幸福全到她家去了！

“最多给她半年的时间，半年过后，他们要是不走，我一定赶他们走！”苏美华在心里说。

这时候，叶凯成回来了，一身疲惫的样子。

苏美华帮叶凯成脱掉西服问：“学校最近忙什么工作，把你累成这样？”叶凯成说：“学校要扩建，组织学术研讨会，还要计划生源，一摊子事。”苏美华说：“该交给别人管的事就交给别人管，别事事亲自过问。”叶凯成说：“谁不想那样，但是，现在的事情都是大事，一旦出现问题谁负责！不在其位，不谋其政呀！”苏美华给叶凯成沏了一杯咖啡，放在叶凯成的面前，说：“回到家里就别想这么多事情了！”说到这，苏美华忽然想起叶凯成以前爱跟儿子下象棋的事，儿子现在要是在这，准能哄父亲开心。

苏美华又对叶丽爷爷奶奶生出一丝厌烦来，没有他们，叶丽每个礼拜天都会和泽春过来，陪他们两口子。

见苏美华一脸沉思的样子，叶凯成问：“想什么呢？突然间不说话了！”

苏美华说：“你儿子要是在这，和你聊聊天或者下下象棋，肯定能分散你的注意力，让你紧张的大脑休息下来。他们以前每个礼拜天都来的。”

叶凯成说：“他们忙嘛，来不了就算了。”

苏美华说：“是呀，他们忙。”说完给叶凯成做饭去了。

6 一丝光明初现

在苏美华想着挤对叶丽爷爷奶奶的时候，叶丽则想着如何能把爷爷奶奶的病治好。

酒桌上爷爷说的那句话引起了叶丽的注意，真的，遇到人多时，奶奶怎么不提说上厕所呢？是不是那种场面引起了奶奶的兴趣，吸引了她的注意力？那么这种吸引力会不会刺激她的脑神经，加强她的脑活动量？如果能，会不会延缓奶奶的脑衰亡？

回到医院，静下来后，叶丽立刻让叶泽春把笔记本电脑给她送来，她要在网上查一下这个问题。上网一查，答案是肯定的。大多数专家认为越是患老年痴呆的人，越要加强脑活动量，刺激脑神经，这是延缓脑衰亡的有效途径之一。叶丽一下子明白了，举个简单的例子，腿要是一天到晚不活动的话，很快也会萎缩的。想到这她吓了一跳，奶奶这半年病情之所以发展迅速，应该与脑活动量少有关。母亲平时太忙，没时间和奶奶沟通。奶奶得病以后，村里人也很少再和她来往。爷爷自身难保，更关心不上奶奶。奶奶整天被封闭在一个孤独的世界里，大脑思维被抑制，病情自然发展得快。

找到了答案，叶丽立刻有了主意。明天正好是礼拜六，叶丽想试试自己的办法。

“泽春，你今天晚上别玩那么晚好吗？明天你在医院照顾我爷爷，我想带奶奶出去转转。试试这个方法行不行？”

叶泽春说：“好吧，我老婆第一次求我，我怎能不答应！希望这个方法有用，奶奶的病情得到控制。”

叶丽偷偷捏了一下叶泽春的手指，这是他们夫妻的暗号，在人多处使用，表示我爱你，吻你。叶泽春会心一笑，也偷偷捏了一下叶丽的手指。

第二天上午，母亲正在看电视，奶奶坐在床上，像鸡打盹儿一样。

叶丽说：“今天咱们先带我奶出去玩玩。看我奶对外面的环境有什么反应？”

叶丽妈说："泽春昨天跟我说了，说你今天要带你奶出去玩，我想有必要吗？人老了，零件也老了，出去玩有什么作用？"

叶丽说："网上说了，可以延缓我奶的痴呆，延长她的生命。真的这样，我以后天天带我奶出去玩，让她多活几年。"

叶丽开始搀扶奶奶，奶奶一脸哭相："你你你你……"好像不愿意让叶丽扶她。

叶丽说："我带您到城里的公园去玩。那里有好多老年人，在那干什么的都有，热闹着呢，您去了就知道了。"

奶奶还是皱着眉头看着叶丽，可是，叶丽再搀时，她不怎么反对了。

叶丽和母亲搀着奶奶来到街上，叶丽连挡了几辆车，人家看了一下都没停。叶丽妈说："人家可能嫌弃你奶奶呢！"叶丽说："没事，总有停车的。"果真，过了一会儿，一个小伙子把车停在了叶丽身边。

小伙子说："没人愿意拉你们吧？我拉你们，看你们带着老太太站在这挺辛苦的！"叶丽说："谢谢！"

打开车门后，叶丽奶奶不知道上车。小伙子对叶丽说："你先进去，在里边扶着点。"然后对叶丽奶奶说："老奶奶，您孙女都进去了，您也进去吧，来抬脚，我帮您，噢，对了，再抬一点，对了。"小伙子抓住奶奶的一只脚，抬起来放进车里，然后过来抱住奶奶，对叶丽妈说："你现在可以放手了，护着她的头就行。"叶丽妈照做了。小伙子又对叶丽说："你在里边帮着点！"叶丽应答了一声。小伙子稍一用力，将奶奶抱起来塞进了车里。

"你你你……"小伙子将奶奶放进车里了，奶奶却拉住小伙子的衣服不放，嘴里不知道要说什么。叶丽向奶奶解释说："奶奶，他是我们的司机，开车带我们出去玩的。您拉着他，没人给我们开车了。"叶丽边说边掰奶奶的手，奶奶这才松手。

车启动了，司机问叶丽："你奶奶有老年痴呆吧？"叶丽回答："是的，你怎么知道？"司机说："我们长年在外边跑，当然有经验了，这也是没人愿意拉你们的原因，嫌麻烦，耽搁时间。"叶丽说："谢谢你。"司机说："不客气，现在像你这么年轻的人带老年人出来玩的不多了，所以我才帮你们的。"

车到了莲湖公园后，叶丽要多给司机钱，司机说："这个不用了，我做人有原则，帮人的事情不能收费。我这里有名片，你拿一张，一会儿回去时，如果没人拉你们，你就给我打电话！"叶丽感激地接下了司机的名片。

"这个司机年纪不大，人还挺好的。"母亲说。叶丽说："有时候越是年轻人，越有爱心和正义感。"

母女两个搀扶着奶奶朝公园里走。

公园的门大开着。

这时候一个大妈迎面走过来，问叶丽："老人患有老年痴呆吧？"叶丽"噢"了一声。大妈说："我一看就是，和我妈一个病症，表情一样，走路也一样。你是她什么人？"叶丽回答："是孙女？""这位是？"大妈看着叶丽妈问。"我妈。"叶丽回答。大妈说："你妈是农村来的吧？""是"叶丽回答。叶丽妈冲大妈笑了笑。大妈说："一看就是个实在人。你在西安工作？""是。"叶丽回答。"你妈和你奶都是刚来的吧？""对，来了一个礼拜了。"叶丽回答。大妈说："我一猜就是。怎么想着把你奶扶出来了？你看她走路多艰难，莲湖公园让她走两天也走不完！"叶丽说："我想让我奶多见见人，网上说对待得老年痴呆的人，要想办法刺激她的脑神经，不然脑萎缩就会加快。"大妈说："你这样要走到什么时候，再说多累人，你和你妈就这样搀扶着？"叶丽说："没事。走累了就歇一歇。"大妈说："你真是一个孝顺的孙女，难得你有这一份孝心。"叶丽笑了笑说："应该的，我奶奶以前非常爱我。奶奶老了，我也该向她尽点力。"

一行人便在公园里走着。边走边聊。

叶丽问大妈："你说那个奶奶也是老年痴呆，她现在呢？""已经去世了。"大妈说完眼睛忽然红了，继续说："自从得了老年痴呆后，两年就去世了。"叶丽说："阿姨，对不起！"大妈说："没关系。看见你对你奶这么好，让我非常感慨。当初我对我妈都没有你对你奶好。我没有你这么心细，还想着刺激你奶奶的脑神经，想办法让你奶多活几年。我现在非常后悔，觉得自己对母亲尽孝不够。"

叶丽安慰大妈说："阿姨，你也别难过，人有时候总会疏忽的。"大妈说："现在难过也没有用，人已经去世了。"大妈又对奶奶说："婶子，你真幸福，有这么好的一个儿媳妇和孙女。"奶奶好像听懂了这句话，嘴角挂着笑容。

说话中的时间过得最快，当叶丽下意识地看表的时候，已经中午 11 点 40 分了。叶丽忽然间想起了医院里的爷爷和丈夫。

她想去给爷爷送点饭，于是她拦了一辆出租车往医院去，但是，叶丽还没到医院，叶丽妈忽然打过来电话说："你快回来吧，你奶奶尿裤子了。"

叶丽大吃一惊，说："怎么会尿到裤子上呢？"

叶丽妈说："今天你奶就没上厕所。现在你奶把两个裤腿全尿湿了，尿液顺着裤腿淌呢。"

叶丽又赶紧让出租车司机掉头往回赶。同时她又给叶泽春打了一个电话："你是不是还没吃饭？"叶泽春说："没有呢，你说你过来，正等你呢！"叶丽说："我现在过不去了，我奶尿裤子了，人还在莲湖公园，我得想办法把她弄回去，给她把衣服换了。"叶泽春说："那你忙奶奶的事吧，这边你别管了。”叶丽说：“我这几天一直在老刘家泡馍馆给爷爷做的饭，你到那儿给爷爷买饭吧，爷爷就爱吃他家的饭。”叶泽春问：“老刘家泡馍馆在哪儿？”叶丽说：“你出了医院大门，过了马路，朝西走，进第三个巷子就能找到。你到了之后，就说代替我买饭的，给我爷爷的面条和馍都是特意做的，你说了他们就知道了。”叶泽春说：“好的，知道了。”叶丽说：“你的饭自己解决吧！”叶泽春说：“别啰嗦了，赶快去管你奶奶吧！”

到了莲湖公园，给出租车司机交钱时，叶丽问他：“你在这等一会儿，帮我把我奶奶送回去好吗？”出租车司机说：“对不起，我们不能等那么长的时间。”

叶丽只好让出租车司机走了。

叶丽再看到奶奶时，发现奶奶的裤腿全湿了。奶奶似乎还一无所知，看到叶丽了，右手伸向叶丽，一脸的哭相：“你你你你……”好像在怪罪叶丽似的。叶丽说：“奶奶，我不该离开您。我不离开您了。”奶奶不说话了，把手放了下去。

叶丽妈说：“都怪我，忘了带你奶去尿了。”叶丽说：“我也没想起来，总想着奶奶不提说撒尿是好事，把她需要排尿给忘了。”

大妈说：“赶快把你奶送回去换衣服，小心着凉。”

叶丽拦了几辆出租车，好不容易停下来一辆，但是司机发现奶奶的裤子是湿的，没好气地说：“你诚心整我是不是？”说完气呼呼地走了。叶丽在后面喊了几声也没起作用。

叶丽便想起了来时的那个小伙子。她从提包里翻出小伙子的名片，给小伙子打了一个电话：“我要跟你说明一下，看你能来不，你不能来我也不怪你。我奶尿裤子了，现在裤腿都是湿的，你嫌弃不嫌弃？”小伙子说：“嫌弃是肯定的，但是冲着你这个孝顺劲儿，好事我还是想做的。你等一下，我马上就过来。噢，对了，趁这个时间，你在周围买一份报纸，到时候垫到座位上。”

放下电话，叶丽忽然非常感动。这个社会虽然势利，但是总有一些义举会拨动你麻木的神经！不到一刻钟的时间，小伙子开着车来了。

小伙子大体上看了奶奶一眼，然后就利索地将叶丽买好的报纸铺到座位上，再像上午一样将奶奶抱进小车里。到达叶丽家后，叶丽要多付他钱，小伙子再一次拒绝：“多收钱就是对我爱心的玷污，你明白吗？”这句话把叶丽逗乐了，只好再向小伙子说了声谢谢。

叶丽和母亲将奶奶搀扶到家里，刚给奶奶把湿裤子脱下来，叶泽春就打来了电话：“你说的那家饭店在哪儿？我怎么就找不到呢？”叶丽有点生气：“你到现在还没找到饭店？马上1点钟了！”叶泽春说：“我在这转来转去，没有你说的那家饭店呀！”叶丽说：“我不是和你说得很明白吗？马路对面，向西走，走到第3个巷子进去，就能看到，老刘家羊肉泡馍馆！”叶泽春说：“你

刚才不是说老刘家泡馍馆吗，现在又加了羊肉两个字？”叶丽哭笑不得，说：“你怎么突然变得像个呆子。羊肉泡馍馆不是泡馍馆？”叶泽春说：“你太心细了，把人都搞懵了，我想着万一要不是这一家呢，买回去，爷爷吃得不舒服。”叶丽说：“我不是和你说过，你进去问问就行了，好了，不说了，你赶快去买吧，我正给我奶换裤子呢。”

帮奶奶脱裤子时，奶奶还比较配合，可是帮奶奶穿裤子时，她抓住新裤子不让叶丽给她穿，嘴里又“你你你……”地说着，也不知道她要说什么。

叶丽便和母亲将奶奶搀进了洗澡间，给奶奶洗完澡后，再给奶奶穿衣服，她不反对了。叶丽忍不住笑了，说：“我奶奶挺有意思的。”

做过饭吃了，已是下午1点多了，正是一天中最热的时候。虽然现在还没有进入夏季，但是中午的阳光还是有点脾气。它似乎对女孩子们把自己裹得严严实实有些不满了，故意放出一些热量来，让那些美丽而身材曼妙的姑娘们赶紧把裹得严严实实的衣服脱掉。

叶丽本来打算带奶奶到医院去，让奶奶见见爷爷。同时她对叶泽春照顾爷爷也不放心，想去看看爷爷的情况怎样，吃好了没有？叶泽春在医院里是否尽心尽职，他怎样和爷爷一起度过那些无聊的时光？在家里，叶泽春从来没有做过这样琐碎而细致的照顾人的工作，他能做得好吗？现在的心情怎样，还能否承受？该不会忍无可忍，要暴跳如雷了吧？

可是奶奶还没有走出社区，就不走了，嘴里不停地嘟囔着：“羞，羞，羞……”叶丽顺着奶奶的目光看去，只见一个20多岁的小姑娘蹲在不远处的一块空地上打手机。姑娘穿的是短衫和低腰裤。腰一弯，大半个后腰露在外面。

叶丽妈说：“现在的女孩子都穿成了什么样子！”

叶丽却一惊，兴奋地说：“我奶奶会思维了，她能发表自己的看法了！”

叶丽妈也是一惊，眼睛瞪得好大：“真的，她怎么会说出这样的话？她至少有半年时间说不出自己的想法了。”

叶丽高兴地抱住奶奶，又在奶奶脸上亲了一口，说：“奶奶您太伟大了，您进步了。”

奶奶慢吞吞地说：“我进步了。”叶丽更高兴了，搂着妈妈跳了两下。

叶丽又不打算到医院去了，搀扶着奶奶在附近转。累了就扶奶奶找个地方坐一下。

叶丽说："看来，还是要让我奶奶多接触人，以后我经常带她出来。"

叶丽妈说："算了吧，有时间妈带你奶出来，后天你就上班了，以工作为主。还有，要注意你和泽春的关系，妈总觉得来到你们这不好，你爷爷奶奶要是没病就好了，现在都是病号，讨人厌的。你爷爷住院，花了你那么多钱，不知道泽春嫌不嫌，他妈嫌不嫌？你再把心思都用在你爷爷奶奶身上，迟早他们都会有意见的。"

叶丽说："没事，妈，我婆婆和泽春都是很善良的人，他们都很大度，能体谅人。我婆婆有时候就是嘴上爱说，心里没事的。我嫁给泽春两年多了，婆婆几乎没要求过我什么，反而给了我许多帮助，我很感激她的。"

叶丽妈说："你还是注意一点为好，妈经历的事多，不会看错的。说实在的，妈对你现在的环境非常满足，不想拖累你。妈这一生给你的本来就不多，现在再让妈毁了你，妈一生都不得好过了。"

叶丽说："人家的母亲都站在女儿这一边，替女儿撑腰，你倒好，站到人家那一边去了。"

叶丽妈说："妈的条件不如人家呀，妈还是有自知之明的。"

叶丽忽然很伤感，自从父亲去世后，母亲大半生都在看别人脸色行事。

叶丽说："妈，你以后不要光长别人威风灭自家志气了，女儿现在可以离开任何人，不管是在工作上还是在家庭上。"

叶丽妈急了，慌忙捂住叶丽的嘴说："你可不要乱说，什么可以离开任何人了。你这叫自己抬高自己，你这样想不是什么好事情。"

叶丽说："什么自己抬高自己，本来就是嘛，我一月七八千元的工资，我养活不起我自己？我给我爷爷看病，那全花的是我自己的钱，他叶泽春有什么脾气？"

叶丽妈说："总之，妈不许你有这样的想法！妈是老实人，你也得做个老实人。"

叶丽说："妈，我和你开玩笑的，看把你急的，你还不了解你女儿吗？"

叶丽妈的眼圈忽然红了，说："妈苦了一辈子，希望你和叶焕都能好好的，一辈子平平安安，过上幸福的日子。"

看见母亲哭了，眼泪也顺着叶丽的脸颊流了下来，叶丽紧紧握住母亲的手说："妈，你放心吧，女儿不会让你操心的。女儿一定会好好把握自己的生活。"

奶奶说："哭了，不哭。"并用手来给叶丽擦眼泪。

叶丽愣了一下，随即叫了一声："奶奶。"又扑进奶奶怀里呜呜地哭着。

7 三面胶

早上9点，叶泽春还没有起来，一阵电话铃声便将他吵醒了。他睁开惺忪的眼睛，嘟囔了一句："谁呀，这么烦人？"

拿起电话，叶泽春却吃了一惊，是奶奶！

"奶奶，有什么事吗？"

"有事，奶奶今天心烦，想让你过来。"

"怎么了？身体不舒服吗？"

"不知道，就是心里堵得慌。奶奶想和你聊聊天。"

"奶奶，如果没有大事，我明天晚上过去好吗？今天叶丽爷爷出院，我得过去帮忙，或者我把您和爷爷接过来吧！你们正好也和叶丽爷爷他们说说话，解解心烦。"

"我不去，又是叶丽爷爷，我们不是你爷爷奶奶了？"

"怎么了奶奶？没发生什么事吧？"叶泽春的睡意全无。

刘一慧顿了一下，说："没有，奶奶就是心烦，想让你过来陪奶奶说说话。"

叶泽春说："那我下午过去，好吗，奶奶？"

刘一慧说："行吧，先帮你媳妇吧，那边事重要！代我向叶丽爷爷问好！"

奶奶将电话挂了。叶泽春拿着电话愣了一会儿，奶奶今天怎么了？

吃完饭，叶泽春就来到了医院。叶丽爷爷还在打点滴。想着要出院，叶丽爷爷非常精神，靠在床背上，脸上含着笑意，眼睛特别有神。

"爷爷今天特别精神。"叶泽春说。

爷爷笑了笑说："人逢喜事精神爽。爷爷的肺炎好了，不咳嗽了，嗓子里也不痛了。爷爷觉得把大问题解决了。这次的钱没白花，还看到你们两个对爷爷这么好，爷爷咋能不高兴？"

叶泽春说："就要高兴，你高兴了我们也高兴，我们做起事来也有劲头了。"

这时，叶丽已经收拾好了行李，出了医院，叶泽春拦了一辆出租车，直接将爷爷拉回到了家里。

奶奶再见到爷爷，一直盯着他看，看得爷爷有点不好意思，他笑着说：“怎么了，不认识我了？”奶奶说：“不认识了。”叶丽说：“奶奶，这是我爷爷。”奶奶说：“你爷爷。”叶泽春说：“主要爷爷现在太精神了，和住院的时候判若两人。”奶奶说：“太精神了，认不出来了。”叶泽春说：“看，我说奶奶能认出来。”大家都笑了。

叶丽爷爷对叶丽奶奶说：“我会走路了。你看。”说着扶着椅子站了起来。叶丽慌忙把拐杖递给爷爷。

叶丽爷爷拄着拐杖在屋子里走了一大圈子，然后问叶丽奶奶：“老婆子，怎么样？我走得好吗？”奶奶说：“走得好。”爷爷高兴了，对叶丽说：“你奶今天也不呆了。”叶丽说：“我昨天就跟您说过，我奶奶的病情能控制住。”爷爷高兴地说：“看到希望了，终于看到希望了。”奶奶说：“终于看到希望了。”爷爷说：“你就会鹦鹉学舌！”说完笑了。大家都笑了。

吃过中午饭，叶泽春想起了奶奶叫他的事。

叶泽春问叶丽：“你过去吗？”

叶丽说：“下个礼拜吧，下个礼拜我去！我奶奶病情有所缓解，我挺高兴的，我想再带奶奶出去走走。”

叶泽春说：“好吧，下个礼拜一定去，不去我奶会生气的。”

叶丽说：“我知道，没问题。”说完就去哄自己的奶奶了。

叶泽春坐了10站公交车来到刘一慧家。叶泽春家、爸妈家、还有刘一慧家呈不对称三角形。叶泽春家距离爸妈家稍近，距离奶奶家偏远，刘一慧曾经抱怨说一代比一代离得远了。

刘一慧见叶泽春进来，并没有停下手中的活，只是淡淡地问：“把叶丽爷爷接回来了？”

这和往常不一样，以往叶泽春来，就算奶奶不高兴，见到他也马上会忘掉烦恼，脸上的愁云瞬间散去，笑容会像雨后的太阳一样鲜艳、富有感召力。

“接回来了。”叶泽春答。

“那你怎么不在家里陪叶丽爷爷，你敢出来吗？”刘一慧说。

“奶奶您怎么了？”

“奶奶我不怎么！”

“您好像不高兴？”

“我能高兴吗？孩子都给别人生下了。你爸忙工作，你忙着照顾叶丽的爷爷奶奶，剩下你的爷爷奶奶在这孤独地消磨时光。现在想想当初，还不如不要你爸！没有你爸的话，我还不惦记。”

叶泽春笑着说：“没有我爸也就没有我了。”

这个玩笑显然没有让奶奶高兴，刘一慧依然一脸沉闷，说：“都是没用的。”

叶泽春说：“我明白了，奶奶嫌我这一段时间没来。”

刘一慧说：“孙子呀，你知道人老了的时候，孤独对一个人多么可怕吗？看电视看不进去，找人聊天没兴趣，脑海里全是愁苦，这种愁苦会把人的生命力一点一点地耗干！”

叶泽春感觉到了一种压抑。

刘一慧继续说：“你不要觉得奇怪，这和老年人的心理有关。人老了，工作不关心了，金钱不关心了，就关心孩子的健康，家庭的温暖。谁家买了小车，谁家装了空调，我们都不羡慕。我们只羡慕谁家孩子来看老人了，谁家孩子接老人到他们家生活了。像叶丽爷爷奶奶，我现在就特羡慕，两位老人现在多好，有人陪着吃饭，有人陪着玩，有人陪着睡觉，多开心，多热闹！你说奶奶有什么？所以有时候想着呀，这样的生活还不如死掉。”

叶泽春说：“奶奶，您不要瞎想，您说的话孙子记下了，也明白了，孙子以后会常来的。”

刘一慧的语气缓和了许多，放下手中的活儿给叶泽春端来一盘水果说：“别怪奶奶跟你诉苦，奶奶不说你们不明白，你们会在麻木中忘掉我们！你一定不希望爷爷奶奶得病早死，但是，缺少关爱的人，心情怎能愉快，特别是老年人？没有好心情，本来就变得孱弱的身体抵抗力会下降的！”

叶泽春说：“孙子明白。”

正在这时，楼道里传来一声秦腔“走的陕西韩城县”。刘一慧说：“你爷爷回来了，他走到哪儿唱到哪儿，这都成他的标志了。隔壁人说，你爷爷太有个性了，外地来人找他，问你爷爷姓名，没人知道，但是只要一说那个爱唱戏的，就无人不知了。”

叶泽春笑了，去给爷爷开门。

见到叶泽春，叶天水一声大叫：“哈哈，我孙子来了。今天又有人陪我喝酒了，高兴！”说着做了一个戏剧动作转到了厨房：“夫人，你是不是改餐了？让我看看！哈哈哈，十多道菜，够丰盛的了，今天我孙子有的吃了。”说着，唱着，用手抓了一只鸡翅塞进自己的嘴里。刘一慧说：“唉唉唉，下象棋饿了，手洗过了没有，那是给我孙子买的，我孙子还没吃，你怎么吃了？”叶天水说：“见了我孙子一下子高兴得饿了，吃些鸡翅才能有劲儿和我孙子说话。”

一会儿工夫，刘一慧就把饭做好了，一家人正吃得高兴，苏美华忽然给叶泽春打来了电话，嗓音有点低沉：“你现在在哪儿？是在你爷爷奶奶家吗？”叶泽春回答：“是的，妈妈，有什么事吗？”苏美华说：“没什么事，你爸这两天在学校忙工作，妈一个人呆在家里有点烦。”叶泽春说：“好的，妈妈，我吃完饭过去。”苏美华无奈地说了一句：“好吧！”

叶泽春收起了电话，刘一慧问：“你妈的电话？”叶泽春回答：“对。”刘一慧说：“什么事情？”叶泽春回答：“她说我爸这两天在学校忙工作，她一个呆在家里有点烦。”刘一慧抱怨着说：“一个人呆在家里也不说过来陪陪我们？”叶天水说：“孩子不过来就有她不过来的理由，你不要抱怨这个抱怨那个的。”

过了一会儿，叶泽春的手机又响了，他准备接时，手机铃声又停了。

叶泽春拿起手机看了一下，发现是妈妈的，他心里就明白了。

刘一慧问：“谁的电话？”叶泽春说：“我妈的。”刘一慧说：“又想叫你过去？”叶泽春说：“可能吧。”刘一慧说：“不去。”爷爷说：“让泽春过去吧，看是不是有什么事？”刘一慧说：“能有什么事？有好吃的拿过来让我们吃！”泽春说：“奶奶，您就别生气了，我已经陪你们这么长时间了，让我过去陪我妈坐一下，我妈现在带着毕业班，工作压力也很大的。”刘一慧极不情愿地说：“陪我们好长时间了？你才陪了我们6个多小时。好吧，你去吧，下个礼拜记得早点来。”叶泽春说：“我奶真通情达理，记得，我一定记得。”

叶泽春走了以后，刘一慧收拾了一会儿碗筷，忽然对叶天水说：“孩子这一走，身上的筋好像立马被抽走了，整个身子都空了。”叶天水说：“矫情，孩子不来你还不活了！”刘一慧说：“孩子不来，我哪一天不是在消磨时光？有几天是高兴的？这样下去，我迟早也要得老年痴呆了！”叶天水说：“人家那些没孩子的人还不活了？”刘一慧说：“没孩子的人没有指望，我有孩子就有指望，这能一样吗？再说了，没孩子的人心里受的苦，他不跟你说，你能知道吗？你不知道，你凭什么这样讲？”

叶天水说：“人都渴望幸福，但人就在矛盾中生活，能有什么办法？”刘一慧说：“我就希望能有解决的办法，我就想时时刻刻都能幸福。”

叶泽春到了爸妈家里，见苏美华窝在沙发里，一动不动，眼睛睁得大

大的，却一点神采都没有。刚买来的 72 英寸大彩电像个哑巴一样挂在墙上，屋里装修得富丽堂皇却显得一点生机都没有。

“妈！”叶泽春叫了一声。

“你爷爷奶奶身体好吗？”苏美华问。

“好。”叶泽春回答。

“他们叫你过去的，还是你自己过去的？”苏美华问。

“我奶叫我过去的。今天叶丽爷爷出院，我本来要在家里帮叶丽！”

“怎么没听你说？”

“叶丽不让说，怕影响你们。”

“我本来说今天过去看看，后来一点心情都没有。”

“怎么了？”

“不知道，就是心烦，这样那样乱想，也不想出去溜达，电视也看不下去，书也看不下去，网也不想上。”

叶泽春剥了一颗荔枝递给她，苏美华说：“我不吃，没胃口。”

“我爸这一段时间工作忙，没时间陪你？”叶泽春问。

“以前他也经常这样。你也知道有时候出差 1 个多月，但是没有像这一次这么心烦的。”

叶泽春忽然笑了，说：“你是不是也像我爷爷奶奶一样，叶丽爷爷奶奶一来，你们都感觉到有压力了，怕我陪你们的时间变少。”

苏美华说：“我才不像你奶奶那样没出息，离了孩子不活了，我更多时候是替你考虑，怎么样才能让你幸福。”

叶泽春说：“妈，我不是跟你说过吗，现在没事，我和叶丽都好好的，叶丽爷爷奶奶也对我没有什么影响。”

苏美华不耐烦地说：“我没说你们有事情，再说了，叶丽爷爷奶奶刚来几天能有什么事情？”

“那你怎么了？”

“心烦，就心烦。想找人吵架。”

叶泽春笑了，说：“怎么那么严重？在我眼里你可是很坚强的！”

“是呀，我也想不明白这两天为什么这么心烦？妈这两天才理解了孤独是一种什么滋味，寂寞是一种什么滋味，想一想那些单身的女人怎么过日子？你赶快要个孩子吧，妈妈没事的时候还可以哄哄孩子玩。”

“叶丽说等再过一段时间，她想好好照顾她爷爷奶奶一段时间。”

苏美华忽然暴躁地打断叶泽春的话说：“别总是叶丽说叶丽说的，你是男人还是叶丽是男人？什么事情都要和她商量，你不会自己拿主意吗？同房时费点力，你让她怀孕了，她不心疼自己肚子里的孩子？妈已经快60岁的人了，连个孙子都抱不上，活着还有什么意义？我跟你说实话，妈现在就觉得活得太伤悲，你说人生是什么？工作？一个人面对寂寞？人是有七情六欲的，只有七情六欲得以完全释放，人生才是完美的，你不能压抑这七情六欲，压抑时间长了，人会受不了的，会得病的，你知道吗？"

叶泽春说："我抽时间再和叶丽说说。"

"算了，你别说了，我抽时间和她说，你说也是白说。"

"妈，你和叶丽说恐怕不好吧，她爷爷奶奶刚来。"

"噢，她爷爷奶奶刚来我就不敢说了，她是不是我的儿媳妇，我是不是她的婆婆？我花了那么多钱把她娶回来干嘛，纯粹让她照顾你，那我还不如顾个保姆算了！"

叶泽春说："你的心情我可以理解，但是先让我来说好吗？叶丽是通情达理的，她不会不考虑你的意见。再说她爷爷奶奶刚来……"

苏美华又一次打断叶泽春的话说："你不要说她爷爷奶奶刚来，我听着烦。"说到这，苏美华忽然哭了："你说，我和你爸的事业都算是成功的吧，你爸是学校的党委书记，妈虽然没有当上什么官，但是妈带的毕业班高考中榜率年年全校第一，没有人对妈妈不尊重。可家里的事为什么就摆不平，无法让人如意呢？"

叶泽春从小到大没有见母亲哭过，突然见她哭得如此伤心，叶泽春一时间不知所措。

他拿出纸巾递给母亲说："妈，你别着急，我今晚回去就和叶丽商量，争取让她同意了。"

苏美华慢慢止住了哭泣，说："你别怪妈妈，到了妈妈这个年龄段的人都开始敏感了。想前想后，总想让自己、让你过得好一些。妈妈不是心急，妈妈觉得叶丽爷爷奶奶来了与叶丽怀孕没有关系。你们就是现在怀孕了，叶丽爷爷奶奶至少也可以在家里呆几个月。我想他们也一定盼望着叶丽怀孕吧！谁家的父母不盼望自己的孩子早日生儿育女？"

叶泽春说："应该吧。"

苏美华说："不是应该，是事实，做家长的心情都是一样的，都盼望着一家人事事顺利，美满和睦。就拿妈来说，现在就希望你有个孩子，有个传宗接代的人，看着孩子健康地成长，妈妈觉得那非常幸福，一家人也有生机。现在咱们家像什么？叶丽带回来一对病残人，看着让人心烦，你不得不去帮她的忙，忽略了自己的亲生父母，又没有孩子，让人看不到未来，你说我们家是什么？"

叶泽春说：“妈，你说得有道理，我理解，可是现在问题已经出来了，你说怎么解决？”

苏美华又生气了，说：“我说你这孩子脑袋不开窍还是怎么的？我不是说了嘛，你们怀孕与这些问题没有关系。叶丽可以边怀孕边照顾她的爷爷奶奶，那样她的爷爷奶奶会更加高兴，你懂吗？”

见母亲生气了，叶泽春不好顶嘴，只好说：“好吧，我回去再和叶丽说说。”

苏美华不耐烦地说：“你别说，该行动就行动。你说也白说，她能理解妈妈的苦衷吗？她总以为自己还年轻，有的是时间。”

叶泽春说：“那好吧。”

苏美华说：“我等你消息！”

夜幕早已降临，大大小小的车辆穿梭在城市的马路上。霓虹灯已经争相吐艳，把街道照映得绚丽多彩。这样的夜晚，没有了白天的清晰和直白，显得神秘而优美。

然而，坐在公交车上的叶泽春却有些心烦。这些以前没有遇到过的烦心事突然间就像雨后春笋一样勃然发芽了。它好像在叶泽春心里埋藏了好久，只是没有遇到催促它发芽的时机。现在这个时机突然间成熟了，它一下子变得生机盎然。

从爸妈家出来，叶泽春想不明白苏美华今天为什么那么激动？就是想要孩子也不至于这样，再说几年都等过来了，何况这一年半载！他想了半天只能把原因归结为马上就要高考了，母亲的压力太大，又没有宣泄的方法，最终怪罪到他的头上了。

可是这话又怎么跟叶丽说呢？叶丽是个通情达理的人，她应该考虑到了他妈妈的心情，但如果她还是拒绝要孩子，说明叶丽目前真的不想要孩子。而实际情况也的确不允许她要孩子。叶丽已经 1 个月没上班了，她回到单位后，肯定会有大量的工作需要处理。现在的老板不会白给你工资的，从他们口袋里流出来的那不是钱，是血，他会算计这血流出以后，如何才能收到最大的回报！人常说的血不会白流，好像专门说这些人的。

另外，叶丽这一段时间身心疲惫，非常劳累，从优生优育角度来讲也不适合怀孕，母亲没有考虑到这一点吗？

晚上，叶丽走进房间，见叶泽春还躺在床上，问：“你不去洗澡？”叶泽春回答：“今晚不想洗。”叶丽问：“怎么了？”叶泽春说：“没什么，昨晚刚洗过。”叶丽穿好了睡衣躺在叶泽春的身边，双眼娇情地看着他，笑着问：“累了？”叶泽春回答：“不累。”叶丽将身子贴了过来，他却没有反应。

“怎么了？出什么事了？”

“我妈今天又和我说起了孩子的事，说着说着还哭了。”

“哭了？”叶丽惊讶地问。

“对！”

“为什么？”

“我也不知道，可能最近工作压力大，我爸又忙，没人陪她，觉得有个孩子还好玩一点儿，突然间就想要孩子了。”

叶丽停顿了一会儿说：“找一天我去和你妈好好说说，等过了今年咱们就要孩子。现在得让我爷爷奶奶的病情稳定了。你说爷爷奶奶对我那么好，我总得为他们尽尽孝吧，他们还能活几年，失去这次机会，我会后悔一辈子的！”

叶泽春心里更烦了，他就知道叶丽会这样讲，他和叶丽已经交往 4 年了，叶丽的个性他还是非常清楚的。

“你怎么不说话？”叶丽抬起头来问。

“我不知道该说什么！”叶泽春面无表情地回答。

“你觉得应该遵从你妈的意愿，听你妈的话？”

“我不知道该怎么办，我觉得你们各有各的理，所以我心烦。”

叶泽春非常坦诚，不拐弯抹角，这一点叶丽非常喜欢。

“你心里就没有个主意？觉得我和你妈谁讲得更有道理？”

“我妈不哭，我是支持你的，我妈这一哭，我也不知道该支持你们哪一个了！”

叶丽松开了搂着叶泽春的手，转过身来，面对着天花板。叶泽春没有理她。叶丽心里升腾起一股怨气，关键时候叶泽春竟然会这样摇摆不定！可她又一想，也难怪，婆婆的眼泪怎能没有一点杀伤力？那么她的眼泪呢？想到这，叶丽又想，她还不到流泪的时候，事情还没到无法控制的时候，她不能像婆婆那样显示出女人的脆弱！

“我不让你为难，我和你妈说。”叶丽对叶泽春说。

“我估计你说也没用，只会让她更加伤心。”叶泽春说。

“你妈总得讲点道理吧？”

叶泽春忽然生气了，说：“我妈什么时候不讲道理了，她什么时候难为过你？”

叶丽意识到自己讲错话了，可她不能让叶泽春的气势给压住，说：“你急什么？我说的就是这次，难道不是吗？我爷爷奶奶刚来，你妈就连续两次提出要孩子的事情，还用眼泪逼你，不是想挤对我爷爷奶奶吗？嫌我爷爷奶奶来了，在你们家住了，给你们添麻烦了。”叶丽说着及时地使出了自己的催泪弹。老太太能使催泪弹，她也能！

叶泽春没想到叶丽会这么敏感，平时感觉到她总是大大咧咧的，什么都不计较的样子，今天却一针见血地说出了真心话。

叶丽同样没有在叶泽春面前掉过眼泪。

可是，现在叶丽却流泪了，梨花带雨！

起初，叶泽春有点心烦，没有理叶丽。她就继续哭。叶泽春慢慢地心疼起叶丽来，把她搂在了怀里，哄她说：“我妈哪有这样的想法，你太多心了，我妈只是觉得孤独得很，生活太过单调，想调节一下！”

“为什么以前不想着调节，我爷爷奶奶来了就想起调节来了？”

“以前咱们俩不是经常过去吗？我爸的工作也不是这么忙，她没感觉到这样的孤独。现在咱们好久没过去了，她肯定有点不适应了。”

叶丽止住哭泣，说：“你说得有点道理，我就按照你说的认为吧！我说过，爷爷奶奶我是一定要养，我不想做将来让自己后悔的事情。你妈的想法我也会考虑，我想想有没有两全其美的办法。”

叶泽春想说，我妈已经把两全其美的办法想好了，就是你现在怀孕，等肚子里的孩子足够大时再让你爷爷奶奶回去。可是话到了嘴边，叶泽春又把它咽了回去。

叶丽仰起头来，说：“我先和你妈商量商量吧，我姿态低一点，说得有感情一点，再保证以后经常过去看他们，先哄老人家高兴。”说完，叶丽又说：“哎，我觉得这个办法可行，咱妈是知识分子，通情达理，只要晓之以理，动之以情，再倾注一些感情投资，一定能成功的。你放心吧，我不会让你为难的。我也理解你，你妈就你一个儿子，身边又没有别的亲人，你想替你妈分忧，你心疼你妈，这是值得肯定的。”

叶泽春叹了一口气说：“只好先这样了，我想现在要孩子也不是个好事情。不过，你可得保证以后要经常去看我爸妈还有我爷爷奶奶，你不能单想着你爷爷奶奶。”

叶丽说：“这个我向你保证，一定哄得你的家人高高兴兴的。”

叶泽春“嗯”了一声，不再言语。

叶丽心中窃喜，我终于又打败这个憨小子了。

8 工作 VS 家庭

叶丽刚一走进自己的办公室，还没来得及打量这个她久违了的工作室，她的手下苏伟红就眉飞色舞地蹦窜到叶丽面前，兴奋地说："叶丽姐，报告你一个好消息，咱们设计的科技 A 区生态园受到了市领导的表扬，说咱们的设计理念新颖，大气又优雅，绿色环保而且实用性强。经理为此很高兴呢，说等你来了要奖励咱们。"

叶丽也是一阵高兴，说："是吗？太好了，这是大家努力的结果。"

"经理这一次很高兴，公司这一段时间的效益也不错，大家都说公司会给咱们一笔丰厚的奖金呢！"苏伟红嘻嘻笑着说。

叶丽说："那就好，有了钱大家好好聚聚。"

苏伟红高兴地说："耶，太好了，我就等你这句话呢！"

叶丽刮了一下苏伟红的鼻子说："我就知道你喜欢吃！"

苏伟红走后，叶丽心中升腾起一种自豪感，这已不是她第一次受到表扬，最好的一次是她的设计作品获得了西安市建筑类设计一等奖。当时她才 26 岁，从那以后大家公认她为才女。

叶丽走进经理办公室，经理正在翻阅一个文件，见了叶丽，马上客气地为她让座，然后给她沏了一杯绿茶。

"你爷爷的病好一些了吗？"经理亲切地问。

"好多了，恢复的程度出乎我的预料。"

"那就好，看来你最近运气不错，好事连连。我本来说要到医院去看看你爷爷的，可是最近工作实在是太忙，抽不出时间。我已经跟财会说了，等你来后，为你包 2000 元的红包，算是我慰问老爷子的。你抽时间去领一下，代我给老爷子买点东西，我抽空再去看他！"

叶丽甜甜地说："谢谢经理！"

经理说："还有，你上次设计的科技 A 区生态园受到了市领导的肯定和表扬，公司决定给你们团队奖励 2 万元，以示鼓励。你看着给大家分一下，让大家更加努力地工作。”

叶丽压住心中的狂喜，说：“好的，一定。”

这时经理走过来，又给叶丽的茶杯加了一些水，说：“现在公司又有一项新的、重要的设计任务想交给你，你看有没有什么顾虑？”

叶丽说：“没什么顾虑，单位的事情就是我的事情，我会尽全力去做好它的。”

经理喜笑颜开地说：“好，我就喜欢你这样的个性。这个任务就交给你们团队了，一个月之内完成，有问题吗？”

叶丽说：“没问题。不过就是时间有点紧。”

经理说：“时间是有点紧，但是我相信你们会按时完成的。”

叶丽又说：“没问题。”

叶丽再回到自己的办公室，苏伟红、张凯、李雅婷、雷曼一下子全都跑了过来，心急地问：“经理说了怎么奖励我们吗？”

叶丽说：“奖励了，不但奖励了，而且是大奖，2 万！经理说这一年来，咱们团队努力工作，为公司创造的声誉越来越高，让我好好犒劳犒劳你们，以后继续为公司努力工作！把咱们公司打造成西安市顶级的建筑设计院。”

“耶！”几个人一起跳了起来。

叶丽说：“好了，中午大家都别回去了，到豪门酒店聚餐！”

李雅婷说：“叶姐，晚上行吗？晚上我们可以玩得更开心一点。”

叶丽说：“不好意思，我晚上要回去照顾我爷爷奶奶。要么把钱给你们，你们 4 个晚上一起玩。”

雷曼说：“那不行，没你，我们就没了主心骨，就是玩得开心有什么意思？要乐大家一起乐，那才带劲！”

苏伟红说：“就中午吧，我们是一个胜利的团队，我们更是一个团结的团队！”

讨论完聚餐的事，叶丽又把经理下发的新任务拿出来让大家讨论。因为正在兴头上，大家讨论得非常热烈。

眼看着快到下班的时间了，叶丽总结说：“现在大家已经讨论了半天，每个人应该也有一定的想法和思路，大家先按照自己的想法做出来一套方案，然后放在一起讨论。这个方案我们一定要有新的闪光点，让公司对我们团队再一次刮目相看。”

大家表示赞同。

叶丽到财务室领了奖金，领着大家兴高采烈地去了豪门酒店。公司里的其他员工无不对叶丽他们投来羡慕的目光。

到了豪门酒店，叶丽要了二楼的一个包间，坐定了对大家说："今天大家都不要客气，每个人有两道菜的自主权，专拣你们最爱吃的，最想吃的，平时吃不着的点，今天不要再心疼钱，大家有意见没？"

苏伟红先高兴地说："我没意见。"

雷曼、李雅婷也紧接着说："我们也没意见。"

叶丽把目光盯向了张凯，张凯腼腆地一笑说："少数服从多数，我也没意见，不过我有权利点便宜一些的菜。"

雷曼说："你真差劲，一点男人的气派都没有？本来今天应该你请客的，你没看咱们5个里面就你一个男的！"

李雅婷阴阳怪气地说："人家想把钱省下来给女朋友买金项链的。"

叶丽问："张凯，你交女朋友了？"

张凯脸一红说："算是，现在刚开始接触。"

苏伟红揶揄张凯说："叶姐，你知道吗，他就知道省钱讨好他的女朋友，我们让他去看你爷爷，他都不去，简直一个重色轻友的主儿！"

张凯脸红到了脖子根儿，却瞪着眼对苏伟红说："伟红姐，你可不要乱说，那一天我真的有事。"

叶丽笑了，说："别逗咱们的小伙子了，你看把他急的。"又对张凯说："你别急，姐支持你，就冲你交了女朋友这点，今天这顿饭姐请客，不过咱把话说清楚，到时候婚事定了，第一个通知姐，给姐拿最好的喜糖！"

张凯笑了，说："没问题，还是我叶丽姐好。"

等着上菜的功夫，叶丽将2万块钱拿了出来，问大家："大家说怎么个分法？"

张凯说："我最少，你最多，那还用说。"

雷曼说："就应该这么分。就算多给你钱，也进不了你的腰包。我们都看着心疼！"

李雅婷说："我赞成。"说完，看着张凯。

苏伟红说："我也赞成。"说完，同样看着张凯。

张凯说："你们都看着我干嘛？我的吸引力就这么大？"

李雅婷阴阳怪气地说："对呀，你不懂得同性相斥，异性相吸的道理吗？"

叶丽说："好了，好了，不说这些了，我的意思是这样，这些钱大家平分。如果按照张凯所说的，我心里过意不去。也许在这次设计当中大家的贡献不尽相同，但是大家的热情是一样的，这是我最看重的一点，有了这种热情，

我们才能发挥出最高的水平，有了这种热情，也能保证我们以后发挥出更高的水平。”

苏伟红说：“叶姐，那样你就吃大亏了，哪一次不是你想得最周全，最有创意，我们只是起了一点点作用而已。”

张凯说：“对，叶姐，你这样做我也不同意，我们都是跟着你沾光，再分你的钱，也太没有良心了。”

李雅婷和雷曼说：“我们也不同意。张凯说得对，我们都跟着你沾光，不仅能学到好多东西，还能让公司里别的员工羡慕，我们已经够知足的了，再分你的钱，我们成什么人了！”

叶丽笑着说：“我恰恰和你们想的相反，我觉得咱们能这样团结，正是取得成绩的关键所在，我应该感谢你们才对。说实话，正是你们的热情、你们的团结给了我创作的动力和灵感，试想，假如你们整天不是想着把任务完成，而是想着搞小矛盾，我就是再有创意、再聪明，能静下心来搞创作吗？因此你们的功劳不可小觑，平分这些钱也算是我对你们这种心往一处想，劲往一处使的精神的奖励！”

雷曼的眼睛湿润了，说：“叶丽姐，你的心为什么总是这么善良？”

李雅婷的眼睛也湿润了，说：“叶丽姐，我们以后跟定你了。”

张凯说：“叶姐，我一定要敬你三杯酒。”

苏伟红对张凯说：“你别敬叶丽姐酒了，谁不知道你是‘一杯倒’，到时候还要让我们把你抬回去不成？这可是大白天，办公室的人都在看着呢！”

张凯说：“醉了又怎么样？醒来之后又是一条好汉！”

大家又都笑了。

一下午，叶丽都在考虑设计古铜镇楼盘的事。这一楼盘在高新技术开发区，占地400亩，里面不仅包括多处住宅小区、一座商贸区、一座学校，还有一座乡镇办公大楼。怎样才能让它们风格统一又各自出新，还能体现高新开发区的内涵，与高新开发区的整体规划相协调。

叶丽决定拜访一下古铜镇的党委书记和开发商，看他们有没有什么要求或者建议。

叶丽向经理要古铜镇党委书记和开发商的电话时，经理说：“你和他们商量也没用，他们都是大老粗，没念多少书，只会跟你们说风格要大气，要高雅，然后会要求多少层，多大面积，等等。具体到设计理念问题，他们屁都不知道！”

叶丽说：“我还是想见见他们，在和他们谈话过程中，我就可以得知他们的想法和兴趣点，投其所好，节约设计时间，保质保量地完成设计任务。”

经理说：“那好吧，你一定要见的话就见见，你的这一工作态度还是值得肯定的。”随后，把党委书记和开发商的电话给了叶丽。

叶丽先给党委书记打了个电话，党委书记说他这两天没有时间，要见面至少也得3天以后。叶丽又给开发商打了一个电话，开发商说晚上可以到咖啡店里见面，叶丽说晚上不行，她要照顾爷爷奶奶。开发商说，那就明天早上吧。

第二天一早，叶丽又给开发商打了一个电话，开发商让她到豪门酒店4楼的咖啡厅等他。

大概等了20多分钟，开发商来了，与叶丽想象不同的是，这个开发商是一个精瘦的男人，除了一身行头外，一点儿大老板的气派都没有，倒像是学校里的一个教师或者出版社的一个编辑。

开发商见了叶丽倒是一愣，不大的眼睛像灯泡一样瞬间一亮，说话变得格外客气了：“早就听说过叶小姐的大名，百闻不如一见，这么年轻，这么漂亮，总想着你是戴着厚厚眼镜的那一种女人，没想到你有着女明星的魅力，幸会幸会，我叫朱子健，厚实房地产公司的老总。”说着伸出自己的右手。

叶丽说：“这些我都知道了。”

朱子健笑着说：“有必要再跟你说一次，加深你对我的印象，来来来，坐。”随后对服务员说：“把你们最好的咖啡拿来。”服务员甜腻腻地答应了一声下去了。

叶丽说：“朱总看年纪没有50吧？”

朱子健笑着说：“48。”

叶丽说：“朱总真是年轻有为，年纪不大，成就的事业却不小。”

受了叶丽的表扬，朱子健不知道怎么笑了，说：“哪里，只是运气好。”

叶丽说：“朱总这么年轻就当上了房地产的老总，一定对房地产有独到的见解。我找您来就想听听您的意见。你们这一次的设计任务时间紧迫，我担心到时候完不成。”

朱子健说：“哪里，哪里，我是因为你们厉害才去找你们的，我对你们一百个放心。”

叶丽说：“朱总，这些冠冕堂皇的话咱们就别说了，我想听听您对这个

楼盘的理解和想法。”

朱子健说：“我没有什么想法，但是我有看法，等你们把设计图拿给我看时，我可以决定它能不能用！”

叶丽心里一凉，想着这一次真的白跑了。

叶丽说：“你一开始对你们的楼盘没有什么想法？”

朱子健说：“我只对生活有想法，对楼盘没有想法。对楼盘有想法的人是你们，因为你们是专业的，我既然把任务交给你们了，我就对你们百分之一百的放心。今天看了叶小姐本人，我更是百分之二百的放心了。叶小姐如此漂亮，到时候设计的楼盘也一定漂亮。我就不用操这份心了。”

叶丽说：“既然这样，我就不打扰朱总了，我也不敢枉费了朱总对我们的信任，我得抓紧时间工作。”说着，站起来就想走。

朱子健连忙站了起来，拦住叶丽，说：“叶小姐，着什么急呢？难道你不懂得享受生活？这么好的咖啡还没喝，怎么就走了？先坐下来，再聊聊，看我有没有什么想法。”

叶丽说：“我怕任务延期。”

朱子健说：“没事，我可以多给你们半个月的时间。”

叶丽说：“这个我们倒不需要。”

朱子健说：“需要不需要，今天咱们先坐这儿聊聊，别浪费了这咖啡。咱们第一次见面，你总不会让我尴尬吧！”

叶丽又坐了下来，但是她在心里已经为这次的行为后悔不迭。

叶丽说：“朱总既然不想浪费这咖啡，那你就想想，看在你的心目中，这楼盘应该是个什么样子？”

朱子健说：“好的，那我就想想。”

想了半天，朱子健说：“像创业路的那些建筑怎么样？那些就看着挺好。”

叶丽说：“你再想想。”

朱子健说：“那就永兴路的那些建筑！”

叶丽心想怎么碰见这样一个主儿，一点创意都没有，还当房地产的老总，看来他们只知道赚钱，一身的铜臭味！于是她说：“人家已经成型的东西我们是不能再仿照的，那样就失去了自我，没有价值。”

朱子健说：“好，你说得对，我非常赞成。”

叶丽说：“既然朱总想不出来，我也就不勉强了，咱们随便聊聊别的。”

朱子健脸上笑成了一朵花：“对，我就喜欢这样，该享受生活的时候就要享受生活。挣钱干什么？就是为了有好的生活，比方说这楼盘的造型我就不操它的心，花钱让你们做去，节省下来的时间，我就可以做我想做的事情，这就叫做享受生活。”

叶丽说：“但是，我接了你们的活儿，还没有给你们做好，我凭什么享受生活？”

朱子健说：“叶小姐说严重了，凭叶小姐的长相和聪明才智还用这么费劲？让人帮着做就行了，到头来只要署上自己的名，再亲自送到开发商的手里，一切不就妥了？”

叶丽笑了一下，说：“每个人的追求和人生观不同。我享受的是实在的东西，追求的也是实在的东西，投机取巧的事情我一律不干。”

朱子健说：“佩服，叶小姐的话说得非常实在，可见叶小姐的人格很高尚啊。”

叶丽笑了一下说：“过奖，我先去一下洗手间。”

在洗手间里，叶丽给苏伟红发了一个短信，让苏伟红过 5 分钟给她打一个电话，就说公司有急事让她回去。

叶丽重新坐回到座位上，朱子健问：“叶小姐的老公是干什么工作的？”

叶丽说：“公务员。”

朱子健说：“公务员挺好，生活有保障，就是死板一些。叶小姐喜欢不喜欢一些开放性的生活？”

叶丽说：“你指的是哪些？”

朱子健说：“比方说去跳跳舞，唱唱歌，参加一些朋友聚会，逛逛街什么的。”

叶丽说：“不是很喜欢。”

朱子健说：“那就是有一点喜欢了，有时间我请叶小姐出去玩玩，不知道叶小姐肯不肯赏脸？”

叶丽说：“你应该请那些没有结婚的小姑娘，我们这些已婚妇女身后都挂着醋瓶。”

朱子健说：“叶小姐说话真幽默。”

这时叶丽的手机响了，她接听了以后，对朱子健说：“对不起，我要马上回公司了，公司的员工在等着我开会。”

朱子健说：“真有点遗憾，我还想和叶小姐再聊聊呢。既然你工作忙，我也就不勉强你了。不过以后有机会我还是想和叶小姐再坐下来喝咖啡。”

叶丽笑了一下，说：“有机会当然可以。”说完向朱子健告辞。

望着叶丽远去的身影，朱子健拍着手说：“爽，和这样的女人说话真他妈的爽！”

见了朱子健，叶丽就像吃了一只苍蝇，别说一个早上，连同下午都没有什么好心情。她非常后悔去见这个人，“忘掉他吧，就当什么都没有发生过。”叶丽想。

快下班的时候，叶丽又把大家召集到一块儿开了个会，讨论方案的主题。但是由于时间紧，大家并没有说出什么特别的创意。

“大家回去都好好想想。1 个月，如果不抓紧的话，很快就会过去。我以前做了那么多的设计，从来没有这一次感到时间紧迫。”叶丽对大家说。

在回家的公交车上，叶丽看见一位女孩子不停地抱怨自己的爷爷，一会儿说爷爷根本就不应该出来，就是要出来也不应该叫上她；一会儿又说爷爷做什么事情反应都是那样的迟钝，看着都让人心烦……叶丽立刻对这个女孩儿产生了强烈的反感。几次，她都有了说教这个女孩儿的强烈冲动。

叶丽忽然想起了自己的爷爷奶奶，叶丽告诫自己，就是再忙也不能忽略了他们。从下班到晚上 10 点钟这一段时间，她一定全心全意地陪爷爷奶奶，有什么重要的工作 10 点钟以后再做。

回到家里，叶丽见母亲正扶着奶奶朝厕所里走。看见了叶丽，奶奶一直盯着她看，脚底下走得更慢了。

“奶奶，您又不认识我了？我是您的宝贝孙女。”叶丽走过去，笑着对奶奶说。

奶奶说：“宝贝孙女！”

“对，我是您的宝贝孙女。我上班回来了。”

“上班回来了。”

叶丽说：“对，我上班回来了。”说着换下母亲扶住奶奶：“现在由您孙女照顾您。等一下孙女带您到外边走走。”

“外边走走！”

“对，带你到外边走走，你高兴不高兴？”

奶奶说：“我高兴不高兴？”

来到了厕所，叶丽帮着奶奶脱裤子，奶奶忽然抓住叶丽的手不让叶丽动她：“你你你……”奶奶又是一脸的苦相。由于叶丽没有防备，奶奶差一点跌倒，叶丽往前迈了几步才将奶奶抱稳。

“奶奶，您今天怎么了？不想尿吗？”叶丽问。

“不想尿。”

“您是不是想让我带您出去？”

“带我出去。”

叶丽问母亲：“妈，我奶什么时候尿过了？”

母亲回答：“这半天尿得就不停。”

叶丽心里便明白了，对奶奶说：“奶奶，走，我带您出去走走。”

叶丽妈说：“等一会儿吃完饭再出去。”

叶丽问：“你把饭做好了吗？”

叶丽妈说：“还没做呢！今天你奶特能动，一刻都不停着。”

叶丽说：“妈，那就不做饭了，我让泽春回来带点外卖。你好好休息一会儿。”

叶丽妈说：“没事，我现在就做，别花那冤枉钱了。做饭又不是很累的事。”

叶丽说：“怎么不累，你就别做了，我让泽春给咱们买点羊肉泡馍，我爷爷已经好几天没吃羊肉泡馍了。”说着话，叶丽已经扶着奶奶又回到了他们的房间。

这时爷爷说：“真能闹人，一天都不让你妈歇着。”

奶奶说：“真能闹人。”

爷爷大声说：“噢，你真能闹人。”说着，把拐杖重重地在地板上磕了一下。

叶丽说：“爷爷，以后别说我奶，我奶也不希望这样，她现在是身不由己。”

爷爷说：“头在她肩上长的，怎么能说身不由己？”

叶丽说：“我奶不是得病了吗？”

爷爷说：“这种病我还没见过，和傻子一样。”

叶丽知道爷爷生奶奶的气了，赶紧打岔说：“我现在推奶奶出去转转，你和我妈都好好休息休息。”说着，叶丽将奶奶扶到了推车上。临出门前，叶丽又对母亲说：“妈，你记着别做饭，我这就给泽春打电话。”

叶丽推着奶奶乘电梯下了楼，在社区转转。她把奶奶推到花园边，对奶奶说：“这是花园，您看里面多美，有玫瑰，有夜来香，还有茉莉花，茉莉花开起来很香的。”过了一会儿，叶丽又将奶奶推到了健身场，对奶奶说：“你您看大家都在健身，经常运动就能有一个好身体。您看那小孩儿，玩得多好，您要是身体好着的话，也可以经常来到这里健身。”

奶奶说：“我也可以来这里健身。”

叶丽说：“对，您也可以来这里健身。”

很快，几位阿姨围在了叶丽的身边："又推你奶奶出来转？"

叶丽说："我妈要管我爷爷，没时间推我奶奶出来，只能我来。"

一个阿姨对奶奶说："你看你孙女对你多好，经常推你出来，跟你说这说那。"

奶奶说："我孙女对我好。"

另一个阿姨说："你真有福气，拾了一个好孙女，现在的孩子有几个像你孙女这样细心的！"

奶奶说："我孙女细心。"

一个阿姨对叶丽说："你这是个好办法，老年人都孤独，一孤独就容易犯病。多带老人出来，让老人也开开眼，和大家说说话，她的思想就愉快一些，活跃一些。"

叶丽说："我也是这么想的。网上也是这么说的。"

就在这时，叶丽忽然收到了叶泽春的电话："你赶快回来，你妈昏倒了！"

9 妈妈昏倒了！

叶丽睖睁了一下，旋即，血液“轰”地一下涌上了她的头顶，心里像被轧路机轧过一般疼痛。眼泪涌出了叶丽的眼眶，她稍微有点意识后便对叶泽春喊：“你赶快打 120！”说完推着奶奶就往回跑，边跑边喊：“妈，你一定没事，你一定没事的！”大颗大颗的泪珠沿着叶丽的脸颊往下掉。

叶丽回到自己的单元门时，叶泽春已经抱着叶丽妈下来了，叶丽扑过去搂住母亲哭喊：“妈，你没事吧，你醒醒，你醒醒呀，妈！”

叶泽春说：“你别在这哭了，120 马上到了，你赶快上去安慰你爷爷吧，别把他吓坏了。”

叶丽如梦初醒，爷爷的病情绝不允许再有任何的闪失！

叶丽对母亲说：“妈，你一定要坚强，要挺住！”然后极不忍地推着奶奶进了电梯。奶奶忽然抓住叶丽的手说：“你哭了。”叶丽对奶奶说：“奶奶，孙女没哭，孙女没哭！”说着，更多的眼泪却流了下来。奶奶没再说话，却把叶丽的手抓得越来越紧。

叶丽回到家里，发现爷爷跌倒在房门口，叶丽的脑袋再次“轰”的一下，身体好像要虚脱了。

叶丽大喊：“爷爷，爷爷！”放下奶奶，叶丽使出浑身力气想把爷爷抱起来，爷爷也想努力，但是，他的身子软得像面条一样，叶丽努力了好几次都没有成功。叶丽哭着说：“爷爷，您不要有事，您千万不要有事！”说着再一次鼓足了劲抱起爷爷。这一次总算成功了，爷爷也好像从惊吓中有所恢复，断断续续地说：“快去看你妈，你妈昏倒了。”

叶丽安慰爷爷说：“爷爷，我妈没事的，已经醒过来了，泽春已经将她送进医院了，您别担心。现在您也要顾着自己，千万不要伤心，您要是再有个三长两短，孙女就没法活了。爷爷，您是咱们家的顶梁柱，您一向都是坚强的，现在就看您了。”

爷爷老泪纵横：“爷爷现在是个废人，你妈遇到危险了，爷爷也帮不上忙，爷爷无能呀！”

叶丽哭着劝爷爷说：“爷爷，您千万不要这样想，您现在身体好就是对我们最大的安慰，您不要多心，也不要乱想，要坚强，一定要坚强，您的坚强会保佑我妈妈平安的。”

爷爷清醒了许多，说：“孙女，你别哭了，爷爷没事，爷爷有事的话就不会说话了。爷爷刚才倒下去的时候头是抬起来的，血不会上头。”

叶丽感动得大哭，临危的一刻，爷爷保护了自己，这需要怎样的勇气！爷爷说得对，血不上头，问题就不会严重。

叶丽无比激动，说：“我就知道我爷爷坚强，我爷爷是天底下最坚强的！”

爷爷说：“别说了，先把爷爷扶到床上去，别把你累着。”

叶丽扶着爷爷往前走了两步，爷爷说：“你别用手抓我，让我扶着你的肩膀往前走，看爷爷还会走路不？”

叶丽稍微松了一下自己的手，爷爷鼓足了劲往前迈了一步，还好，他虽然踉跄了一下，但是没有跌倒。爷爷说：“爷爷没事的，爷爷腿上还有劲！”

叶丽再一次激动得泪流满面。

爷爷说：“孙女，乖，别哭了，你妈不会有事的，人常说坏事成双，爷爷没事，你妈就会没事的！”

叶丽重重地点了点头，说：“我相信我妈会没事的。老天会照顾我妈的！”

奶奶这时候说：“我要尿尿。”

爷爷一拍床板说：“你还尿？尿个屁！”

叶丽已经冷静下来，对爷爷说：“没事，爷爷，别说我奶奶了，我扶她去撒尿。”然后走到奶奶身边将奶奶扶了起来，又对她说：“这次咱们上厕所一次尿完好吗？”奶奶说：“一次尿完。”

叶丽扶着奶奶出了洗手间，给她拿了一块饼干。叶丽想让奶奶安静一会儿，她现在心里乱极了。母亲的病情会是什么样子，怎么突然昏倒了？她是母亲的女儿，此刻却不能留在她的身边！叶丽觉得自己心里有一只乱动的猫爪子，让她时刻忍受煎熬之痛。

可是奶奶并不买叶丽的账，拿了叶丽递过来的饼干，仅仅咬了一口，又颤巍巍地站了起来，说：“我要尿尿。”

爷爷生气地说：“坐那儿！”

奶奶说：“坐那儿。”

坐了不到30秒，又说：“我要尿尿。”

爷爷几乎暴怒了，喊：“坐那儿！”

奶奶扭头看着爷爷，又是一脸的哭相，好像爷爷欺负了她似的，说："你你你……"叶丽说："奶奶别生气了，孙女这就扶您去厕所。"说着，扶奶奶站了起来。

爷爷恼怒地说："害死人了，不停地上厕所，有多少尿？她不这样，你妈也不会生病！"

叶丽又劝爷爷说："爷爷您也别生气了，奶奶是病人，你跟她说也没用。"

叶丽又扶着奶奶去了一趟厕所。

再回来，爷爷对奶奶说："一会儿别去了，人心里烦，你儿媳妇生病住院了，现在还不知道什么样子呢！"

奶奶却好像没有听懂爷爷的话似的，还没坐下来，又说："我要尿尿。"

害怕爷爷生气，叶丽赶紧对奶奶说："好的，我扶你去。"

爷爷无奈地说："今天是怎么了，不停地上厕所？"

叶丽忽然想起什么，对爷爷说："爷爷，您别急，我等一下检查一下奶奶的下身，看奶奶是不是有瘙痒症，我先用花露水给她洗洗。"

奶奶尿完后，叶丽用一盆热水滴了几滴花露水，沾湿了毛巾想给她洗下身。奶奶却一下子抓住叶丽的手，好像叶丽又侵犯了她，"你你你"的说着。

叶丽哄奶奶说："奶奶，你那有泥巴了，我给你洗洗。"

奶奶疑惑地看着叶丽。叶丽又说："泥巴脏得很，要洗掉，洗掉就不感染了，也不难看了！"

奶奶不再拽叶丽的手，叶丽趁机让奶奶把屁股抬起来。这一次奶奶还算听话，在叶丽的帮助下稍微抬了一下屁股。但是叶丽想擦洗第二次时，奶奶又抓住叶丽的手不放，叶丽只好再哄奶奶，哄了好长时间。

爷爷气得在房间里直嚷："明天用绳子把她绑在床上，看她还上不上厕所？还闹不闹人？"

爷爷这一嚷，叶丽的忍耐也几乎到了极点，她感觉头要爆炸了。

叶丽对爷爷说："爷爷，您别说了好不好，我奶是病人，她也不是自愿的！"

这时候，叶泽春打来了电话："妈没事了，醒来了。"

叶丽长舒一口气，好像刚才有一块巨石压在她的心上，现在被搬走了。放下电话，她激动地对爷爷喊："爷爷，我妈没事了，您不用着急了。"又哭着对奶奶说，"奶奶，您刚才是不是也着急了？"奶奶说："我着急了。"

叶丽说："现在咱不着急了，我妈醒过来了。"奶奶说："醒过来了。"叶丽说："对，醒过来了。"

忐忑中，凌晨3点，叶泽春终于带着叶丽妈回来了。

让叶丽稍微有些吃惊的是，叶泽春身后还跟着苏美华和叶凯成。叶丽见了，叫了一声："爸，妈。"叶凯成点了点头，苏美华却面无表情。

叶丽妈看样子恢复得不错，虽然被叶泽春搀扶着，但是举止自然，只是显得稍微有点虚弱而已。

叶丽妈对叶丽说："快给你爸你妈倒茶，一晚上让你爸你妈受累了。"

叶丽给公公婆婆沏了两杯绿茶，苏美华说："倒点白开水吧，妈晚上喝茶睡不着。"

叶丽爷爷说："这么晚了，怎么还打扰到你们了？"

叶凯成说："老伯，没事，一家人不说两家话，亲家母有病了，就是让我们呆在家里，我们也呆不住。"

爷爷说："唉，好好的就昏倒了，也不知道咋回事！"

叶凯成说："医生说受累了，没事，休息休息就好了。"

爷爷说："都是我们害的，叶丽妈晚上休息不好，白天也休息不好。照顾我们两个病人看起来没多大事，实际上比干什么都累。"

叶凯成说："老伯，人老了，谁都有得病的时候，你也别自责，慢慢会好起来的。"又对叶丽和叶泽春说："你们以后多担待点，让你妈注意休息。"

叶丽妈忙说："孩子们都做得好，刚才叶丽不让我做饭，就让我休息来着，我却想自己做饭能省点钱就去做了，要是不做饭也好一些，就不会发生这样的事了。"

叶凯成说："发生了也好，以后就有经验了，不然弄不好还会出大事情。现在没事就好了，你们都休息吧，我们告辞。"

爷爷说："再坐会！"

叶凯成站起来说："不了，时候不早了，大家都早点休息。"

爷爷说："也是，你们明天还要工作呢，耽搁你们时间真的过意不去。"爷爷说着要站起来，叶凯成忙跑过去按住爷爷的肩膀说："老伯您就别起来了。让孩子们送送就行了。"爷爷说："那你走好，我就不送了。"

叶丽妈送叶凯成夫妇到门口，叶凯成说："亲家母，你也别送了，早点回去休息吧！"

叶丽妈说："我送你们进电梯吧，这一次多亏你们和孩子了。"

叶凯成拦着叶丽妈说："不了，亲家母，以后自己的身体自己要注意保护，两位老人都需要你来照顾，你的担子很重呀！"

叶丽妈说："我会的，我身子好了，就会少拖累一下孩子。放心吧，亲家！"

苏美华说："明白这一点就好了。"

叶凯成说：“回去吧，亲家母！”

陪着公公婆婆下了电梯，出了楼，叫好了出租车，眼看着公公婆婆离开了，叶丽问叶泽春：“你怎么把你爸你妈叫来了？”

叶泽春说：“我照顾你妈方便吗？你又去不了！”

“也是，不过，我看你妈今天好像不高兴，过两天该找我谈话了。”

“你瞎想什么，我妈是困了，马上就要高考了，一天要费多大的神？”

“或许是我多想了吧，今天的确把你们都折腾得够呛，吃饭了吗？”

“哪顾得上，刚才都快要吓死了。我回来时，煤气灶还打开着。幸亏我回来得早，不然有可能要出大事情。”

叶丽愧疚地说：“谢谢你，我回去就给你热饭。”说完把头靠在叶泽春的肩上。

两人回到家里，叶丽妈已经在厨房热饭了。

叶丽赶紧跑过去，对她说：“妈，你以后一定得注意休息，你不能这样不知疲倦地干活！”

叶丽妈说：“妈没事。这一点小活还是能做的。”

叶丽说：“你刚才都要把人吓死了，还说没事？以后你要学会休息，能不做的活就别做了。”

叶丽妈说：“妈不习惯。”

叶丽说：“慢慢学着就习惯了。现在你先去休息吧，让我来。”

叶丽将叶泽春买回来的羊肉泡馍重新热了一遍，叶泽春吃了一碗，爷爷只吃了半碗，叶丽妈也吃了半碗，奶奶早已睡着，叶丽就没再叫她。

10 奇迹出现

这件事情出了以后，一整天叶丽都在考虑解决奶奶频繁上厕所的问题。

叶丽实在想不明白，带奶奶出去，奶奶就能忘记去厕所的想法，难道外面的事物对她来说真的就有那么大的吸引力？而家里没有任何能够吸引她的地方？还是奶奶为了引起大家的注意，故意那样做？

可是妈不可能带奶奶出去，因为她还要照顾爷爷，爷爷现在正在练习走路，也是处在高度危险的状态。

叶丽将电视给奶奶打开，想找一个她喜欢看的节目。

“奶奶，您看，电视里正在放‘秦腔’，您以前不是特爱看戏吗？附近村子里有人叫了一台大戏，您不是宁愿跑 10 多里地也要看戏吗？”

奶奶无动于衷。

叶丽又换了一个曲艺节目。

“奶奶,看,这是赵本山演的小品。他演小品可好看了,特逗,能把人笑死。”

奶奶还是无动于衷。

爷爷说，你奶奶眼睛不好，一直就不爱看电视，我们在家里看电视的时候，她都是睡觉。

奶奶又要上厕所，叶丽边扶着她往厕所里走，边说：“奶奶，您是我们家的老功臣，现在您让我们干什么我们都愿意，我们爱您。”

奶奶说：“老功臣。”

叶丽说：“对，您是我们家的老功臣，我们爱您，我们非常爱您！”叶丽说着，情不自禁地在奶奶脸上亲了一下。就是这一下，奇迹忽然出现了：奶奶嘿嘿地笑着。叶丽心头一惊，奶奶笑了，发自内心地笑了！这说明了什么？是不是说明奶奶在这一刻思路是清晰的？

叶丽没有将奶奶往厕所里引，而是扶着她在客厅里转，继续对她说：“奶奶，您是世界上最好的奶奶，我要做世界上最好的孙女！”“奶奶，您以前为我们吃的苦太多，我们一定好好孝顺您，把您养得好好的。”

这时的奶奶竟然慈祥地看着叶丽。

叶丽说："奶奶，您看我干什么，您把我看羞了，您知道我容易害羞的！"

奶奶笑了，说："把你看羞了！"

叶丽对母亲说："你以后得和我奶奶多说话，专拣我奶爱听的话说。"

叶丽妈说："哪来那么多话和你奶奶说？"

叶丽说："就像我今天这样！"

叶丽妈说："你说的那些话，妈说不来。"

爷爷说："别说你妈说不来，就是我也说不来。我觉得没什么可说的。"

叶丽说："您是我奶的丈夫，我奶陪您的时间最长，您最应该关心我奶。这个方法试验成功了，我妈有可能都成为多余的了，您一个人就可以照顾我奶。"

爷爷憨厚地笑了，说："你这孩子就是能说，行，爷爷试试。"

叶丽高兴地说："这就对了，不信您试试，您和我奶说起话来了，会越说越想说。到时候您不想和我奶说话都不可能了！"

爷爷仿佛受到了鼓励，说："让爷爷试试。"

爷爷清了清嗓子，未开口先摆了摆姿势，但是，嘴张了好几次，最终却一句话都没说出来。

叶丽笑了，对爷爷说："您别不好意思，把您和我奶谈恋爱的那种劲头拿出来！"

爷爷不好意思地说："我和你奶就没有谈过恋爱！"

叶丽说："那你们是怎么结合的？"

叶丽妈说："你这孩子，什么都问？"

叶丽说："现在都什么年代了，你还这么封建！"

爷爷说："当初我和你奶是经人介绍的，第一次见面只说了 3 句话。"

叶丽问："说了哪 3 句话？告诉孙女，孙女好想听。"

叶丽妈阻止说："丽丽！"

叶丽扭头看了一下她，笑着说："这有什么，又不是什么见不得人的事。我就让你们把以前的事情全部回忆起来。爷爷快说，孙女等着听呢！"

爷爷说："第一句话是，你吃了吗？你奶说，吃了。第二句话是，你一顿饭吃几个馍？你奶回答，一个。第三句话是，你的饭量怎么那么小？你奶说，我妈不让多吃。然后我就没话了。"

叶丽笑得差点岔过气去，说："爷爷您太逗了，第一次和我奶见面说的话怎么全离不开吃呀！您还敢问她一顿吃几个馍？"

爷爷说："不是没有话说嘛！那时候人们都关心饥饱问题，一时着急，全是这样的话了。"

叶丽说："这样，我奶就愿意嫁给你了？"

爷爷说："没有，你奶说我是傻子，木头疙瘩，当时就回媒人话了——不同意！"

叶丽说："那您后来怎么和我奶奶结婚了？"

爷爷说："多亏了她爸，她爸听了你奶的叙述后却说爷爷这个人实在，3句话全是关心她的饥饱问题，跟上这样的人她还能挨上饿吗？"

叶丽再一次笑得岔过气去，不停地拍着胸脯说："爷爷，你们太逗了！"

这时候奶奶说："爷爷太逗了。"

叶丽对奶奶说："对，我爷爷太逗了，您能嫁给他简直是个奇迹。"

叶丽妈笑着说："你这孩子，没大没小的，什么话都说！"

叶丽笑着说："没什么，这才是真正的生活。爷爷，您看，您说这些话的时候，我奶是不是也在认真的听着。您觉得累了吗？"

爷爷说："说这些话有什么累的？"

叶丽说："对呀，说这些话您自然不会感到累，因为里面倾注了您大量的感情。相反，因为聊了您过去做过的有趣的事情，您的心情是不是很快乐，很舒畅？"

爷爷说："有点。"

叶丽说："现在就和我奶这样说话，看我奶是什么反应？来，您坐在我奶对面，用您的手拉住我奶的手，咱们今天好好练练。"

爷爷不好意思地听从着叶丽的安排。

叶丽给爷爷拿来一个板凳，放在奶奶的对面。爷爷坐在了上面。叶丽又让爷爷抓住奶奶的手："这样抓，稍微用点力度。"叶丽给爷爷做着示范。爷爷扭扭捏捏的，但还是听从了叶丽的安排。

"然后深情地看着我奶，目光不能太自然，带点感情，就像新婚之夜你看我奶的目光一样。"

叶丽妈笑了，说："你对你爷爷瞎指挥什么？"

叶丽说："妈，你不懂，这叫'真情疗法'，这样最能刺激我奶的大脑神经了。医学上救治植物人经常采取这种做法。现在我的目的是，唤醒我奶的思维，让她经常处于一种有思想的状态，这样她就不总是考虑着上厕所了。当然，你们说的话题必须吸引住我奶，也要能吸引住你们，这样你们就不会把经常和我奶聊天这件事当成负担了，而是大家都愿意做的事情。听我的没错。你和爷爷今天都要好好练习。"说完，又对爷爷说："爷爷，孙女说的话没错，照着孙女的话去做，鼓足勇气。"

爷爷扭捏地说："爷爷明白你的意思，可是爷爷平时并不怎么和你奶奶说话，除非有什么正事。"

叶丽说："正因为不和我奶多交流，我奶才得老年痴呆的，您应该对她负责任，现在是您改正错误的机会。"

爷爷还是说不出来话，叶丽说："爷爷，鼓足勇气，您就当我和我妈不存在，我奶现在是您最爱的女人，您现在有好多好多心里话要向她倾诉！"

叶丽妈在旁边忍不住笑了。

叶丽批评她说："笑什么，一会儿还要让你练习呢，你赶快准备准备，别在这打击我爷爷的积极性。你们要是真的把这些练习好了，你们以后就轻松多了，我奶也少受病痛的折磨了！"

母亲说："你给你爷爷出多大的难题！"

叶丽说："爷爷，没事，我相信您一定会做到的，您有这个勇气。今天您迈出这一步了，您以后就会有好多话和我奶奶说，您一个人就能照顾我奶了，并且，我相信您和我奶的感情还会因此而越来越深！"

爷爷揉了揉眼睛说："我试试。"

他咳了一声，准备开口，却又问叶丽："和你奶说什么呢？"

叶丽说："我奶最关心什么，您就说什么，先在脑海里好好搜索搜索，看看什么话题最能吸引我奶的注意力？"

爷爷用左手挠了挠头皮说："你奶奶关心的话题挺多的。"

叶丽反问爷爷说："那您还担心没有什么说的？"

这时候奶奶说："我要尿尿。"并颤巍巍地站起来，自己想到厕所去。叶丽忙按住奶奶说："奶奶，别急，您听我爷爷给您讲故事。"奶奶好像生气了，用力把叶丽的手向外推，又是"你你你"的说着。

叶丽焦急地对爷爷："您赶快讲呀！"

爷爷说："你先扶你奶奶去一趟厕所，等再回来了，爷爷跟你奶说。"

叶丽只好扶着奶奶去了趟厕所。

叶丽妈跟过来，对叶丽说："别为难你爷爷了，几十年的习惯怎么能说改就改？"

叶丽说："不是的，妈妈，现在不是我爷爷没有和奶奶说话的欲望，而是没有勇气，你也一样。不信，你看着，我爷爷一会儿一定能和我奶说好多话。"

叶丽将奶奶又扶了出来，刚走出厕所门就对爷爷说："爷爷，做好准备，我奶一坐到那儿您就开始。"

奶奶说："我一坐到那儿就开始。"

叶丽笑了，对奶奶说："对，您一坐到那儿就让我爷爷开始。"

叶丽将奶奶安排到座位上，然后抓住爷爷的手放在了奶奶的手上，鼓励爷爷说："爷爷，开始。您爱我奶，爱这个家庭，相信在您的努力下，我奶的病情会大有好转，我妈也不用这么累了，大家每天都开开心心，高高兴兴。”

爷爷挺了挺腰板，又咳了一声，对自己的老伴说：“英娟，我现在跟你说一件事，看你还记得不记得？咱们订婚之前，媒人让我带你去买衣服。那时，我没钱，又想讨好你，我说带你到临潼县城去买，你听了非常高兴。可是把你哄出来了，我又变卦了，这时你不依不饶，在路上又吵又闹，骂我是骗子，天底下最大的骗子。把我骂急了，我就对你说‘我今天就是背也要将你背到县城，哪怕向城里人讨也要为你讨一件新衣服。’说着，我就背着你走，一直走了5里多路，一路上都有人看。这时，你怎么都不让我背你了，不是嫌丢人，是怕把我累着。你说趴在我背上好舒服，很自豪。但是你心疼我了，不让我到临潼去了，说这衣服就是不买也要嫁给我，嫁我嫁定了。我却说，我一定要带你到临潼去，哪怕腿跑肿了也要去。最后咱们真的跑到了临潼，我还真的为你讨到了一件新衣服。你非常高兴，回来硬要背着我，说我立大功了，给了你最幸福的一天。你背着我走了1里多地，还唱着歌，直到你实在走不动为止。那时候，你知道我心里怎么想的？你太漂亮了，你太可爱了！我回家就要娶你，马上娶你！”

奶奶说：“马上娶我。”

爷爷紧紧握住奶奶的手说：“对，马上娶你。”

泪水不知道什么时候从叶丽的脸上流了下来，她热烈地给爷爷鼓着掌说：“您还说您不会说，您看您说的多么感人，您和我奶都太伟大了，有这么淳朴的爱情。您把这些心里话全部说给我奶听，她一定很爱听！”说到这，叶丽又对奶奶说：“对吧，奶奶？”

奶奶说：“到临潼买衣服，淳朴的爱情。”说完忽然“嘿嘿”地笑了几声。

叶丽高兴得狂跳了起来，激动地对母亲说：“妈，看到了吗，奇迹，奇迹出现了！我奶还是有思想的，我奶的病情一定能够得到控制，以后就看你和爷爷的了！”

母亲的眼眶也不知道在什么时候挂上了泪水，微笑着说：“这还真的是个办法！”

叶丽让爷爷继续努力，爷爷越说越顺，刚开始的羞涩慢慢减退了。

两三个小时过去了，爷爷还在和奶奶说着话。

中途，叶丽和母亲出去了一会儿，爷爷竟然浑然不觉，沉浸在和奶奶聊天的状态中。

奶奶也像换了个人似的，在爷爷不断的引导和启发下，偶尔还能和爷爷有一两句完整的对话，神情显得幸福、兴奋，完全没了呆滞和闹着上厕所的情绪。

叶丽兴奋得不停地对母亲说："你看看，这个方法不错吧，我说行，你还说不行！你们都爱我奶，只是平时不善于表达罢了，总觉得那样做有点难为情，其实人是需要沟通的，你一会儿也要练练。我奶现在就缺少这些沟通，人越老越需要感情的慰藉。你们都不要觉得烦，不要认为我奶老了，说话慢了，反应慢了，耳朵笨了，和她说话太费劲了。你们越是不想和她说话，越是没话说，我奶就要找另外一种方式来引起咱们的注意，甚至是惩罚咱们！"

母亲说："话倒是有理，但是我不习惯！"

叶丽说："我爷爷刚开始也不是不习惯吗？你把我奶当做你最爱的人，你现在真诚地想拯救她。就像你对女儿一样，你和女儿说起话来不是没完没了吗？你应该把你和奶奶之间的那种代沟去掉，就想着她平时怎么关心你，怎么爱护你，而不要总想着她是你婆婆，你们俩有身份差距！能找到这种感觉吗？"

叶丽妈也有些扭捏，都不知道怎么坐在婆婆面前好。叶丽鼓励她说："没啥，心态放正了，你就想着这样做我奶的病就会好了！"

叶丽妈笑着说："你像是排戏似的。"

叶丽说："你看，你对我说话就显得很自然，你也应该这样对我奶。"

叶丽妈还是没有勇气，说："几十年的习惯了。"

叶丽说："以前主要担心我奶骂你。她现在又不会骂你了，也不会给你使脸色，倒是你愿不愿意让我奶长寿！"

叶丽妈说："你这孩子，妈怎能不愿意你奶长寿？"

叶丽笑着说："我故意这么说的。"

叶丽妈说："你去拿些针线，我在你奶面前给你做鞋让她看，你奶以前最爱给你和叶焕做鞋了。"

叶丽说："这也许是个办法。"

叶丽妈拿起针和线，对婆婆说："妈，你看你还会做鞋不？我现在要给丽丽做双鞋，我不会了，你教我。"

奶奶说："我教你。"

叶丽妈边在婆婆面前做着鞋边说："你过去为你孙女做的鞋能拉一车，一村人都说你做的鞋好。大家让你给他们的孩子也做双鞋，怎么求你都不答应，你说你只为公公和两个孙女做。大家都说你是小心眼，我后来才明白，你没时间做，你有时间就给你两个孙女做鞋了。"

在叶丽妈这种絮絮叨叨的诉说中，不知不觉间泪水又蒙上了叶丽的眼睛。她是不幸的，她又是万幸的，她失去了父亲的爱，但是得到了更多来自爷爷和奶奶的爱，而这种爱更让人留恋和羡慕。

11 不速之客

人有时候是需要引导的，就像今天的叶丽妈和爷爷。他们本来是很少和叶丽奶奶说话的，但是，今天在叶丽的努力下，他们的话匣子终于打开了，隐存于他们内心深处的温情也像一潭死水被开了个口，变得充满活力，汩汩而出。这让叶丽感受到了更多人世间的温暖和美好。

当发现母亲也进入了“角色”的时候，叶丽心中就像灌满了春风，变得温暖而轻盈，她的眼前慢慢出现了一幅美好的图画：以后爷爷、奶奶、妈妈都不会再孤独，他们的心扉已经彼此打开，他们的生活将会因此而变得更加幸福。

叶丽非常高兴，给叶泽春打电话说让他下班后早点回来，她要做好吃的让大家吃。

叶丽只简单地跟爷爷说了声，我去买菜了，就出来了。爷爷还在笑眯眯地听着叶丽妈和奶奶的谈话，只是轻轻地向她点了点头。

叶丽出了门，感觉到身体像被快乐的细胞填满了，变得欢快轻盈。走在大街上，她仿佛感觉到所有的事物都冲着她笑，那树，那护栏，那路上行走的人群，就连那个正在无理取闹的小孩，叶丽也觉得他是那样的可爱，他们现在这个年龄正是无理取闹的时候，不需要什么理由！

今天所做的努力，让叶丽觉得，今天是她有生以来最美好的一天。

然而，让叶丽万万没想到的是，这时候她的婆婆苏美华竟然出现了，打碎了她心中的一切美好！

“叶丽，你到哪儿去？”叶丽经过距离家门口不远的那个公交站牌时，突然一个清脆的声音在她身后响起。单听那声音就知道这是一个富态的中年妇女。叶丽回头一看，发现婆婆站在公交牌下，手里提了个文件袋，满脸疑惑地正在看着她。

“哦，妈，你怎么来了，我去买点菜！”叶丽觉得很惊讶，因为星期一到星期五，婆婆从来不会到他们家来，就是礼拜天，婆婆来他们家的次数也是屈指可数。

“你妈好了吗？我来看看你妈！”苏美华说。

叶丽笑着对婆婆说：“好多了，基本上没什么事了。你先上去吧，我等一下就回来。”

苏美华看着叶丽，没有说话。

叶丽心里一惊，问：“妈，还有什么事吗？”

苏美华说：“今天几号？”

叶丽回答：“6月3号！”

苏美华说：“今天好像是泽春的生日。”

叶丽嘴张成了O型，眼瞪得大大的，旋即笑了，对她说：“我都忘记了，泽春昨晚也没吭声。”

苏美华白了叶丽一眼，说：“不要只管了你爷爷奶奶，不管自己的老公了。”

叶丽笑着说：“妈，我知错了，下不为例。”

苏美华从文件袋里拿出200元钱，说：“去给泽春买个生日蛋糕，再给你爸打个电话，让你爸也过来。”

叶丽摆了摆手说：“我有钱，我来吧，我爸的电话还是您来打吧，我爸平时对我们要求挺严的。好像以前没有给泽春办过生日？”

苏美华把钱又收了回去，说：“你就说是我说的。”

叶丽只好说：“好的。”

苏美华又把刚才收回去的钱掏了出来，说：“你再多买只甲鱼。”

叶丽说：“妈，我有钱，你想吃什么只管说，我来买，别给我钱了，多见外。”

苏美华又白了一眼叶丽说：“你不接钱才是见外，妈给你钱是没把你当外人看！”

叶丽脸一红，说：“什么都让你们花钱，我都觉得过意不去！”

苏美华说：“妈和你爸的工资除了给老人花，就是你们花！”

叶丽说：“那好，这钱我接下，我这就去买菜。”

叶丽往前走了几步，又折回来对苏美华说：“妈，你上去了别笑话我妈，今天我正锻炼我妈和我奶多说话，这样我奶就不感觉到孤独了。我妈做的鞋子是哄我奶用的，不是真的在做鞋。”

苏美华顿了一下，说：“知道了，你赶快去买菜吧！”

叶丽往前走了几步，想起了叶泽春，她拿起手机给叶泽春发了一个短信：“今天是你的生日，我把我最最最最衷心的祝福送给你，希望我的老公开心每一天，幸福每一天，我愿把我身上所有的爱传达给你，让你享用，让你满足！叶丽。”

短信发出去后，叶丽会心地笑了一下，当她让别人开心的时候，她也特别开心。

叶丽又想起苏美华让她给公公打电话的事，她觉得这事有点尴尬的，儿子已经成人了，不给老子过生日，反过来让老子给儿子过生日，成何体统？但是婆婆让打，叶丽又不能不打，她怎么能为这么一点小事来得罪婆婆？

电话通了，叶凯成在电话里“喂”了一声。

叶丽说：“爸，是我，我是叶丽，我妈已经到我家来了，让您也过来！”

叶凯成说：“你妈好了吗？”

叶丽说：“不碍事了。今天已经和好人一样了。”

“那就好，让你妈多注意休息。”叶凯成说，“我就不过去了，我已经到家里了！”

叶丽吞吞吐吐地说：“我买了好多菜，今天也是泽春的生日，我妈让您过来一下。”

“胡闹，年纪轻轻的过什么生日？”叶凯成说。

叶丽忙说：“主要今天我找到了解决我奶总上厕所的办法了，我心里很高兴，正逢泽春生日，我就多买了点菜，我妈就让您过来。”

叶凯成说：“这样啊，好的，我等一会儿过来。”

这时候，叶丽收到了叶泽春的短信：“谢谢老婆，我最爱你！”

叶丽回信说：“我也爱你，吻你！”

回完短信，叶丽心里暖阳阳的，感到非常幸福，她又给叶泽春打了一个电话：“哦，对了，你去把你爷爷奶奶也接过来吧，趁此机会，让大家都好好聚聚。你去之前先给爷爷奶奶打个电话，不要让他们做饭了。”

叶泽春说：“我老婆想得真周到！好的，我这就去！”

叶丽放下电话，高兴地先去为叶泽春定了一个生日蛋糕，叶丽告诉糕点师：“你在蛋糕上做一对夫妻幸福相偎的糖人儿。”在糕点师做蛋糕的时候，叶丽去买了甲鱼、黄鳝、鸡腿、牛肉、等等，又买了一瓶上等的五粮液酒、一瓶红酒。

由于买的东西太多，进了小区，叶丽给叶泽春打了个电话，让他过来接一下，这时，叶泽春已经把爷爷奶奶接回来了。

当他很快出现在叶丽面前，看到地上摆放的一大堆东西，吃惊地说：“今天你太破费了吧！”

叶丽说：“你没看你妈已经对我有了意见，我再小气，该挨你妈骂了。”

叶泽春说："你已经见过我妈了？"

叶丽老实回答："我都把你的生日忘记了，是你妈提醒的。"

叶泽春笑着说："我还以为老婆对我这么好，这么忙的情况下还能记着我的生日！"

叶丽说："去你的，本来就对你好，你还想把我吃了吗？累死我了！过来拿东西！"叶泽春乖乖地提起了许多东西。

家里人一多，气氛就显得热闹。叶天水、叶凯成父子陪着叶丽爷爷说话，刘一慧、苏美华陪着叶丽奶奶聊天。

家里突然间来了这么多客人，叶丽奶奶感到好奇，不说话，只是盯着苏美华和刘一慧看，看得这两位一会儿就没话说了。

叶丽爷爷说："你们聊自己的，别问她了，问她也白问。"

刘一慧说："还是觉得我们生，不过，你看她好像在听我们说话，两眼眨都不眨地盯着我们看。"

叶丽马上说："我奶现在有思维了，可能在想你们的话是什么意思！"

奶奶却说："我要尿尿。"

叶丽笑了，说："奶奶，刚表扬过您，您怎么又犯糊涂了？"

奶奶说："又犯糊涂了。"说着就颤巍巍地要站起来，叶丽慌忙过来扶住奶奶。刘一慧和苏美华目不转睛地看着叶丽和叶丽奶奶。

担心奶奶再上厕所，叶丽让母亲不要在厨房忙活了，出来陪奶奶。

叶丽妈解了围裙，洗了手，出来尴尬地对刘一慧和苏美华说："今天丽丽让我和她奶多说话，看以后能不能把这个习惯改过来。"

刘一慧说："老年人就是要多说话，说话多了，思维自然活跃了，脑子也就不空了。我现在开始有体会了，一天要是没人理我，我就觉得特别郁闷，脑子木木的，感觉活着就是等死。"

苏美华偷偷地瞪了刘一慧一眼。

正在这时，有人敲门，叶丽跑出去开了门，却一下子愣住了——朱子健抱着一捧鲜花站在门外！

"朱总，你怎么来了？"停了几秒钟，叶丽才反应过来，问道。

朱子健笑眯眯地说："我就不能来吗？我听说你妈病了，特意过来看看。"

叶丽说："你太客气了。"

朱子健说："带我见见老人家。"

叶丽这才想起让朱子健进门。然后领着他进了爷爷奶奶的卧室。

见屋子有这么多人，朱子健非常吃惊，叶丽说："我们的爷爷奶奶，我

公公婆婆。”

朱子健微笑着向大家点了点头。

叶丽对大家说：“这是一家房地产公司的老总，叫朱子健，我们这一次的设计任务就是为他们服务的。”

朱子健又向大家笑了笑。

叶丽走到叶凯成面前，对朱子健介绍说：“这是我公公，大学的党委书记。”

朱子健伸出自己的手，说：“幸会，幸会！”

叶丽又走到苏美华面前，亲热地拥在苏美华的身边，说：“这是我婆婆，咱们陕西省著名的特级教师。”

叶丽又走到叶天水的跟前说：“这是我老公的爷爷，曾经的陕西省改革风云人物。”

叶天水说：“哪里哪里，你太夸奖爷爷了。”

叶丽笑着说：“本来就是嘛！”

叶丽又指着爷爷奶奶向朱子健介绍说：“这是我爷我奶。”

叶丽爷爷说：“朱总看起来年纪不大，坐吧！”

朱子健讪讪地笑了笑说：“也快 50 了。”

叶丽最后走到母亲身边说：“这是我妈。”

叶丽妈先伸出手，和朱子健握了握手。

朱子健这时候才显得自然一些，说：“伯母，没什么事吧！”

叶丽爷爷说：“别叫她伯母，她比你大不了几岁。”

朱子健又讪讪地笑了笑。

叶丽对朱子健说：“我妈没事，就是受点累，让我老公陪你吧！”说着，就冲厨房喊：“泽春，出来，你陪陪朱总！”

叶泽春洗过手走出来了。叶丽拉过叶泽春的手，放进自己的怀里，对朱子健说：“这就是我老公，叫叶泽春。”

朱子健伸出手说：“幸会，幸会。”

叶丽说：“你们聊吧，我进厨房做饭去了。”

朱子健说：“家里既然这么多客人，我就不打扰了，我来看看就行，也希望叶小姐尽快地为我们公司设计出让人满意的作品。”

叶丽说：“一定，你放心吧！”

朱子健往外走，叶丽说：“我就不送了。”

朱子健说：“不用送了，不用送了。”说着，一个人走出了门外。

叶丽正要重新开始做菜，门铃又响了，她打开门，安米琴笑着说：“叶姐！”

叶丽愣了一下，旋即高兴地说：“你怎么也来了？”

安米琴说：“你爷爷奶奶来这么长时间了，我也没来看看，这一次听说你妈病了，心想一定要抽时间过来的！”

叶丽说：“那么客气干嘛，大家都是老朋友了，不用那么麻烦！”

安米琴笑着说：“要是不认真点，时间长了我还能进你家门吗？我一来你就该给我使眼色了。”

叶丽也笑了，说：“看你说的，怎么会呢？”

姐妹两个说笑着走进了家门。

当叶丽将安米琴介绍给苏美华时，苏美华不由得多看了安米琴两眼，看着看着两眼就放出光来，问：“你是不是老校长安蔡荣的孙女，你爸爸在工商银行工作？”

安米琴问：“对呀，您怎么知道？”

苏美华说：“你爷爷没退休前，你爸经常带你去学校，虽然 10 多年过去了，你还是那么清秀！”

安米琴脸一红，说：“伯母夸奖了。”

苏美华说：“你妈就长得漂亮，你比你妈长得还漂亮！”

安米琴说：“伯母又夸我！”

苏美华说：“你爸以前是银行的科长，现在该升职了吧？”

安米琴腼腆一笑，说：“现在是银行的副行长了。”

刘一慧说：“呦，那挺厉害的，有权！”

叶凯成说：“你问孩子那些干什么？”

苏美华说：“随便问问，她爸当时对人特和善，特有素养，我猜他就不是一个普通的人。”

苏美华的几句赞扬话说得安米琴一时间没了词语，苏美华说：“过来坐到阿姨跟前！阿姨看着你就高兴！”

安米琴说：“我进厨房帮忙吧，坐这我也不知道和你们说什么！”

叶丽说：“厨房不用你，你就陪我爷我奶、我爸我妈说说话。”

安米琴拽了一下叶丽的衣襟，那意思是说你别再让我尴尬了。叶丽却装着全不明白，笑眯眯地看着安米琴。这样一来，安米琴反倒有了精神，来劲儿了，说：“那我就陪爷爷奶奶，叔叔阿姨说说话。”说完，安米琴大方地坐在了叶丽奶奶的旁边，故意问叶丽奶奶：“奶奶，我是您孙女叶丽的朋友，我坐在您的身旁，您愿意吗？”奶奶说：“我孙女的朋友！”安米琴说：“对，我是您孙女的朋友，让我在您旁边坐吗？”奶奶反问安米琴：“让你在我旁边坐吗？”说完，盯了一会儿苏美华，又盯了一会儿刘一慧。

叶丽妈对婆婆说：“孩子问你愿意不愿意让她坐在你的身边，你说愿意！”

叶丽奶奶说：“我说愿意。”

大家笑了，叶丽爷爷说：“就会鹦鹉学舌。”

一会儿工夫，叶丽就把饭菜做得差不多了。凉菜有：腊汁牛肉、芥末肚丝、麻将凉皮；热菜有：葫芦鸡、回锅肉、干煸鳝鱼丝、贵妃鸡翅、奶汤锅子鱼；汤是清炖甲鱼汤。叶丽先把蛋糕放在餐桌的中间，菜肴拼成花形摆放在蛋糕周边，酒杯、筷子、蛋糕碟子一字摆开，这才招呼大家入座。

大家来到餐桌前，眼前不由得一亮：一桌菜肴竟释放着惊艳的光芒！

叶天水说：“今天这一桌菜太丰盛了，还没吃，食欲就先上来了。蛋糕上还有两个糖人儿，象征着泽春和叶丽吧？”

刘一慧说：“你什么都不懂，那象征着咱们叶丽和泽春惜惜相依，恩爱终生。”

安米琴流露出羡慕的神情，说：“还是奶奶聪明，一下就猜出它的寓意了。叶姐，你是怎么想出来的，好有创意呀！”

叶丽笑而不答。

苏美华说：“大家都坐，别在那站着了！”

刘一慧扶着叶丽奶说：“你看，你培养的孙女多好？人漂亮、勤快，还特别聪明，富有创意，你以后可不能痴呆了，你痴呆了就享不了你孙女的福了！”

叶丽奶说：“享不了我孙女的福了？”

刘一慧说：“对，我现在都特羡慕你，有这么一个好孙女！”

苏美华说：“妈，看你说的什么话？叶丽就不是你的孙女了？”

刘一慧笑着说：“对对，叶丽也是我的孙女，叶丽也姓叶，多好！”

叶天水说：“叶丽不姓叶姓什么？瞧你说的。”

刘一慧说：“我说的意思是，叶丽就该到我们叶家来，缘份呀！”

安米琴说：“你们都有福气，碰见我叶丽姐这么一个既能干又漂亮的可人儿，我现在特佩服我叶丽姐，现在的女孩子能做到我叶丽姐这样的几乎没有！”

叶丽捏了捏安米琴的手，说：“你乱说什么呢！”

叶凯成说：“米琴说得没错，现在的女孩子能做到你这样的，真的很少。来，爸先敬你一杯，为你给我们制造的这份和谐、感动还有温暖干杯！”

叶丽害羞地说：“爸，泽春生日仪式还没开始呢！”

叶凯成笑着说：“这不是开始了吗？来，咱们都端起杯，为我们的好孩子叶丽，为泽春的生日干杯！”

叶丽妈递给了叶丽奶奶一杯红酒，让她和大家碰杯，叶丽奶奶却端起来直接喝了。叶丽妈尴尬地责怪婆婆说：“还没和大家碰呢，怎么就喝了？”又对大家说：“乡下一般没有这种方式，她不懂！”

叶凯成说：“老妈妈不是不懂，是给我们带头呢！”

叶天水笑着说：“这个解释好！”

苏美华说：“该为我们泽春唱生日歌了！”

大家开始齐声为叶泽春唱起了生日歌。

生日歌唱完后，苏美华眼中有了泪花，笑着对叶泽春说：“这下该你吹蜡烛了。”

安米琴说：“吹蜡烛前要先许愿！”

叶泽春笑着挠了挠后脑勺说：“许什么愿呢？”

苏美华说：“看你那没出息样，这个也要人教你！”

叶泽春憨厚地笑了笑说：“我现在觉得挺知足的。能过上这样的生活就行了。”

安米琴说：“你不会幸福得再没了追求吧？”

叶泽春笑着说：“还真有点。”

刘一慧说：“不愧你妈说你，还真是没出息！”

叶丽握住叶泽春的手说：“来，咱们一块许愿吧！开始！”

叶泽春这才闭上了眼睛。然后和叶丽一起吹灭了蜡烛。房间里瞬时响起一片掌声。

这一夜，大家都过得非常开心。

大家一直吃喝到晚上 10 点，为了安全起见，叶丽让叶泽春亲自将他爷他奶送回去。自己又送走了公公、婆婆，等她回来后，母亲把叶丽叫到了他们的房间。

“今天你婆婆和妈说起让你要孩子的事了。”

叶丽心中一惊，语气急促地问：“她怎么说的？”

母亲说：“没说什么，就说你该要孩子了，征求我们的意见。”

叶丽想问，别的什么都没说？但是话到了嘴边又咽了回去。如果婆婆真的没再说别的，她问这样的话，反而会引起母亲的怀疑。叶丽知道，母亲也是一个特别敏感的人，这与她艰难的生存环境有关。另外，婆婆怎么说也是一个有知识有修养的人，她相信婆婆第一次和母亲谈话一定会非常小心。

可是，叶丽还是充满了警惕性。婆婆没和她商量就和母亲说起了此事，等于说婆婆已经在和她较劲了，这一点让叶丽心里多少有点不舒服，婆婆为什么不和她直接说呢？是对她拒绝的态度不满吗？

叶丽问母亲："你怎么和我婆婆说的？"

叶丽妈说："妈觉得你婆婆说的话对，你是到了该要孩子的时候了！你也年纪不小了，再晚要孩子对大人、小孩都不好！"

叶丽说："妈，我才 28 岁，人家倪萍 40 岁才要的孩子，大人和孩子不同样好好的？"

叶丽妈说："你和妈抬杠是不是？中国有几个倪萍，你和人家能比吗？人家是什么条件？"

叶丽说："怎么不能比？我就是没她挣的钱多，身体素质上我可能比她还好！生孩子的时候，她能住得起高档病房，看得起著名医生，我相信我也能！"

叶丽妈说："你诚心气我是不是？妈搞不清楚你为什么不想要孩子，你现在的工作已经稳定了，用你婆婆的话说，你在建筑设计行业已经站稳了脚跟，不需要再为工作伤脑筋了。"

叶丽说："妈，我不是气你，我也不是担心工作的问题，我是觉得爷爷奶奶突然老了，我想为他们多尽尽孝。我常想起爷爷奶奶以前疼我的情景，有时想着心里特不是滋味，爷爷奶奶一方面要忍受丧子之痛，一方面还要帮你养育我们，我能有今天的成绩，百分之八十都是爷爷奶奶的功劳，他们的善良，他们的勤苦给了我努力上进的动力。你说，我爷我奶现在是这样的身体，我怎么能不管？"叶丽说着，眼睛湿润了。

叶丽妈也很感动，说："妈知道你心地善良，也觉得你说的有道理，可是你爷你奶有妈管着，你尽可以放心要孩子！"

叶丽说："你是你，我是我，你养我爷我奶不等于是我养他们，再说，你现在一个人能照顾得了我爷我奶吗？你能照顾的话，昨天就不会昏倒了！"

这时，已经躺下来的爷爷忽然挣扎着坐了起来，红着眼急促地对叶丽说："丽丽，你的心让爷爷欣慰，不过你听爷爷的话，爷爷也觉得你该要孩子了！别的不说，你是咱们叶家的老大，爷爷也等着抱曾孙子呢！活到爷爷这份上，还想什么，如果能抱到曾孙子，那才是最大的幸福！"

叶丽说："爷爷，孙女说句不该说的话，如果你和我奶活不到你曾孙子出生呢？像你们这样的身体，什么事情不会发生？说句心里话，我婆婆第一次把她的想法告诉给泽春时，我什么都考虑过了，我也想照顾我婆婆的情绪，可是现实允许吗？现在你们的身体情况允许吗？你们不要考虑这些了，听我的，先把你们的身体养好再说，这是最关键的。爷爷你能走路了，能帮着我妈照顾我奶了，我再怀孕不迟！到时候你们先有身体保障，抱曾孙子也就不成问题了！”

爷爷说：“我都这么大的年纪了，身体是那么容易恢复的吗？你不要考虑爷爷，爷爷命大的话，不用你费神，也会坚持到曾孙出生的时候，爷爷命中没有这个福气，你就是给爷爷吃上仙药，也不会管用！”

叶丽说：“爷爷您什么时候也迷信起来了？什么命不命的，那全是哄人的说法！您心态好了，坚持锻炼了，身体自然就会恢复！您的身体素质一直很好，完全有治愈的可能，如果被病魔击倒，说明我们照顾得不到位，那样我会后悔终生的，什么时候想起来都会难过！现在，大家什么都别想，就是集中精力把你们的身体养好。您现在恢复得就不错，这样保持下去就会好。你们照着我教你们的办法去照顾我奶，我相信也会有作用的。我现在就可以答应你们，只要你们身体恢复得差不多了，我马上怀孕！”

爷爷说：“什么标准是差不多？”

叶丽说：“首先病情稳定，不断地向好处发展，另外，你能帮我妈照顾我奶了。好的话，也就是半个月到一个月的时间。”

爷爷说：“行，咱们就这样说定了。”

叶丽笑着说：“没问题！现在赶快睡觉吧，再晚的话我奶该醒来了。”

叶丽妈问：“泽春怎么到现在还没回来？”

叶丽说：“去了肯定要和他爷爷奶奶聊会儿天。”

叶丽妈说：“你做事情不要让他们一家人反感了，人一旦要是对立起来，什么事情都不好办了。人就是这样，认为你好了，你就是做错事了，他也会说你是对的，认为你不好了，怎么看你都不顺眼！”

叶丽说：“妈，我明白，我又不是小孩子了。你也赶快睡吧，今天累一天了。”

看着母亲躺下，叶丽进了自己的房间，在床上躺了一会儿，想起应该去洗个澡，今天是泽春的生日，夫妻生活是少不了的。

洗完澡，叶泽春还没有回来，叶丽又给妹妹叶焕打了一个电话，问了问妹妹的工作情况。叶焕说一般，比以前稍好一些，叶丽鼓励她继续加油。叶焕问爷爷奶奶的病情怎样了？叶丽说一切都很好，并把白天教妈照顾奶奶的事向叶焕说了一遍，姐妹两个在电话里笑了好一阵。最后叶焕又流泪了，说叶丽对她太好，现在什么责任都是叶丽承担。叶丽说，你以前总是大大咧咧的，现在怎么也变得多愁善感？叶焕说，事情经历多了，就成这个样子了。

叶丽笑着说，变成熟了？叶焕忍不住又笑了。

叶泽春终于回来了。这时已经到了深夜 12 点半。

叶丽想了想，还是忍不住问起叶泽春：“今天你奶奶没吩咐你什么？”叶泽春装糊涂说：“吩咐什么？”叶丽说：“还用我说吗？你奶不心疼你？不怕你这么晚回来让人打劫？”叶泽春说：“你多心了！”叶丽说：“你还不老实，我妈今天都跟我说了！”

叶泽春说：“你妈跟你说什么了？”

叶丽说：“你还装糊涂！”

叶泽春说：“看你说的，你妈跟你说什么，我又没在场，我怎么知道？”

叶丽说：“你妈做不了你的工作，做起我妈的工作了。”

叶泽春说：“你越说，我越糊涂了，什么意思啊？”

叶丽说：“孩子，还能有什么？”

叶泽春说：“那也很正常呀！”

叶丽说：“我没说不正常呀！”

叶泽春说：“那你是什么意思？”

叶丽说：“我在想，你妈还有没有别的意思？”

叶泽春说：“这你可不要乱想，大人想要孩子是很正常的事情，你不要往别的地方扯！”

叶丽说：“那你老实告诉我，你奶奶都和你说什么了？”

叶泽春说：“也说了孩子，但更多的是说你爷爷奶奶有福气，她要是有你这么个亲孙女就好了！”

叶丽说：“真的，我怎么不信？”

叶泽春说：“你看你，又没劲了，整天瞎猜，这样没事都让你整出事来了。”

叶丽忽然非常感动，她的直觉告诉她，不管是叶泽春母亲也好还是叶泽春奶奶也好，对于她爷爷奶奶在这儿长住那是一百个不同意，肯定对叶泽春有所表示，但是，叶泽春从来不肯说出实话。这是一种默默的保护，从这种保护里，叶丽能体会到来自丈夫的温情。也正是有这种温情做基础，叶丽才不担心有暴风雨来临的时候，她没有避雨的地方。

叶丽也装起了糊涂，说：“既然你奶没说别的，我也就不瞎想了，我相信就是你奶跟你说别的话了，你也会处理好的，你说对吗？”

叶泽春说：“你又将我。”说着便将叶丽搂在了怀里。

12 第一回合

叶泽春睡去了，叶丽却睡不着。爷爷奶奶才来了十天，外表看起来很平静，但是叶丽总觉得这平静里酝酿着巨涛骇浪。稍微有点脑子的人都应该猜到，婆婆今天的举动绝对是一个信号！如果真是这样，眼前的这个男人会一直保护她吗？她又该怎么做，才能把这些事情都处理好？如果她不答应婆婆的要求，婆婆肯定还会采取下一步行动，那么她的下一步行动又会是什么呢？会在什么时候到来？

叶丽这样乱想着，反而越来越意识到了问题的严重性。爷爷奶奶不管不行，婆婆的话不听也不行，她怎么来平衡这件事，让大家都不受伤害？

叶丽本打算从叶泽春嘴里套出一些话来，看来是没有成功，她欣慰之余也有了更多的担心。丈夫是站在她这一边，是想保护她，但是如果事情发展到了一定严重的程度，丈夫能保护得了她吗？婆婆今天的举动实际上已经说明，她的意志是不以叶泽春为转移的，她有着更多对付儿子的办法！那么叶泽春夹在中间又会怎么处理这些事情，能处理好吗？

如果婆婆是单纯的想要孩子那也好办，但如果婆婆是讨厌她向爷爷奶奶尽孝，那该怎么办？她并不是躺在这儿瞎想，婆婆几次话里有话，眼神也不对，那不单单是城里人轻视乡下人的眼神，而是一种厌烦，一种冷漠，一种不愿接受！叶丽相信母亲和爷爷也体会到了，只是他们不肯说而已。再或者说爷爷奶奶刚来，大家都在忍耐着。

叶丽一直怀疑，婆婆还跟母亲说了什么，因为叶丽总觉得，婆婆突然让她怀孕不是一件简单的事情，她一旦怀孕，婆婆就有一百个理由让爷爷奶奶回家，孕妇需要安静呀，孕妇自己都需要人照顾，怎么还能再照顾别人呢……到时候，爷爷奶奶也没有理由不回老家，谁不替肚子里的孩子考虑呢？

想到这，叶丽打了一个寒颤，婆婆如果真的是这样的想法，那说明她也太有“才”了，岂是叶泽春能对付得了的？

叶丽想，她现在一定不能怀孕，她一旦怀孕了，至少三年之内无法尽

全力照顾爷爷奶奶，甚至根本没有机会照顾他们。而在这三年之内，以爷爷奶奶现在的状况，他们得不到细心照顾的话，能活过三年吗？那一天，在莲湖公园，那个阿姨不是说了吗？她母亲从得老年痴呆到去世不到1年时间！

爷爷奶奶她一定要管，至少也要管一年以上，不然她良心难安！

叶丽决定这个周末无论如何都要到婆婆家和叶泽春奶奶家去一趟，和她们好好谈谈，把她的想法全盘托出，动之以情，晓之以理，争取得到她们的支持。现在看来，这是唯一的好办法了。

这几天先好好工作，然后监督爷爷和母亲学会照顾奶奶，叶丽想。

再上班时，叶丽找大家开了一天的讨论会，为了充分发挥大家的想象力，每次遇到阻碍时，叶丽都会组织大家齐声大喊：“我最有热情，最有想象力！”喊完，她为大家一人冲一杯浓咖啡，让大家休息一下，聚到一起再重新讨论。经过不断地努力，临下班时，大家终于确定了这个楼盘的主题。叶丽长出一口气，因为主题一旦确定，剩下的工作就变得简单了。

“看到大家这么努力，我真的非常高兴，要是家里没事，今晚我真想好好请请大家！”叶丽说。

苏伟红说：“大家都知道你忙，你快回家去吧，你不请我们吃饭，我们心里也是温暖的，永远支持你！”

李雅婷说：“你太客气就是亵渎我们的感情，就是不把我们当姐妹。”

叶丽笑着说：“那大家赶快休息吧，出去好好放松放松！”

正在大家收拾东西准备下班时，朱子健忽然抱着一束火红的玫瑰走了进来，直接走到叶丽跟前，笑眯眯地问她：“叶小姐，今晚不知肯不肯赏脸，我想请你喝杯咖啡！”

大家愣了一下，随即准备出去，叶丽说：“别急，稍等一下，大家一块儿出去！”然后直视着朱子健的目光说：“这花是送给我的吗？”朱子健说：“当然了！只有叶小姐才配收下这束鲜花。”叶丽问大家：“你们有没有人喜欢这束花？”大家摇摇头。叶丽对张凯说：“你把它扔到垃圾筐里去！”又对朱子健说：“我们都是做事的人，不喜欢这些，我和你只是一面之交，没有理由收下这束鲜花，望你自重。以后你再这样的话，你的方案就拿去让别人做，我马上退回给总经理！”

朱子健完全没有想到叶丽会是这种态度，一下子愣在那里，叶丽则和大家一块儿出了门。

朱子健气愤地说：“他妈的，敢跟老子耍态度，看老子什么时候收拾你！”

然后一拳砸在桌子上，却龇牙咧嘴地把手甩个不停。

出了门，雷曼说：“叶姐，你太厉害了，三两下就把那家伙给震住了。”

苏伟红说：“对付这种人就要采取这种办法，不然他会像苍蝇一样围着你。”

李雅婷说：“对，我赞成，这些臭男人手里有几个钱就以为做什么都行，呸！”

一晃到了礼拜天，叶丽一早就准备去婆婆家，叶泽春懒洋洋地说：“今天高考，我妈早就陪她的学生去了！”叶丽这才想起现在的高考提前了。坐在那儿发了一会儿呆，自言自语地说：“计划泡汤了。”

叶丽忽然又想起，这么忙的情况下，婆婆竟能想着法子说服她要孩子，可见婆婆把要孩子这件事看得多么重要！如果婆婆还有利用孩子赶走她爷爷奶奶的想法，那么可见婆婆多么不希望她爷爷奶奶呆在这儿！

想到这儿，叶丽只觉得一股怨气从她的心底直接涌入了大脑。她恨不得立刻把叶泽春从床上拽起来，质问他，他的母亲是不是这样的想法？但是叶丽很快又冷静下来，这样不等于向自己的母亲、爷爷奶奶说明一切吗？把他们心中的那份幸福打个粉碎，这让他们以后在这儿怎么呆？

叶泽春自顾自地睡着懒觉，叶丽的心却像被放进盐水里浸泡着一样。她想不通平时看起来很慈祥的一位老人，内心怎么这么阴险、狭隘？

一想到狭隘这个词，叶丽忽然又想到自己的心胸是不是也太狭隘了？她有什么理由生婆婆的气呢？爷爷奶奶呆在这儿肯定是要影响家庭环境，影响叶泽春的生活，作为母亲，婆婆有一万个理由爱她的儿子，想保护她的儿子。再说，每个人天生都有一种排斥心理，不是自己最亲近的人，感情上很难接近，何况爷爷奶奶还是两位病残人，照顾起来是很麻烦。

想到这，叶丽的气消了大半，她又想到身在别人屋檐下，怎能不低头？有时候还真要看婆婆的脸色行事。

看来还是要和婆婆沟通，而且要尽快，不然这个家肯定要狼烟四起、鸡犬不宁！

叶丽想，今天婆婆不在，就去叶泽春爷爷奶奶家，先争取这两位老人的支持！

到了奶奶家，还没进家门，叶泽春和叶丽已经闻到了一阵香味。

叶丽说：“奶奶，您已经做饭了？我不是跟您说，等我来了，我做吗？”

刘一慧说：“奶奶现在还能做，等奶奶实在动不了的时候，你再给奶奶做。”

吃完饭，大家坐在一起聊天，叶丽心里想着孩子的事，不自觉地就将话题往这方面引。

趁叶泽春和爷爷玩象棋，叶丽对刘一慧说：“奶奶，我婆婆没在你面前提起让我要孩子的事吧？”

刘一慧警惕地说：“提起过，怎么了？”

叶丽说：“我暂时不想要孩子。”

刘一慧说：“你都那么大年纪了，为什么不想着要孩子呢？”

这时，叶天水抬起头来，说：“不要孩子可不行，我们叶家四代都是单传，我们还指望你能为我们多生几个呢！

刘一慧笑了，说：“听见没？大家都希望你生，你没能力养，我们帮你养！”

叶丽说：“我不是不要孩子，我是想再等半年。”

刘一慧说：“再等半年又能怎样？你们又不是没钱花！真的没钱，我们给你！孩子最好别等了，我们都等好几年了。你说，你们要是有个孩子，我们还可以和他玩玩，多好，要不我们总这样，无聊死了！”

叶丽说：“主要我爷爷奶奶的身体现在一点都不好，我担心怀孕后，没办法照顾他们。您也知道的，我是我爷爷奶奶帮着养大的，没有他们也就没有我的今天。”

“你不是还有四个叔叔吗？”刘一慧问。

叶丽忽然间明白了，叶泽春的奶奶和母亲一直想把她爷爷奶奶推给她的四个叔叔，她们两个一定商量过了。

叶丽心里一寒，但她脸上没有流露出任何变化，说：“我爷爷早就和我四个叔叔分家了，按照农村的习俗，老人选择跟谁，老人最终的养老问题就由谁承担。”

刘一慧说：“这是什么习俗？法律上又没有这样的规定！是孩子都要养老人，这是天经地义的！老人和他们分家了？什么时候分开了，十岁以前吗？没给他们娶媳妇以前吗？老人将他们养成人了，自然要分家了，难道还要养他们一辈子？”

叶丽说：“奶奶说得很有道理，我也明白您的意思，只不过我觉得爷爷奶奶对我付出最多，我应该先尽孝，起到表率作用。以前，他们身体好的时候，我可以只是关心关心他们，但是他们现在生活几乎不能自理，我必须拿出一点行动来照顾他们，哪怕是一年也好，这样我才能心安。将来想起这件事的时候，我不内疚——爷爷奶奶对我好过，我也对爷爷奶奶好过，所以爷爷奶奶最后这段时间，我想陪在他们的身边。”

刘一慧说：“奶奶老实说，你的心是善良的，奶奶也支持，问题是我们也是你的长辈，我们对你们也有一种亲情的渴望，希望你们能够顺从，你总不能把心思都花到你的爷爷奶奶身上去，而忽略了我们的存在。”

叶丽说：“这个我知道，我也想过了，我宁愿自己辛苦一些，我也要把你们兼顾好的。以后，我和泽春会经常来看你和我爷爷，一个礼拜至少一次。至于孩子，我想等我爷爷奶奶的病情稳定以后马上怀孕，到时候，我可以专心给咱们养孩子。”

刘一慧说：“孩子这事，你得和你婆婆商量，奶奶也做不了主。奶奶理解你的心情，也支持你的决定，但是，你得看你婆婆的态度。奶奶的态度是，这件事你得和你婆婆商量好，不要因为这事产生家庭矛盾。咱们一家人现在是很和睦的，熟知的人都非常羡慕，无论如何不要把这种家庭气氛破坏掉了。”

叶丽说：“我明白，我会和婆婆好好商量这件事的，只要奶奶您支持我，我心里先轻松了一些。我觉得不管是您还是我婆婆，都是很通情达理的人，我在心里非常敬重你们。”

刘一慧说：“咱们家是书香门第，都是有脸面的人，不会胡搅蛮缠的。”

叶丽说：“我也赞成，我会把咱们家的这个门风发扬下去的。”

说到这，叶丽岔开话题说：“奶奶，听泽春说，您做布鞋也做得很好，我买了许多布料和线，下一次我带过来一些，您先给曾孙子做着小布鞋，等机会成熟我马上给咱们怀一个。”

叶天水说：“好，爷爷就等着抱曾孙子了。”

刘一慧也笑了，高兴地说：“这行，奶奶没事的时候就用做鞋来打发时间。”

再回到家里，叶丽把叶泽春奶奶的话仔仔细细地想了一遍，总觉得奶奶的话里没有诚意。最关键的问题是，她像皮球一样被踢给了叶泽春的母亲！同时，聪明的老太太还多次向叶丽强调他们家的和睦，而这实际上是在给叶丽施压——你不能做过分的事情，要听大人的话，家里要是出现了不和谐的情况，你就是罪魁祸首！

可是叶丽就是知道刘一慧和苏美华盛气凌人，她又能怎样呢？和她们

对着干？她有那么狠心吗？她希望一家人为了这么丁点事闹得不可开交？刘一慧不是特意在叶丽面前提出家庭和谐吗？

“你今晚怎么不说话了？一个人躺在那儿想什么？”叶泽春问。

“泽春，我想问你件事，你必须老实回答，不然我会生气的！”叶丽说。

“是不是又要问孩子的事？”叶泽春问。

“不是，我想问你，你妈、你奶对于我爷爷奶奶住在咱们家里到底是什么态度？你必须老实回答！”叶丽问。

听叶丽的口气，叶泽春知道是瞒不过了，便说：“我妈我奶是有点嫌弃你爷爷奶奶，但她们的心地还是善良的，他们只是担心你让爷爷奶奶在这长住，如果只是短时间住，她们是没什么意见的！”

虽然早有思想准备，叶丽还是感觉自己的心被人硬生生地拽了一把，她的眼睛瞬间就红了。

叶泽春觉察出了叶丽的心情变化，劝叶丽说：“其实她们的想法也是正常的，你想想，她们毕竟和你奶你爷爷没有任何血缘关系，虽然你觉得你爷你奶很亲，可是她们没有这种感觉。再说你是她们的儿媳妇，她们觉得你更应该关心她们，孝顺她们！”

叶丽真想发火：再说，再说你个头呀，我是她们的儿媳妇怎么了！是她们的儿媳妇就应该完全属于她们？给我了几十年恩情的爷爷奶奶我不养，去养她们？她们是不是想得太美了！

但是话到了嘴边叶丽又忍住了，怕自己失控，怕这些话让外边的爷爷、母亲听见。她只好把怒火合着泪水硬生生地往肚子里咽。

叶泽春过来抱住叶丽，叶丽终于在他怀里抽噎着哭了。那是失望的泪水，伤心的泪水。

叶泽春不知道怎么安慰叶丽，只是把她抱得越来越紧。

叶丽的情绪慢慢稳定下来，问叶泽春：“你是什么态度？你也必须给我说实话！”

叶泽春说：“我觉得你做得是对的，我能感觉到你为了获得我妈我奶的支持所做的努力。”

眼泪再一次从叶丽的眼睛里涌了出来，这一次是感动的泪水，因为她的身边还有一个支持者！而这个支持者是她最亲近的人，是她最需要的人！

叶泽春的态度让叶丽心里安慰了许多，她想，只要叶泽春是这种态度，那么她就有能力说服婆婆和叶泽春的奶奶，她的家庭就不会散。

叶丽在叶泽春怀里哭着,尽情地哭着。叶泽春感觉到了叶丽温热的泪水,他用手在叶丽后背抚摸着,想把他的温情无限地传递给叶丽。

事实证明叶丽的忍耐绝对是正确的。就在她在叶泽春怀里压抑地哭泣的时候,她的母亲正在门外偷听。

在特殊环境里成长起来的叶丽妈绝对不是那种粗枝大叶的人,她对一切都很敏感。特别是来到叶丽家后,她把眼睛变成高敏感的摄像机,时时刻刻记录一切,再输入大脑进行分析。她早已觉察出了叶丽婆婆对他们的不耐烦,但是后来发现叶丽婆婆对叶丽还算客气,她就继续忍耐着。苏美华要是表现不耐烦了,她担心会给叶丽造成心理压力和痛苦,如果叶丽忍不住,再和婆婆吵上一架,那么事情就会变得格外复杂,叶丽的一片孝心也就变了味道,甚至变了性质!所以她注意着一切需要注意的细节,让这个家尽可能地保持安定团结。

叶丽妈本来打算住上几天就回去,后来想,她女儿那么优秀,她为什么一定要看苏美华的脸色?她该住就住,只要女儿不说让她回去,她当然有理由在这长住下去!

可是,今天,叶丽回来后,话少了,表情也不那么张扬了,并且比平时早睡了半个多小时,更重要的是,叶丽临睡前还没有洗澡,这些都是反常的举动,细心的母亲从中觉察到了一丝异样。

当服侍公公睡下后,叶丽妈便来到叶丽的卧室外偷听。可是她什么也没有听到。

叶丽妈又来到客厅坐了一会儿。

"难道是孩子今天真的像她所说的那样,跑累了,想早点休息?"叶丽妈想。她又想起叶丽婆婆对她说的想让叶丽要孩子的事情,她也觉得叶丽婆婆的态度是对的,有哪个婆婆不急着抱孙子?更何况叶家还是四代单传!叶丽婆婆的态度还算好的,要是放到农村,像叶丽这种情况,婆婆不知道已经和她吵过多少回了!

叶丽妈想着这件事是女儿的错,叶丽可能在叶泽春奶奶家又碰了个钉子,心里不舒服,回家早睡了。如果是这样的话,女儿已经大了,她的事情就让她处理吧!

叶丽妈重新回到她和公公婆婆的卧室。

叶丽妈刚坐到床上,叶丽爷爷就问:"你有心事?"

叶丽妈回答:"没,没有。"

叶丽爷爷说:"你别骗我了,你的心思是骗不过我的。是不是担心叶丽

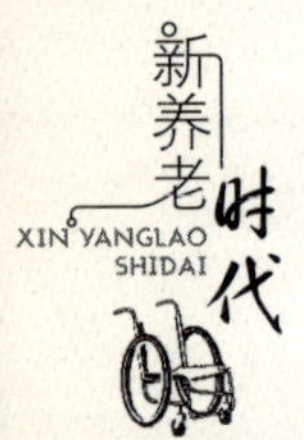

和她婆婆吵架？”

叶丽妈问：“你怎么知道的？”

叶丽爷爷说：“我也担心！叶丽回来时，我就想问，可是怕她多心，就没敢问。”

叶丽妈问：“可能问题不大，他们现在好像睡着了。”

叶丽爷爷说：“躺在被窝想心事，你怎么能知道？”

叶丽妈不吭声了。

叶丽爷爷自责地说：“都是我的病害的。我不得病，丽丽也许现在已经怀孕了，就不会出现这些矛盾了。再说，我也想抱曾孙子呀！”

叶丽妈说：“爸，你别自责，谁都不愿意得病，既然得了，咱也没办法，就是你孙女说那话，想着办法治好它。你孙女现在已经长大了，越来越成熟了，我想她会处理好这些事情的。现在有点压力也是正常的，咱们别操那么多心了，睡吧！把丽丽吩咐咱们的事情做好就行。”

叶丽爷爷说：“也只能这样，只盼望老天爷能多照顾我孙女！”说着，老人的眼睛湿了。

第二天早上，叶丽妈特别留意下女儿的表情，却发现叶丽像没事似的，和往常一样，早上起来忙前忙后，非常仔细地安排好他们，然后去上班。

其实，经过一夜的考虑，叶丽的心态已经调整过来。她觉得生活应该就是这个样子，主要还是看自己抱什么样的心态去处理这些事情。叶丽想，再大的矛盾、再大的困难也是人制造出来的。既然是人制造出来的，人就可以把它解决掉，完全没有必要担忧。因此叶丽让自己振作起来，充满信心，按部就班地往前走，兵来将挡，水来土掩。

“先好好工作，等到礼拜天再和婆婆好好谈谈。”叶丽想。

一到单位，叶丽就向大家询问工作进展情况，鼓励大家一开始就要把思路放开，不要拘泥于以往的经验，“该吃时吃，该喝时喝，该玩时玩，但是工作时思想一定要活跃。”叶丽对大家说。

叶丽这样要求大家，也这样要求自己。一到单位，她就把所有的家庭矛盾抛到了脑后，全心全意地工作。正因为这种积极的心态，好的构想才会不断地在她脑海里闪耀。

几天过后，叶丽已经把办公楼设计好了，并得到了总经理的肯定。

“看来再艰巨的任务到了你手里也会变得容易！”这句话总经理开玩笑似的和叶丽说。

叶丽也和总经理开玩笑说：“我是铁臂阿童木。”惹得经理哈哈大笑。

叶丽本来想星期六就去和婆婆好好谈谈，后来想，还是算了，人不能太低声下气，不能让婆婆小瞧了自己！

直到星期天叶丽才叫上叶泽春去了婆婆家。

叶丽原以为这一天公公会在家里，她说话时公公能帮她一把，结果他又去上班了，留婆婆一个人在家里。这时候，叶丽反而有些同情婆婆，觉得婆婆有时候的确孤独，她有些这样那样的想法也是正常的。

既然是跑来和婆婆谈事的，叶丽也不想假殷勤，只和婆婆简单寒暄了几句，便直奔主题："妈，有件事情不和你说不行，说了你别怪我，说我一来就和你谈正事，没礼貌！"

苏美华说："妈想到了你今天来是要和我谈事情的，说吧，妈洗耳恭听。"

叶丽心里惊了一下，心想婆婆就是婆婆，气场比自己强好多。

叶丽说："我妈和我说了，说你想让我要孩子，我妈也让我要。可是我现在不想要，我想等到明年再说。"

叶丽尽量把自己的语气放松，让自己的表情自然。

这是叶丽第一次直截了当地拒绝婆婆，算得上第一次和婆婆较劲，她绝对不能让婆婆看到自己内心的软弱，即使她害怕得打颤！但她有她的活法，她有她的行为准则。她不是一个木偶，别人想怎么指挥就怎么指挥，想让她干嘛她就干嘛。虽然她也想迁就一切，但是原则上的东西绝不能迁就。现在她的原则问题就是要养爷爷奶奶，无论如何都要养！

说完第一句话，叶丽看着苏美华。

苏美华的眉头皱了皱，严肃的表情扑面而来："为什么？就是想养你爷爷奶奶吗？"

叶丽说："是的，这是最主要的原因。"

苏美华说："你知道尊重别人吗？在要孩子的问题上，你一个人没有决定权。起码，你得尊重泽春的意见，你和泽春商量了吗？"

叶丽看了看叶泽春说："我和他商量了，他同意我的想法。"

苏美华问叶泽春："是吗？"

叶泽春说："是。"

苏美华对叶泽春说："你今天来是看我，哄我高兴，还是来气我的？"

叶泽春不吭声。

苏美华对叶丽说："既然你把这话说了，妈也不想和你绕圈子，妈现在好好和你谈谈妈对这件事的态度。你爷爷奶奶，妈不是不同意你养，但是得有限度，得讲究方法。因为你现在不仅仅是你爷爷奶奶的孙女了，还是我们叶家的媳妇。你对你家要承担责任，对我们叶家更要承担责任，上要赡养老人，下要传宗接代。你现在全心全意地养你爷你奶，把我们叶家的人放在什么位置上了？妈对你要求并不高，就是让你为我们叶家生个孩子，你还要拒绝妈，你不觉得这样做很过分吗？你嫁到我们叶家快 4 年了，以前你说，暂时不想要孩子，妈同意了，妈现在老了，心累了，想要个孩子陪我，妈的要求过分吗？"

叶丽说："妈，老实说，您的要求一点都不过分，我也为您以前给我的支持非常感激，但是现在的事情变得复杂了，爷爷奶奶我不能不管，如果我再要孩子，我怕自己真的忙不过来，结果两边都管不好！"

苏美华说："如果你爷爷奶奶就你一个孙女，妈什么话都不说，坚决支持你。问题是你现在还有退路，你还有四个叔叔，他们都可以帮你。你有这样的后援团，还不照顾我们的感情，能说得过去吗？你现在怀孕，行动不便时，至少在五六个月以后了，到时候你爷爷奶奶身体也应该差不多了，让他们回去不行吗？"

叶丽忽然哭了，说："妈，你根本就不了解我对我爷爷奶奶的感情，你说的很有道理，那样是个办法，但是我做不下去。我爸早死了，是我爷爷奶奶在帮我妈养活我们，这些年他们受了多少苦只有我才知道。我从懂事的时候就发誓，等我长大了，一定要好好孝敬我的爷爷奶奶，一定要让他们吃好的，玩好的，至少要带他们到北京去逛逛，带他们走出那个乡村！为此我拼命学习，拼命工作。现在我有能力了，爷爷奶奶却病成这样了，我好内疚。我不能再耽搁时间了，我一定要实现这个愿望，不然我会难过一辈子的。"

苏美华说："照你这样说，你爷爷奶奶再活十年，你就十年不要孩子？"

叶丽说："妈，我不是那个意思，我只需要一年的时间。在这一年里我想好好陪陪我爷爷奶奶，让他们把该玩的地方玩一玩，该吃的东西吃一吃。人的命运是无常的，以后的生活谁也说不准。如果这一年里该做的我都做了，我才不会后悔。到时候我一定生孩子！"

苏美华没有吭声，过了一会儿又说："你不觉得这个想法太理想化了？你爷爷现在的病情还不是很稳定，你怎么带他去玩？带他们出去，你就不怕发生意外？"

叶丽说："所以我需要时间，我现在正在想办法调养我爷爷奶奶的心理和身体，让他们的病情尽早地稳定下来，有机会能出去走走。”

苏美华说：“你觉得你爷爷的身体能调养过来吗？你没看他现在走路还走不稳？这说明你爷爷脑子里还有大毛病。”

叶丽说：“是的，但是医生说如果半年不犯病，一直朝好的方向发展就没问题。我爷爷现在虽然走路还不稳，但是腿是越来越有劲了。只要一直坚持下去，我相信他会有机会出外旅游的。”

苏美华半天没吭声。

叶丽说：“妈，给我一年时间好吗？算我求您了。我知道自己的要求有点过分，但是爷爷奶奶对我恩情如山，我不报答，永不安心。”说着，叶丽开始失声痛哭。

叶泽春拿出一些纸巾递给叶丽。

苏美华也有点伤心，她突然想起了自己的父母，正因为自己的自私，一次又一次地丧失了尽孝的机会，因此她心里埋下了深深的遗憾。

苏美华对叶丽说：“好了，你别哭了，妈再给你半年时间，如果你爷爷的病情能有转机，你就去实现你的愿望，你没钱妈给你。如果你爷爷还是这样，我劝你还是把愿望放弃了，你爷爷能呆在你的身边就是你的福气了。”

叶丽止住了哭泣，高兴地说：“真的？妈，你不会是在哄我吧？”

叶泽春说：“你说的是什么话，咱妈怎么能哄你呢！”

叶丽说：“谢谢妈妈！”

苏美华疲惫地说：“你别谢我了，谢你的孝心吧。说实话，妈现在感觉到精力越来越有限了，越来越不适应现在工作的压力，真想休息下来，有一个喘息的机会。妈想让你们要孩子，就是想让孩子给妈制造一点快乐。”

叶丽忽然很同情婆婆，说：“明年我一定为咱们要个宝宝，现在我和泽春经常过来，多陪陪你和我爸。”

这时，叶泽春的手机响了，刘一慧打过来的：“你们说你过来，怎么还不过来呀？奶奶在家里等得急死了！”

叶泽春拿着手机无奈地对苏美华说：“妈，你看！”

苏美华的脸变得阴沉，说：“你们昨天也休息，为什么昨天不去呢？偶尔到妈这儿来一次，还坐不下五分钟！”

叶泽春说：“叶丽昨天帮她爷爷奶奶做康复练习了！”

苏美华斜了叶丽一眼，没有说话。

叶丽说：“妈，你可以和我们一起到奶奶家去。”

苏美华没好气地说：“你爸一会儿回来怎么办？”

叶泽春说："让我爸也到我奶奶那去！"

苏美华说："亏你说得出口，你爸现在忙得要死，回到家里坐在那儿就不想动，你不过来陪你爸，还让你爸跟着你们到处乱跑？"

叶泽春说："那我们就不到奶奶家去了，改日再去吧！"

苏美华说："去吧，去吧，你们不去的话，你奶奶会怪我的！"

叶泽春小心翼翼地说："那我们去了。"苏美华心烦地摆了摆手。看着叶泽春和叶丽走出了家门，苏美华用手捂住脸抽噎起来。

叶丽陪着叶泽春爷爷奶奶到晚上7点，直到两位老人也有点不好意思了，提醒他们该回了，叶丽才和叶泽春离开了叶天水的家。

回家的路上，叶丽对叶泽春说："你奶今天说的跳舞还真是个办法，下一次咱们来教他们跳舞吧，这样他们高兴了，也就不会那么依赖我们了。"

叶泽春说："行呀！或许还真是个好办法，在电视上看老年人跳探戈还真是挺羡慕的。"

叶丽笑着说："那就这样办，我来准备。"

然而，就在叶丽和叶泽春商量着要不要教叶泽春爷爷奶奶跳舞的时候，让叶丽无论如何也想不到的是，婆婆苏美华来到了叶天水家，和刘一慧像电影里的地下党开会一样密谋了一件事情，正是这件事情差点将一家人逼上了绝路。

刘一慧也非常奇怪儿媳的到来，苏美华就直截了当地说："我是来打听你对叶丽不要孩子这件事的态度！"

刘一慧非常惊讶，说："叶丽不是说你已经答应她一年之内不要孩子了吗？"

苏美华说："我正是为此事来的，我现在非常后悔答应她了，所以特意跑来和你商量，你和我爸是咱们家的脊梁骨，你们看这事应该怎么办？"

叶天水说："我就觉得你不应该说这样的话，你怎么能那么草率地答应她呢？我现在觉得叶丽这个孩子有点任性，自己想怎么来就怎么来，大人的话她也不想听了。"

苏美华说："当时我见她说得很动情，都哭了，一时冲动就答应了她。后来越琢磨她的话，越觉得不对。叶丽这个孩子太能折腾，她说等她爷爷身体好转以后，还想带她爷爷奶奶出去旅游，让他们开开眼界。"

刘一慧说："什么，还要带她爷爷奶奶出去旅游，她怎么不想着带我们也出去见见世面？她是不是看我们给她把大部分房款付了，心里没有压力了？"

苏美华说："我也是这么想。你说她在家里好好孝顺孝顺她爷爷奶奶也就得了，还想着跑到外边去瞎折腾，她爷爷奶奶的身体能受得了折腾吗？万一再整出个病来怎么办？她这样闹下去，我看，咱们想要孩子的愿望不知道哪一年才能得以实现。"

刘一慧说："你说得对，这不行，绝对不行！我们娶媳妇就是让她给我们传宗接代的，她既然进了我们家门，就得听我们的安排，现在还让我们围着她团团转！到时候她带她爷爷奶奶出去旅游了，咱们泽春怎么办？谁来照顾？别说让她照顾我们了，自己的丈夫都不想照顾了，这还能行？我说这两天怎么对我这么好？原来是想哄我，也不看看自己半斤八两！"

叶天水说："就事论事，不要说太难听的话！"

刘一慧说："我生气！你越对她好，她越不懂得事理，你给她一根竹竿，她就顺杆爬，你说这还能行？咱们再让着她，就别指望她为我们养老了，到时候不骑在我们头上撒尿就万幸了！"

苏美华问刘一慧："现在该怎么办？"

刘一慧说："怎么办，让她赶快要孩子。我明天就过去找她妈去！"

叶天水说："不要那么冲动，冲动只能事与愿违。"

苏美华说："我也是这个意思，我总觉得咱们是大人，话已经说出去了，再收回来，别说让叶丽接受，就是泽春也接受不了，你们没发现？咱们泽春现在和他媳妇穿的是一条裤子！也不知道这孩子怎么想的，怎么那么听他媳妇的话！一点都不替咱们考虑！"

刘一慧说："还不是你平时娇惯的，英雄气概没培养起来，尽培养娘们气！"

叶天水说："哎，别乱评论，不要在咱们内部制造矛盾。"

苏美华半天没有吭声，过了一会儿对婆婆说："我还以为你这边能挡一下呢？"

刘一慧说："我怎么挡，上一次叶丽和我说起这事，我就把皮球踢给你了，我以为你反应快，态度坚决，闹了半天是这结果！"

叶天水说："别说这些没用的话了，想想别的办法吧！"

刘一慧说："想别的什么办法？直接找她挑明我们的态度，你们又不让，还能想出什么办法？"

苏美华说："得想一个既不让叶丽生我们的气，又能让她怀孕的办法。"

刘一慧说："这能有什么办法，你儿子又不配合。他要是配合的话，一下子就成了，还让我们这么操心？”

苏美华斜了婆婆一眼，但是没敢吭声。

叶天水对刘一慧说：“你别急着发言，呆在那儿好好想想行不行？”

刘一慧说：“我这不是着急吗？”

叶天水也斜了刘一慧一眼。

刘一慧不吭声了，陷入了沉思。

过了一会儿，刘一慧说：“有没有办法让叶丽偷偷怀孕，她平时的避孕方法都有哪些？”

叶天水说：“你们还想当特务不成，这种办法最好别用！”

突然，苏美华眼前一亮，兴奋地说：“办法我想到了，可以让他们神不知鬼不觉的怀孕。爸，妈，你们就当咱们今晚说的话没有说过，叶丽要哄你们高兴就让她继续哄，你们配合她就行了。”

刘一慧说：“你到底想的是什么方法，说给我听听，真急人！”

苏美华说：“你还是不知道的好。”

刘一慧说：“你可不要伤害了我孙子和叶丽的身体！”

苏美华说：“妈，你放心吧，我又不是不懂事的孩子，我的方法即让他们神不知鬼不觉，又能让他们平平安安地怀上孩子，身体不受一点吃亏！”

刘一慧说：“你就不能把你的办法告诉妈？”

苏美华说：“妈，你就别问了，你知道了反而不好，这事就这么定了，你们以后开开心心地过日子就行了。”

叶天水说：“你不想告诉我们也行，但是，爸建议你再好好想想，看你的办法可行不可行，对咱们家的安定团结有没有影响？你得做一个风险评估！”

苏美华说：“我的计划非常完美，你们就放心吧！”

刘一慧说：“你越说我越不放心，我们老了，是想不出来什么办法。”

苏美华得意地说：“你们如果能想出来，叶丽不也能想出来吗？到时候还不把我恨死？好了，咱们不说这些了，你们开开心心地过日子就行了。叶丽要哄你们高兴，你们正好可以享受享受她的孝顺。我走了。”说完，苏美华高兴地走了。

刘一慧问丈夫：“你说美华想的是什么办法？”

叶天水不耐烦地说：“我如果知道，我就成了她了。”

刘一慧说：“不知道就不知道，发脾气干什么？”

“想着就心烦，要个孩子就这么难？”

“那你去跟你孙媳妇发火去，她还算听你的话！”

“我才不去呢，我现在谁都不想得罪，有清闲日子过是最好的。”

“你这死老头子，想过清闲日子，曾孙子都不要了？你现在就给我滚出去，你想过什么样的清闲日子随你。”

叶天水说：“你看你这人，好坏话都听不出来，我什么时候告诉你，我不想要曾孙子了？我做梦都想抱他！芸芸众生有多少人能有抱曾孙子的福气？我的意思是说别产生家庭矛盾来了，到时候曾孙子抱不成反而让全家乌烟瘴气的。”

刘一慧说：“你别乌鸦嘴了。”

叶天水说：“那就别说了，睡觉！”说着，走进了卧室。

13 活出一点夕阳红来

叶丽以为她说服了婆婆和叶泽春的奶奶，完成了一件天大的事情，非常高兴，又积极地投入到帮助爷爷奶奶康复的训练中去。

为了收到事半功倍的效果，叶丽要求自己每天必须保持旺盛的精力。晚上睡觉的时间固定为12点，早上起床的时间固定为6点，睡觉的时间不能超过6个小时。在叶丽眼里，睡觉时间越短，睡眠质量越高。当然，如果睡觉时间太短，会造成脑部功能障碍，是绝对不行的。

早上上班以前，叶丽会抓紧时间帮爷爷穿衣服，还要帮他们熬营养粥。叶丽现在特别注意爷爷奶奶的饮食，以前的早餐都是叶丽出外买的，但是现在，早餐都是她亲自做。

叶丽在网上收集了一些食疗偏方，选择了适合爷爷奶奶的3种早餐：乌鸡汤、大枣粳米粥、栗子桂圆粥。这些都有活血祛瘀的功效。每天早上，叶丽都要熬制其中的一种粥或汤。这个过程需要大概30分钟。

熬粥的过程中叶丽便搀扶着爷爷做保健操。这个保健操也是叶丽自己想出来的，主要为了增强爷爷的心肺功能和腿部协调能力。

等保健操做完了，营养粥也熬好了，爷爷奶奶喝粥的时候，叶丽叫叶泽春起床，自己也简单地化一下妆，准备上班。

一出家门，叶丽便不再考虑爷爷奶奶的事，一门心思想着工作。她一天至少开4次会，把大家的思路收集起来，然后在自己的大脑里把它们放大或者压缩，再从中提取精华，再加工。遇到自己解决不了的问题，叶丽就会把它拿出来让大家讨论，这样容易产生新的灵感。

等下午下班后，叶丽又会把工作抛开，专心帮助爷爷奶奶做康复训练。

现在，叶丽想着不仅让爷爷增强体质，还要让他心情变得开朗，能乐观、积极地生活。

吃完晚饭，叶丽会和母亲一起，把爷爷奶奶带到小区里锻炼身体，以便爷爷奶奶习惯人们异样的目光，学会有勇气和人们交流。

与此同时，叶丽的工作也进展得非常顺利，她的手下员工像一只只出巢的小鹰，充满活力和灵气。他们每一个人都设计出了一套方案，效果好得让叶丽惊讶。叶丽心想如此下去，不到一个月她准能完成任务。因此，这一星期五下午，看见大家很累，还没到下班时间，她就让大家休息了：“这个礼拜先都好好放松放松。积累点灵气，下个礼拜爆发一下，咱们的任务就该完成了。”

大家非常高兴，有人还“耶”了一声。

张凯说：“太好了，这一段时间连做梦都想休息。”

叶丽说：“急着见你女朋友？”

大家都笑了。高高兴兴地收拾着准备下班，叶丽将正要走的雷曼叫住了：“这个礼拜六帮我一个忙好吗？”

雷曼说：“行，帮十个忙都行！请指示？”

叶丽笑着说：“就你贫。你不是爱跳舞吗？今天晚上你在网上学学探戈舞的跳法，明天帮我教两个人。”

雷曼问：“教谁，多大年纪？”

叶丽说：“泽春他爷爷奶奶。”

雷曼笑了，说：“天哪，他们那么大年纪了还想学探戈舞！这个舞不是那么好学的，舞步锐利，动作紧张，适合他们吗？”

叶丽说：“适合，我已在网上查过了，探戈的舞蹈动作并不复杂，没有起伏升降和摆荡动作，也很少有身体的大幅度倾斜。相反，它有梦幻般的味道，非常浪漫，我就看中这点。更重要的是，老人学它，可以预防脑中风，增强大脑的活力。”

雷曼挺惊讶，说：“叶丽姐真厉害，那好，我今天先好好学学，明天去找你。”

第二天，雷曼早早地来到了叶丽家，叶丽正在喂奶奶吃饭。

叶丽问雷曼：“你学得怎么样了？”

雷曼说：“应该还可以吧，我还专门跑到我的舞友那儿借了一张碟。可以现场边看边学，我来辅导。”

叶丽说：“不错，想得挺周到。”

因为接到了叶泽春的电话，刘一慧和叶天水在家等着，楼外一有动静，

刘一慧立刻打开了房门。

叶泽春和奶奶开玩笑说："奶奶，您这样开门也不怕遇到坏人？"

刘一慧高兴地说："遇到坏人就遇到坏人，大不了让他们绑了。"

这时，她的目光停留在雷曼的身上。

叶丽说："这是我给您带来的舞蹈老师，也是我的同事，叫雷曼。"

刘一慧说："好好好，进来，快进来。奶奶和你们开玩笑，你们还真的让奶奶学呀！"

叶丽说："我刚开始也很犹豫，后来在网上一查，说老年人跳探戈舞会防止腿部劳损，有助于缓解大脑的老化。同时，跳探戈还可以提高婚姻质量，因为跳探戈时相拥和后退的动作都需要彼此相互的信任。我把资料已经给您打印出来了，您和我爷爷先看看。"叶丽说着，从包里拿出来一沓纸交给她。

"是吗？"刘一慧说着接过叶丽递过来的资料，戴上老花镜看了起来，看完递给丈夫说，"还真是这么回事，这是加拿大人发现的。我只知道这个舞看起来吸引人，里边原来还藏着这么多的奥秘。"

叶丽说："我以前也不知道，要是知道的话，早让我爷爷奶奶练习了。"

刘一慧说："按照这上面说法，它对你奶奶的病还真有好处。"说着，又对丈夫说："老头子，你看怎么样？要不要陪我练习？"

叶天水憨厚地笑了笑说："孩子的心倒是好的，只不过这些舞步咱们以前没练过，能学会吗？"

叶丽说："保准能会，你平时走路有劲利索，70 岁的人了，看起来一点儿不像，练个舞蹈算什么？"

叶天水说："你别夸我了，你的心思爷爷明白，但是爷爷总觉得学不了这些东西。"

刘一慧说："瞧你那没出息的样，你说一句能练，谁还把你吃了？"

叶天水说："天下居然有你这种人，想找舞伴，脾气还这么大！"

刘一慧说："我觉得你一点儿出息都没有，你当过厂长，怎么说大小也算个领导，这么一丁点事也退缩，你不觉得悲哀吗？"

叶天水说："悲哀，真的悲哀，的确悲哀！"

叶泽春笑了，说："你们两个在这演小品呢？练的话咱们就开始，不练的话，我让人家雷小姐先走，现在大家都是很忙。"

刘一慧说："练！怎么不练！我就要活出一点夕阳红来，要在散漫中爆发，不能在散漫中灭亡。"

叶丽笑了，雷曼也笑了。

叶泽春过去把碟片装进碟机里，然后打开。叶天水家的电视是35英寸的液晶彩电，图像清晰而逼真，效果非常好。

雷曼借来的碟片是教学碟片，每一个动作，碟片里都有讲解。大家边看碟片，雷曼边从旁认真辅导。不过即使是这样，叶天水和刘一慧也闹出不少笑话。首先他们动作不协调，按照舞步里的规律，一个要进，一个就要退，他们一激动、一着急，说进全进、说退全退，不是互撞就是拉扯。把叶泽春逗得哈哈大笑。

叶泽春对爷爷奶奶说："看来你们平时做事情一点儿都不默契。"

刘一慧说："你爷爷是标准的个人主义和大男子主义，平时哪管奶奶的感受，和奶奶多说两句话，有时候还嫌烦呢！"

叶天水说："你瞅瞅，孙子一来有人给你撑腰了。以前他们不来，我看你还不像个小猫似的，一点火气都没有，这孙子一来，你敢说教我了，对我发脾气了？"

刘一慧撇了撇嘴，说："那是平时忍着呢，为了家庭团结，我大人不记小人过。我孙子没来，我觉得活着颓废，我孙子这一来呀，我觉得生活有趣多了。"

叶丽也被惹笑了。雷曼在旁边偷偷地笑。

叶天水和刘一慧又开始练习起来，经过雷曼的细心指导，他们的动作和谐多了。

吃完中午饭，叶丽让雷曼回去了，她和叶泽春监督着爷爷奶奶练习。

叶丽鼓励两位老人说："争取白天就练会了，晚上咱们就到外边去跳。"

叶天水说："哪能那么快？"

叶泽春说："一定能行的，看你们现在已经基本上掌握了探戈舞的路数，下午就是再熟练熟练。"

刘一慧说："我相信能学会的，晚上可以出去，我有信心！"

叶天水笑了，说："你真是个人来疯。"

刘一慧想着晚上要出去试跳，性子有点急，叶天水哪里做不好了，她就大声呵斥，搞得叶天水非常紧张，不一会儿竟然满头大汗。当刘一慧再骂他的时候，他就手一松，一屁股坐到沙发上去了："你既然那么聪明，你一个人练去，我不练了！"

刘一慧瞪大了眼睛说："你这人怎么能这样呢？做事没有一点积极性，错了就错了，还不允许人说？"

叶天水发火了："本来是玩的东西，你搞得那么认真干嘛？动作不对，

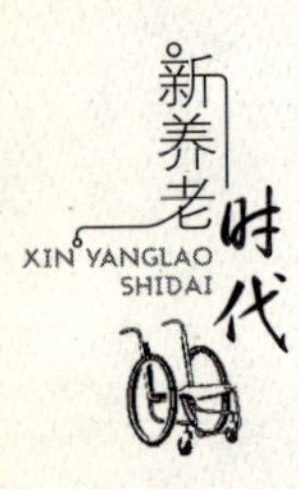

慢慢讨论，你急什么急？像你这样，谁愿意和你跳舞？”

刘一慧一时语塞：“你……”

叶丽忙说：“奶奶，爷爷说得对，这本来就是玩的东西，不能着急，不能有功利心理。爷爷步子没跟上就没跟上，像玩游戏一样一笑而过，这样的心态才对。”

叶丽又对叶天水说：“爷爷，我奶以前沉闷惯了，现在突然遇见自己喜欢做的事情，急于表现自己，您也别见怪，慢慢就适应了，大家都把脾气先压一压！”

没想到叶天水竟对叶丽发脾气道：“你怎么知道你奶沉闷惯了？你呆在那儿凭空想象什么？没事干，让练什么探戈舞，她想跳就跳呀？也不看看我们都什么年纪了？”

叶丽一时愣住了。过了一会儿，一丝酸楚漫上她的心头，她的好心被当成了驴肝肺了！

叶泽春说：“爷爷，叶丽可是为了你们好，她现在天天都很辛苦，还要过来陪你们！”

叶天水说：“天天辛苦？为谁辛苦，为我们吗？”

叶丽更觉得一把刀子捅在了她的心上。她不应该为她的爷爷奶奶辛苦吗？你叶天水有什么资格说这样的话？我没有权利养我的爷爷奶奶，我就有权利来哄你们高兴吗？你叶天水大小也当过领导，心胸怎么也这样狭隘？

近一段时间，为了养爷爷奶奶，叶丽受够了气，他们还在她伤口上撒盐！叶丽觉得一股怨气像核裂变一样突然填满了她的肚子，委屈、愤怒像肆虐的蛇一样开始撕咬她的心灵，她真想冲叶天水发脾气，但是她还是用她的理智控制着她的怨气，不让它们喷吐而出。

眼泪要从叶丽的眼睛里流出来了，她却对叶泽春说：“泽春，别在爷爷面前这样说，我们是晚辈。”

叶丽又对爷爷说：“爷爷，今天您累了就不练了，让泽春陪您下棋吧！”

刘一慧说：“哎，等会儿，刚才奶奶是着急了，奶奶现在向你爷爷道歉，等过一会儿继续练。你们批评得对，奶奶接受，奶奶下不为例，下不为例！”

刘一慧又对丈夫说：“你别急嘛，是我的不对，我向你道歉，希望你能原谅我，跳舞是为了秀咱们恩爱的，不能因为这个吵架。咱们以前好多工作配合得蛮好的，现在同样能克服困难，你先休息一下，调整一下心情。泽春，给你爷爷沏一壶好茶。”

叶丽长出一口气，说：“我来吧！”

叶泽春说：“你坐那儿休息一下，我来。”说着过去拿茶杯沏茶。

叶天水坐了一会儿，主动地说：“我刚才语气有点儿重，对不起大家！”

叶天水这话犹如一道闪电，在叶丽心里闪了一下，刚才她没有流泪，现在眼眶却一热，泪水蒙上了她的双眼。叶泽春看见叶丽眼睛湿润，来到叶丽身边，挨着她坐下，紧紧握住她的手。

刘一慧对叶丽说：“心里别委屈，你爷爷就那样脾气，脾气上来了皇帝老子都不怕，说话也伤人，不过很快就会过去！你别介意。”

叶丽说：“奶奶，您放心吧，我不会介意的，只要你们能活得开心高兴，我什么委屈都愿意接受！”

叶天水说：“什么话都别说了，咱们开始练习吧！老太太，来，让我牵着你的手。”

刘一慧对叶泽春说：“快，快，放碟机。”

叶泽春过去将碟机重新打开。

这一次刘一慧不敢再那么心急，而是一步一步地等着叶天水。也许是刘一慧的脚步放慢了，也许是叶天水经过一番争吵后，有了进取之心，这一次他们的配合非常默契，赶到下午吃饭的时候，他们已经熟练掌握了 12 个初级步伐。

笑容重新回到了一家人的脸上。

吃完晚饭，叶泽春问爷爷：“今晚要不要出去表演一下，探探人气如何？”

叶天水说：“算了吧，下个星期吧，爷爷累了，你们也累了，早点回家休息。让叶丽也多陪陪她爷爷奶奶，不能老让我们占着。”

叶泽春问奶奶：“奶奶，您的意思呢？”

刘一慧说：“奶奶倒想出去跳跳，不过你爷爷说得有道理，等下个星期吧，让我们再熟悉熟悉，也再多学一点，争取拿出去就能让人鼓掌。”

叶泽春笑了，说：“我支持奶奶，到时候争取一炮打响，爷爷您说对不对？”

叶天水说：“行，这几天爷爷哪儿都不去了，就在家里和你奶奶练习，同时把我这脾气也磨一磨，变成大家喜欢的性格。”

叶丽听出来叶天水这话是冲她说的，于是笑着说：“希望爷爷说到做到。”

刘一慧抢着说：“你爷爷一定能做到，你就放心吧，有我监督呢。”

叶泽春起来告辞，叶天水说：“回去吧！”

刘一慧一直送叶泽春和叶丽进了电梯口，说：“下个星期一定来！”

叶泽春说：“放心吧，奶奶。”

上了公交车，叶丽一直没有吭声，叶泽春说：“是不是还在气我爷爷说的那句话？”

叶丽说：“没有。”话刚说完，眼泪却流了下来。

叶泽春将叶丽的手握住，叶丽忽然把头埋在他的怀里，哭着说：“我就是想养我爷爷奶奶，大家为什么都这样对待我？”

叶泽春拍了拍叶丽的后背说：“没办法，这是一个俗人的世界，大家都考虑自己的感受多一些。但是你要相信，坚持下来就可以征服一切！”

叶丽顿时抬起头来，惊讶地看着叶泽春，她没想到一个平时经常玩网游的人，竟然会说出这样的话。叶丽心里顿时温暖了好多。

“各位乘客，友谊路到了，请下车的乘客做好准备，准备下车！”

听到广播声，叶丽这才注意到自己在公交车上，她的周围挤满了乘客。瞬间，她为自己的失态感到尴尬，可是没过一分钟，她又觉得特别地幸福，自己的丈夫在众目睽睽下给了她呵护与鼓励！她又把头埋在了叶泽春的肩上，让一丝丝温暖浸润她的心灵。

外边的路灯很美，黄黄的、温柔的灯光衬托着夜的宁静。

临进自家门时，叶泽春叮嘱叶丽说：“高兴一点，别每次一去我家里，回来总是闷闷不乐，心事重重的样子，让你家里人担心。”

叶丽说：“还不是你家里人太势利？”接着又说，“放心吧！”

14 一个周末，四位老人

一转眼进入盛夏，但是炎热的天气并没有影响叶丽的设计灵感，还没到月底她已经顺利完成了任务。叶丽以前还担心朱子健会对她的设计吹毛求疵，于无形中给她施加一定的压力。但是朱子健并没有这样做，反而通过经理向叶丽表达了谢意，赞扬她的设计非常成功，非常完美，希望以后有机会继续合作。

经理笑着问叶丽："累不累，还敢不敢接新的任务？"

叶丽微笑着说："我跟你说一点不累那是假的，但是也不至于不敢接新的任务，只要公司有任务，我就敢接。"

经理说："好，我就喜欢你这一股子冲劲。公司里像你这样精力充沛、富有斗志的人还真的不多，就冲你这点，我放你十天假，先在家里好好休息休息。"

叶丽问："什么，放我十天假？你没和我开玩笑吗？是不是公司没活儿了？"

经理说："我什么时候和你开过玩笑？你来公司已经几年了，公司什么时候闲下来过？西安正在发生着翻天覆地的变化，每日的建筑量数以千计，我要是没任务，这个经理也不要当了！可以肯定地告诉你，你的设计好，我这个经理也做得轻松。"

叶丽稍微有点尴尬，问："那是什么原因，给我们放那么长时间假？"

经理说："实话告诉你吧，咱们公司正在谈一个大的项目，已经八九不离十了，现在正在讨论一些具体的细节，估计十天半个月就会搞定。这个任务时间更加紧迫，任务量又相当繁重，这对我们公司是个严峻的挑战，到时候你就知道了。公司考虑来考虑去，觉得只有你们团队最有把握完成这项任务，恰好你们的档期也不成问题，公司就决定把这项艰巨的任务交给你们。这可是一项省政府督办的工程，此工程的设计直接参评省建筑设计大奖赛。"

叶丽听得非常兴奋，说："好，到时候一定完成任务！"

经理笑了笑说："你的态度总是让人振奋。回去跟你的手下说，让他们放心玩，工资一分钱都不会少他们的。”

叶丽笑着说：“这是他们最关心的，有了您这样的许诺，他们一定会非常高兴的。”

叶丽出了经理办公室，自己先高兴得想跳起来，不是因为休假，而是又有艰巨的任务等待她征服。自从叶丽设计出自己的第一个作品以来，她一直把设计当成了自己的生命，她不断地攀登，每创造一次辉煌，她就渴望创造出新的成就。也许正是因为这一点，她才能保持旺盛的斗志和充足的灵感。

叶丽的几个手下，都坐在自己的办公桌前焦急地等待着叶丽领回任务。大家现在已经不把任务当做困难，而是当做了福利，当做了快乐。这是给叶丽做手下和给别人做手下不同的地方。

当叶丽出现时，大家一下子全都围了过来。

李雅婷说：“一看你的表情就知道准有好事！是不是又有什么任务分下来了？”

叶丽说：“先不说任务，现在我们可以带薪休假了。”

雷曼瞪大了眼睛：“真的，休几天假？”

叶丽说：“十天。”

“太好了！”李雅婷几个人欢呼雀跃。单位里别的职工一下子全把目光聚集到了他们几个人身上。叶丽瞪起了眼睛，大家吐了吐舌头，不吭声了。叶丽把自己办公室的门一关，大家又在里边跳起来。

“为什么呀？”张凯问。

叶丽说：“因为有一项更重大的任务在等着咱们，但是这项任务还有一些细节没有谈下来，估计需要十天多的时间。公司先不给我们别的任务了，让大家休息休息。”

大家再一次高兴得跳了起来。

“今晚要不要聚一聚？”雷曼提议。

李雅婷说：“我赞成！”

苏伟红说：“我也赞成。”

叶丽说：“那好，我请大家吃饭。”

雷曼说：“AA 制，你请我们就不去了，每次都让你掏钱，我们成什么人了？再说你现在的负担多重呀，我们又不是不清楚！”

苏伟红说：“对，不能让叶丽姐总请我们，我强烈建议这一次咱们请叶丽姐，没有她的正确引导，没有她的努力，我们怎么会得到公司的器重？在公司别的员工面前趾高气扬？”

雷曼说："我赞成。"

李雅婷说："我也赞成！"

张凯说："我更赞成！"

雷曼对张凯说："这一次终于像个男人了。"

张凯说："我本来就是，纯爷们！"

大家笑了。

叶丽说："你们这样，我也不去了，我本来就拿的工资比你们高，公司给我的奖励也比你们的多，我凭什么让你们请吃饭？我请大家是应该的，我是领导，每次工作都要依靠大家来完成，我对你们是心存感激！"

雷曼说："我们更是心存感激，没有你引导我们，我们学不到这么多知识，没有你的引导，我们也不可能比公司别的员工拿的奖金多。"

叶丽说："这样吧，全都AA制，谁也别请谁了，不然我不去了，你们去吧！反正我也很忙！"

张凯说："没你怎么行呢？全都AA制就AA制，我们要的是团结和快乐，不斤斤计较！"

雷曼斥责张凯说："咱们几个就你抠门！"

张凯无辜地说："我好冤枉呀！"

下班后，先到一家火锅店吃了饭，然后到KTV包间唱了歌，又到酒吧疯跳了一阵，大家这才恋恋不舍地分开。分手时，雷曼说今天玩得太高兴了，真想生活永远这样下去。叶丽说："那就让我们期待下一次聚会！"这句话引起了大家的同感，大家一起同呼："让我们一起期待下一次聚会。"

十天假，突然来了十天假，叶丽高兴得心都要飞起来。和大家分开后，她便开始计划这十天怎么过。

礼拜六去陪叶泽春的爷爷奶奶，礼拜天去陪叶泽春的爸爸妈妈，还剩七天时间，叶丽打算用这七天时间陪爷爷奶奶在西安玩玩。"先让爷爷奶奶享受一下生活。"叶丽想。

睡觉时，叶丽和叶泽春商量此事，叶泽春说："天这么热，你怎么带你爷爷奶奶出去玩？他们的身体能吃得消吗？"

叶丽说："没事，我想租一辆车，早上凉快时出去，天气热时我就回来了。趁此机会我也练练开车技术，考下驾照都一年多了，还没怎么开过车呢！"

叶泽春说："这个办法也行，不过，那样的话一天得200块钱。我给你借一辆车吧。"

叶丽说："时间有点长，借一辆车多不好意思，谁借心里都不会舒服的。"

叶泽春说：“安米琴刚买了一辆 QQ，借她的没事，她总是大大咧咧的。”

“安米琴是不是特崇拜你，对你特有好感？”

“你乱说什么呢？大家就是整天在一起工作，经常互相照顾，了解一些罢了。她家庭条件好，什么都不在乎！”

“这个不在乎要看对谁，她要是对不喜欢的人，不在乎才怪呢？她今年已经 26 岁了，我听说她还没有男朋友，对吧？”

“你又没劲了，俗不俗呀？大度一些行不行？社会上的不安定因素全是你们这些人搞出来的。”

“你敢说你对她一点意思都没有？”

“你累不累？我对她有意思，我每天能准时下班？我要睡觉了，你爱怎么的怎么的吧，你想租车就去租吧，跟我没有关系！”

“生气了？就不许我和你开玩笑？说真的，安米琴就是喜欢你也无所谓，那说明你有本事，说明我当初的眼光不错，看中了一个大众情人！”

“别口是心非了。”

“你知道我口是心非了？我还真这么想的，你要是真喜欢她，大不了咱们大道朝天各走一边。离开你我还能舒服一些，至少不用整天操心你起没起床，每天该吃什么。”

叶泽春说：“我不爱听你说话，我要睡了。”说着用被子把头蒙了起来。

叶丽哧哧笑了一会儿，说：“这么不禁逗呀，你起来看着我，我和你还没说完话呢！”

叶泽春说：“我不想说了。”

“你不想说我想说，咱们的事还没讨论完呢！”

“没什么好讨论的了，你爱怎么做就怎么做吧，我全同意！”

叶丽说：“我想那个了，你同意吗？”

叶泽春说：“哪个了？”

叶丽说：“你过来，抱抱我。”

叶泽春说：“我想睡觉了。”

叶丽说：“还真来劲了，一会儿你可不要碰我。”

叶泽春说：“不碰你就不碰你，今晚我就开始禁欲了！”

叶丽扑哧笑了，说：“瞧你那样，有时急得像猴似的，还禁欲呢？”

叶泽春说：“从今天起就禁了。”

叶丽说：“禁了好，我正好可以专心养我爷爷奶奶，省得我讨好你！也省得你妈你奶问我要孩子！”

叶泽春笑了，说：“我投降，我投降行吗？谁让我是个有着七情六欲，负责播撒人类种子的大男人呢？”

叶丽说：“这才是个乖孩子，过来，我的被窝暖和。”

叶泽春说：“现在是夏天了，我要的是避暑，降温，不要保暖。”

叶丽说：“那就不行了，我可以帮你降降心里的温度，不能帮你降体温。”说着钻进了叶泽春的被窝，偎在了叶泽春的怀里。

事毕，叶丽说：“你明天就把安米琴的车借回来吧！”

“你不是不要吗？”

“我想着还省一千多块钱呢！这些钱够给我爷爷买一盒上等人参了。”

“你现在天天就想着你爷爷奶奶！”

“还想着你呢，还想着你爸、你妈、你爷、你奶呢！”

“我们都是附带品呀！”

“去你的，你们就没有一点同情心？你们要是像我爷爷奶奶那样，看我对你们好不好！”

“别，我们宁愿不让你对我们好，也不愿像你爷爷奶奶那样！”

“去你的，你又往我伤口上撒盐。”

“好好，我说错了，下不为例！”

第二天，叶丽和叶泽春早早来到叶泽春爷爷家，却发现叶天水家门锁着。叶泽春有一把爷爷家的钥匙，偏偏今天没带。

叶丽说：“该不是两人又吵架了，回头埋怨到咱们头上，不想见咱们了？”

叶泽春说：“哪能呢？他们就是吵架了也会呆在家里的，绝不会不想见咱们！”

叶泽春和叶丽在门外足足等了有二十多分钟，仍不见爷爷奶奶出现。

叶泽春自言自语地说：“按理说不应该出现这种情况呀，昨晚我还告诉他们，咱们今天过来的，他们还让咱们来早一点。”

叶泽春给爷爷打电话，铃声却从屋子里传出来了。他又喊了几声，屋子里仍没人答应。

“不会是你爷爷奶奶出事了吧？”叶丽问。

叶泽春心里烦躁起来，用身子撞了一下门。平时觉得弱不禁风的房门此刻却变得异常牢固，叶泽春用力撞了一下，它竟然纹丝不动。

叶泽春越等越急，又抬起腿照着房门踹了一脚。

叶丽说：“你别把房门踹坏了。”

叶泽春发脾气说：“我爷爷奶奶要是遇到意外怎么办？那可是争分夺秒的事情！”

叶丽说：“你也踹不开呀，这种防盗门结实着呢。赶快给你妈打电话吧，让你妈把钥匙拿来！”

叶泽春这才想起，母亲那儿还有一把爷爷家的钥匙。

他慌忙给母亲打了一个电话，过了一会儿，母亲打来电话说钥匙一下子找不着了。叶泽春气得想把电话摔了。

冲着电话里大吼：“赶快问我爸爸。”

苏美华在电话里说：“你爸爸上班去了。”

叶泽春说：“给他打电话呀！”

苏美华说：“电话打不通。”

叶泽春一下子把电话扔了。

叶丽把它捡起来，说：“你冲手机发什么脾气？看它还能用不能用？你先用它打个报警电话！”

叶泽春又接过自己的手机，给110报警指挥中心打了一个电话。一打还通了。不到两分钟，警车拉着刺耳的警笛呼啸而至。五六名警察闪电般地出现在了叶泽春和叶丽的面前。

一个警察问：“你们确定人在里边吗？”

叶泽春说：“应该在里边，但是我不敢确定。”

另一个警察说：“这是什么话，你不敢确定人在里边，就能说人出事了？”

叶泽春大声说：“我也不希望我爷爷奶奶出事，问题是现在我们找不见他们，也打不通电话，这在以前是不可能发生的。”

又一个警察问：“你们是他们什么人？”

叶泽春说：“我是他们的孙子，这是我媳妇。”

警察问：“你们的身份证呢？”

叶泽春说：“没带。”

一个警察说：“你这事我们没办法处理！”说着就要走人。

这时苏美华也赶过来了，气喘吁吁地问：“怎么样了，门打开了吗？”

叶泽春恼火地说：“没有！他们不敢管！”

苏美华对警察说：“警察同志，没事，你们想办法开门吧，出了事情我们三个全跟你进局子。救人要紧呀警察同志！我爸妈都快八十岁的人了，不能有闪失呀！”

五六个警察互相看了看，其中一个警察说：“撞门吧！”一名年轻的警察闪了上来，照着房门就是一脚。房门一丝不动，他紧接着又踹了第二脚、第三脚，房门的门板被踹下去一个大坑，房门依然牢不可破。接着又上来一个警察，两脚下去，竟把自己的脚嵌进门板里了，拽了两下也没拽出来，只好拔出脚丫，把皮鞋留在门板里。这个警察说：“他妈的还是双层的。”

这时候围观的人越来越多，看到这个细节都忍不住地笑了。

这时，另一个警察对叶泽春说：“去，赶快找一个开锁匠过来。”叶泽春飞奔而去。他刚下了楼，却见爷爷奶奶有说有笑地回来了。叶泽春顿时懵了，站在那儿愣了好长时间。

刘一慧问：“孙子，你怎么了？”

叶泽春生气地问：“你们干嘛去了？”

“我们去练习跳舞了，怎么了？”

“你们不是不在外边练习跳舞吗？”

“你爷爷思想转变了嘛！”

叶泽春气急败坏地说：“这一次你们转变得好，你家的门被整坏了！”

刘一慧一听这话，“噔噔噔噔”地上楼了。当她看到自家的房门时，差一点背过气去：“这门可要两千多块呢！”她看看叶泽春，叶泽春也正哀怨地看着她。叶天水的脸色也变得非常难看，像是从腌缸里刚捞出来似的。几个警察见老人没事，气得对叶泽春大吼：“你怎么搞的？不是说人在房间里吗？下次把问题搞清楚再报案！”说完气呼呼地走了。站着看热闹的人，刚才还在议论纷纷，此刻全都闭了嘴，一转身，闪了！

等苏美华弄清了原委，没好气地对叶丽说：“你好好的让他们跳什么舞？搞得虚惊一场！”

叶丽本来也觉得尴尬，又被苏美华骂了一句，一下子愣在了那里。过了一会儿叶丽才委屈起来，她想，这些高级知识分子有时候怎么跟农村的婆娘一样？她教叶泽春爷爷奶奶跳舞跟这些乱七八糟的事情究竟有多大联系？可是她不愿意吭声。

叶泽春对母亲说：“这些事情和叶丽有什么关系？”

苏美华说：“怎么没关系，她不怂恿你爷爷奶奶跳舞，能发生这么多的事情吗？”说完，生气地提了包走了。一时间叶泽春也愣在了那里。

刘一慧说：“发什么脾气？门烂了就烂了，我一会儿立马装一个新的，泽春，你现在就给卖防盗门的打电话。”说完，又对叶丽说：“别听她的，她

也就是敢冲你发脾气，她要是冲我发脾气看我不收拾她？反了她了！”

叶丽站在那儿还是没有吭声，独自咀嚼着这份苦涩，眼泪一直在她眼睛里打转。

叶天水也说：“你婆婆也是一时生气了，随口说了句，你别往心里去。”

叶丽的眼泪终于流了下来，委屈地说：“这一段时间，大家的脾气怎么都冲我来了？我什么地方做错了吗？”

刘一慧哄叶丽说：“你没做错什么，什么都没做错，是我们错了，事实证明是我们错了。奶奶这几天就特高兴，和你爷爷跳舞跳得特和谐、特顺畅，我们不仅吸引了大家的目光，现在还带了徒弟呢，你没看你爷爷现在对这件事也很积极了！”

叶天水说：“你奶奶说得对，爷爷现在也很重视这件事情，既陪了你奶奶，还能让大家高兴。爷爷觉得挺好，比下棋好，下棋是我找人家，现在是人家找我，虚荣心得到了满足。哈哈哈！”

叶丽说：“你们开心我就放心了。我不生婆婆的气，我相信她的思想也会转变过来的。”

刘一慧说：“这就对了，这样多好，一家人有磕磕绊绊，但大局势永远是好的。好了，不说了，今天怪我们，出去了也没告诉你们一声。不过这也是一件好事情，至少奶奶知道你们是牵挂我们的。”刘一慧说完，高兴地笑了。

叶泽春却看着被踢坏的房门发愁，刘一慧说：“别管他了，等一会儿卖门的人来了换一个就行。现在让我们给你们跳支舞吧，看我们的动作如何，标准不？”

刘一慧高兴地对叶泽春说：“看着点，别去想那些不愉快的事了。”

说着很自然地走过去，搂住叶天水的腰。叶天水也一个利索的动作，将刘一慧搂住。旋即，两人脸上挂着微笑，迈着轻盈的舞步，流畅地舞动起来。他们动情地舞着，舞着，一下子让人仿佛感觉到，两人不是一对已经进入垂暮的老人，而是一对活力四射的少年。在那一瞬间，叶丽和叶泽春的心也被震撼了。他们从来没见过爷爷奶奶这么开心，这么满足过！

因为叶天水和刘一慧的舞跳得太美，他们已经停下来了，叶丽和叶泽春还没想起鼓掌。刘一慧说：“爷爷奶奶跳得不好吗？怎么不鼓掌呢？”

叶丽和叶泽春这才反应过来，热烈地为他们鼓起掌来。

叶丽说：“你们进步太大了，跳得太美了，太感人了！你们出去跳舞时，看的人一定很多吧？”

刘一慧高兴地说：“多，老的少的都有，全是赞扬的话，听起来可带劲了！

现在爷爷和奶奶的精神头十足！你爷爷也不怎么出去下棋了，没事时就和我练习跳舞，我们准备学会以后，免费开一个老年人探戈舞培训班，把这当做一个事业来做。”

叶丽问叶天水：“是吗，爷爷？”

叶天水得意地说：“有这打算！”

叶丽说：“太好了，你们的思想转变得真快！”

叶泽春揶揄爷爷奶奶说：“就这样当初还责怪叶丽呢？”

刘一慧说：“你这小子哪壶不开提哪壶！”

叶丽对叶泽春说：“别说这事了。”又对叶天水、刘一慧说：“你们跳了几天舞了，有没有吸引报纸和电视台的记者，没有的话，我给电视台打个热线电话……”

还没等叶丽把话说完，刘一慧已经抢着说了：“已经有人给电视台打过电话了，电视台的人说最近几天就过来，所以我们抓紧时间练习呢！”

叶丽高兴地说：“是吗？你们简直太棒了，比我想象的还棒！”

刘一慧高兴地说：“我们还没到老的时候呢！”

叶泽春和奶奶开玩笑说：“那你还不请我们吃大餐？”

刘一慧说：“你这小子，你哪一次来不是请你吃好的。不过今天奶奶再给你加两个菜，让你好好吃一顿！”

从叶天水家回来已经是晚上十点多了，一进门叶泽春就喊：“我赶快去洗澡，浑身粘透了。”

叶丽来到爷爷奶奶的卧室，他们已经睡下了。母亲盖着衣服躺在床上，听见门响就起来了。

叶丽悄声问：“我爷爷奶奶睡着了？”

母亲说：“刚睡着。”

叶丽说：“你也睡吧！”

母亲说：“怎么去了这么长时间？”

“他爷爷奶奶让我们看他们跳舞，回去后又陪着他们坐了一会儿。”

“他们活得挺快活的。”

“刚学会跳舞，新鲜劲还没过。”

叶丽怕把爷爷奶奶吵醒了，不敢再和母亲聊了，给母亲做了个睡觉的手势，她也去洗了洗澡，回到自己的房间。

叶泽春转了转头，做了几下扩胸运动，说：“哎哟，现在才舒服了，这一天累的。”

叶丽说："一天又没让你干活，你累什么累？"

叶泽春说："心累。这样一天不干活比干活还累！"

叶丽问："那明天还去你妈家吗？"

叶泽春说："我都不想去了，就是陪他们说话聊天，说不好再让他们骂一顿，一点意思都没有。还不如干自己爱干的事情。"

"不去的话，你妈怪罪下来怎么办？"

叶泽春叹了一口气说："那就去吧，主要现在有你爷爷奶奶在这，没你爷爷奶奶在这儿，我就不去了，看他们能把我怎么样，能把你怎么样？"

叶丽有点感动，说："让你受累了。"

"我再累也没有你累，想着你几头跑几头管，既要受累还要挨骂，你就不烦？"

叶丽忽然非常感动，眼前的这个丈夫挺能体谅她的！

叶丽说："不烦！"

"我想不明白，你怎么就能做到这些？像上午那样，我妈对你发脾气，要是别的女人，早就和我妈翻脸了，你却能忍住。"

"出身环境不一样，我能体会到做家长的难处。"

"我看，最主要的是你比我们都善良。"

"我没感觉啊。"

"你当然感觉不到了，因为这是你的天性！"

"你什么时候学会表扬人了？"

"早就学会了，一直对你没用而已。"

"今天给我来这一套，不会是有什么想法吧？"

叶泽春笑了，说："就是有了。"说着，一个翻身趴在了叶丽身上。

第二天，叶丽跟着叶泽春到公公婆婆家去并没有发生什么故事。苏美华对他们不冷也不热，倒是叶凯成对叶丽问寒问暖，这一段时间的工作怎样，叶丽爷爷奶奶的身体恢复得怎样，叶丽妈还感到累不累？叶丽一一作答。接着就是在那做了两顿饭，吃了两顿饭，两人便回来了。

叶泽春说："像这样子跑什么，有什么意思的？"

叶丽说："该去还得去呀，去一次你妈心里就能得到一些安慰。"

叶泽春说："他们安慰了，我们受罪了。十天半个月去一次还行，想他们了，再和他们好好聊聊，话题也多。这样固定每个星期天过去，人心里有一种压抑感，觉得倒受强迫了，去了也没有了想聊的话了。不像到我爷爷家，还能随便闹腾。到我爸妈家，哎哟，如坐针毡。”

叶丽说：“主要你不是自愿的，觉得占用了你玩的时间，让你不开心了。如果，每次去上几个小时或者只坐一会儿，你肯定不是现在这个状态。”

“你说得有道理。”

“可那是不行的。”

“为什么不行？”

叶丽说：“你没看出你奶、你妈是在和我斗气，他们觉得我给我爷我奶的时间比给他们的多了，他们不高兴了。本来不需要每个星期去的，去了后也不一定要呆一天，但是他们现在就想这样做！通过这种行为来平复他们内心的抱怨！”

叶泽春惊讶地说：“你是什么都明白！那你记恨不记恨我奶和我妈？”

叶丽说：“记恨什么？你不是说这是人的正常心理吗？而且我总觉得你妈、你奶都是善良的，应该体谅。”

叶泽春说：“难为你了！”

叶丽耸了耸肩，说：“其实也没什么，我觉得本来咱们就应该去，你是没好好考虑你奶和你妈的感受，他们是很希望咱们去的，其实他们也很孤独。你说现在每个人都在匆匆忙忙做自己的事情，也不和人交往，他们的感情往什么地方寄托？特别是你爸你妈这些有才华的知识分子，做的工作本来就独立，压力又大，加上性格孤傲，生活中能有几个朋友？和谁聊天去？咱们来了，哪怕不说几句话，他们心里也是舒服的。只是在他们那儿呆的时间有点儿长。”

叶泽春说：“下一次，我跟我妈、我奶说说，咱们去晚一点，吃一顿饭就回来。”

“你千万别，这样没事都让你搞出事情来了，到时候你妈、你奶会认为是我出的主意！”

叶泽春笑着说：“本来就是你出的主意！”

“去你的。”

叶泽春又“哎”了一声，说：“只好这样坚持了。”

“都怪我，我不接我爷爷奶奶来就没这么多事了。”

叶泽春说：“怎么能怪你呢，要怪只怪我妈我奶他们心胸太狭窄了，嫉妒心太强！”

“以后，我尽量不占用你的时间。”

“你现在就很少占用我的时间，你爷爷奶奶来了，大部分时间都是你在照顾他们，又没让我做什么，我有时候都觉得很对不住你，不过我也不知道该做什么，以后有什么事情，你就只管跟我说，别弄得我没个当孙子的样子。”

叶丽说：“有你这句话我就知足了。”

外面忽然下起了雨，雨点落在车厢上，砸得车厢砰砰直响。闷热的空气一下子清凉了好多。人们都把车窗开到了最大，凉气顺着车窗扑面而来。

叶泽春说：“舒服多了。”

叶丽说：“有时候我挺喜欢坐公交车的，坐公交车比坐出租车有味道，你可以听车厢里的人都在谈论什么，你也可以慢慢地欣赏车外的风景，多好。”

叶泽春说：“我看你主要是想省钱吧，这么热的天，挤在公交车里像蒸馒头，哪有心情欣赏这个欣赏那个？”

叶丽说：“去你的，就是想省钱怎么了？现在咱们的开支多大啊，今天又花了二百多！”

“你爱花，我又没让你花那么多钱？”

“不是花给你爸你妈了？”

“你花给你爷爷奶奶的更多！”

“你气我？”

“我没气你，是你说的！”

叶丽想说，我花给我爷爷奶奶的钱是我自己挣的，你管得着吗？但是话到了嘴边她又咽了回去，这种话一旦说出来肯定会伤感情的。弄不好会引出来一系列伤人感情的话。

叶丽看着窗外，不再吭声。

叶泽春说：“生气了？生气了我给你消消气，你告诉我，你身上的排气阀门在哪儿？”

叶丽扑哧笑了，说：“去你的。”

叶丽忽然想起向安米琴借车的事情，对叶泽春说：“你从这儿下车吧，等回到咱们家反而远了。”

“不碍事，我给安米琴打个电话，让她把车直接开过来。”

“安米琴怎么回去？”

“我再开车送她回去！”

“到时候她再送你回来，你再送她回去，你是在借车还是在调情？”

“你又没劲了，这么热的天你让我来回跑？再说，她要是没在家里怎么办，让她父母知道我去向她借车了？多不好意思。”

叶丽说："那你打电话吧，让她过来，下雨天正适合谈情说爱。"

叶泽春生气地说："我不打了，你爱向谁借向谁借去。"

叶丽笑了，说："我就爱看你这生气的样子，好了，别生气了，我和你开玩笑的。省下钱了，到时候我给你买一身名牌西装。"

叶泽春说："又想哄我，我才不上你的当呢！"

叶丽说："这一次不哄你，真的，过两天我就陪你去。现在买，便宜，正是打折的时候。"

叶泽春笑了，说："你猴精猴精的，来来回回算计。"

叶丽用拳头在叶泽春身上捶了一下，说："娶上我这样的媳妇算是你的福气，不算计咱们的买车计划什么时候实现呀？"

叶泽春说："我今年已经不抱这个希望了，希望越大失望越大。"

叶丽笑了，说："你还挺聪明，不过请你相信，今年年底我一定给咱们买一辆小车，买不起贵的，买一辆便宜的总行吧！"

叶泽春说："这可是你说的，我没逼你。"

叶丽说："是我说的，你没逼我。"

晚上八点，安米琴将车开来了，还为叶丽爷爷奶奶买了一些保健品。叶丽客气地让她在家里玩一会儿，安米琴说不用了，有朋友还在下面等着呢！叶丽笑着问是男朋友还是女朋友？安米琴回答说是男朋友。可是安米琴下楼后，叶丽趴在窗户上看时，却是一个女的在等安米琴。

叶丽对叶泽春说："你还说安米琴对你没有意思，你现在瞅瞅，没有意思她为什么要对我撒谎？"

叶泽春说："又来了，真没劲！"

叶丽笑了一下。

15 西安一日游

看见车借来了，叶丽非常兴奋，开始安排明天的出行。她让爷爷奶奶都早点睡，自己在脑海里不停地思索着明天出去都应该做些什么准备。

“首先得两个轮椅，你爷你奶都需要推着走，但是咱家里只有一个轮椅。”叶泽春说。

叶丽说：“我想起来了，轮椅上最好再装把伞。”

“装伞你怎么推，伞檐子正好碰着你的头。”

“这倒是。”

叶泽春说：“最好早点出去。”

叶丽说：“再早也要七点钟以后，人家景点八点钟才开门！”

叶泽春说：“也是，其实现在不适合出去旅游，天气这么热，你爷你奶那么大年纪了，身体又都不好。”

叶丽不高兴了，说：“你是不是又心疼钱了？”

叶泽春说：“我什么时候心疼钱了？没劲！”

“你不心疼钱就别吭声，我只是带我爷爷奶奶出去兜一圈风也好啊！”

“好好好，我不说了，你爱怎么弄怎么弄，是你爷爷又不是我爷爷！”

叶丽知道自己说错话了，又想不到怎么纠正，只好看着叶泽春进了房间。

其实叶泽春说的也有道理，天气这么热，真的不适合带老年人出去旅游，也不知自己怎么心血来潮了？不过既然跟爷爷奶奶说了，就要想办法做到。

叶丽找来一个记录本，再找来一支钢笔，准备把自己的每一点想法记录下来，以防到时候忘记了。

她想到了带风油精，就在本子上写了一个风油精。接着又想到应该带几瓶凉开水，因为爷爷不喜欢喝矿泉水，而一些冰镇饮料也不敢让爷爷奶奶多喝，容易引起肠胃功能紊乱。伞用不成，那就给爷爷奶奶还有母亲一人买一个遮阳帽。

早上的营养粥、牛奶换成绿豆汤，面包换成馒头。绿豆汤防暑，馒头耐饿，肚子里有东西，就不容易中暑。

车停下来后最好不开空调，那就在冰箱里冻几个冰块，明天放在车厢里，就不会因为暴晒而温度升高。想到这，叶丽先去厨房把冰块冻上。

回来后，叶丽又继续想。最大的问题是轮椅，看明天能不能租到。实在租不到就再买一个。花钱就花钱吧，以后自己尽量少用化妆品，玉兰油换成大宝 SOD 蜜！

千万不能忘记带上相机，一定要为爷爷奶奶多留纪念，到时候再找人将这些照片刻成光盘保存下来，有时间就让爷爷奶奶看看。再买一个望远镜，到时候看能不能带爷爷登上大雁塔顶和骊山顶，如果上去了，让爷爷奶奶用望远镜俯瞰一下西安城和临潼城，体会一下那种磅礴的气势。

叶丽再想不起别的了，她合上本子，然后按照本子上所记的，把能收拾好的东西先放到一个包里。

面对收拾好的东西，叶丽发了一会儿呆，又想起问问泽春，看他有什么好的建议没有？这时她才发现，叶泽春已经玩起了网游，正在电脑上酣战。叶丽就放弃了向他请教的想法，独自去洗了澡，回到房间躺下。

叶丽本来想睡，后来又想，还是等等叶泽春为好，最好能听一下他的建议。叶泽春这个人虽然贪玩，但是脑子绝对好使，并且有着一副热心肠。今天是星期天，明天叶泽春要上班，所以他不会玩过十二点。这一点叶泽春还是很让人放心的。

果真，十一点半叶泽春下线了，看见叶丽还睁着眼睛，惊讶地问："你怎么还没睡？"

"等你。"

"等我？我没惹你生气吧？"

叶丽翻过身，笑眯眯地看着叶泽春说："你怎么会有这样的想法，是不是我很厉害，有点胡搅蛮缠了？"

"没有没有，你怎么会胡搅蛮缠呢？"说着，面朝房顶躺了下来，双手故意放在自己的胸前。

叶丽笑出声来，说："还给我摆开架子了。我刚才的话有点重，先向你道个歉。"

叶泽春打断叶丽的话说："你的话不重，我也没感觉。"边说边用手指头在自己的胸脯上弹着。

"瞧你那得意样？我现在是正式征求你的意见来了。我想了很多明天出门需要带的东西，用本子把它记下来了，但是我还是不放心，看你这还有没

有好主意？”

“我能有什么好主意，你不是已经让我闭嘴了吗？”

“刚才是说错话了，现在是真的想听你的意见，我的态度是非常真诚的。”

“把你的本子拿给我看！”

叶丽给了他，叶泽春看了一下说：“记录得很详细嘛，这样心细还用得着我操心。”

叶丽摇了摇叶泽春说：“你别酸溜溜的了，快给我建议吧！”

“建议倒是有一个，但是你得先让我亲一下。”

“你坏死了，说吧，让你亲十下都行。”

叶泽春说：“俗气，没情调，不亲了，我的建议就是我给你借个轮椅，让你再为咱们家省上一千多元。”

叶丽高兴极了，说：“是吗？太好了，我正为轮椅发愁呢。没有，就非买不可，买了，心疼钱，也怕你妈到时候有意见。你这样做可是帮了我的大忙了。”

叶泽春说：“刚才就想跟你说这话，结果被你拒绝了，好在你明白过来了！”

“还有别的吗？”

“再有就是给手机把电充足，到时候万一发生什么事情，马上给我打电话！”

“记得，谢谢你。我就知道我老公是个热心肠，对我的事情绝对支持。”

“别贫嘴了，赶快睡觉吧，你明天要出去，我明天要上班，得保持精力呀！”

“搂着我。”

“行，搂着你。永远像个猫似的。”

一会儿两人都打起了鼾声。

担心着要早起，结果叶丽四点多就醒来了，叶泽春说：“给手机把闹钟定上，睡吧！”叶丽又睡了一会儿。

六点钟，手机响起，叶丽起来先把绿豆汤熬上，然后刷牙洗脸。

洗漱完毕，叶丽把馒头蒸上，又洗了两个茄子，削掉皮，放在微波炉里烤。她剥了几头蒜，剁碎了，兑好蒜汁，等一会儿给茄子调味用。

把该准备的都准备完了，时间也已经到了6点40，叶丽便到爷爷奶奶卧室叫他们起床。母亲已经起来了，正帮奶奶穿衣服。叶丽拿出几套新的外衣，对她说：“今天都不穿旧衣服了，换上新的。”爷爷说：“整得像过年似的。”母亲心疼地说：“你什么时候又去买新衣服了？身上的衣服哪一件旧了？”叶丽说：“我想把你们都打扮得精神一点。”爷爷说：“你妈说得对，不要乱花钱。”叶丽说：“没关系，以后不花就是了。”

扶着奶奶上完厕所，叶丽端来一盆热水，要给奶奶洗脸。奶奶像小孩子一样阻拦着：“你你你……”叶丽说：“奶奶乖，咱们今天要出去玩，把脸洗干净，别人就不笑咱们了。”奶奶还是用手阻拦，叶丽极其耐心地躲闪着，好不容易才给奶奶把脸洗了。

爷爷说：“哎，人老了怎么会是这样？还不如一个小孩呢？你奶奶幸亏遇到了你这么个懂事孝顺的孙女，要是放到别的女孩子的身上，她早就烦死了。”

叶丽笑了笑说：“遇见受不了烦的孙女，奶奶说不准还不得老年痴呆呢！”

爷爷说：“那倒是，现在的事情永远说不清楚，老天爷好像是专门来考验你的！”

叶丽说：“让他考验吧，我禁得住考验。好了，吃饭，吃完饭咱们就该出去了。”说着扶起奶奶往外走。

这时，叶泽春已经起来，看见叶丽爷爷奶奶，惊喜地说：“嚯，爷爷奶奶今天像是年轻了十多岁，看起来特精神。”

叶丽说：“别贫嘴了，赶快吃吧，吃完饭，去把轮椅借回来。今天表现不错，没让我叫你起床。”

“正事儿什么时候让你操过心？”

“又贫嘴了。”

叶泽春随便吃了点东西，然后对叶丽爷爷奶奶说：“我出去给你们借轮椅去，你们慢慢吃。”

叶丽爷爷说：“我们来了，连你都连累。”

叶泽春说：“甭客气，爷爷，俗话说一个女婿半个儿，按这个理推下来，我也是您的半个孙子。”

叶丽说：“又贫嘴了，快去吧。”

叶泽春将轮椅借回来了，叶丽立刻带着爷爷他们准备出发。

叶丽让叶泽春把自己已经准备好的东西都带上，尤其是别忘了还在冰箱里冻着的冰块。然后自己搀扶着奶奶，母亲搀扶着爷爷下了楼。

上了车，爷爷坐在副驾驶位置上，母亲和奶奶坐在后座。担心行驶途中，奶奶突然打开车门，叶丽将后边的左侧门锁死了。

一路上，碰见景点，碰见大的购物街，叶丽就向爷爷他们介绍。爷爷和母亲真是目不暇接。

从反光镜里看着爷爷和母亲惊羡的神情，叶丽想，其实每天开着车带着爷爷奶奶还有母亲在西安多兜几个圈子也行。

这时，爷爷说：“爷爷做梦都没想到有一天能坐在我孙女开的车里游西安！爷爷现在感觉特幸福！”

爷爷说这话时，叶丽从反光镜里看到他的眼睛湿润了，细密的泪花挂在他已经疲软的眼睑上。

叶丽心里有说不清的感触，爷爷一生受苦太多，对生活却不敢有一点点奢求。这难道就是爷爷的一生？她能让爷爷就这样完结自己的一生？她不，她绝不！

叶丽说：“下半年我就要自己买一辆车，到时候，一有时间我就带你们出来玩，游完西安，游延安，最后再到北京、上海，我要让你们游大半个中国，成为天下最幸福的老人。”

爷爷笑了，用手抹了抹眼睛说：“这就够了，爷爷已经知足了。”

叶丽给爷爷递过去了几张纸巾说：“以前，您吃苦的时候一点都不怕，总想多吃一些苦，因为这样一来，您孙女的学费就有保证了。现在，让您才享了这么一丁点福，您就说够了，怎么这么容易满足呀？那不亏了吗？付出的多，得到的少，收支不平衡呀！”

爷爷笑着说：“爷爷还得到了，有多少父母养了孩子，结果得到了什么？临老的时候跟前连个人都没有，更别说像爷爷这样坐在小车里逛西安城了！”

叶丽忽然想哭，这就是爷爷！

到了大雁塔广场，叶丽找了个地方将车子停下来，然后从车顶上取下两个轮椅，锁好窗门，自己推着爷爷，母亲推着奶奶向大雁塔广场走去。

虽然是夏天，但是大雁塔广场依然游人如织。

看到一个卖太阳帽的，叶丽买了三顶太阳帽，给奶奶戴时奶奶坚决不让，叶丽哄了半天也没起作用。叶丽只好暂时自己戴上了。

爷爷也不想戴，说：“买这个干啥，白花冤枉钱，我们都是在农村呆惯的人，干农活的时候哪天不在太阳底下晒，这一点太阳光再受不了，那还能行？”

叶丽妈说：“孩子既然买了咱就戴上，孩子也是舍不得花钱的，你看她就没给自己买。”

叶丽说：“就是嘛，怕你们中暑才给你们买的。”

爷爷说：“最应该戴的是你，你现在天天在空调房里呆着，有几天晒过太阳？见了太阳还不晕了？”

叶丽说："所以我戴上了。我现在才想明白了，我奶奶是心疼我，怕把我晒晕了，是不是奶奶？"

奶奶说："怕把你晒晕了。"

叶丽高兴地说："我奶奶真好。"然后在奶奶脸上亲了一口。

因为想着大雁塔的音乐喷泉要到中午十二点才开放，叶丽便先带着爷爷奶奶去了大慈恩寺。

爷爷搞不明白到大雁塔为什么要进大慈恩寺？叶丽给爷爷解释说："大雁塔是大慈恩寺的和尚藏经文的地方。创建大雁塔的就是《西游记》里的唐僧，真名叫玄奘，是当时大慈恩寺的主持。他从印度取经回来，宝贵的经文没地方存放，他就向当时的皇上申请建了这么一个塔。"为了让爷爷不虚此行，叶丽详细地向他介绍了大雁塔的由来和现在大雁塔周边的环境。

进了大慈恩寺，叶丽放慢了脚步，一个景点一个景点地给爷爷他们介绍。碰见爷爷奶奶关注的景点，叶丽就停下来，让他们慢慢地欣赏，直到他们说走，叶丽才推着他们继续往前走。

来到大雄宝殿前，看到大家都在香炉前烧香，叶丽也买了三支香，本来想自己烧，没想到奶奶竟抓住她的手不放，叶丽高兴地说："那咱们就一起去烧，向佛祖求个平安。"

这时候奶奶仿佛一下子清醒了，她左手拿香，右手拿烛。香点燃后，左手在上，右手在下握住香，高举过头顶作揖。作揖后，把香插在香灰里。插香时她先插了中间那支，然后一右一左插好。这些做完了，又让叶丽把她搀扶到大雄宝殿，要向佛祖叩头。只见她，双膝跪在蒲团上，双手合十，呈空心状，高举过头顶，嘴里念念有词，再摊开双掌，掌心向上，上身拜倒。

叶丽惊讶极了，心想奶奶不是糊涂吗，怎么能清醒地做这么一切？还做得有板有眼，看起来非常专业的样子？

"神了，真神了，我奶神了！"叶丽高兴地说。

爷爷说："你奶以前迷信。"

叶丽说："咱们都去上香吧！"

母亲说："算了吧，一炷香几十块呢！"

爷爷说："我觉得这个钱还是得花。"

叶丽说："就是，我奶以前不迷信的话，我可能还考不上研究生呢，是吧，爷爷？"

爷爷说："对，这还真的说不准。"

叶丽说："那就图个吉利，我们多烧几炷香。"说着，给了母亲和爷爷钱，一家人高高兴兴地去烧了香，惹得许多游客都在旁边观看。一些游客在他们的带动下，也纷纷买香烧香。

接下来，叶丽带爷爷奶奶游览了法堂、玄奘三藏院、钟鼓楼，还看了“雁塔晨钟”。

进了大雁塔，在几名游客的帮助下，叶丽背着爷爷奶奶上了三层，看了一层的“雁塔提名”、《玄奘译经图碑》、通天明柱上悬挂着的四幅长联，以及“玄奘取经跬步足迹石”；又看了二层供奉的被视为“定塔之宝”的铜质鎏金释迦牟尼佛像，以及两侧的塔壁上的文殊、普贤菩萨壁画两幅及现代名人书法多幅；还有三层塔室的佛舍利及大雁塔模型。

叶丽说：“上面还有更好看的。我想把你们背到塔顶，但是孙女实在是背不动！”

爷爷说：“这样爷爷已经很知足了！一个农民，谁有爷爷这样的福气！”

爷爷这样一说，叶丽的憨劲反而上来，说：“爷爷您这样说，今天我一定要背您和我奶奶上到塔顶，一定要，就是把我累死也要上去！”

爷爷急了，说：“傻闺女，把你累死，还不把爷爷心疼死？咱们不上去了。”

叶丽说：“没事，还真能把我累死？您别忘了，您孙女以前经常和您干重体力活，身上还是有一定的力气的。再说，这有这么多游客，会有人给我帮忙的。来吧，爷爷，咱们现在一次上两层，然后休息一会儿，再上两层就到了。”

爷爷说：“你这不是揪爷爷的心吗？咱们不去了！”

叶丽说：“没事，来吧，爷爷，咱们不看中间的景物了，直接上塔顶。别让您孙女心里留遗憾。”

爷爷还在拒绝，叶丽已经蹲下了。最后爷爷含着眼泪趴在了叶丽的后背上。

叶丽往前走了几步，立刻有两个男的过来帮叶丽，搀扶着爷爷的胳膊。背爷爷上了两层，叶丽又回来背奶奶，这时一个小伙子自告奋勇地替下了叶丽。就这样，叶丽终于将爷爷奶奶带上了大雁塔的塔顶。这时，别说爷爷激动不已了，就是叶丽也激动得在塔顶上跳呀跳呀，不一会儿她的眼中便噙满了泪水，她终于做成了一件可以告慰心灵的事情！她终于觉得在赡养爷爷奶奶过程中做了一件伟大的事情！

叶丽拿出望远镜，指导着爷爷奶奶还有母亲俯瞰着西安城，看到大家看得专注的样子，叶丽心里荡漾着无限的幸福感！

从大慈恩寺出来已经十一点半了，这时的阳光变得炙热而刺眼。它就像一个好逞能的小伙子，热情奔放，傲视一切，对所有它能接触到的事物肆虐着散发威力。

大慈恩寺里树木多，叶丽他们还时不时地有处可藏，可是一出了寺的大门，外面光秃秃的一片，阳光就像粘在了自己身上一样！

奶奶没戴遮阳帽，叶丽非常担心，她哄奶奶说："你看我妈戴遮阳帽多漂亮，你看我爷爷也戴着呢，大家都戴着，您也应该戴着。"

奶奶看看叶丽妈又看看自己的老伴，说："大家都戴着呢！"

叶丽说："对，大家都戴着呢，戴上多漂亮呀，您也戴上吧！"

奶奶说："我也戴上。"

叶丽说："对，您也戴上。"说着赶紧把遮阳帽给奶奶戴上。

奶奶却一下子抓住叶丽的手，说："你你你……"

叶丽说："奶奶，您是不是嫌我没戴，我脸上抹的防晒霜，不怕太阳晒。"奶奶说："不怕太阳晒？"叶丽说："对，不怕太阳晒。"奶奶这才放了叶丽的手，安静地坐在了车上。

叶丽高兴地说："看来，我奶还是爱我的。"

叶丽妈对叶丽说："我这顶你戴上吧！"

叶丽说："妈，今天你就别让了，这一段时间就让我好好表达表达我对你们的感激之情。"

叶丽本来还打算带爷爷奶奶到商贸街转转，但是看天气热得厉害，临时改变了主意。恰好这时，大雁塔北广场的音乐喷泉开放，叶丽便将爷爷奶奶推到了那儿。

虽然阳光炽热，喷泉周围也没有遮挡阳光的设施，但是看喷泉的游客依然密密麻麻。叶丽无法推着爷爷奶奶走到里面去，只好站在远处观望。

此时，喷泉在雄厚而美妙的音乐声中喷射出来，它时而像少女，袅袅曼舞，把万朵鲜花洒向大地；时而像巨龙，一鸣上天，喷射出无数的浪花和水柱，气势盖天。那下落的水柱，像天山上的瀑布，似银河里的飞鱼，气势磅礴，却又富于变幻，那雄厚而美妙的音乐声是那样的让人震撼和迷醉！

奶奶也陶醉了，不断地拉着叶丽的手，让叶丽把她往喷泉跟前推，叶丽说："您再往前去，就看不见了！"可是奶奶还是把叶丽往前边拉。

叶丽对母亲说："你推着我爷爷跟我来。"然后推着奶奶走向人群。她一遍又一遍地对她眼前的人说："麻烦大家一下，我奶奶想到里面看看，请大家让一让。"

大家见叶丽用轮椅推着一位老人，竟都自觉地让开了一条道。许多人还帮着叶丽向前边的人打起了招呼。一个接一个把一份爱心传递了过去。最后，叶丽还真的推着奶奶走到了喷泉的前沿，让奶奶近距离地观看起了喷泉。

水珠飞溅到奶奶的身上，奶奶竟然用手去抹，然后把手指头抬起来，仔细地观看。这时候叶丽觉得奶奶一点都不痴呆了，而更像一个充满好奇心的少女。这幅“图画”是那样的美，叶丽赶紧拿出相机，也不顾飞溅的水珠对相机的损害，对准奶奶一阵猛拍。然后她高兴地把拍出来的照片翻给母亲和爷爷看：“看这些照片，谁能说我奶奶是老年痴呆患者？”

给奶奶拍了照，叶丽拍照的兴趣大增，又分别给母亲和爷爷拍了照。最后，叶丽一数照片，单这一组，就拍了四十多张。

爷爷说：“拍那么多有什么用？”

叶丽说：“到时候，我将它刻成碟你们就知道了，你们会发现这一段的时光非常美。”

爷爷说：“我们现在已经体会到了，还用将来你把它刻成碟？”

叶丽一边收相机一边说：“这是留纪念用的。有了这个，您永远都不会忘记今天的美妙。”

喷泉表演结束了，人群散去，奶奶却呆在那儿不想走，让叶丽把她往喷泉池子里推。叶丽怕轮椅碰坏了喷头，哄奶奶说：“那里边不能进去的，工作人员不让的！”爷爷说：“人家都回去了，咱们也要回去了，明天再来。”奶奶说：“明天再来。”叶丽说：“对，明天再来。”奶奶还是有些恋恋不舍。爷爷说：“哎，一辈子没见过世面，看啥都是稀奇的。”叶丽嗔怪爷爷说：“就这样您还不让我带你们出来，您看一出来，我奶奶玩得多高兴？”

爷爷说：“我们是不想给你添麻烦！”

叶丽说：“给我添什么麻烦？我上初中、高中、大学、研究生，给你们添了多少麻烦，你们怎么不计较？换我能照顾你们了，就是给我添麻烦了？以后不要这样想，孙女让你们吃，你们就吃，孙女让你们玩，你们就玩，开开心心的。这样大家都高兴，就像今天一样。”

爷爷高兴地说：“好，我们以后就听你的，爷爷今天也想开了，高兴一天是一天，爷爷把你培养成了研究生，现在也该享几天福了。”

叶丽说：“对了，您这样想就对了，这样您才能活得更开心，身体才能恢复得更好。孙女也会更加珍惜现在的生活，工作也会更加努力。”

爷爷斩钉截铁地说：“行，爷爷以后就听你的。”

母亲对叶丽说：“你看你爷爷转变得多快？”

叶丽说：“这才是好事情，以后你的思想也得转变，向我爷爷学习。”

母亲说："那样我们不都成了你的喽喽兵了！"

叶丽笑了，说："我就要你们成为我的喽喽兵！对吧，爷爷？"

爷爷也笑了，说："对。"

奶奶说："成为你的喽喽兵。"

叶丽说："对。"

奶奶竟然也笑了。

想着爷爷奶奶出来的时间够长了，天气又越来越热，叶丽不敢再耽搁，推着爷爷奶奶回到了车上。放在车厢里的冰块还真的起了作用，车厢里凉飕飕的。

待爷爷奶奶坐定后，叶丽拿出准备好的绿豆汤让大家喝了，这一次奶奶竟没拒绝，大概是她真渴了。

叶丽本来想开车回去，在家里做饭，后来又想起爷爷爱吃羊肉泡馍，便把车开到一家装有空调的羊肉泡馍馆停下。

叶丽和母亲便搀扶着爷爷奶奶走进饭店。

邪了门了，每进一个公共场所，所有的顾客都像商量好的，两眼瞪得大大地看着叶丽他们。今天也一样，叶丽妈害羞得不敢抬头，叶丽却平静地搜寻着座位。

因为正是吃饭时间，外面的餐桌边已经坐满了人。叶丽只好往里边走，这时靠近他们的一桌人站了起来，对叶丽说："让老人家坐这吧，我们到里边去。"说着六七个人全站了起来，拿起自己的饭票走了。叶丽向他们说了声："谢谢。"

叶丽点了四碗优质羊肉泡馍，拿了票刚回到座位上，奶奶就说"我要尿尿。"叶丽忙问服务员："厕所在哪里？"服务员向叶丽指了一个方向。叶丽扶着奶奶去了，后来见奶奶实在走得慢，叶丽干脆背着奶奶去上厕所了。人们再一次睁大好奇的眼睛看着叶丽。没想到，回来后，叶丽刚扶奶奶坐下，奶奶又说："我要尿尿。"爷爷可能感觉到了难堪，猛一磕拐杖，说："坐那儿，不许去了！"人们再一次将目光聚集过来。

叶丽对爷爷说："我不是跟您说过吗，以后不要对我奶奶发脾气？她是个老年痴呆病人，不知道这些的。你怎么不听呢？"

爷爷说："好心情全让她搞没了。"

叶丽说："您用平常心来对待我奶，就不会出现这种情况了，我奶奶病了多长时间了，又不是刚病？"说完，叶丽对奶奶说："走，我再背您去，然后咱们再不去了。"奶奶说："再不去了。"

这一次，叶丽蹲下去时，两位服务员赶快过来帮忙。

进了厕所，叶丽哄奶奶说："这一次咱们尿干净了，尿干净就不用来了。"

奶奶说："尿干净了。"

叶丽再回来时，羊肉泡馍已经被服务员送了上来，叶丽怕奶奶再上厕所，哄她说："奶奶，咱们现在开始掰馍馍，掰得越碎越好。对，就这样掰，掰好了就能吃羊肉泡馍了。"

奶奶说："能吃羊肉泡馍了？"

叶丽说："对，就能吃羊肉泡馍了。"

等一会儿，饭店服务员问用不用把掰好的馍收回去煮？叶丽对服务员说："把我爷爷他们的拿去煮吧，我的就算了。"

服务员收走了叶丽爷爷他们掰好的馍，叶丽则用自己的馍继续哄奶奶。

现在，奶奶吃饭不知道停顿，如果让她拿筷子，她会不停地往嘴里送，直到嘴张不开为止。

所以，只要是叶丽和奶奶一块吃饭，都是叶丽给她喂饭。她会不断地鼓励奶奶把嘴里的食物先嚼碎吞咽，然后再给奶奶嘴里送食物。这样，等奶奶吃完饭的时候，她的饭早已凉了。但叶丽从不计较，今天也不例外。大家把饭吃完了，叶丽的饭还没吃。母亲对叶丽说："我来喂，你吃饭吧！"叶丽说："算了，我回去吃吧，我爷我奶该休息了。"说完，喊服务员把她的羊肉泡馍打了包。

回到家里，叶丽安排爷爷奶奶睡下休息一会儿。然后把打包回来的羊肉泡馍热了一下。

看着叶丽吃剩饭，母亲心疼地对叶丽说："明天别出去了吧！"

叶丽说："为什么？"

母亲说："都是些景物，看多了也没啥意思，都一样。"

叶丽说："再去一趟兵马俑就不去了。如果累了，就后天去。"

母亲哎了一声。

叶丽说："妈，我知道你心疼我，带我爷爷奶奶出去的确不容易，但是又不经常这样做，一两次没事的，放心吧！"

吃完饭，叶丽让母亲也休息一会儿，她去把拍好的照片制成光碟。

母亲说："你也休息一会儿，改天去不行？着急成这样干嘛？"

叶丽笑着说："我爷爷奶奶起来就能看到他们今天的表现，他们心里会更高兴。说完叶丽就出去了。

叶丽开车在大街上转了一会儿，找了一家电脑设计公司。一位男工作人员走出来问叶丽：“您的碟片上都需要什么样的背景和音乐？我们不懂，老人的音乐你最好还是自己选择一下。”

叶丽说：“温馨的就行，能表达晚辈对长辈敬爱的歌曲更好。”她选了《妈妈的吻》、《父亲》、《外婆的澎湖湾》等歌曲。

碟片制成后，看着碟片制作的效果，叶丽自己先笑了，心想这个碟片一定能打动爷爷奶奶。

果然，爷爷看了这个碟片后，非常高兴，一会儿嘿嘿直笑，一会儿眼睛湿润。奶奶也不断地指着碟片说：“我去过那儿。”

叶丽说：“目的达到了。以后，你们没事的时候就可以把它拿出来看看，呆在家里好好回忆回忆。”

爷爷说：“等哪一天，你二叔来了，让他拿回去给村里人也看看，这就是大雁塔，这就是喷泉。”

叶丽说：“找一天我送回去。”

然而让叶丽万万没有想到的是，她将这些碟片送回去的那天，她也将爷爷的尸体运了回去！当然这是后话。

16 阴谋与家庭

晚上，叶丽先将自己带爷爷奶奶去大雁塔玩的事情打电话讲给叶焕，叶焕听了非常高兴，表示自己一定要努力工作，将来她也要带爷爷奶奶，出去玩，力争减轻叶丽的负担。听了这话叶丽感到欣慰。

上了床后，叶丽又兴奋地把带爷爷去大雁塔的事讲给叶泽春听。叶泽春听得很认真，时不时地还表扬叶丽几句。但是最后却对叶丽说："今天我妈来了，结果你出去了。她让你以后不要再带你爷爷奶奶出去玩了。说这么热的天，出了事情怎么办？另外，她也让你注意身体，说整天这样不知疲倦地瞎跑，对身体没有一点好处！"

叶丽非常吃惊，侧过身子问叶泽春："昨天咱们才到你妈那去了，她怎么今天就来了？是不是她知道我要带我爷爷奶奶出去玩？你告诉她的？"

"没有，她连你今天不上班都不知道，怎么能知道你要带爷爷奶奶出去玩？"

"那是为什么？"

"她说想看看你爷爷奶奶，这么长时间没来了，今天正好也有空，就过来了。"

"怎么这么巧呢？"

"没什么，她只是这样说，你想带你爷爷奶奶出去玩，你就去，只要别出事情就行。"

叶丽却怀疑，她在想苏美华到底有什么样的想法？苏美华既然知道她带爷爷奶奶出去玩了，也知道了她要在家里休十天假，那么她一定会关注自己的下一步行动。那么，该不该听苏美华的话呢？她该如何对待苏美华的这个建议？假如不听苏美华的话，后果会是什么样子？

叶丽问叶泽春："你妈还跟你说什么了没有？"

"没有。"

“你妈没给你做什么指示？”

“没有，你别那么瞎猜行不行？她也就是关心你。”

“我总觉得没那么简单，我有预感。你说你妈不让我带我爷爷奶奶出去玩，我是听她的话呢？还是不听她的话？”

“我刚才不是跟你说了吗？你想去就去，我妈只是提个建议。”

“可是，我带我爷爷奶奶出去了，你妈说我不听她的话怎么办？”

“不听就不听了呗，不一定她说的每一句话都是对的。”

“有你这句话我就放心了。”

“我觉得你现在活得太累，以后不要考虑这么多，该怎么做就怎么做，像你这样还能长寿？我看你不到五十岁就成老太婆了，到时候我才懒得要你呢！”

“去你的，我还不是为一家人好？尽量避免产生矛盾。这也是对你家里人的尊重，懂吗？”

“你这样做，搞得我都很累。每个周末早早地就得去我奶和我妈家，在那一呆就是一天，长期这样谁能受得了？不得忧郁症才怪呢？”

“你现在就知道累了？等我妈老了，等你爸你妈老了，他们全要咱们照顾，你说怎么办？”

“你别说这些了，你一说这些我就烦。”

“烦什么烦，现在社会已经开始讨论这个问题了！”

“人家才开始讨论，可是我已经实践起来了。还有，下一次到我奶和我妈家去，不要去那么早，他们要是怪罪起来，你就说我起不来。看他们能把我怎么样！他们现在还好好的，为什么一定要把我们拴在他们的裤腰带上？他们要是对你孝顺你爷你奶有意见，让他们管好了。我有时候觉得你这个人好像就是为别人活的，一点不为自己！你说，你爷爷奶奶老了，现在成这样了，不管不行，那为什么还要不断地考虑我妈他们的意见呢？他们说一句话，你就得当圣旨听？”

叶丽高兴极了，趴在叶泽春的脸旁，睁着乌黑的眼睛盯着叶泽春说：“你这话太有正义感了！我可爱听了。不过，我强调一下，这可是你说的，我以后和你妈打起来了，你可不要怨我？”

“为什么要打起来呢？我也没说让你们打起来的话呀！”

“我不听你妈的话，你妈心里肯定不舒服，一次次的怨气肯定会积累在她的心里，哪一次我不注意了，‘砰’一下就炸开了，到时候我再忍不住，不就打起来了？”

“你们女人真事多，以后你爱怎么做怎么做吧，总之别把我的时间占用得太多，不管是你家里这边还是我家里这边。我可不想活得太累，我还没享受够生活呢！”

“闹了半天，你是在为自己考虑呀，你太自私了！”

叶泽春笑了说：“为我考虑就是为你考虑，我不累了，你也就不累了。”

叶丽翻过身去，顿了一下说：“你现在是房子、工作都有了，那些现在还没有工作，还没买下房子的人，又碰到我们这样的情况，他们的生活怎么过？”

叶泽春说：“我是他们的话，我也要想方设法享受我的生活！”

叶丽忽然又转过身子对叶泽春说：“你是不是就靠这些想法笼络住安米琴的？我觉得你这思想对年轻女孩挺有杀伤力的！”

叶泽春说：“你怎么又扯到她身上了，你累不累呀？好了，我不和你说了，我要睡觉了！”说着转过身去，用被子将自己的头蒙上了。

叶丽嘿嘿笑了一会儿，却没有再逗叶泽春的意思，停了一会儿她也睡去了。

第二天，让叶丽没想到的是，苏美华还真来了，来得很早。好像就是专门来堵他们出去的。

苏美华手里提着红枣、核桃、桂圆、松子，还有一盒西洋参。她敲门的时候，叶丽正在给奶奶喂饭，叶泽春还在洗手间洗脸。

开了门，望着婆婆手里提的东西，叶丽非常吃惊或者可以说是受宠若惊。她不敢相信婆婆会提着这么多贵重的东西来看望他们。

叶丽一时愣在门前，不知道说什么好。

苏美华说：“怎么了，不想让妈进去？”

叶丽这才缓过神来，说：“不是，不是，我怎么敢不让您进来呢？”

苏美华说：“我来得早了，打扰了你们的出行计划？”

叶丽说：“也不是，您今天带来了这么多贵重的东西，吓着我了。”

苏美华说：“我来看看我亲家母，看看你爷爷奶奶，不应该吗？我还能空手过来？”

叶丽说：“不是，不是，我只是觉得突然。”

叶丽妈已经迎了过来，说：“亲家母，你太客气了，来就来了，还拿什么东西？”

爷爷也拄着拐杖走了出来，对叶丽说："快把你妈手里的东西接下来，让你妈屋里坐。"叶丽这才想起接苏美华手里的东西。苏美华把东西递给叶丽时，说："以后熬粥的时候，把这些东西放进去一些，你跟着大家一起喝。"叶丽说："好的，谢谢妈。"

苏美华问："泽春呢？"

叶泽春在洗手间回答："我正在刷牙呢！"

苏美华笑着说："你总是那么懒，家里最后一个起床。"

叶丽爷爷说："现在的孩子都这样。"

苏美华的笑容凝固了。

叶丽问苏美华："您早饭吃过了没有？"

苏美华说："吃过了。"

吃完早饭，大家都坐在沙发上。这时候，叶丽心里砰砰乱响，想着婆婆会说什么？

恐怕叶丽妈和叶丽爷爷也是这样的想法，因此他们没有开口。好像苏美华是领导，大家见了她，就等她发话似的。

苏美华对叶丽爷爷说："我昨天来过了，结果你们都出去了。"

叶丽爷爷说："丽丽带我们到大雁塔转了转，中午的时候就回来了。"

这时，叶丽奶奶说："我要尿尿。"

叶丽妈说："好，我扶你去。"

叶丽说："我来吧！"

叶丽妈说："你陪你婆婆说话。"

叶丽又坐了下来。

苏美华对叶丽说："天气这么热，以后还是不要出去为好。下午凉快了，推你爷爷奶奶到附近走走，这样也不错。"

叶丽说："我知道。"

苏美华说："老年人的血压都不稳定，不能太过激动，也不能太过劳累，特别是这夏天，气压高，对老人的心脏压力特别大。要是不注意很容易诱发老年病。"

叶丽爷爷说："其实孩子想得很周全，降温的清凉油、绿豆汤、吃的都带着呢，回来得也早。"

苏美华说："百密必有一疏。"

叶丽爷爷说："是的。我也不让孩子出去，孩子说是她的一份心意。"

苏美华对叶丽说："有时候好心会办坏事的，你知道吗？现在让你爷爷奶奶平平安安地恢复这是最主要的，别的什么都可以暂缓。等你爷爷身体恢复过来了，咱们有的是时间和机会。”

叶丽心想，婆婆真的厉害，语言平静但字字见血，句句露锋芒，不愧是一名中学高级教师！

叶丽说：“妈，您说得对，我知道了。”

苏美华又对叶丽妈、叶丽爷爷说：“孩子有时候不懂事，你们不要一味迁就，好多善良的人都是抱着这种心情，结果把事情搞砸了。该拒绝的一定要拒绝。”

叶丽心想：哎哟，我的妈呀，好厉害的婆婆，批评人不带脏字，表面上全是好话，听起来却能让你脸红，这气势仿佛在扇你的耳光，你还拿她没辙，不好反驳她。

叶丽爷爷说：“是，是。儿亲家说得对。以后不能总让着她。”

叶丽心想：爷爷呀，您给您孙女点台阶下行不行，怎么那么老实呢？还那么懦弱？挺挺腰板不行吗？

叶丽软中带硬地说：“妈，喝咖啡，一会儿凉了。我做错的地方我一定会注意的，您放心吧！以后我每做一件事都先和您儿子商量一下，您儿子同意了，我再做，您儿子不同意了，我就不做了，坚决服从领导。”

苏美华笑了，说：“你就这一点好处，妈说什么是什么。”

叶丽心想：我的婆婆，你儿子会和你站在一块儿吗？他已经跟我说了，不该听你的就不听。看你能怎么样？

这时候，苏美华要回去了。叶丽说：“我去买菜，今天就在这吃饭吧！”苏美华说：“你爸有时候中午回来，我得给他做饭去。”

叶丽不再挽留，送她出来时，苏美华对叶丽说：“你这一段时间也要注意保养身子。前一段时间工作那么忙，又要照顾你爷爷奶奶，身子应该很虚弱了，多休息休息，不要东跑西跑了。”

这句话让叶丽感动，她对苏美华说：“知道了，妈，我会注意的。”

苏美华说：“回去陪陪你爷爷奶奶吧。”

这又是一句让叶丽感动的话，望着婆婆远去的身影，叶丽心中充满了甜蜜——虽然婆婆不想她带爷爷奶奶出去，但是，婆婆最终还是说了几句让她听着顺耳的话。看来再难处的婆媳关系，只要方法对，肯定不会发生冲突的。

可是，叶丽哪里知道，苏美华之所以这样做，是因为在她心里有一个巨大的阴谋。

苏美华没有直接回到她的家里，而是来到了叶泽春爷爷奶奶家。她是来向叶泽春爷爷奶奶交代事的。

“你们以后不要让叶丽再教你们跳舞了！让她跟你们蹦来蹦去不好！”苏美华对公公婆婆说。

刘一慧问：“我们没让叶丽跟着我们蹦呀，怎么了？是不是她怀孕了？”

苏美华自信地说：“不出意外的话，应该差不多了。”

刘一慧脸上马上开了花，说：“真的？我太高兴了，你用的是什么方法？”

苏美华说：“这个你就别问了，总之以后得保护她，让她注意点儿身体，别累着了。”

刘一慧说：“一定，一定，下一次她来，我一定给她好好补补身子，到时候一定给咱们生一个大胖小子，壮壮我们叶家的威风。”

苏美华说：“还让她来？能不让他们来就不让他们来了，他们来和你多说两句话又能怎么样？”

“那可不一样，效果大了，我和你爸每个星期都盼着他们来。”

“但是现在不一样了，你让他们来，要挤公交什么的，有危险。”

“那倒是。以后我去他们那儿，让他们也高兴高兴。”

“你也别到他们那儿去，你们行动都不方便。”

“他们不来，我们不去，让我干着急。好了，你别说了，我们想去就去，不想去就算了，我们现在还没到那种走不动、跑步动的地步。”

“我是为你们好。”

刘一慧撇撇嘴说：“受不起。”

见刘一慧生气了，苏美华只好不再吭声。

过了一会儿，刘一慧又高兴了，满脸笑容地说：“我可以抱重孙子了，想着是多美的一件事情。”又对苏美华说，“你从他们家过来，你吃过饭没？”

苏美华说：“没有，叶丽要做，我没让。看着叶丽她奶我就吃不下，别说她那吃饭的样子让人难受，一天到晚，她可能连牙都不刷。咱们家泽春就能受得了？我真的服了！”

刘一慧说：“没吃的话，我给你做去，今天咱们娘俩好好喝一盅。”

苏美华说：“我来吧！”

刘一慧说：“咱们一块去。”

就在苏美华和刘一慧为叶丽有可能怀孕而高兴的时候，叶丽和她爷爷、母亲则讨论着出去旅游的事。

叶丽妈说：“我说咱们别出去旅游了，你婆婆会介意的，你看怎么样？现在怪罪起你来了！”

叶丽说：“她爱说就让她说去，我该怎么做还怎么做，这是他儿子说的，她儿子支持我。”

爷爷说：“你婆婆也是一片好心，我看以后咱们就别出去了，没啥意思。”

叶丽说：“爷爷，您说的要出去两次，现在才一次呀！”

爷爷说：“这一次出去还行，下一次出去没意义。兵马俑、骊山有什么好看的？爷爷年轻的时候早看过了。那时候还不要钱，爷爷去过好几次呢！后来，骊山每年要举办一次单子会，你奶几乎每年都去，去了还要在山上住一夜。什么没看过，有什么好稀奇的？你把钱攒下来，到时候带爷爷到北京去。不论你婆婆说什么，北京，爷爷是一定要去的。骊山这地方你去了，家乡人也不稀奇，但是北京就不一样了，那家乡人都羡慕！”

叶丽笑了，说：“原来爷爷不是为了看景，是想做给人看？”

爷爷说：“爷爷这么大年纪了，还看什么景？再说，看也白看，一个大老粗能欣赏到什么东西，但是村里人的话，能让爷爷心里甜一辈子，所以爷爷说他们话里有蜂蜜呢！”

叶丽说：“既然这么说，我就不坚持了，您好好养身体，咱们就准备去北京。但是以后也别对我婆婆低声下气的，我看着不舒服。”

上班后，公司的新项目还没谈下来，叶丽又闲了几天。

第五天，总经理神神秘秘地将叶丽叫到了他的办公室，对叶丽说：“这一次就看你的了，我们争取下这个项目真的不容易。”

叶丽心里有点激动也有点着急，问：“到底是什么项目？你别在这绕圈子了好不好？”

经理笑着说：“你知道宏东区吗？”

叶丽说：“知道，那里是省政府现在重点投资的地方。”

经理说：“对，省政府一直想在那儿建一个地标性建筑，将宏东区推向全国。可是因为时机不成熟，这个设想一直被搁浅。这两年宏东区的经济迅猛发展，多家重型企业不仅在全国，而且在国际上声名鹊起。加上，国家经济政策向西部转移，省政府就想重点打造宏东区，让它成为陕西省乃至全国的、新的经济亮点。按照省政府的规划，第一步，就是要在宏东区建一个标志性建筑，现在这个设计任务就轮到咱们头上了。你说咱们要是将这个设计搞好，那该是多么光荣的事情！以前，这样的设计可轮不到咱们头上，那可是外国设计院或者北京、上海著名设计院的任务，这一次省政府把这一任务交给咱们，可见对咱们的期待值有多高！”

总经理说得口若悬河，叶丽听得高兴万分，说：“是吗？太让人激动了！”又问总经理：“这么大的项目，以前怎么没听你提起过，难道它没有招标吗？”

总经理说：“早招了，当时你忙，我没有打扰你，请人做了一个招标书。这个招标书也不是很理想，但是省里的领导看中了你以前设计的多件作品，就想重点培养你和咱们公司。因为在他们心里还有一个宏伟的目标，就是想让陕西的建筑设计品牌也在全国产生影响，为陕西的文化大省战略锦上添花。这是省政府对咱们的信任，咱们可不要辜负领导们的期望哟！”

叶丽激动地说：“没问题，一定！”

从总经理办公室出来，叶丽立刻找部下开会，安排了近一段时间的工作：第一，找出最近几年国内所有著名建筑的亮点；第二，查阅多种资料，找出真正能体现陕西文化内涵的东西；第三，思索地标性建筑的含义和定位；等等。

工作会议结束了，叶丽依然沉醉在兴奋中。她想，这又将是她再一次走向人生辉煌的机会，她将全力以赴！

然而，让叶丽万万没有想到的是，后来的生活几乎要将她整个人击垮！

17 怎么会怀孕呢?

大概是拿下新任务的第十天，早上九点多钟，叶丽正在办公室紧张地工作，忽然感到一阵恶心。起初，叶丽并没注意，以为自己吃了不干净的食物。但是，随后的几天里这种恶心的感觉越来越频繁，强度越来越大。一阵恐慌过后，叶丽马上意识到自己是不是怀孕了？她买了三张早孕试纸，接下尿液测试，结果张张都显示了两条红色带。叶丽一阵窒息，怎么会呢？她怎么会怀孕呢？

叶丽仔细想了这一段时间和叶泽春同房的过程，她怎么也想不起来什么地方出了问题。为了避孕，叶丽采取的可是双保险。

叶丽一边用右手压着胸脯，一边懊恼着什么地方出错了？她没有丝毫心理准备，这个孩子为什么这个时候来？

下午，叶泽春回家以后，叶丽立刻将叶泽春叫到了他们的房间，问："这一段时间咱们同房你没作假吧？"

叶泽春一脸疑惑，说："做什么假，没有呀，怎么了？"

叶丽忽然哭了，说："我想不通怎么就怀孕了？"

叶泽春大为吃惊，问："你说什么？你怀孕了？不可能吧！"

叶丽生气地说："怎么不可能？这几天我天天吐，越来越厉害，我用了三张早孕试纸，结果都是一样的。你说，你到底作假了没有？"

叶泽春一脸无辜地说："没有呀，我对天发誓，我没有作假！"

叶丽非常伤感，说："这可怎么办呢？我爷爷才来了两个月，我的工作又这么繁重，该是留他还是把他做掉？"

叶泽春忽然高兴地说："我觉得这个孩子一定是天才，你想想，咱们采取了那么严格的方法都没有阻拦住他，说明他多么聪明，多么强大？他采取了什么样的方法冲破了一道道防线？这需要多少智谋和力量？"

叶丽扑哧又笑了，说："去你的。你是不是盼着要孩子呀？"

叶泽春说："对呀，我刚才没回过神来，现在回过神来了！他既然来了，我们就要把他留下来，我现在觉得他像网游里的英雄一样，太了不起了，我太崇拜他了，他一定是我们的小天使！你绝对不能伤害他！”

叶丽又生气了，拿了一件衣服摔在叶泽春的头上，说：“我就要把他打掉，他一开始就和我作对，一点不听我的话，到将来还得了，凡事总和我对着干，到时候还不把我气死？”

叶泽春并没有生叶丽的气，反而安慰她说：“这你就想错了，他怎么知道你有什么样的安排呢？他只是有着来到这个世界的强烈愿望，或者说他太爱我们了，太想见到我这个爸爸，你这个妈妈，然后凭借着他的智慧和力量冲破了阻力，来向你报到了！”

叶丽又笑了，说：“烦死了，怎么会这样呢？”

叶泽春说：“好了好了，先做饭去吧，别让你妈认为我们为他们吵架了！”

叶丽哭丧着脸进了厨房，一会儿她就在厨房里一声尖叫。叶泽春正想着要不要把这事告诉给母亲，听见叶丽的尖叫声，他吓了一跳，赶紧跑到厨房，这时叶丽妈也跑了过来，焦急地问：“怎么了？”

原来，叶丽把手切了，手指头上出现了一条将近一厘米的口子，鲜血汩汩向外冒。

叶丽妈问叶泽春：“屋里有创可贴吗？”

叶泽春回答：“没有。”

“那就赶快带她上医院！先用卫生纸把伤口捂上。”叶丽妈说。

叶泽春慌忙去拿了一沓卫生纸，按在叶丽的伤口上，然后带着叶丽去了附近的诊所。

叶泽春带叶丽回来，叶丽妈已经将饭菜摆在桌子上了。可是他们都没有动筷子，脸上一片阴沉。

叶丽和叶泽春坐定后，顿了一下，叶丽妈问叶泽春：“你们两个刚才是不是吵架了，能告诉我们是为什么吗？”

叶丽说：“妈，我们没吵架。”

叶丽妈说：“我问泽春呢！”

叶泽春说：“叶丽怀孕了。”

叶丽妈和叶丽爷爷的脸色顿时舒缓下来，笑容又花似的出现在他们脸上。

叶丽妈问叶丽：“泽春说的是真的吗？”

叶丽害羞地点了点头。

叶丽妈欢快地说：“昨天你在厕所里干呕，妈就猜到你可能怀孕了。这是好事情，妈再给咱们炒两个菜去。”说着乐颠颠地跑到厨房去了。

叶丽赶到厨房说：“妈，我都烦死了，你还高兴呢！”

叶丽妈说：“当然要高兴了，烦什么？”

叶丽生气地说：“我不跟你说了。”

叶丽爷爷说：“有孩子是高兴的事情，咱们一家人都应该高兴！”

叶丽奶奶说：“有孩子了？”

叶丽爷爷说：“瞧瞧，你奶奶都高兴了。”

叶丽的眼泪却一滴一滴地掉了下来。“我还没养够你们，有了孩子，我到底是管他还是管你们？”

爷爷说：“傻孩子，我们有你妈管着呢，到时候你专心养孩子就行。”

叶丽说：“可是，我还想带你们去北京去上海，这一切还都没有实现。”

叶泽春说：“现在刚有孩子，又不是明天孩子就出生，不用那么悲观。想带爷爷奶奶到北京去，手头上的设计做完你就去，到时候孩子才四五个月大，什么都不影响。”

叶丽嗔怪叶泽春说：“就你多嘴，你又不是女人，又没生过孩子，你知道？”

叶丽妈说：“泽春说得对，你太紧张了，生孩子没有你想象的那么艰难。”

爷爷说：“有了孩子，爷爷不去北京都是高兴的，只要你有这份心就够了。说不准，爷爷和你奶看见孩子，一高兴还能多活几年。到时候咱们一大家子一块儿到北京去玩，那样多好！”

叶丽又笑了，说：“爷爷，你就会哄人。”

这时，叶丽妈把新炒的两个菜端了出来，一个是韭菜炒鸡蛋，一个是蒜茸炒肉丝。

叶泽春说：“我拿酒去。”

叶丽说：“你和爷爷喝。”

爷爷说：“行，今天就喝两杯。”

叶丽说：“只能喝两杯。”

可是，让人扫兴的是，叶丽只吃了几口，肚子里就一阵恶心，捂着嘴跑到厕所里去了。

母亲慌忙赶过去，给叶丽拍后背。

叶丽吐了一会儿，对母亲说：“没事了。”可她吓得再不敢吃东西了。

叶丽妈很有经验地说：“吃，越吐越吃，怀孕的女人就要这样，不然你的身体会空的。”

叶丽说：“等一下吧，这两天越来越厉害了。今天吐了七八次了，喝口水也吐。”

叶丽妈安慰叶丽说："没事的，有的人妊娠反应大，有的人反应小。过一阵子就好了。"

叶丽又感觉心里一阵返潮，便对母亲说："我不吃了，我先在床上躺一会儿。"

叶丽妈说："要不要妈陪你？"

叶丽说："没事，你吃饭吧！"说完，回到自己的房间里去了。

爷爷对叶泽春说："你吃快一些，吃完了去陪陪丽丽。"

叶泽春说："好。"说着加快了吃饭的速度。

叶泽春走进房间时，叶丽已经躺在了床上。叶泽春挨着她坐下，把她的头扶起来靠在自己的肚子上，说："这就叫痛并快乐着。"

叶丽撒娇地用手在叶泽春的大腿上捶了一下，说："就你爱气我，说好不怀孕的，怎么就怀上了？"

叶泽春说："你知道我每次都中规中矩，你可不要瞎赖我，冤枉好人。"

叶丽说："我就赖你，气死我了！我心里怎么这么纠结呢？总觉得这个孩子来得不是时候，现在打掉他吧，我也有点舍不得，毕竟他在我肚子里已经生存一个多月了，和我发生了如此亲密的关系，我现在能想起他楚楚可怜的样子。"

叶泽春说："这样想就对了，这才是一个母亲应该有的想法。你想想，他要来到这个世界多么艰难？上千万个精子，但是只有一两个精子能和卵子结合，产生胚胎。可以说，他安扎在你肚子之前，已经做了百分之一千万的努力，单这种精神就足可以打动你和我了，咱们还有什么理由不让他来到这个世上？"

叶丽又捶了一下叶泽春的大腿，说："你就会说。"

叶泽春说："我现在心里很甜蜜，你知道吗？我快要做爸爸了。以前觉得这是遥不可及的事情，现在他突然间就来了，我都快幸福晕了。"

叶丽在叶泽春大腿上拧了一把，说："你幸福，我难过。"

叶泽春疼得一声尖叫，说："哟，你怎么这么手重呢？你难过也不能把痛苦转移到我的身上呀！"

叶丽得意地说："我就转移，这样我心里才能好受一些。"

"好好好，你转移，你转移，谁让你现在是功臣呢？"

"以后不许玩电脑了，天天陪我。"

"行，没问题。"

这时候，叶丽妈端了一碗开水泡馍走了进来，说："先吃一些没有调料的饭，这样好一些。"

叶丽慌忙坐起来，接过母亲递过来的饭碗。叶泽春赶快换了个地方，叶丽妈便坐在了叶丽身边。

叶丽吃了一口，皱着眉头说："妈，我吃不下去。太难吃了。"

"把水压掉，就吃馍。"

"我不想吃。"

"不吃不行，这是经验。再难受也得吃。妈当初怀你的时候，就吃这个。吃了十多天。"母亲说完，亲自给叶丽喂起来，叶丽只好一次次把嘴张开。可是她吃到了一半，又是一阵恶心，她急忙下床，跑进了厕所。母亲又跟了进去。

这时候，叶丽爷爷忽然在他们的房间喊："你坐那，别动。听见没？哎哎，叶丽妈，快过来，你妈起来了。"

叶丽妈又急忙往他们的房间跑。叶丽奶奶已经站了起来，正晃晃悠悠朝门外走。叶丽妈慌忙搀扶住婆婆，问："妈，你要干嘛？"

叶丽奶奶说："我要尿尿。"

叶丽妈说："你孙女在里边呢。"

叶丽说："让我奶来吧，我没事了。"

叶丽爷爷生气地说老伴："你就知道添乱，你这样跑，摔倒了怎么办！"

叶丽奶奶说："我就知道添乱。"

这时候，叶丽奶奶恐怕不会想到，正是因为他们需要照顾，后面的事情才会变得那么错综复杂。

听说叶丽怀孕了，第二天，叶天水、刘一慧、苏美华全来了。大家高兴得都合不拢嘴。

刘一慧也不嫌叶丽奶奶痴呆了，吃东西不刷牙了，进来就和老太太来了个拥抱："老太太，咱们要抱重孙子了！要享皇上都享不了的福了！"又对叶丽爷爷说："老亲家，高兴吗？想过有这一天吗？"

叶丽爷爷笑得眼睛眯成了一条缝："不敢想。"

"过不了两年，就有小手拽你的胡子了。"

"不知道我能不能活到那个时候？"

"这个时候，不要说不吉利的话，你一定能活到那个时候！"

叶丽爷爷笑着说："就是活到那个时候也抱不起重孙子了！"

刘一慧说："能抱起来，好好活，加油活，卯足劲活，有意志就有成果，我是一定要活到那个时候的，想着小家伙的手多漂亮，摸在你身上像挠痒痒似的。还有他的小眼睛，他的小脸蛋，太可爱了！"说到这，刘一慧怀里真的像抱了一个小孩，在屋子里转呀转。

平日里很少露笑脸的苏美华今天终于笑了，对婆婆说："看你抱孩子的姿势真美，像跳舞似的，将来孩子出生了，就不用雇保姆了，你帮叶丽妈看着。"

刘一慧说："没问题，我包了。"说着又做了几个漂亮的旋转动作。

叶天水对苏美华说："你妈这人，就是会制造气氛。要是让她沾上高兴的事儿，她能闹腾得让周围的人都高兴起来。"

叶丽爷爷说："那还不是好事情，笑一笑，十年少，社会上需要老亲家这种人呢。"

刘一慧说："我这就叫活得开心。叶丽妈，今天准备给你女儿弄什么好吃的？现在一定要给她补充营养！"

叶丽妈说："亲家母拿的红枣，我说一会儿熬点红枣稀饭，别的叶丽也吃不了。"

刘一慧说："别啊，今天给她炖燕窝，我买了两盒，吃完了再买。燕窝养阴润燥，补气安神，营养价值非常高，很适合孕妇吃。一天吃两次。走，现在我就教你怎么炖，一定要把我孙媳妇的身体补得好好的，到时候生个大胖小子。老头子，你把燕窝放到哪儿了？"

叶天水说："你装的包的，还问我？你是不是高兴糊涂了。"

刘一慧说："对，对，看我这记性！"说完拿起自己刚才带来的两大袋子礼物，对叶丽妈说："你看，我买的这些，各种适合孕妇吃的小食品——黑米、花生米、葡萄干，要啥有啥，走，全部拿到厨房去。"

叶丽妈便提了这些东西，和刘一慧进了厨房。

叶天水和叶丽爷爷聊着天，苏美华第一次坐在了叶丽奶奶身边和她说着话。

叶丽中午一般不回来，可是今天为了照顾大家情绪，中午下班的时候，回来了一趟。

这时候，刘一慧已将燕窝炖好，哄叶丽说："闭住气，一口喝下去。"叶丽闭上眼睛，凝住气，按照刘一慧的要求将燕窝汤喝下。

担心叶丽吐，刘一慧用自己的拇指摁住叶丽的两个虎口，又让叶丽妈帮忙抚摸叶丽的胸口，可是刘一慧如此努力还是没有阻挡住叶丽想吐的感觉，她竟然连吐三次，最后一次甚至吐出了胆汁。

大家傻眼了。

刘一慧说："怎么会这样呢，妊娠反应这么厉害？"

苏美华说："肯定和前一段时间的劳累有关。"

叶泽春想说什么，又把话咽了回去，往嘴里夹了一口菜。

苏美华问叶丽："你现在感觉怎么样？精神状态好不好？"

叶泽春说："这还用问吗？不停地吐，能好？"

刘一慧说："不行了，就要到医院看看，现在医院应付这种情况已经很有经验了。"

苏美华以不容置疑地口气对叶泽春说："你明天向单位请个假，先带叶丽到医院检查检查，现在她的事情是头等大事，什么工作都可以暂缓。"

叶丽对苏美华说："妈，没事，坚持两天就好了。"

刘一慧说："不要这样说，有的女人妊娠反应重，最后都会吐血的。你还是看看吧！尽量早发现早治疗。"

晚上，叶丽躺在床上问叶泽春："你说倒霉的事情不会轮到我的头上吧？"

叶泽春安慰叶丽说："不会，就是轮到你的头上，我也会将这个恶魔打趴下。"

叶丽笑了，说："每次听你说话总觉得很温暖，你是不是也这样哄别的女孩子？"

"又来了，是不是你不难受呀？"

"我都快成林黛玉了。"

"那就别乱说话。"

"最近一段时间的工作任务特别重，我还想通过这一次的任务为咱们挣辆小汽车呢！"

"现在不想这些，你思想压力越大，就越容易乱方寸。记住，不管什么时候，用平常心去对待它，不要夹杂俗念，更不要有欲望。现在妊娠反应厉害了，就休息，不厉害了就好好工作。"

"你说得有道理，人的意志很重要。你去把那燕窝汤给我热热，我喝下去，我妈说得对，吐再多也要吃。"

叶泽春很高兴，说："这就对了。"叶泽春出了门，发现叶丽妈正好向他们走来。

叶丽妈问叶泽春："丽丽好一点吗？"

叶泽春说："她现在想喝燕窝汤，让我给她热热。"

叶丽妈说："让我来吧。你回房间去。"

燕窝汤热好后，母亲小心翼翼地给叶丽端过来，叶丽问母亲："我爷爷奶奶睡着了？"

母亲回答："睡着了。"

叶丽说："这一段时间就让你费神了。"

母亲说："你爷爷奶奶都不让你操心他们，他们会注意的，让你多注意自己的身体。"

叶丽的眼泪又流下来了，说："我再做，都做不到爷爷奶奶关心我的程度。"

叶泽春说："来日方长，现在你先养好身体。"

叶丽端起碗一口气把燕窝汤喝了下去，但是过了不到一分钟，她肚里就一阵翻云倒海，她慌忙穿了鞋，跌跌撞撞地跑向厕所。叶丽妈也发起愁来，怎么会这样厉害？

"你明天还是带叶丽到医院看看，看医生有什么办法没？这样下去不行，她的身体会垮的！"叶丽妈对叶泽春说。

第二天一早，六点钟还不到，刘一慧和苏美华像商量好似的，都来到了儿子家门前。来了后，看儿子的房门关着，她们又不好意思敲门，就站在门外等。

等了一会儿，还不见儿子的房门打开，苏美华要敲门，刘一慧拦住了，说："你也不看看现在才几点钟，他们睡得正香，你会把他们吵醒的！"

苏美华问刘一慧："那你为什么来得这么早？"

"一晚上都睡不着，也说不清是担心还是激动。还不如早点过来看看，看他们都睡着了，我反而有点放心！"

"我也是。你说叶丽这孩子怎么会这样？"

"那还用说，肯定身子虚。"

"我就不让她爷爷奶奶在这呆，你看看，现在搞成了什么样子？"

"你有能耐把她爷爷奶奶赶走！"

苏美华一下被噎住了，不再吭声。

刘一慧说："妊娠反应厉害的人也多的是，最终都能控制住，这个不用担心。今天先让泽春带叶丽去看看。"

苏美华没有吭声。

刘一慧说："可以敲门了吧？六点半了，咱们在外边也站了这么长时间了。"

这一次，苏美华却说："再等一下吧，让他们睡到自然醒，他们起得晚，说明昨晚折腾的时间长。"

刘一慧说："知道这样，还不如在家里等，站在这更着急。"

苏美华说："再等一下，叶丽她妈一般起得早，她一起来就有往外边放垃圾的习惯。"

苏美华说得一点没错，早上六点四十多一点，叶丽妈醒来了。昨晚，她也睡得很晚，脑子里乱哄哄的，即甜蜜又忧愁，甜蜜的是她期待已久的小生命终于要来临了。两个女儿考上研究生，她虽然高兴，感到荣耀，可是这些距离她的责任还差得很远，现在她终于觉得可以舒一口气了，女儿即将为她完成生命的传递，而这个传递一旦完成，意味着她这一生的操劳即将结束，这是她多么渴望的事情，她可以向早逝的丈夫交差，卸去她内心沉重的负担。"家里一切都好。"今晚她多么想对早逝的丈夫说上这么一句话！

然而，叶丽的妊娠反应又让这位母亲忧愁，虽然她也觉得这不是一件大事，几乎每个女人都要经历这个过程，但是女儿的反应强度让她担心，它什么时候才能被控制住？他们村有一个妊娠反应厉害的人，最终迫使流产……想到这儿，叶丽妈赶紧阻止了自己的想法，对着空气呸呸呸了几口，以便把这个想法赶走。

叶丽妈将屋里的垃圾归置了一下，然后装进一个垃圾袋里，准备放在门外。当她打开门的时候却吓了一跳——苏美华和刘一慧一左一右地靠在门的两侧。

"你们什么时候来了，来了怎么不进屋？"

刘一慧说："怕打扰你们休息。"

"这是什么话，别人不能打扰，你们也不能打扰吗？快进来，来了这么长时间就在外边这样等着，多累人？丽丽——"

苏美华说："别喊了，让他们睡吧。他们昨晚是几点钟睡觉的？"

"我是十一点半从他们屋子里出来的，也不知道他们是几点睡觉的！"叶丽妈回答说。

刘一慧问："孩子昨晚还吐了没，你给她弄吃的没有？"

"弄了，我把你炖的那个燕窝汤给她热了，让她喝了，但是吃了又吐了。"叶丽妈回答说。

"怎么会这样？"一丝忧伤又爬上了刘一慧的脸。

"等一会儿，我去给她熬点粥去，让她吃吃看。"叶丽妈说。

"你去照顾她爷爷她奶奶吧，我来熬。"苏美华说。说着就站起身来走向厨房。

就在这时，刘一慧和叶丽妈都听到了叶丽奶奶悉悉索索起床的声音，叶丽妈慌忙跑了进去，对婆婆说："妈，你不要乱动，我来给你穿。"

刘一慧走向厨房，厌恶地对苏美华说：“也是的，你说咱们丽丽怎么摊上了这么两位老人？早知道，当初就不应该让泽春和她结婚。”

苏美华揶揄婆婆说：“当初还不是你说叶丽漂亮，能吃苦，学习好，有才华。”

“那是你儿子说的。”

“我儿子说的你就信了？”

“我当然信了，我孙子说的话我怎么能不信？”

“泽春就是让你们给惯的！”

刘一慧不高兴了，说：“我孙子怎么了，就让我给惯的？”

苏美华意识到自己说错话了，说：“孩子好着呢，是我被气糊涂了。”

刘一慧说：“是不是你采取的方法不当，让叶丽身体吃亏了？”

苏美华一下子紧张起来，向刘一慧嘘了一声，小声说：“这种话你也敢在这里讲？”

刘一慧自知理亏，却嘟囔了一句说：“有什么不敢讲的？”

苏美华斜了刘一慧一眼，说：“把洗好的红枣给我，这个补血。”刘一慧乖乖地将红枣递给了苏美华。

这时候，她们忽然听到了一阵急促的跑步声，紧接着，叶丽的干呕声就从厕所传来。刘一慧和苏美华一紧张，放下手中的活往厕所跑。由于两人同时起步，厨房的门又窄，他们在门口互撞了一下，苏美华的头被撞在门框上，她哎哟一声，疼得龇牙咧嘴。可是两人也顾不上计较，都跑进了厕所里。

叶丽非常痛苦，干呕时身子一抽一抽的。

刘一慧往坐便里一看，惊叫一声：“哎哟，怎么全是胆汁呢，没一点儿食物。这哪行呢？赶快让泽春带叶丽上医院！”

苏美华用力一下又一下地给叶丽抚摸着后背。

良久，叶丽才喘息过来，直起身来，对刘一慧和苏美华说：“没事了，现在好多了。”

刘一慧替叶丽摁了冲洗阀门，苏美华扶住叶丽朝外走。

叶丽爷爷，叶丽妈都站在门外。叶丽妈手里还扶着叶丽奶奶，这时叶丽奶奶说：“我要尿尿。”

叶丽爷爷气愤地说：“尿什么尿？”

叶丽有气无力地说：“爷爷，让我奶去尿吧！”

过了一会儿，大家都坐在客厅里，面面相觑。

叶丽今天的精神状态明显很差，脸色开始变黄，浑身疲倦。

刘一慧说：“这几天是不是拼着命工作了？”

苏美华说：“妊娠反应与拼命工作有什么关系？”

刘一慧说：“怎么能与拼命工作没有关系？几天没吃饭，再拼命工作，人能受得了？今天不去上班了，泽春也不去上班了，先给叶丽看病为重。”

叶丽说：“我现在的工作任务很重。”

刘一慧说：“再重也要放下来，几天不工作天塌不下来，你的身体要是出现问题，天就塌下来了。”

叶泽春说：“我今天不去上班了，我等一会儿给领导打个电话。”

一家人沉默不语。

叶泽春、苏美华、刘一慧一起将叶丽带到了医院，医生让叶丽做一个全面检查。一家人陪着她做B超、化验血、等等，检查的结果却是叶丽一切正常。

“像这种情况应该怎么办？”叶泽春问医生。

医生说：“刚开始三天问题不算大，你们想住院就住，不住院也行。回家多熬一些姜汤喝，这个止吐。另外我给你开一些维生素B6，一天吃两次。”

刘一慧问：“饮食上要注意什么？”

医生说：“少吃多餐，多吃一些含水量少的食物，像饼干、纯麦面包等。坚果也可以多吃一些，像核桃、果仁等。”

从医生办公室出来，几个人坐在走廊的座椅上商量了一会儿，讨论叶丽该不该住院。刘一慧坚持让住：“不就是花几个钱吗，有什么大不了的？孩子多么金贵？叶丽已经连续几天没吃东西，也应该打一些营养针！”

苏美华也赞成住：“住医院还是保险一点，医生可以随时观察，对大人和小孩都有好处。”

叶丽却不想住，说：“奶奶，妈，先按照医生说的吃一段时间再说。现在泽春和我都很忙，如果能吃下东西，应该没事的。”

听话听音，苏美华说：“也行吧，先按这样处理。今天你们既然请假了就先回家休息。”

刘一慧嘟嘟囔囔：“工作，工作，没孩子要工作干什么？”

叶丽安慰刘一慧说：“奶奶，您别着急，我一定注意！”

刘一慧这才停止了嘟囔。

几个人出了医院，来到大街上叫了一辆出租车。

叶泽春他们几个已经钻进出租车里了，苏美华还站在外边不动。

“你不和我们一块儿回去吗？”叶泽春问母亲。

苏美华说：“你们先回去吧，妈去买点东西。”

叶丽问：“买什么？让泽春去吧！”

苏美华说："不用了，让泽春陪你。"

刘一慧说："一定记住买生姜。"

苏美华说："忘不了。"

车上，刘一慧对叶丽说："看你这个婆婆当得称职不称职？现在一心都在你身上，你嫁给我们泽春多幸福？以后，要是为我们家生个大胖小子，你就更有福了，你婆婆会把你当神来敬！"

叶丽笑了笑，对刘一慧说："谢谢你们对我的关心。"

刘一慧说："这样的话不要说，听着见外，你现在既是我们家的媳妇，又是我们家的女儿，你看姓都是一样的。多好！"刘一慧说着开心地笑了。叶丽心里也非常甜蜜。

叶丽他们回到家里一个小时，苏美华才回来，这时候她手里已经提满了大包小包的东西。

苏美华一进门，刘一慧就问："生姜买到了没？"

苏美华说："你就知道个生姜，买到了。"

刘一慧说："买到了快让我拿去洗了，让咱们叶丽先含上一片。"

苏美华便从包里向外掏东西，在桌子上放了一大堆，最后才找出生姜。

刘一慧将装生姜的袋子解开，看了看说："这个生姜买得好，很适合口含。"

苏美华说："我找了三个超市才找到这种生姜，现在大部分超市卖的生姜太嫩。"

刘一慧笑了，说："做老师的就是心细，我拿去洗了。"

看着眼前的一大堆食物，叶丽爷爷感激地说："叶丽的事让你们操心了。"

苏美华说："大伯，应该的，叶丽又不是外人。"

刘一慧将生姜洗干净了，切成片，放在碟子里端了出来。端到叶丽面前，拿了一片递给叶丽说："试试医生说的话灵不灵。"

叶丽接过生姜片含了，大家紧张地注视着她。

叶丽连含了三片。

苏美华说："这下应该好一点，先吃一块面包看看。"

叶丽又吃了一块纯麦面包。这一次她竟然没有吐！

刘一慧当时就笑了，说："医生说的这办法还真管用！"

苏美华也开心了，说："总算能闯过一关了，能吃一点东西就没事了，以后泽春监督着丽丽多吃。没事就嗑瓜子，吃核桃，我都买了。"

叶丽奶奶说："都买了。"

这时苏美华也不讨厌老太太了，拿出一片面包递给老太太说："伯母，咱们就等着叶丽给咱们生孙子吧！”

叶丽奶奶迟缓地接住面包片，说：“等丽丽给咱们生孙子。”

叶丽爷爷嘿嘿笑着说：“这时候还像个人。”

这一天，叶丽虽然也吐了几次，却总算能吃一点东西了。大家都围着她说说笑笑，气氛显得少有的和谐热闹。

可是让大家完全没有想到的是，半个月后，叶丽的妊娠反应再一次加重。这一次她如何含姜片，吃维生素 B6 也没用了，不仅吐胆汁而且开始吐血。几天下来，叶丽连走路的力气也没有了。

“妈，这一次我是不是要死了？”叶丽难过地问母亲。

母亲拼命地摇头，说：“傻孩子，不会的，你千万不要乱想，这些都是正常的。”

大家不得不将叶丽送进医院。

叶丽住院的前两天是叶泽春在照料，可是叶泽春不能整天请假。接下来几天是苏美华在照料，这样没过了几天，学校快要开学，苏美华也要上班去了，照顾叶丽一下子成了一个难题。

也就是在这时，苏美华有了让叶丽爷爷奶奶先回农村的想法，正是这个想法让一家人的矛盾达到了沸点。

18 到了赶他们回农村的时候

苏美华当初想让叶丽怀孕的目的就是想赶叶丽爷爷奶奶走，不过，她没想到这么快，按她的设想，叶丽爷爷奶奶还可以在这再停留八九个月的时间，这样她对叶丽也就仁至义尽了。没想到生活会如此安排，似乎一切都在照顾她的情绪，这样叶丽爷爷奶奶就是提前回家，叶丽也没有什么好说的。

苏美华非常兴奋，往叶丽家走的步伐刚劲有力，还带着节奏，腿上的风将地上的树叶吹得乱跑。

叶丽爷爷并不知道苏美华的想法，呆在家里的他迫切地想知道叶丽的近况，所以一见到苏美华回来就迫不及待地询问起宝贝孙女的情况来，这正中了苏美华的下怀。

苏美华先是告诉他，叶丽的情况如何之糟，如何让人担心，如何需要精心照料，接着又说自己和叶泽春又是如何的狼狈，现在如何应付不过来。当叶丽爷爷也被她的情绪所感染，陷入到极度的忧虑中的时候，她的话锋一转，向叶丽爷爷表达了自己的真实想法："老伯，要么您和我大妈先回农村让叶丽她几个叔叔照顾几天，您看孩子现在也很受罪，没人照顾也不行！等孩子好了以后，你们再回来。"

面对这么一种复杂的局面，一心盼望着孙女早点好起来的叶丽爷爷怎么会想到苏美华的险恶用心，他几乎不假思索地回答说："行，我怎样都行，只要丽丽能把孩子顺顺当当地生下来，我怎么样都行！回去，孩子他们还能不养我？"

叶丽爷爷的话就像一阵兴奋的巨浪，几乎要将苏美华冲晕了，她立刻变得眉飞色舞："那就这样说定了！"

叶丽爷爷淳朴憨厚地说："就这样说定了。"

苏美华说："这个话是你们和叶丽说还是我来说？"

叶丽爷爷憨厚地说："我们来说吧，你说有点不合适。"

苏美华说："我想也是，我说的话，叶丽该认为我嫌弃你们。"

苏美华便告辞了，下了楼她高兴得居然忘了公交车站在哪儿，往前多走了一里多地。

苏美华一走，叶丽妈便着急地问公公："你看这样行吗？"

叶丽爷爷说："行，怎么不行？现在一切都要为丽丽考虑，她现在住在医院里，你在家里照顾我们，我心里实在过意不去，别说替叶丽担心了，歉疚都快把我吃了。咱们的孩儿一直让人家照顾，咱们一点力都不出怎么能行呢？四栓他们几个再怎么说也不可能不管我，这你就放心吧。"

叶丽妈不再吭声了。对女儿的爱和担心也让她不能再有别的想法。

从叶丽家出来，苏美华又去了医院。她几乎想了一路，怎么去实施这个计划？她让叶泽春直接将叶丽爷爷奶奶送回去好像不对，叶丽的几个叔叔要是不愿意怎么办？到时候叶泽春能怎么处理，又将叶丽爷爷奶奶接回来吗？苏美华决定让叶泽春先抽时间回去和叶丽几个叔叔商量一下，看他们有什么意见？到时候再做决定。

病房里，叶泽春正在为叶丽按摸手心，苏美华问了问叶丽的情况，叮嘱她要注意休息，然后便说要回家了。但是出了病房门，她并没有回家，而是站在离病房不远的走廊里等叶泽春。等了一个多小时，叶泽春才出来，看见母亲非常吃惊："妈，你怎么还在这，你不是说你回去了吗？"苏美华将儿子拉向了更远的地方，对他说："妈就在这等你呢，有一个重要的事情想和你商量。这件事情不能让叶丽知道。"叶泽春问："什么事情不能让叶丽知道？"苏美华便向叶泽春说出了自己的想法。

叶泽春非常吃惊："妈，你不会是趁此机会想赶叶丽爷爷奶奶走吧？"

苏美华笑着说："你怎么知道妈有这样的想法？"

"我的妈呀，我整天在玩网游，什么人的想法猜不出来？"

"妈还不是为你和叶丽好，叶丽爷爷奶奶在这儿永远就是拖累你们！咱们眼看着她的几个叔叔清闲地过日子？现在是个机会，让她爷爷奶奶先和她几个叔叔接触着，最后能甩给他们就甩给他们！就是不能，大家也要轮着养，怎么能全是你们的负担？你看叶丽养了她爷爷这么长的时间，情况怎样呢？自己的身体垮了！"

"叶丽倒不一定是身体垮了，我在网上查了，好多女人妊娠的时候都会有反应，只不过叶丽的反应特别厉害，这种情况有点少见而已。"

“她的情况为什么少见？她为什么能成为个例？”

“我说不清楚。”

“你肯定说不清楚。”

叶泽春沉默了。

苏美华说：“别多想了，先按照我说的去做，我已经和叶丽爷爷、叶丽妈说好了。本来我想让叶丽爷爷先和叶丽商量商量，现在我想还是暂时不商量为好，等所有的事情都安排好了再和叶丽说。到时候她就不会难过了。”

叶泽春说：“好吧。星期六我就到乡下去和他们商量一下。”

安排好了叶泽春，苏美华又急着赶到了儿子家，把她让叶泽春先到乡下和叶丽叔叔商量的想法告诉给了叶丽爷爷和叶丽妈。

“先要把那边安排好，在谁家住要定下来，让他们再把房间收拾出来，把家里安排好，你们再回去。不然的话，他们会觉得很突然，万一要是有什么想法，一时间还尴尬了。”

叶丽爷爷说：“能有什么想法？我那几个孩子还是比较懂事的。”

叶丽妈说：“亲家母说的对，还是让泽春回去商量一下为好。别难为人家了。”

苏美华说：“对，别难为人家了，到时候他们有什么想法，提前解决了，就不会尴尬了。”

叶丽爷爷说：“那就按照你们说的办吧。儿亲家不愧是高级教师，想事就是周到！”

苏美华笑着说：“夸奖了。”又叮嘱叶丽妈和叶丽爷爷说：“这件事我想着暂时还是别和叶丽说为好，等一切安排好了再说，不然让她担心。”

叶丽爷爷说：“有道理，那就等一切安排好了，再跟叶丽讲。丽丽这孩子就是爱操心，有时候什么心都操。”

星期六，叶泽春对叶丽谎称自己加班，一个人跑到了乡下。

叶丽二叔在自己家里接待了叶泽春。

“你怎么一个人回来了，叶丽呢？”

叶泽春向二叔简单地说了一下叶丽的情况，最后对他说：“这次我来是想拜托二叔一件事情！”

叶丽二叔问：“什么事情？”

叶泽春说："我和我妈现在都要上班，我丈母娘又要照看我爷我奶，现在几乎没人照顾叶丽。我们已经坚持了这么长一段时间，现在叶丽的情况还是不见好转，我们都很疲惫。因此我想把爷爷奶奶先送回来一段时间，拜托大家照顾一下，等叶丽好了以后，我们再把爷爷奶奶接回去。"

叶丽二叔说："这行呀，有什么不行的？"

叶丽二叔刚把话说完，叶丽二婶就偷偷踢了他一脚，与此同时还瞪了他一眼。

叶丽二婶对叶泽春说："你看，不是我们不想养他爷爷奶奶，我们种着大棚菜，你二叔每天要卖菜，我要养菜收菜，两个人一天忙得找不着北，哪里来的时间养他爷爷奶奶？"

叶泽春有点尴尬，说："这倒也是，我忘了这事了。"

叶丽二婶说："我们家现在就你四叔闲，他和你四婶都没干啥。你三叔在外给人搞建筑，你三婶一个人要十多亩地，还养了几头猪，也没时间。要么你和你四叔商量商量？"

叶泽春说："也行吧，等一下我去和我四叔说说。"

叶丽二叔说："你不用去，等一下我把他叫过来，也打电话把你三叔叫过来，我们一起跟他说说。我估计你说没用，你四叔那个人特别懒，又特别能算计，你四婶也一样，你跟他一说，弄不好他会向你提出很多条件。"

叶泽春说："适当的条件也可以提出来。我会考虑的。"

叶丽二叔说："这怎么行？我们的父母怎么说也应该由我们负责，难道向你提条件？这件事你别管了，我来安排。说实话，你和丽丽已经为我爸付出很多了，这几次为我爸看病的医药费全是你们出的，我大嫂一个人又把我爸我妈养了这么多年，现在说什么我们也得表现一下，不然我们成什么人了？"

叶丽二婶又瞪了叶丽二叔一眼，说："你就别说这个了，这个谁不知道？你就赶快给他们两个打电话吧！也把他们的媳妇都叫来，这种事情，媳妇不参与绝对不行。"

叶泽春问叶丽二叔："我二婶刚才不是说我三叔给人搞建筑吗，你打电话他能回来？"

叶丽二叔回答说："他跑得不远，都在近处，这一次接的活就在离我们不远的一个村子里，给人家盖民房！十几分钟就能回来。"

叶丽二婶这时还坐在旁边，叶丽二叔对她说："还坐在这干嘛？去买点肉，回来整几个菜。"

叶丽二婶斜了他一眼，说："这个我知道，不用你说！"又笑着对叶泽春说，

“你二叔这人就爱自以为是，耍大男子主义，不该他操的心他也要操。我去给咱们买肉，你先在这坐。”

叶泽春阻拦她说：“二婶，不用了，随便做点饭就行，其实我最爱吃的还是你们擀的面条。”

叶丽二婶笑着说：“擀面条也给你做，但是肉也得买。你就别拦二婶了。”说着推了摩托车出去了。

叶泽春羡慕地看着叶丽二婶推摩托车，心想现在农村的条件也越来越好，一些人的生活条件已经超过城里的普通工人了。

叶丽二婶刚走，叶丽四叔就进来了。

“哟，我侄女婿回来了，怎么不到四叔那儿去？”

叶丽二叔问叶丽四叔：“你媳妇呢？”

“马上就过来。今天好像是有什么事情要商量？”

叶丽二叔说：“你先坐那，等人来齐了讲。”

叶丽四叔嘻嘻笑了一下，说：“表情有点严肃，看来是大事。我得找个好地方坐下，不然挨骂不说，还要让屁股受苦。”说着，跑到最靠里边的沙发坐下来。

过了一会儿，叶丽三叔也回来了，鞋面上全是水泥灰，裤子和上衣也灰土土的，脸面粗糙呈古铜色，头发乱糟糟的，中间的一撮头发还直立立地站着，样子很滑稽。

见了叶泽春，叶丽三叔不像四叔那样热情，显得很死板，一句“回来了。”就完事了，然后蔫塌塌地找一个地方坐下。

叶丽二叔拿出一支烟递给叶泽春，叶泽春说：“不抽，我不会。”

他又要给叶丽四叔扔烟，叶丽四叔向叶丽二叔摆了摆手说：“不要，我有。”说着，从口袋里掏出一盒精装“猴王”，翻开盖子，娴熟地用手指在烟盒底下一弹，一支香烟便从烟盒里冒了出来，叶丽四叔熟练地将它抽出来，然后叼在嘴里，又从口袋里拿出一个宽一寸多，长四五寸的打火机，故意抬得很高，“啪”地打起一个火苗，点着香烟，接着一个烟圈便从他嘴里吐了出来。

叶丽二叔教育叶丽四叔说：“你就会整些没用的，正经的你一点也来不了。”

叶丽四叔也不生叶丽二叔的气，说：“一个人一个活法，你觉得你那样生活挺好，我觉得我这样生活也挺好。”

叶丽三叔有点不耐烦了，说：“有什么事吗？没事的话，我还要给人家干活呢！”

叶丽二叔说：“是这样，叶丽现在生病了，病得很厉害，已经住一段时

间医院了，医生说还得再住一段时间，现在泽春也不好意思再向单位请假，大嫂要照顾咱妈咱爸，叶丽没人管了。”

叶丽四叔问叶泽春：“叶丽怎么了？前一段时间还不是好好的？”

叶泽春说：“也没什么大毛病，就是怀孕了，妊娠反应太厉害，现在吃不下饭，在医院打营养针，医生说她这种情况可能还要再住一段时间。”

叶丽四叔说：“什么怪病都让你们这些有钱人碰上了，我们没钱，老婆怀孕顺顺当当的。”

叶丽二叔说：“泽春的意思是，想让咱爸咱妈先回来住上一段时间。所以我想和大家商量商量，想听听你们的意见。

叶丽三叔说：“行，你说接回来就接回来。咱爸咱妈也生了咱们三个，又不是只生了大哥一个人，何况大哥还死了，这几年大嫂一个人养着，也够辛苦了。”

叶丽四叔说：“我也不反对。”

叶丽二叔说：“问题是我们现在都很忙，老四，现在就你们两个闲着，你们是不是给咱们把这个任务承担起来。我们再帮着你们！”

叶丽四婶说：“大哥，你怎么就知道我和四栓闲着呢，你到我们家看去了？我正和四栓商量着出去到韩城摘花椒呢，那边现在急缺采摘工，工钱给得很高。”

叶丽二叔说：“我就知道你们会这样说。”

叶丽四婶说：“什么叫你就知道我们会这样说？二哥，你瞧不起人咋的？”

叶丽四叔训斥叶丽四婶说：“你别说话行不？能不能让二哥先把话说完？”

叶丽四婶瞪了丈夫一眼。

顿了一下，叶丽二叔继续说：“这样，我们也不让你们两个白养，你们两个就管咱爸咱妈的白天，我和老三管咱爸咱妈的晚上，咱爸咱妈的伙食费由我们两个出，一个月 600 块，你们看怎么样？”

叶丽四叔说：“我没意见，你们看秋芬的意思。”

叶丽二婶教育叶丽四叔说：“你就是这样，该你直腰的时候你就是不直，不该你直腰的时候，你挺得直直的。”

叶丽四婶白了叶丽二婶一眼，说：“二嫂，你这是什么话？咱们几家就你们家的条件好，房子装修了，屋子收拾得宽敞明亮，为什么不把咱爸咱妈接到你们家来？我们值晚上的班，咱爸咱妈的养老费我们来出。”

叶丽二婶说：“秋芬，你说话可得讲良心，讲实际，我们现在种了那么多的芹菜，一天到晚地里的活干不完，哪来的时间管咱爸咱妈？”

叶丽四婶说：“那我们就有时间了？你们挣钱为了生活，我们呢？我们也得生活呀，我们也得挣钱呀！”

叶丽二婶说：“今天泽春不说让咱爸咱妈回来，你们也不说出去挣钱，泽春这样一说，你们就出去挣钱了？”

叶丽二叔说：“你们别吵了，吵什么吵？老三，你说怎么办？”

叶丽三叔说：“我怎么知道怎么办？”

叶丽二叔又对叶丽四叔说：“老四，你现在就直说吧，你养咱爸咱妈要多少钱？”

叶丽四婶说：“二哥，你这是什么话？你这不是在变相骂我们吗？我们再没钱，也不会像你想象的那样用自己的父母来挣钱吧？四栓，你还是不是男人？你看你活成了什么样，一天到晚被人家骂？你还有没有尊严？”

叶丽四叔教训媳妇说：“你知道二哥骂我了？你别在人面前要人来疯，你再要人来疯小心我收拾你！”

叶丽四婶对丈夫说：“哟，四栓，你有本事了？你敢收拾我了。你收拾给我看看？我当初瞎了眼了嫁给你这个窝囊废，日子过不下去，整天被人小瞧，你还长本事了，敢收拾我？你来收拾我，你今天不收拾我，你就不是站着撒尿的！”

“你——”叶丽四叔噌地一下站了起来，握着拳头就要向自己的媳妇砸去。

叶丽二叔发火：“老四，你给我坐下。你有本事来打我，打自己的媳妇算什么本事？”

叶丽四婶却不依不饶，扑到丈夫面前说：“你来打，你来打，你今天不打，你就不是你妈生的。”

叶丽二叔继续发火道：“秋芬，你羞不羞，泽春今天刚回来，你就这样闹，你以后还怎么见叶丽？”

叶丽四婶说：“我羞什么羞？我嫁到你们叶家，第二天就被你们叶家赶出来了，这些年来，我过的是什么日子？你们谁体谅过我？现在有困难就来找我们了，我想问你们羞不羞？”

叶丽二婶说：“秋芬，你这是什么意思，我们和你的情况不是一样的？我们有钱也是我们自己赚的，你和四栓整天不干活，你们受穷还来怨我们了？我们不体谅你们，你们整天吃的菜是从哪里来的？”

叶泽春的头越来越大，他知道今天再吵下去也不会有结果，如果他还不走，这一家人有可能就要真的打起来了。想到这，他站了起来，对大家说：

"几位叔叔婶婶，你们别吵了，今天就等于我的话没说，我也不用劳烦你们了，我回去了。"说着站起来，拿起车钥匙就往外走。

叶丽二叔说："你再坐会，大家总会商量出个结果来的。"

叶泽春说："不用了。"说着不顾大家的阻拦，出门开着车走了。

回到城里，苏美华已经在叶泽春家楼下等他了。见了叶泽春，苏美华着急地问："怎么样？"叶泽春生气地对苏美华说："别提了，一群小气鬼！"又对苏美华说，"你以后就别动这样的脑子了，让他们养他们的父母，门都没有，再说叶丽也不会让他们养的！"

在苏美华的一再追问下，叶泽春才跟苏美华说了事情的经过。苏美华沉默了很久，却说："你别着急，他们会来西安的，明天不来，后天就会来，你放心吧！"

苏美华让叶泽春先别跟叶丽妈和爷爷讲回去的情况，所以当叶丽爷爷问起时，叶泽春骗叶丽爷爷说，叔叔们说这一两天就来西安，到时候他们会接你们回去。

"是不放心还是咋的了？还要来看看，确认一下？"叶丽爷爷问。

叶泽春说："不是的，爷爷，他们想来看看叶丽，回去时也好坐个顺风车，节省几十块钱。"

叶丽爷爷说："这还差不多，也算没白养活他们。"

听了叶丽爷爷这话，叶泽春忽然觉得非常伤感，他不忍再看叶丽爷爷那幸福满足的眼神，找了个借口离开了。

第二天，果然不出苏美华的预料，叶丽四叔和叶丽四婶带着他们的小儿子叶凯来看叶丽了。

叶泽春将这一情况跟苏美华说了以后，苏美华指挥叶泽春说："在你家里，你先不要让他们提说接叶丽爷爷奶奶回去的事，等一会儿你把他们约出来，我来和他们谈！"

叶泽春问："叶丽怎么办？谁照顾？"

苏美华说："叶丽你别管了，由你奶奶照顾。"

在叶泽春家的客厅里，叶丽四叔和叶泽春寒暄了几句便悔恨地说："泽春，昨天让你见笑了，我们的行为的确有点不应该。"

叶泽春压低声音对叶丽四叔说："在这儿别说这事，等一会儿咱们出去了说。我爷爷奶奶还不知道昨天的事呢，我还没给他们说呢！”

叶丽四叔便走到父母的房间，对父亲说：“爸，我们先去看看叶丽吧，回来再和你们好好聊。”

叶丽爷爷说：“行，快去吧，这才是一个做叔的样子！”

叶丽四叔便叫上媳妇和叶泽春一块儿出门了。叶凯也要跟着去，叶丽爷爷将他留在了家里。

一下楼，叶丽四叔又想说抱歉的话，叶泽春再一次拒绝四叔说：“咱们先别急着说这事，先找一家饭店，我请你们吃饭。听说你们来了，我妈也想见见你们。等一会儿我们在饭店聊。”

叶丽四叔说：“好，好。”叶丽四婶不说话，一直跟在丈夫的后边。

叶泽春就近找了一家装修不错的饭店，然后给母亲打了电话。苏美华接到电话后很快就赶过来了。

叶泽春介绍母亲和叶丽四叔四婶认识，叶丽四叔四婶极其谦卑地和苏美华握了手。

苏美华看了一会儿叶丽四叔和四婶，看得他们极不舒服，这时她才说：“我听说你们都不想养你爸你妈？”

叶丽四叔小心翼翼地说：“我们也是一时糊涂，说了一些不该说的话。不过，你看我们的情况也的确是这样的。她四婶的确想到韩城去摘花椒，已经和人家说好了，都接了人家的定金了。之所以没走，是想等孩子都上学后再走，她怕我把孩子的学费乱花了。现在孩子们都大了，我们的花销也越来越大，也不是我二哥他们说我，再不挣钱就来不及了。”

苏美华喝了一口茶水说：“你们说的情况我能理解，我也同情你们的处境。”

叶丽四叔说：“谢谢嫂子的通情达理。我就知道你们的觉悟高，一定会理解我们,不会怪我们的。所以我今天来了，向你们说明情况，也向你们道歉。”

苏美华说：“都是自家人，不要客气。这样吧，我也不和你们绕来绕去了，咱们打开天窗直说。”

叶丽四叔说：“你说，你说。”

苏美华又喝了一口茶，说：“叶丽这次怀孕，我们一家人特别重视，都盼望着她平平安安早日为我们家生一个大胖小子。我们盼孩子盼了几年了，现在终于有了点希望，我们的心情，你们能理解吧。”

叶丽四叔说：“是，是。”

苏美华继续说：“但是我们都上班，没时间照顾叶丽，现在就想让你大嫂

照顾叶丽，让你爸你妈先回乡下住一段时间，等叶丽妊娠反应过了，再接老人家回来。为什么让他们回去呢？我们主要是想让他们和你们多接触一下，因为接下来叶丽还要生孩子，你们也知道，这女人生孩子绝对得有一个好人伺候，叶丽妈是最佳的人选。到时候你爸你妈还得回去住一段时间，下一次肯定要比这一次的时间长。至少得到孩子七八个月以后，才能把你爸你妈接回来。如果你们可以在这伺候你爸你妈，的确，这一次完全可以，但是等到丽丽有了小孩后就不太现实了，那时候不管是大人还是小孩都需要安静。"

叶丽四叔说："是，是。"

苏美华继续说："所以，这一次一定要让你爸你妈回去，在你们乡下先习惯习惯。我们不会让你们白养，我一月给你们 1500 块钱，现在天也热，给你们家再装台空调，装一个太阳能，你们看怎么样？"

苏美华说这话时，叶丽四叔的眉毛挑了一下，等苏美华把话说完后，他又看了看自己的媳妇。叶丽四婶把头低下，抿了抿嘴唇。

叶丽四叔好像一下来了精神，说："既然嫂子这么痛快，我们也就不再托辞了，再托辞就不像人了。嫂子你放心，我们一定把我爸我妈养好。"

苏美华说："那就这样说定了！"

叶丽四叔说："说定了，就这样说定了。"

苏美华又问叶丽四婶说："你看你这边还有什么意见没？叶丽爷爷奶奶回去后主要是由你来服侍的。"

叶丽四婶说："我们家她四叔是掌柜的，他没意见我就没意见了。"

苏美华说："那好，为咱们的成功合作干杯。"

叶丽四叔说："干杯！"

吃完饭，叶丽四叔四婶一定要去给叶丽买礼物，叶泽春阻拦，叶丽四叔说："你拦四叔就是小看四叔，侄女有病了，哪有叔叔不尽一点心意的道理？"见拦不下，叶泽春要跟着去，叶丽四叔说："我知道你要跟着是什么意思，所以你坚决不能去，你去还是看不起你四叔，你四叔以后就没脸在你面前呆了。"

苏美华阻拦叶泽春说："让你叔叔去买吧，也是你叔你婶的一片心意！"叶泽春只好停下来，叶丽四叔和四婶便出去了。

又坐了一会儿，叶泽春问母亲说："你怎么给他们那么多钱？你钱多是不是？叶丽爷爷奶奶是他们的父母，他们就是再有困难也应该养的！"

苏美华喝了一口茶说："花钱消灾，为了让你过个安宁日子。"

叶丽四叔和四婶买礼物回来了，苏美华叮嘱他们说："去见了你侄女，可不要说我给你们钱让你们养她爷爷奶奶，你们就说你们是自愿的，为了她好，也想自己尽尽孝。”

叶丽四叔笑着说：“一定，一定！”

医院里。叶丽虚弱地躺在床上，接受点滴的注射。短短十多天的时间，她的脸已经瘦小了许多。白皙、丰润、富有弹性的皮肤变得有些干巴、暗淡。叶丽四婶在见到叶丽的一瞬间，眼泪涌出了她的眼眶。他们挨着叶丽坐下，说：“怎么成这样了？”

而叶丽，见到四叔四婶来了，非常吃惊：“你们怎么知道我住院了？”

叶丽四叔看了看叶泽春，又看了看苏美华，说：“我们早想着来的，来看看你爷爷奶奶，一直耽搁着，直到现在，一来就听说你住院了。”

叶丽四叔说完，睁着征询的目光看了看苏美华，苏美华微微地向他点了点头。叶丽四叔紧张的情绪这才稳定下来，轻轻地出了口气，表情一下子变得放松。

叶丽却没有发现四叔的这一表情变化，还高兴地说：“谢谢叔叔、婶婶。”说着挣扎着要坐起来。四婶慌忙把她扶住。

叶丽对叶泽春说：“把那水果拿过来让叔叔婶婶吃！”

四叔说：“不用了，不用了。留着你自己吃。”

叶丽说：“自己怎么能吃得完，现在几乎吃不了那些东西。”

叶丽问四叔家里的情况，二叔三叔他们都好吗？弟弟妹妹们都在干什么？他们这一次的考试成绩怎样？四叔四婶一一向叶丽汇报了。

听完四叔的话，叶丽高兴地说：“咱们家的日子也越过越好了，听着都高兴。怎么没让叶凯过来？”

四叔回答说：“你爷爷拦住了，害怕他到医院吵，影响你和其他病人。他现在还小，不是很懂事。”

叶丽说：“等一会儿让他过来，或者泽春你回去接吧，我想见见他。看看我这个小弟弟现在长成什么样了？”

叶泽春说：“行，我去接吧！”然后出去了。

四婶高兴地说：“个子又高了，也稍胖一些，挺调皮的。”

叶丽说：“男孩子嘛，都那样，淘气的孩子将来才可能有出息，聪明。”

四婶说：“聪明倒是聪明，就是不爱学习！”

叶丽说：“他的考试成绩还是不错的，现在就是别让他养成坏习惯，每天看着让他写一会儿字，别只顾着玩了。”

四婶说：“你问问你四叔，看他管不管？”

叶丽看了看四叔，四叔嘿嘿笑了笑。

这时，苏美华说：“你们先在这聊，我出去一下。”

叶丽四叔愣了一下，随即对苏美华说：“嫂子你别走，我还想和你们商量个事呢。”

苏美华假装停了下来，脸上带着惊异的神情问：“什么事？”

叶丽四叔咽了一下唾沫，表情有些僵硬，说：“丽丽，四叔想把你爷爷奶奶接回去住一段时间，你现在是这种情况，我们都看着心疼，等你好了，我们再把你爷爷奶奶送回来。我们也该在你爷爷奶奶面前尽点孝，不然就太不像话了，也要让村里人笑话的。”

苏美华没有发言，而是仔细地注意着叶丽的表情变化。

叶丽觉得很突然，问：“四叔，你怎么会有这样的想法呢？”

叶丽四叔抬了一下头，又低下了。本来他想看苏美华是什么样的表情，一想，不对，这样就暴露了目标，所以又把头低下了。

叶丽四婶说：“西安太远，我们不能过来照料你，但是可以把你爷爷奶奶接回去，腾出你妈来照顾你。你妈在这方面有经验，这样你可以早点好起来。现在你这样，你妈在家里干着急也没办法，还照顾不好你爷爷奶奶，对大家都没好处。”

苏美华说：“你叔叔有这样的想法是好事情，说明大家关心你。妈也觉得你叔叔这个办法可行，他们在老人面前尽了孝，又帮了咱们的忙，两全其美。”

叶丽停顿了一下，说：“谢谢叔叔婶婶。”说着眼泪就流下来了，四婶拿了几张纸巾递给她，安慰说：“你放心，我们把你爷爷奶奶接回去后，一定会好好养他们的。”

叶丽说：“我爷爷奶奶现在很难伺候，你们一定要多费神。我让泽春给你们点钱，这样你们手头上就不紧了。等我好了以后，我立刻就把爷爷奶奶接回来。”

四叔说：“什么钱不钱的，你爷爷奶奶是我们的父母，我们怎么都应该赡养他们，还能问你要钱？”

叶丽说：“四叔，你就别和我客气了，你们钱紧，这我知道，你们帮了我的忙，不能再让你们的经济上吃亏。”

四叔搓着手，说：“你把你四叔说得都有点不好意思了。”

苏美华说：“那就这样说定了！”

叶丽四婶高兴地说："就这样说定了，只要我们丽丽能养好身体，顺顺当当生个大胖小子，我们吃再多的苦都愿意。"

苏美华又看着叶丽说："丽丽，你还有什么意见没？妈的意思就这样办吧！马上开学了，妈要上班了。泽春也不能经常请假，你也知道他们单位现在的杂事特多。让你妈过来照顾你是最好的方法，先把身体养好，别的以后再说。这段时间，你四叔四婶也会把你爷爷奶奶养好的。"

叶丽哭着说："好吧。"然后捂着脸哭泣不止。苏美华也看不下去了，含着眼泪走出了病房门。

见叶丽答应了，苏美华忙给叶泽春打了个电话，让他跟叶丽爷爷、叶丽妈说一声。

叶泽春便把四叔准备接父亲回去，叶丽也已经同意的消息告诉给了叶丽爷爷和叶丽妈。

叶丽爷爷说："让我去看看丽丽，要回去今天就回去。"

也说不清为什么，一说要回去，叶丽爷爷心里一下子变得特别地伤感。他坚决要去再看看叶丽。叶泽春和叶丽妈只好同意。于是，叶泽春用车拉着叶丽爷爷奶奶来到了医院。

再看到孙女，爷爷的泪水滚滚而下，他已不会说话，只知用手死死地攥住叶丽的手。

叶丽刚哭过一次，这时候又忍不住地痛哭起来。她不明白自己为什么就会怀孕呢？而且她的妊娠反应会这么重？她原打算好好养爷爷奶奶的，现在他们却要回去了，爷爷奶奶回去后，大家能养好他们吗？可是不让爷爷奶奶回去，现在的困境怎么解决？她什么时候才能好？叶丽越想越伤悲，眼泪止不住地流。

叶丽妈看着伤感，就别过脸去。

叶丽奶奶也一脸哭相："哭了，都哭了。"

苏美华给叶丽爷爷递过来一张纸巾，说："老伯，别太伤感了，注意身体。叶丽也不是得了什么病，就是妊娠反应剧烈了一些。过一两个月绝对会好，您就放心吧。我们也已经把你回去的事情安排好了，你四儿子说，你们回去后一定好好养你们！"

叶丽爷爷哭着说："好，好。"

苏美华又安慰叶丽说："好了，别哭了，你哭多了大家都跟着伤心。也就是一段时间，等你好了，再把你爷爷奶奶接回来。"

这时，叶泽春走了过来，坐在叶丽的旁边，将她搂在怀里说："放心吧，

我一定把乡下的事情安排好，爷爷奶奶一到家，我先给爷爷奶奶装个空调。家里需要改善的，我马上改善。不让爷爷奶奶受一点苦。”

叶丽慢慢止住了哭泣，对爷爷说：“您回去后，不习惯了，就给我们打电话，我马上让泽春把您接回来。您也别为我四叔担心，我会给我四叔钱的。”

爷爷深情地说：“爷爷不担心这些，爷爷是看到你瘦成这样难过。爷爷也想回去，把你妈腾出来，让她好好照顾你，只要你身体好了，爷爷就是受点苦也没关系。”

叶丽又哭了，说：“爷爷，您别说了，您说了孙女心里难过！”

爷爷又紧紧地握了握叶丽的手说：“不说了，爷爷不说了，你也别哭了，别哭坏了身子。”

苏美华说：“大家都是好心，也是好事情，别弄得像出了事一样伤感，不吉利。都高高兴兴的。小家伙，来，安慰安慰你爷爷和姐姐。”

叶凯却吓得不敢出声。

叶丽说：“过来，到姐这来。”叶凯走了过来。叶丽说：“听说你考试还不错，姐姐先表扬你一下，回去后继续好好学习，等将来你考上大学了，姐给你供学费。”

叶凯天真地笑了笑，没说话。

苏美华说：“既然定好了就早点回去，让泽春也帮忙把家里收拾收拾，不然，推到明天泽春还得请假。”

叶丽爷爷说：“儿亲家说得对，我这就回去收拾东西。”

叶丽说：“爷爷，我去送你。”

爷爷说：“不用了，你就在这安心休养吧。”

叶丽说：“没事，我回去帮你收拾东西。”说着叶丽眼里又有了泪水。

叶泽春说：“回去就回去吧，没事，一会儿打车再过来。”

叶丽把家里的面包、牛奶、核桃、桂圆等全给爷爷奶奶带上了，还惦记着把轮椅、爷爷的拐杖放在车上，又向四婶千叮咛万嘱咐她爷爷奶奶应该怎么养，需要注意哪些问题，最后看着大家扶着爷爷奶奶上了车，她的泪水再一次夺眶而出。贴着窗户叮嘱爷爷说：“爷爷，您一定要小心点，回家后有什么不舒服马上给我打电话。平时需要什么你就跟我四叔说，千万别掖着藏着。”叶丽又对四叔说：“四叔，有什么事情和困难一定给我打电话！”叶丽四叔说：“丽丽，你放心吧，我会照顾好你爷爷奶奶的。”

这时候谁也不会想到，正是叶丽爷爷奶奶这一次回老家将叶丽和叶泽春家的整个矛盾激化了。

19 我恨你

叶丽爷爷奶奶走了以后，虽然母亲对叶丽细心照顾，医院也尽全力控制叶丽的妊娠反应，可是，叶丽的妊娠反应还是那样剧烈，她感觉身体里的力气正一点一点地离她而去，甚至灵魂也要出窍了。叶丽总感觉到头是昏的，身体是酸痛的，她剩下的只是一口气和痛苦的心情。

这时候别说工作了，能进行日常简单的活动已经阿弥陀佛了。经理来看望叶丽时，眼里流露出来的忧虑深深地刺痛着叶丽的心。虽然，经理一再安慰她，让她养好身体，工作的事情先不要去考虑，但是经理的眼神、表情告诉她，他现在真后悔把这项工作交给叶丽，并在考虑下一步要不要将这项工作移交给别人。叶丽相信，如果，她再这样下去，经理一定会开口向她提出这个问题的，到那时候，她的心情该是怎样的痛苦！

"妈，我是不是要完了？"

"孩子，你不要乱说，再坚持一下，再坚持一下一定会好的。大部分女人都是这样的，从来没听说过哪个女人过不了这关！"母亲虽然这样说着，眼泪却流了下来。

叶丽又在想她怎么就怀孕了呢？难道是上天让这个孩子来折磨她的？老天爷的心就这么残忍？和她有什么仇吗？她明明是采取了双重保险，怎么就能怀孕了呢？

叶丽开始在网上查意外怀孕的原因，当一个个条目被翻出来的时候，她的眼睛忽然停顿在一个帖子上，那个帖子上说，婆婆为了让她怀孕，在她买的每一个避孕套上都扎了孔！

叶丽的脑子清醒了，她忽然问母亲："我以前没在家的时候，我婆婆来过咱们家吗？进过我的房间吗？"

母亲疑惑地说："来过，来过两次，都到你房间去过。她说去睡一会儿。怎么了？"

叶丽一下子明白了，对母亲说："你现在回去，把我床头柜抽屉里边的

所有东西都给我拿来，一件都不要剩！”

母亲睁着疑惑的眼睛问：“要那些干嘛？”

叶丽心烦地说：“我让你去取，你就赶快去取，别问那么多了，我让你取肯定是有用的！”

母亲知道，女儿是很少冲她发火的，如果女儿发火，说明眼前的事情非常重要。她连忙站了起来，向女儿说了一句“好吧。”就出去了。

很快，母亲就用一个塑料袋将叶丽要的东西全部拿来了。叶丽着急地在里边翻找着。她翻出了一个避孕套，然后对母亲说，你把我扶到厕所里去。叶丽起来后又拿了一瓶矿泉水。

叶丽让母亲在厕所门外等，然后，她把拿出来的那个避孕套打开，套在瓶口上，朝里边灌满了水，有水珠顿时从避孕套的底部掉下来。叶丽再用手一挤，避孕套底部一下变成了奶嘴，一条水柱从那儿射了出来。叶丽一下子明白了，脑袋里“轰”地一下，身子不由自主地晃了晃，要不是有门板阻拦，她差点跌倒。叶丽一下子想哭想喊，可是她的嗓子像被什么东西堵住了，哭不出来，也喊不出来，只是泪水从她的眼睛里流了出来！

见女儿好久没出来，母亲着急地在外边敲门问：“丽丽，你怎么了，这么长时间了还不出来？”

见女儿没有应答，母亲越发着急地敲着门：“丽丽，你怎么了，你说话呀，不要吓唬妈，妈最近心脏不好。丽丽，你快说话呀！快呀！”母亲的声音越来越焦急，直到变得恐怖起来。

叶丽知道，自己再不回答，母亲真的会吓出病的，她终于说话了：“妈，我好着呢，刚才岔住气了，现在好了。”叶丽将泪水擦掉，把厕所门打开了。

母亲赶紧过来将叶丽扶住。几乎是背着叶丽走进了病房。

叶丽躺下来了，又从塑料袋里拿出避孕药，让母亲扶她去找一下医生。母亲说：“你到底怎么了，你别吓妈，你的脸色这么差，让妈喊医生来吧？”

叶丽说：“你别问了，你扶我去吧，我求你了。”

母亲只好又扶着叶丽去见了医生。叶丽将避孕药拿给医生看，问医生：“大夫，你给我好好看看，这是避孕药吗？咱们医院有这种避孕药吗？”

医生将那药看了又看，又用鼻子闻了闻，肯定地说：“这个不是避孕药，它的大小和颜色看起来和避孕药相似，但是它不是避孕药，我们医院没有这种避孕药！”

叶丽只觉得自己的脑袋再一次“轰”地一下，她扑在母亲怀里哭着说：“她们骗了我，她们骗了我！”

母亲也一下明白过来了，狠狠地说："我这就给叶泽春打电话，我一定要把他骂个狗血喷头！"

叶丽痛苦地摇了摇头，说："与他没有关系，他是无辜的，他不知道。是我婆婆，是我婆婆做的手脚！"

"这个女人，看起来一脸和善，怎么这么卑鄙！"叶丽妈失控地骂道。

叶丽问母亲："这一次我爷爷要回去是谁的主意，我爷爷的还是我婆婆的？"

母亲说："是你婆婆先提出来的，对了，我也明白了，她为了早点赶我们走，故意让你怀孕，我去找她，她太阴毒了！"

叶丽痛苦地摇了摇头，说："妈，你别去了，让它过去吧，让一切都过去吧！我现在好想我爷爷奶奶，不知道他们到底过得怎么样？"说完再一次痛哭起来。

医生说："你整天这样哭可不好，它会严重影响婴儿发育的！你的身体本来就这么虚弱。"

叶丽不想让医生说她，对母亲说："妈，你把我扶回病房吧！"

回到病房，悲伤再一次将叶丽淹没了。

"妈，你告诉我，我现在到底该怎么办？"

母亲为难地说："到这份上了，孩子也不好流产，就是你刚才说的话，忍了吧！"

叶丽用被子把自己的头埋起来，母亲看到那被子一起一伏的，从被子里传来的是叶丽极度压抑的哭声。

母亲也趴在被子上哭了。

下午下班后，叶泽春就急急忙忙赶回到了医院。叶丽已经又在医院里住了半个多月，可是情况还是不见好转，她的身体也越来越虚弱，脾气也越来越暴躁了。

叶泽春本来想为叶丽换一个更好的医院，可是问了几个医生，医生们都说像叶丽这种情况到哪个医院都一样，一方面通过药物控制叶丽的恶心的感觉，想办法让她进食，另一方面就是打营养针，通过血液注射补充人体所需的基本营养，别无他法。叶泽春只好放弃了这个想法，在心里祈祷叶丽能尽快渡过这个难关。

打开病房门，叶泽春看见叶丽用被子埋着头，叶丽妈的眼睛是红的，神色黯淡，脸颊却是湿润的，看见叶泽春来，她的眼神在不停地躲闪。

叶泽春知道，叶丽和她母亲又哭过了。叶泽春心头一酸。叶丽现在受的苦，他完全可以体会到，那没完没了的呕吐就像掏肝挖肺一样整天折磨着叶丽，单单肉体上的痛苦还让人能够忍受，精神上不能工作的绝望却难以克制。叶丽是个很要强的人，她答应人家的事情只能成功不能失败，一旦失败她的心灵就要承受灾难性的打击。现在虽然距离失败还有一段距离，可是没完没了的妊娠反应让她看不到任何希望。

叶泽春坐在叶丽头边，想揭开她的被子，却发现叶丽将被角死死地拉住。

叶泽春不再拉，他知道拉也没用，如果叶丽向他耍脾气，那么任何举动都是没用的。只好等待叶丽自己的气消了。她不像别的女人，一根筋，需要人哄。叶丽恰恰相反，你越哄，她越生气，你不理她了，她反而会清醒过来。

叶泽春就坐在叶丽旁边，不动。不过，让叶泽春纳闷的是，叶丽妈今天也不怎么说话了，好像他们之间突然间变得陌生了。因为看到叶丽妈哭了，叶泽春也不好再问。一段时间来，叶丽的病情让所有人都感到压抑和痛苦。叶泽春现在只希望叶丽能早一点恢复过来。

果真，一会儿，叶丽自己掀开了被子，看她的脸像是在水里泡过一样。叶泽春正要心疼地为她擦泪水，叶丽却挣扎着坐了起来，声音很低却非常坚决地问叶泽春："我想问你件事，你必须跟我老实说，不然，明天咱俩就离婚。"

叶泽春瞬间愣住了，叶丽发现了什么问题？还如此严重，上升到了要和他离婚的高度？这可是叶泽春头一次听到这样的话！这太让他吃惊了！叶泽春感觉到好像自己的脖子都短了一截。

"我问你，我怀孕你到底造假了没有？"

叶泽春惊慌地说："没有，我绝对没有，我对天发誓没有，百分之二百没有！"

"这一次让我爷爷回家是谁的主意，你的还是你妈的？"

叶泽春这才搞明白，自从他进了病房门后，岳母为什么一直没理他，还走了出去。他感觉到自己的大脑被什么东西填得满满的，在那一瞬间他有了胸闷的感觉。叶泽春还不能犹豫，必须立即回答，不然后果也是可想而知的。

"我妈的。"

让叶泽春感到意外的是，叶丽没再冲他发火，而是悲伤得又哭了。

叶泽春不知道该不该向叶丽解释，他的母亲也是好心，也是出于无奈。想了半天，叶泽春还是放弃了解释的念头，叶丽比谁都聪明，她什么道理都懂，你向她解释，反而会越解释越乱。

果然，一会儿，叶丽对叶泽春说："你明天向单位请个假，跟我回乡下去。"

"怎么突然想着回乡下去了？"

叶丽突然歇斯底里地大喊："我想回去看我的爷爷奶奶！"喊完，再一次抱头痛哭起来。那泪水不是向外流而是向外涌，她的下巴底下像下暴雨时的房檐，泪水成串地往下掉，被子瞬间就被弄湿了一大片。

看见叶丽伤心欲绝的样子，叶泽春也像被催泪弹击中，趴在床上痛哭起来。那男人的浑厚又压抑的哭声却让叶丽想到了无能，她反而不哭了，递了几张纸巾给叶泽春。

"你什么也别想，我就是想我爷爷奶奶了，我想回去看看他们。"叶丽对叶泽春说。

叶泽春说："好，我明天就请假，一早就带你回去。"

晚上八点，苏美华和叶凯成来了，苏美华问了叶丽好几个问题，叶丽都没有回答。苏美华又问叶丽妈，叶丽妈也不作答。

叶泽春将母亲拉了出去，对母亲说："她们母女俩刚哭过，你别问了，再问你也要生气了。"

苏美华说："哭有什么用，碰到这种情况了只能坚强面对，整天哭，孩子还能不受影响？不行，我得说说她们！"

叶泽春劝母亲说："妈，你就别说了，别添乱了，刚才叶丽问起让她爷爷奶奶回去是谁的主意了！"

苏美华的脸顿时像霜打了的茄子，蔫而带痂。她的气焰没了，变得紧张异常，问叶泽春："叶丽还说什么了没有？"

叶泽春没好气地回答说："没有，但是她明天要回去看看她爷爷奶奶。"

苏美华的声音又高了："她都成这样了，还要回去看她的爷爷奶奶？"

叶泽春说："你没见她刚才哭成了什么样子！好像受到了天大的委屈。"

苏美华的语气又缓和了，说："那就带她回去吧，看看也行，你一路小心点。"

母子二人又重新回到了病房。这回苏美华吓得不敢再吭声了。病房里的气氛顿时变得尴尬。

这时，叶凯成拿了个板凳坐在了叶丽旁边，和蔼地对她说："没发生什么事情吧？告诉爸，爸为你做主。"

叶丽的眼泪又出来了，她轻轻地摇了摇头，对叶凯成说："没什么，就是心里难过，我感到绝望，对人生，对事业，很绝望！"叶丽又把头埋进被窝，啜泣着。

叶凯成被叶丽这句话深深地打动了，他从叶丽这句话里体会到了一种超越一切的痛苦，这种痛苦可以搅碎人的所有意志和幻想。叶凯成的眼睛也不由自主地湿润了。他抚摸着叶丽的头说："爸理解你，爸也希望你坚强，永远做那个让爸欣赏的叶丽。"

第二天，叶丽没有再打针，在妈妈的陪同下早早地回乡下了。一路上，虽然叶泽春把车开得够慢的了，叶丽还是呕吐了五六次。每次呕吐，那阵势，仿佛能吐出内脏来。叶泽春揪心地说："不行就回医院吧！"叶丽却坚持要回乡下。

叶丽四叔早已在门口等叶丽他们，仿佛早知道他们要回来似的。

叶丽爷爷和奶奶被穿着一新，坐在大厅里边等叶丽他们。听见说话声，叶丽爷爷颤巍巍地站了起来，这时候，叶丽已在叶泽春的搀扶下走进了屋子。"爷"，叶丽叫了一声，话音未落，泪水已经涌出了她的眼眶。爷爷问："你又瘦了，还没好？"叶丽说："没有。"爷爷说："老天爷怎么这么不长眼，要让我孙女受这苦？"说着，嗓子哽咽了。

叶丽四叔说："爸，您坐下来，让丽丽也坐下来。"

叶丽这才注意到，爷爷颧骨下变成了两个深坑，皮肤松弛得像放了气的皮球，嘴唇上、下巴上全是胡子，好像有十多天没有刮洗了。而奶奶傻愣愣地坐在那，一动不动。

叶丽用全身的力气走到奶奶跟前，蹲下来，扶住奶奶的腿说："奶奶，我是丽丽，您不认识我了？"奶奶目光呆滞，一点反应都没有。叶丽哭了，再问："奶奶，您真的不认识我了？我是丽丽。是您的乖孙女！"奶奶只是睁着浑浊的眼睛看着叶丽，却一句话都不说。叶丽四婶也对婆婆说："婆婆，你不认识你孙女了，你以前经常夸她，你还在他们家住了好长时间呢。"奶奶还是没有反应。叶丽想握住奶奶的手，奶奶的手忽然颤抖不止。"奶奶，您怎么了？您害怕吗？我是丽丽，经常扶您出去转的丽丽，最心疼您的丽丽。"奶奶没有反应，手却在不停地颤抖。叶丽松了奶奶的手，奶奶的手才又安静下来。

"四叔，我奶奶怎么了？"

四叔回答："好着呢，没怎么，大家都说老年痴呆就这样！"

"可是，在我家里，她会说话，手也不抖，现在怎么成这样了？"

"四叔也不知道，可能回来后感觉地方生吧！"

叶丽不再吭声了，她知道再问也是没用了。

叶丽对四婶说："四婶，你去给我做点饭好吗？我现在肚子有点饿了。"

四婶回答说："好好好，我这就去做。"

停了一下，叶丽又对四叔说："四叔，回家的路上泽春说，想到咱家的地里看看快长成的玉米，你带他去吧！”说完，看着叶泽春。

叶泽春愣了一下，随即反应过来，说：“好的，走，四叔。”

叶丽四叔只好带着叶泽春出去了。

叶丽马上问爷爷：“爷爷，您跟我说实话，四叔四婶对你们好吗？您不要再哄我，我什么都能看出来的。”

爷爷一下子控制不住自己的感情，老泪纵横，说：“他们嫌你奶爱动，爱上厕所，把你奶绑在轮椅上，他们就到外边去打麻将、耍牌，你奶尿到裤子上也没人知道。我有时候说他们，他们却说我给了他们什么，这个家有我的份吗？他们能养我已经很不错了，还这么多事！你拿回来的面包、牛奶、核桃全让他孩子吃了，他们一天就给我们做两顿饭，饭做得很硬。我说太硬了，咬不动，他们说不吃了，让狗吃，狗还饿着呢！”

叶丽心碎了，彻底碎了，她受到的不是一种打击，而是一种冲击，一种让她难以想象的冲击，一种可以将她整个魂魄击溃的冲击，这不是爷爷奶奶的家，她家才是爷爷奶奶的家！叶丽泣不成声，说：“爷爷，您别说了，咱们今天就走，我今天就接你们回去，到咱们家去，这不是咱们的家，咱不在这呆了！”叶丽妈也伤心地说：“对！咱不在这呆了！”

泪水将爷爷的整个脸庞都覆盖了，说：“好。”又痛苦地说，“不行，你的身体还没好，爷爷回去又让你受累，爷爷先不回去了。在这苦就苦吧，活一天是一天，只要你能把身体养好，爷爷受再大的苦都值得。”

叶丽满脸是泪，说：“爷爷，您这是要您孙女的命呢，您知道吗？您和我奶这个样子，您让我怎么安心养身子？养好身子有什么用？您什么都别说了，一会儿就跟我回去。”

这时，叶丽妈碰了一下叶丽，叶丽不再吭声。叶丽四婶端了一碗清水煮鸡蛋进来了，对叶丽说：“你先吃一点，垫垫肚子。哟，怎么哭成这样了，你现在可不能过度伤心，会动胎气的。”

叶丽止了止泪水说：“知道了，谢谢四婶。”

四婶说：“自己人还说什么谢谢？”

叶丽接住碗，对母亲说：“妈，你给我爷爷奶奶喂吧。”

四婶说：“你先吃，等一会儿就给你爷爷奶奶弄好了。”

叶丽说：“没事，等一下你弄好了我再吃，我来时已经吃过了。”

叶丽夹了一个鸡蛋，递到爷爷嘴跟前，说：“爷爷，您吃。”

泪水在爷爷脸上闪烁着晶莹的光芒说：“你吃吧，你身体这么差！”

叶丽说：“我吃也吃不下去，你快吃吧，我等一会儿再吃。”

叶丽妈说:“爸,你吃吧,叶丽不差这个。”说着走过来,接过叶丽手中的碗。

爷爷再一次哽咽了,他吃了一个鸡蛋,对叶丽妈说:“端过去给你妈吃吧!”

叶丽妈把鸡蛋端到叶丽奶奶的面前，夹了一个鸡蛋递到她的嘴边，叶丽奶像饿极了，一口就咬下去了大半。

叶丽心疼地说:“奶奶，您别着急，慢慢吃!”奶奶却已将嘴里的鸡蛋咽了下去，又来咬剩下的部分。

叶丽四婶说:“你奶奶的饭量大着呢，一顿可以吃三个馒头。”

叶丽心里想，我奶真的能吃那么多吗？现在，她一个人会吃饭吗？你有那种耐心给她喂吗？嘴上却说:“吃多了是好事，吃得越多说明身体越好。”

叶丽四婶说:“对着呢，我们都盼你奶奶的身体好。”

叶丽没再说话。叶丽四婶讨了个没趣，便又回到厨房了。

听说叶丽回来了，叶丽二叔、二婶、三婶都过来了。叶丽二婶见叶丽四婶没在身边,对叶丽说:“指望你四叔、四婶养你爷你奶呢？懒得像猪似的,村里人谁不说他们？晚上你二叔过来，你爷常说没吃饱，我又要给你爷再做一次饭。看见我端饭过来了，你四婶非但不觉得羞愧还说风凉话，说我爱忙活就把老人接到我家忙活去，少在这侮辱她。我吓得都不敢过来了。”叶丽二叔对叶丽二婶说:“你别说话行不行，你不说话谁还能把你当哑巴？”叶丽二婶说:“我就说，你不嫌丢人我还嫌丢人呢！拿着叶丽给的1500元，整天干的什么事？在外边打麻将、耍牌，有钱了是不？一村人谁不笑话？这就是你叶家的德行？”叶丽三婶声援二婶说:“二哥，不是二嫂说呢，你应该说说四弟，做人也不能这样做，他不仅丢他一个人，还丢咱们的人呢！”

叶丽难过地说:“二叔，婶子，你们别说了，我今天就将我爷我奶接走，不连累大家了。大家也别再为这件事争执了，不要让外人看笑话。”

叶丽二婶说:“你把你爷你奶接回去能行吗？”

叶丽说:“能行！”

叶丽三婶说:“二哥，二嫂忙，不行的话我让你三叔不出去干活了，在家里养猪，我去服侍你。”

叶丽说:“谢谢三婶，不用了。”

叶丽二婶尴尬地说:“养老人全落在你一个人的头上了。我们的孩子都大了，全是张口要钱的，我们不干活不行，真是愧对你。”

叶丽二叔忽然站起来，一脸正气地说:“把你爷你奶接到我家里去吧，种的菜能批发出去就批发出去，批发不出去的就让它坏在地里。”

叶丽担心二婶和二叔吵架，赶紧说:“二叔，不用了，你们现在的情况我也理解，我不会怪罪你们的，你们也别难过。我会没事的，你们把我的弟弟妹妹管好就行了。”

这时，叶丽四叔和叶泽春回来了。听见丈夫说话声，叶丽四婶将丈夫叫进了厨房，看了看厨房外边没人，小声对丈夫说：“你在外边听一下他们嘀嘀咕咕说什么呢？不会是在说我们的坏话吧？”

叶丽四叔说：“他们爱说就让他们说，说有什么用？他们还能把我爸我妈接走？你就安心做饭，别把手让刀切了。”

叶丽四婶说：“我总觉得耳朵根子发烫，心里也乱哄哄的，做饭也做不安生。总想去听他们说什么，又不能去，怕被他们发现了！”

叶丽四叔说：“别想那么多，安心做你的饭，发生什么事情有我呢！”

叶丽四叔重新回到了大厅。

叶丽对四叔说：“四叔，我想和你商量个事。”

叶丽四叔心里一紧张，心想，他们真的在这嘀咕事了？于是对叶丽说：“什么事？随便说，别和四叔客气，都是一家人。”

叶丽说：“我今天想把我爷我奶接走。”

“什么？”四叔惊讶得张大了嘴巴，“泽春刚才还在路上说，你只是回来看看你爷爷奶奶？你是不是听别人瞎讲什么了？”

叶丽说：“四叔，你别误会，回来时，我没跟泽春说我的目的，我怕他不同意。这是我的主意，与二叔二婶他们没有关系。你没回来时我正和他们说这事呢！”

叶丽四叔说：“你要是觉得我们把你爷爷你奶没养好，我们改，以后争取养好。你现在把你爷爷奶奶接回去，你的身体能吃消吗？四叔想帮你不是也没帮成？”

叶丽说：“我知道你的好意，但是我爷我奶真的很难伺候，不是你们不尽心而是你们不适合，这样我在西安也不放心，反而不利于我恢复身体。”

这时，叶丽四婶忽然从外边冲了进来，大声说：“一定是谁碎嘴说闲话了，不然好好的你怎么会有这样的想法！”又冲着叶丽二叔、二婶、三婶他们说，“哪个不要脸的说瞎话，有本事在我面前说！在人背后说算什么本事？”

叶丽冲四婶发火说：“不要胡说！你们要是这样，以后我永远不会再回来，你们也不要到我们家里去！吵架很痛快是不是？”

叶丽四叔对叶丽四婶吼道：“回厨房做饭去，这里哪有你说话的地方！”

叶丽四婶不吭声了，斜了丈夫一眼，转身走了。

叶丽对母亲说：“妈，你帮我四婶做饭去吧，这里有我二婶、三婶呢。”

叶丽妈明白女儿的意思，来到厨房，一边给叶丽四婶帮忙一边说：“你别乱想，你二嫂三嫂来了后什么也没说，丽丽这孩子太孝顺，一直在担心她爷爷奶奶的生活，不然她也不会回来。”

叶丽四婶说：“我才不信呢，他们没乱说，叶丽就想接她爷爷奶奶回去？”

叶丽妈说：“这就是你的不对了，叶丽想听实话，用得着听他们的吗？她可以直接问她爷爷奶奶，不过丽丽现在什么也没问，她就是心疼她爷爷奶奶。”

吃完饭，叶丽妈对叶丽爷爷说：“我想到家里去看看！”叶丽爷爷说：“去吧，把院子的卫生也搞搞。”叶丽妈“嗯”了一声，又对叶丽说：“你也跟妈过去吧，在那边休息一下，然后再走！”叶丽凄苦地对母亲说：“我想陪着我爷爷奶奶！”叶丽妈说：“有你二婶三婶呢！”叶丽二婶也对叶丽说：“去吧，休息一会儿。太累了，你再病倒，你爷爷奶奶也没法回去了。”叶丽便跟着母亲去了。叶泽春要扶叶丽，叶丽妈对叶泽春说：“你就呆在这吧，让叶丽好好休息休息。我会照顾好她的。”叶泽春便站在了原地。

回到自己家里，叶丽妈问叶丽：“你真的要将你爷爷奶奶再接回到西安吗？”泪水又从叶丽眼里流了出来：“我一定会的。”叶丽妈说：“你回去后，谁来照顾你爷爷奶奶，我要照顾你？这事要不要和你婆婆商量商量？”

叶丽悲伤地摇了摇头。

叶丽妈说：“妈觉得这么大的事还是要和你婆婆商量商量好，至少她可以照顾你！”

叶丽忽然激动地说：“我不需要她的照顾，我没有这么富有心计的婆婆，我不希望她再出现在我的面前！”

叶丽妈说：“可是，妈总觉得你这样做会让她心里不舒服的，你把话跟她说清楚了，至少让她内疚、理亏，她就不会对你太凶了！”

叶丽摇了摇头，说：“她应该是一个有觉悟的人，如果她再没觉悟，你就是对她说什么都没有用的。我为什么不对她说这些，正是因为我替她考虑了很多很多，考虑到了她的地位，考虑到了她的名声，考虑到了我们一家人的安宁幸福，如果她不珍惜，还是执迷不悟，我也没办法。到时候该吵就得吵！”

叶丽妈说：“妈担心她悟不了。她骨子里讨厌我们！”

叶丽说：“所以，我一定要将我爷爷奶奶带回到西安去，我要明确地告诉她我爷爷奶奶我养定了，就是遇到再大的困难，上刀山下火海我也要养，我要让她自觉地去醒悟，真正地体谅我的心情，打心眼里不再反对我的想法。

我想过了，我们要打一辈子交道的，只有真正做到互相理解了，关系才能处得融洽。现在把她的卑鄙行径揭露出来，让她无地自容，对她的自尊打击太大，让她以后无脸见人了！”

叶丽妈说：“你婆婆有你这么善良就好了。可是，把你爷爷奶奶接到西安去，妈要照顾你爷爷奶奶，谁照顾你呢？”

叶丽说：“我没事的，有什么事我让护士帮我个忙。实在不行了，我就将孩子打掉。”

叶丽妈大惊，说：“这个你可千万不要！孩子是你身上的肉，你怎么舍得？再说你已经为他坚持了这么长时间，为他付出了那么多。”

泪水再一次涌上了叶丽的眼眶，叶丽说：“我也舍不得，可是我总觉得它不该到这个世上来，他承载了太多人世间的险恶和卑劣，他会给我带来一生痛苦的回忆！”

叶丽妈说：“这些与孩子无关呀，孩子是无辜的，你可千万不敢做傻事，啊，算你替妈考虑了，妈求你了！”

叶丽说：“妈，你别这样说好吗，我会受不了的。”

叶丽妈说：“那么再过几天行吗？你的妊娠反应如果还这么大，你就将他做掉吧！”

叶丽说：“妈，你不要担心了，我会考虑好的。能留下来，我会把他留下来的。”

顿了一下叶丽又说：“所有事情都不要对我爷爷讲，不要让他再为这件事伤心了。让我爷爷安安心心地度过晚年！”

叶丽妈说：“妈不会说的。”

20 这孩子，我不要了！

苏美华中午休息的时候去了一趟医院。

现在叶丽成了她最挂牵的人，每天吃什么？应该补充什么营养？医院的针打了没？医院还有没有更好的措施？苏美华甚至天天在网上查，向网友提问，看大家有没有好的经验。

只要有闲暇时间，苏美华的脑子就被叶丽占满了。苏美华搞不清楚叶丽怎么会出现这么一种情况？叶丽的病情得不到控制的时候，她也感觉特别的迷茫甚至沮丧，但是她希望叶丽能坚持下去，即使付出再大的代价。

到了医院，苏美华却没看到叶丽。她向医生打听，医生说叶丽一早就出去了，不知道去了哪里，只说她有事情。苏美华脑袋“轰”的一下，她赶紧拿起手机给儿子打了一个电话，问他知道叶丽去了哪里？叶泽春说他和叶丽正在乡下呢，苏美华当时就生气了，指责他说：“你不知道叶丽现在不能乱跑吗？她的身体那么虚弱！”叶泽春说，叶丽一定要回乡下看她爷爷奶奶，他也没办法。苏美华说：“你还是不是个男人，你的脑袋还在没在肩膀上扛着？”苏美华给了我们这样一个佐证，任何一个有修养的人，把他逼急了，他的修养也会飞到九霄云外去。

叶泽春不吭声了，最后干脆将手机关机了，这更气得苏美华团团转，在医院里不停地骂：“这小子，翅膀硬了，敢和我作对了，娶了老婆忘了娘，媳妇的地位强过妈了！混账东西，回来后看我怎么收拾你！”

发完脾气，苏美华忽然想起，叶丽要回乡下的事，儿子昨晚和她说过了，她也是同意了的。苏美华又懊恼现在她的脑子到底是怎么回事，简直不管用了！

下午一放学，苏美华也没给叶凯成打电话便直奔儿子家。一进门，她便愣住了：叶丽爷爷奶奶怎么又回来了？

要么说苏美华能成为特级教师呢，她脑子很聪明，短暂的几十秒钟就猜出了端倪。可是她不得不把自己的火气压住，问自己的亲家母：“叶丽她四叔对叶丽爷爷奶奶不好？”

叶丽妈说：“不好。”回答完毕，又担心苏美华怀疑，对女儿不利，又加重了语气说：“非但不好，而且不好得厉害！”

这下苏美华没辙了，语气一下子缓和了许多，身心也放松了，自己找了一个地方坐下。

叶丽妈说：“他们根本就不管老人，整天在外边打麻将耍牌，到吃饭的时候才简单地糊弄一下两位老人。老人有意见了，他们还冲老人发脾气，说老人先前对他们不好，现在想得到好的回报怎么可能？”

苏美华气愤地说：“怎么会有这样的儿子？他还拿了我1500块钱呢！再加上空调、冰箱，收拾屋子，买点小家具，把我1万块钱花去了！”

见了苏美华一直不敢抬头的叶丽爷爷这时重重地“哎”了一声。

苏美华继续问：“老爷子的另外两个儿子呢？”

叶丽妈说：“他们晚上也去，帮忙照顾，但是白天各有各的事，都忙自己的事呢！”

苏美华又提高了嗓门说：“有事情就不养老人了？按照他们的逻辑，谁没事情，那天下的老人就没人养了？”

叶丽妈怕苏美华太过生气，小声解释说：“叶丽爷爷奶奶一直没跟他们过，他们就觉得有理由不养老，农村人都是这种意识。”

苏美华说：“这是什么意识？老人生他们了没有，养他们了没有？他们是怎么长大的？”

叶丽妈不吭声了，叶丽爷爷自从苏美华进屋以后就没有开口说话，此刻沉重地说：“哎，算我没教育好孩子呀！”

叶丽爷爷说得悲痛，苏美华一下子没辙了，也不好再发脾气了，顿了一下讪讪地问：“泽春和叶丽人呢？”

叶丽妈说：“去医院打针了。”

苏美华说：“我怎么没看到？那我去医院！”

叶丽妈说：“亲家，去了医院后别再说叶丽爷爷奶奶的事了，叶丽也很伤心，很心烦。”

苏美华没好气地说：“我心中有数。”

叶丽爷爷说：“儿亲家，您慢走。”

苏美华没有吭声。

下了楼，苏美华没有选择打车，而是乘了公交车过去。她不想一下就赶到医院，她得在心里好好琢磨琢磨，见了叶丽怎么开口，说哪些话？事情

已经如此，她再发脾气也没用。并且她可以跟别人发脾气，但是绝对不能跟叶丽发脾气的，她不是害怕叶丽，而是害怕叶丽肚子里的孩子，现在她需要把叶丽肚子里的孩子当做自己的祖宗护着。

苏美华坐在公交车上全神贯注地想，公交车到了哪一站她都不知道。想到最后，苏美华决定屈服：叶丽既然已经将她爷爷奶奶接回来了，也暂时送不回去了。现在应该想下一步怎样做？这要和儿子、叶丽商量一下。

苏美华想起下车的时候，公交车已经开过好几站了，苏美华不得不又往回走。这一次她选择了打车。

苏美华走进病房，见叶丽正埋头睡着。吊瓶里的药液显得苍白和孤寂。

病房里还有另外一名病人和家属，同样不说话，病房里死寂一般。如果不是墙角的几束鲜花和那黄黄绿绿的水果，此刻的病房真给人一种恐怖的感觉。

苏美华显然也受到了这种气氛的影响，站在那儿不知道说什么。良久，看到吊瓶里还有大半瓶药液，她才把叶泽春叫了出去。

与病房里的寂静相比，外边走廊里却是吵吵嚷嚷，不断有护士和病人的家属从苏美华和叶泽春面前经过。苏美华想找一个长条凳坐下也没找到，只好靠在病房外的墙壁和叶泽春说着话。

“你们回去后到底是一个什么样的情景？”

“我只知道叶丽奶更呆了，后来叶丽将她四婶和她四叔都打发出去了，可能是她爷爷跟她说了什么！”

“你没在现场？”

“没有，为了让她四叔出去，叶丽让他四叔带我到他家的玉米地里去看看。我们回来时，叶丽的主意已经定了。”

“她决定将她爷爷奶奶往回带，你也没问为什么？”

“问有什么用！你又不是不知道叶丽是一个很果断的人。再说，她当时看起来非常伤心，主意也非常坚决，问有什么用？”

“叶丽她二叔三叔就没阻拦？”

“阻拦了，没用，叶丽的意志很坚决。”

“这个叶丽，平时看着还挺温和，关键时候也太任性了，真应了农村那句俗语‘蔫驴踢死人’，现在怎么办？她没有和你说什么？”

“没有，她一直在流泪，路上，几次激动得趴在车台上哭。”

“怎么回事呢？这都是什么呀？当初你要和叶丽结婚，妈就不同意，妈早想到了农村人的素质差，难伺候，你不听！现在倒好，来来回回让别人套牢了。”

叶泽春心烦地说：“这与农村人没关系，城里人也一样。”

苏美华眼白都要翻出来了，生气地问儿子：“你这话是什么意思？”叶泽春说：“没什么意思。”苏美华说：“我就服了，你怎么总向着你媳妇说话呢？这一次咱们白砸进去1万块钱你知道不？1万块呢，让妈辛苦赚3个月才行。”

叶泽春再一次顶撞母亲说：“你就知道钱钱钱钱，你知道心疼叶丽吗？谁让你白砸了，来来回回不是你的主意？”

苏美华一下被噎住了，好久反应不过来，等她反应过来准备骂儿子的时候，叶泽春已经进病房了。

苏美华赶到病房门前，又停了下来，这时候眼泪就不争气地涌出了她的眼眶。于是她来到走廊尽头的窗口，看着窗外，在那独自伤感。

她做错了吗？儿子儿媳都不听她的话，她采取了一些措施，想得到一个孙子，有错吗？儿子责怪她不知道心疼叶丽，谁心疼过她？谁知道她的苦寂？当她难过的时候，当她需要有人陪她说话，帮她分担忧愁的时候，谁在她的身边？她辛辛苦苦几十年，养儿子有什么用？为什么要给儿子娶媳妇？

苏美华越想越伤心，忍不住离开了住院部，来到一个没人的地方独自落泪。

叶泽春走进病房，在叶丽身边坐了一会儿，看她睡得很熟，而吊瓶里的药液还有半瓶，他又走了出来。他再找母亲，母亲已经不见了。

叶泽春知道母亲生气了，一丝愧疚漫上他的心头。他靠在走廊的墙壁上，两眼失神地看着屋顶。一只小苍蝇在屋顶上飞来飞去，不知道是在寻找食物还是在寻找父母。叶泽春盯着那只苍蝇看了一会儿，他忽然也想哭，自己现在多么像那只没有目标的苍蝇，母亲被他气跑，妻子回来后一直埋头苦睡，对他不理不睬，也不知道她内心在想什么？看得出来，叶丽非常痛苦，可是她为什么痛苦？她不能把痛苦的理由告诉他吗？难道她不知道吗？当他看到她难过的样子，他也难过，甚至比她还难过。他是她的丈夫，他深爱着她，关心着她，她这样不告诉他理由、闷声不吭的难过就像狼爪伸进了他的胸腔，在他胸腔里胡乱抓挠一样，让他失去抵抗，又让他悲苦。看着她可怜的样子，他多想安慰她，可是她拒绝了，她把太多的忧伤埋在心里，独自一个人慢慢消化！

叶泽春眨了眨眼睛，他感到眼里已经蓄满了泪水，他把头抬得更高，这样泪水不至于掉下来。

叶泽春又一次有了叫醒叶丽问问到底是怎么回事的冲动，她现在到底怎么想的？有什么心事真的就不能和他好好谈谈吗？

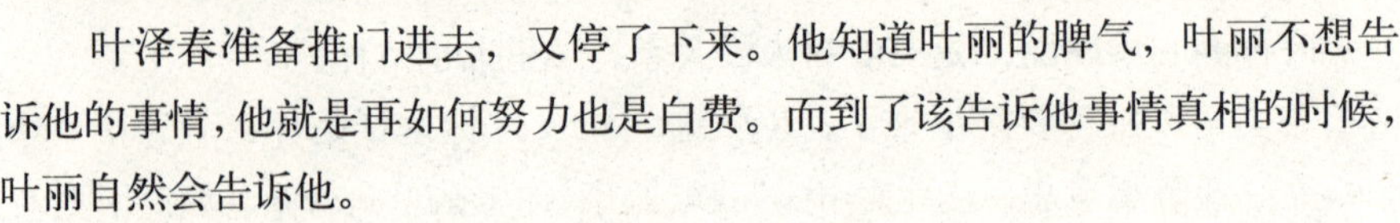

叶泽春准备推门进去，又停了下来。他知道叶丽的脾气，叶丽不想告诉他的事情，他就是再如何努力也是白费。而到了该告诉他事情真相的时候，叶丽自然会告诉他。

果真，到了晚上 9 点，叶丽终于开口说话了。而叶丽说的第一句话，就差点将叶泽春震昏了！

叶丽说：“泽春，我想把孩子打掉！”

隔壁病床上的人正准备睡觉，发出窸窸窣窣的声音，日光灯一如白昼般明亮，让病房里充满温暖。但是叶泽春的心瞬间像是发生了一次地震，他脑袋里先是一懵，紧接着就感觉到了一种内脏被挤压的疼痛。他知道叶丽说这话不是一时冲动，这一定是她考虑了很久的结果。如果是这样，他怎么反对她？叶泽春感到了一阵窒息。简单的愤怒、对叶丽的怜惜在这一刻一股脑儿全涌进了他的大脑，像混合起来的胶水，将他的脑壳死死地粘住，一时间，叶泽春不知道该怎样表达他的感情。

“对不起，我知道我这样做很残忍，可是我没有别的选择。”叶丽的目光游离了叶泽春的脸庞，把头低下了，声音轻细而沙哑。

叶泽春看见串串泪水如小溪般从叶丽白皙的脸上滑过，轻柔却那样的令人心碎。他要答应她吗？如果答应她，母亲的期望怎么办？这一段时间来她的激动和辛苦都白费了吗？而不答应她，叶丽会不会更加痛苦？这样一来，对叶丽的身体和孩子的发育有没有影响？

隔壁病床上的人已经睡下了，陪护的人也不知道什么时候已经将折叠沙发打开，躺在里面发出轻微的鼾声。叶泽春忽然羡慕那个男人，他没有这样的担心，也不必做这样艰难的选择，他的妻子已经像收集好花粉的蜜蜂一样，只等着将花粉酿成蜂蜜。而那个男人似乎已经尝到了蜂蜜的香甜。

叶泽春忽然感到特别地伤心，他明白叶丽此刻多么希望自己变成一个英雄般的人物，像战场上的董存瑞一般坚强，可是他如何做这样的英雄人物？

犹豫了半天，叶泽春还是说：“再等两天吧！”

叶丽没再说话，重新躺在床上，用被子将自己的头蒙上了。

在叶丽病床前干坐了一会儿，叶泽春走出了病房。叶丽的话让他心里仿佛堵了一团异物，憋得难受。

病房外的走廊已经变得沉寂，有几个人坐在长椅上东歪西倒地打着盹。叶泽春穿过走廊，来到室外。天上的星星有些暗淡，让夜幕显得非常沉静。

叶泽春很少抽烟，现在却拿出了一根烟，点上，让火星在夜幕中一点一点地闪烁。他想到，叶丽要打掉孩子一定是考虑到了她的爷爷奶奶。而一想到叶丽的爷爷奶奶，叶泽春也有了一些怨气。他们怎么就到了这么难伺候的份上？还有他们的那几个儿子怎么就混蛋成这样？现在生活的压力怎么全轮到了叶丽的头上？他越想越气，恨不得照着眼前的石凳踢上几脚！

可是，叶泽春却不能对叶丽发泄任何脾气，叶丽现在的身体状况让他看着心疼。叶泽春感觉到自己的头要炸裂了，对于叶丽的决定他真的很难抉择。

就在叶泽春走出病房的时候，叶丽的泪水又掉了下来。她太清楚丈夫苦闷的心情了，曾经，多少次，丈夫因为她有了孩子而流露出幸福欣慰的情绪，那份感情是那样的真挚，让每一个看到他的人都深受感染。她的情绪就被丈夫那真挚的感情带动得兴奋了多次。曾经，他们多么希望这个孩子能来到这个世上！她不仅仅是在安慰大家的情绪，更是对一个小生命的期待，这份期待让她感受到做母亲的伟大！然而，现在，这个孩子能来到这个世上吗？他背负了太多的人间丑恶和冷漠，让她以后如何去面对？还有，不仅仅她的爷爷奶奶需要她的照顾，单位的工作也需要她处理。她已经不能正常工作一个多月了，而这次的工作又关系重大，时间也非常紧迫。如果，她不能按时完成任务，她将给公司带来巨大的损失，这是她的道德和职业素养所不允许的。

想来想去，叶丽还是决定打掉这个孩子，她没有精力再为这个孩子付出了，虽然她也舍不得，她也希望自己坚持，可是命运不允许这个孩子到来呀！

叶丽想到了叶泽春会不同意，她决定打掉孩子以前不再和叶泽春商量，也不再和婆婆他们商量。她知道，和他们商量只会损害她更多的心血，该坚决的时候她一定要坚决："打掉孩子后，让他们慢慢去想吧，他们会理解的！"

第二天一早，叶泽春要向单位请假，叶丽阻止了，说："你去单位吧，别因为我总是影响你的工作！领导也不容易，别让他们太为难。我会照顾我自己的，你放心吧！"

叶泽春走后，叶丽再一次伤心欲绝，曾经她也多么想为叶泽春生下这个孩子呀，这是他们爱情的象征呀！如今她却要用这一种方式来结束这个孩子的生命。她的心痛呀！她仿佛看到了孩子对她剥夺了他生命的怨恨！可是她能有别的选择吗？她能不像现在这样痛苦郁闷吗？

早上十点钟的时候，叶丽来到了主治大夫的办公室。主治大夫说："其实打掉这个孩子也是对的，你的情况有点特殊，一个多月没怎么吃东西，孩子肯定发育不良。而一个婴儿要是在胎盘里发育不良，即使将来生下来，他的体质也是个问题。但是，我看到你家里人都非常期待这个孩子，我建议你还是和家里人好好商量商量，别为了这个孩子闹起了家庭矛盾！"

叶丽说："是家庭矛盾重要还是孩子将来的身体重要？"

医生笑了笑说："这个我就没法回答你了，你是高级知识分子，我想你心里肯定能衡量出来的。"

叶丽说："所以，我希望您能帮我打掉他，如果我和我家里人商量的话，我婆婆是肯定不同意的，我丈夫也不会爽快答应。但是，我想，最终他们会理解我的，我丈夫也会支持我的！"

医生说："没有你丈夫的同意，我有点难办！"

叶丽说："我不是成年人吗？我拿不了自己的主意吗？您是大夫，您是不是更应该站在孩子将来的发育考虑问题？！"

医生说："好吧,你回去再好好考虑考虑,你坚持要引产的话,下午来吧！"

下午，叶丽在人流自愿书上郑重地签了自己的名字。但是，当她躺在手术台上时，却伤感得泪流满面。

在叶丽刚好做完手术的时候，苏美华急匆匆地走进了医院。她刚从叶泽春那儿得知叶丽今天一个人留在了病房。苏美华训斥自己的儿子道："你怎么这么粗心呢，以叶丽现在的身体状况，她一个人能呆在医院吗？你怎么不早说，我安排你爷爷你奶奶过来也行。"

训斥完儿子，苏美华又非常自责，她自己也怎么这么大意呢？她早上应该给儿子打一个电话，她怎么没打呢？苏美华又怨恨起叶丽爷爷奶奶将她的脑子搞乱了。

苏美华走进叶丽的病房，发现叶丽今天的脸色比往日更加苍白。她关心地问叶丽："今天是不是到现在还一点东西没吃？"

眼泪先从叶丽的眼眶里流了出来，她对苏美华说："妈，原谅我，我将孩子引产了。""什么？"苏美华脑子里仿佛响过炸雷一样，"轰"的一声，同时震得她的心脏"哗啦"一下，苏美华的整个身子都要站立不住了。

反应过来以后，苏美华的肺都要气炸了，她挑着眉毛虎着脸，再不顾叶丽虚弱的身体,用从来没用过的大嗓门斥责道："叶丽,这就是你的能耐吗？你太任性了！"

叶丽没有吭声，她早想到婆婆会龙颜大怒了。她也不想解释，现在的解释会显得特别地苍白无力。但叶丽任自己的泪水在脸上流淌着，这份泪水可以准确无误地表达她此刻的感情。

果然，苏美华被叶丽的泪水触痛了，她还想冲叶丽发火，可是话到了嘴边却失去了力度，但她不能放弃愤怒的感情，她拿起提包冲出了叶丽的病房："我这就给泽春打电话，让泽春来伺候你吧！"

一走出叶丽的病房，巨大的悲痛就涌上了苏美华的胸膛。泪水想控制也控制不住，不争气地从她的眼睛里向外涌出。如果她有这个能耐，她恨不得马上将已经引产的孩子再塞进叶丽的肚子里去！她心疼呀，被打掉的孩子不仅是叶丽身上的一块肉体，而是她的精神世界！苏美华拿起手机，冲着叶泽春大喊："你马上给我回来——！"叶泽春还没回过神来，她已经将手机挂了。然后苏美华冲出病房，找到一块空地抱头痛哭。

叶泽春睖睁了一会儿，立刻回过神来，叶丽一定是将孩子打掉了，不然母亲不会这么激动，让他回去绝对不是回到父母的家里而是医院！叶泽春的心里顿时变得五味杂陈。他心疼、他愤怒、他又要理智，他甚至怨恨怎么娶了这么一个媳妇，摊上了这么一个妈！他放下手中即将结束的工作，急匆匆地赶到了医院。冲进医院大门的那一刻，他想到了母亲可能不在病房。呆在病房里和儿媳妇大吵大闹，这不是母亲的性格。

叶泽春果真在院子里找到了母亲，将近一个小时过去了，母亲依然伤心得不停地抽泣。那压抑的哭声，抖动的肩膀像一把蟹钳瞬间将叶泽春的心脏夹住了，想甩都甩不掉！

叶泽春却不知道怎么安慰母亲，他只能做的就是站在母亲身后轻轻地叫了一声妈。苏美华猛然抬起头来，声嘶力竭地冲着叶泽春喊："打掉孩子是不是也是你的主意？"

叶泽春一下子愣住了，他不知道该怎样回答这个问题。如果回答不是，母亲会对叶丽产生更大的怨恨，以后会和叶丽产生什么样的隔阂？如果回答是，对于叶丽的这次行为他同样有着无法形容的怨恨，在走向手术台之前，叶丽至少也得跟他打声招呼呀！

"她昨晚跟我说了，但我没表态，没说同意也没说不同意。"叶泽春最后还是实话实说，他希望这个回答是最理想的答案。

"你简直混蛋呀，妈从来没对你这么失望过！你什么事情都不和妈商量，就像一头蔫驴，几鞭子抽不出一个闷屁来。你把妈气死了，妈现在恨不得用提包摔死你！"苏美华气得浑身发抖，不知道要不要打儿子。

"妈，对不起，我没把问题想得这么严重。我总以为叶丽会给我考虑时间。"

"你窝囊呀，你太窝囊了，妈怎么生了你这么个儿子？妈太伤心了！"苏美华说着，一边捂着鼻子，一边提着自己的包想要离开。

"妈，你干什么去？"

"用你管！"苏美华愤怒地说着，哭泣着快步离开了。

叶泽春从来没见过母亲如此这般的表现。今天母亲像乱了分寸，往日坚定、自信、果断、说一不二的个性今天像是抛到九霄云外去了。现在她有的只有慌乱和悲伤。也难怪，母亲能如何表现，在医院里扯着嗓门和他们吵架？想到这，叶泽春又对叶丽万般地恼火，她把大家都当成什么人了，还是她的亲人吗？他还是她的丈夫吗？就是想流产也要和大家商量定了再说，难道大家都是不讲道理的人吗？她怎么能这样处理事情？

叶泽春向来都是对叶丽信任的，但是今天，他感觉叶丽让他失望到了极点，是她的自我个性越来越膨胀了吗？真是这样的话，就要给她压一压！叶泽春越想越气，感觉肚子像产生了一个气门，有一支气筒正不停地朝里边打气！

叶泽春冲动地朝叶丽的病房跑去，可是一见到叶丽，他的心立刻就软了下来。叶丽脸上满是泪水，这泪水马上让他想到了一个多月来叶丽受的所有的苦。可是受了再多的苦也不能如此任性！叶泽春还是决定给叶丽点脸色看看，不然下一次她还会这样自以为是。

叶泽春拿过来一个板凳坐在叶丽的病床边，却背对着她，一声不吭。

叶丽带着哭腔说："对不起，我也是权衡了再权衡，我希望你能尊重我的选择！"

"我尊重你？你尊重过我吗？"叶泽春说。说完这话，他的鼻子猛地像被芥末呛过一样，酸楚得难受，泪水一下子从他的眼眶里流了下来。

隔壁病人的家属刚买饭回来，看了叶泽春一眼，然后走过去把饭盒放在妻子的旁边，再走过来拍了拍叶泽春，算是对他的一个安慰。泪水却更多地从叶泽春的眼窝里涌了出来。

那男人又说："咱们还年轻，以后有的是机会。"又安慰叶丽说，"你也别难过了，我给我媳妇买的饭多，你也吃一点。"叶丽轻声说："谢谢！不用了。"那男的继续说："你现在已经流产了，吃东西应该没问题了，还是吃一些东西为好！"叶泽春忽然大声说："她是我媳妇，不用你管！"那人愣住了，随即气愤地说："看你们难过，想安慰一下你们，你这人怎么这么不知道好歹？"叶泽春说："我难过是我们的事情，用得着你来管吗？""你？"叶泽春噌的一下站了起来，说："我怎么了？"那男的说："你想打架吗？"那男的媳妇劝阻自己的丈夫说："怀良，人家不让你安慰你就别安慰了，过来给我喂饭！"叶丽也制止叶泽春说："泽春，你怎么回事？"叶泽春没好气地说："你说我怎么回事？"说完摔门出去了。

叶泽春一口气跑到了一个没人的地方，捂着脸蹲在地上号啕大哭。自从叶丽爷爷奶奶来了以后，他受的委屈和辛苦一股脑儿地全部涌上了心头。

他搞不清楚命运为什么要让他承担这么多，人活在世上为什么要承受这么多的压力？

叶泽春伤悲的时候，苏美华同样非常难过。当她走出医院的时候，她忽然放弃了回家的念头，她想到婆婆家去，找老人们评评理！苏美华拦了一辆出租车，几乎是带着哭腔告诉了出租车司机她要去的地方。

到了婆婆家，苏美华径直走进客厅，找一个沙发坐下，然后在那悲伤地垂泪。

“你这是怎么了，今天一来就哭成这样了？”刘一慧非常纳闷和吃惊。

苏美华没有说话，刘一慧焦急地问：“你倒是赶紧说呀，你这样还不把人急死？”叶天水也问：“是不是凯成欺负你了？”苏美华悲伤地摇了摇头。刘一慧说：“凯成没欺负你，到底是怎么回事，你倒是说呀！”苏美华这才说：“叶丽自作主张把孩子打掉了。”叶天水说：“不就是打掉了孩子嘛，我以为什么大事情呢？”刘一慧却大吃一惊，语气急促地问：“你说什么，叶丽将孩子打掉了？”苏美华说：“对，她把孩子打掉了，我仅仅晚去了一个多小时，她就把孩子打掉了。”刘一慧一下子昏了过去。叶天水慌忙过来掐老伴的人中，苏美华焦急地在旁边喊着：“妈，你不要吓我们，你快醒醒！”

过了一会儿，刘一慧醒过来了，第一句话就大哭着说：“叶丽作孽呀，我们盼了多少年才盼来这个孩子，她怎么随随便便就把孩子打掉了呢？她太不把我们当回事了！”“叶丽也可能是万不得已，你们不要把问题想得这么严重！她要是真的不把你们当回事，早就把孩子打掉了，还能拖到现在，受了这么多的罪以后才打掉？”叶天水说。

苏美华说：“一切都是因为她的爷爷奶奶，昨天她刚把她的爷爷奶奶接来，今天她就做了流产了。”苏美华这样说着，好像自己的脑子也一下子清醒了，她忽然间弄清事情的缘由了，叶丽就是想养她的爷爷奶奶，所以才不肯再要孩子了，于是她又狠狠地说：“这两个老家伙太可恶了，我们一定要将他们赶走，否则的话，我们一家人永不得安宁！”

刘一慧吃惊地问苏美华：“你说什么？叶丽她爷爷奶奶又回来了？谁将他们送回来的？”苏美华气愤地说：“谁也没有将他们送回来，是叶丽回去将他们接来的！”刘一慧说：“这孩子不是明摆着和我们作对吗？这还了得？不行，她是咱们家的媳妇，这个家应该咱们说了算！明天就让老两口走，连

她妈也赶走，这次一定要给他们点颜色看看，还反了她？这样长期下去，她还会把我们放在眼里？”苏美华找到了同盟者，心里一下子敞亮了很多，说：“妈，您说得对，这一次一定要给她点颜色看看，让她下一次再也不敢这样做了。”刘一慧说：“妈支持你，你想法子吧，妈做你的坚强后盾。”

叶天水说：“你们一唱一和地想搞运动是不是？你们干涉太多了，孩子这样做肯定有她的理由，你们应该听听孩子的心声！看她到底是怎么想的？”刘一慧说：“事实在这明摆的，她还能怎么想？我们商量事你就不要插话，你们大老爷们就是装豁达，事实上豁达能有用吗？”叶天水说：“什么我们装豁达，我们讲究事实，讲究道理。”刘一慧说：“现在事实就是叶丽没把咱们放在眼里！她想打掉孩子完全可以和我们商量，不见得我们不答应她，她和我们商量了吗？”

见两位老人真的吵起来了，苏美华说：“爸，妈，你们别吵了。我回去再问问，看到底是怎么回事？然后再说吧！”叶天水说：“这才像处理事情的样子。好好问问叶丽，看到底是怎么回事？做老人的要关心孩子，这样孩子才能跟你们说心里话。”刘一慧说：“好像你什么都懂，我们都是傻子？”苏美华说：“爸，妈，那我先过去了。你们也别太生气！”说着就站起身来想朝外走。刘一慧说：“你等我一下，我和你一块儿去。”叶天水说：“你干嘛去，孩子刚流产，你向她兴师问罪去？”刘一慧说：“我真服了你，你怎么知道我去向孩子兴师问罪？”苏美华说：“妈，我现在不到医院去，我想回家。凯成该回来了，我要给他做饭去。”刘一慧说：“对，把我儿子的生活一定要料理好。那你先回去吧，我等一下到医院去。我倒要看看这个叶丽到底是怎么想的？”

苏美华从婆婆家出来，心里一下轻松了许多。现在，她心里已经没有伤悲了，只有恨，对叶丽爷爷奶奶的恨！他们不仅给她的儿子增添了许多麻烦，而且夺去了孩子们对他们的爱，一定不能让他们在这呆，再让他们住下去的话，他们家的日子将永不安宁！

苏美华走了以后，刘一慧在家里再也坐不住了。她一定要到医院问个究竟。叶天水训斥她说：“你让孩子安静一会儿行不行？孩子刚做完手术，她心里一定也很难过！你就让他们独自呆一会儿。”

刘一慧说：“我让他们安静了，我的心怎么安静？我怕我今晚过不去，明天自己就要到医院报到了。”

“那好，我陪你去。去了得讲求方法，让孩子自己跟你说，不要强迫着去问。咱们家的叶丽不是那种不讲道理的人，这一点你要时刻牢记了。”

“我牢记什么？再好的人也有犯混的时候。”

“对呀，你说得很对，再好的人也有犯混的时候，孩子这一次可能就是犯混了，你不能不允许孩子任性一次吧！”

“那也要看是因为什么事？”

“只要是好人，她任性一次没什么，毛主席就说过不能要求人不犯错误，犯了错误能改就行。”

走到街道上，叶天水哄刘一慧说：“咱们应该给孩子买点补品，让孩子认为是我们去关心她，她有什么心里话一定能跟我们说了。”

“我现在还给她买补品？我恨不得抽她一耳光。”

“看你说的，孩子毕竟是咱们孙子的媳妇，以后咱们还靠人家养呢！”

“我不靠她，我永远都不靠她，这么没素养的！”

刘一慧虽然这么说，脚步却明显慢了，很会察言观色的叶天水趁机将老伴拉进了商场。

在叶天水的一再怂恿下，刘一慧终于为叶丽买了两盒营养品，然后打车来到医院。

到了医院他们大吃一惊，叶丽一个人侧躺在床上，默默地流泪，看起来那样地让人心疼！刘一慧的心立刻软了，她也是女人，她明白女人生孩子的苦楚！

见了刘一慧和叶天水，叶丽挣扎着要坐起来，被刘一慧拦住了：“别动，你已经虚弱成这个样子了，怎么还敢乱动？泽春呢？他到哪里去了，你婆婆不是说他在医院吗？”

叶丽带着哭腔说：“我不知道，我的堕胎可能让他失望了。”

叶天水说：“这孩子，哪里像个男子汉！就是堕胎这么一件小事，他也承受不了？”

刘一慧瞪了叶天水一眼，又把头转向叶丽，但是脸上开始阴沉：“你怎么能想起打掉孩子呢，你已经坚持了这么长一段时间，再坚持坚持，困难日子应该就过去了！”

伤感又一次涌上了叶丽的心头，她心里甚至产生了一丝怨气，心想你们真的不知道我为什么要打掉孩子吗？我难道仅仅是你们的生育工具吗？我爷爷奶奶的身体，我的工作你们真的一点都不关心吗？你们一家人全来质问我？

但是叶丽又想，如果她这样说，会得到一种什么样的结果？她能让婆婆一家人怨气消散吗？可能不仅不会，而且会加重大家对她的怨气！她现在

必须用委婉的语气解释，哪怕她自己受再大的委屈，她也必须将内心的怒火压下去！

叶丽对刘一慧说：“奶奶，我知道我做得不对，未经你们的同意就采取了这样的做法，可是这个孩子真的无法再留了！”

刘一慧说：“孩子怎么就不能再留了？”

叶丽说：“现在，我的思想压力越来越大，身体也越来越差，严重的营养不良，对孩子的发育不好，就是硬将孩子保留下来，他以后的身体和心智的发展都值得怀疑。我已经和医生认真谈过了，医生也主张我堕胎。再有我现在的工作停止不前，而这次的任务又十分重要，我不能有丝毫的马虎！”

刘一慧说：“再有就是你爷爷奶奶对吧？这应该是最主要的原因吧！叶丽，不是奶奶说你，你不是单单为你爷爷奶奶活着的，你现在承担的赡养义务也不仅仅是你爷爷奶奶两个人，还有你公公婆婆，还有我们，所以你在考虑问题的时候得更周全一些，你不能只考虑你爷爷奶奶的情况而过多地伤害我们的感情！这样的话，你让我们怎么理解，怎么承受？你也是一个有文化有知识的人，我想你不可能不明白这些道理吧！”

叶天水说：“其实孩子说得也有道理。”

刘一慧看着叶天水说：“我说过叶丽说得没道理吗？”

叶天水又笑了，说：“没有，没有，现在咱们不说这个问题了，叶丽可能还没吃饭吧？”叶天水说着，把目光移向了叶丽。

泪水又从叶丽的眼睛里涌了出来：“爷爷，我不饿！”

叶天水说：“都什么时候了，还能不饿？现在已经流产了，吃东西应该不反胃了。爷爷这就给你买去。”

刘一慧板着脸说：“给泽春打电话，让他买去，你跑什么？”

叶丽小声说：“让他先冷静冷静吧，呆一会儿再打吧，我现在不饿。”

叶天水说：“他有什么好冷静的，30 岁的人了，这么一点小事还扛不住，那还怎么干大事？”

叶天水说完这话，看到刘一慧又“挖”了他一眼。叶天水装作没看见，拿出自己的手机，拨通叶泽春的电话，然后问他人现在在哪里？叶泽春回答说在病房外边，叶天水用命令的口气说：“叶丽现在的身体这么虚弱，你把她一个人扔到医院不管了？你想没想到她现在还没有吃饭？”说完这话，叶天水将手机挂了。

刘一慧再次“挖”了叶天水一眼。

叶天水明白刘一慧此刻心情是什么样，但是他就是不能明说，不管叶丽做法是对是错，此刻叶丽的精神状态绝对是需要人关心的，而不是要追究她的责任。但是他现在也不能和刘一慧作对，他必须不动声色地把刘一慧的火气降下来。

刘一慧见老伴不再吭声，也猜到了他的想法，她虽然内心深处很气愤，但是面对平日里表现不错的叶丽，她也不能做得太过分，再说叶丽刚才的解释已经让她原本坚定的心也动摇了，是呀，如果孩子的营养不良，孩子出生后会是什么样的体质呢？她也突然想起来了这个孩子原本就不该来的，而是她和苏美华的阴谋！于是，她也沉默了一会儿，然后看到隔壁的病床上没人，又没话找话地问叶丽："隔壁那个病人干嘛去了？"没想到她这一问，又问出毛病了。

叶丽说："那女的刚才开始闹肚子疼，可能快生了，现在进产房了。"

刘一慧的脸色一下子又变得阴沉，停了以后说："我出去找一下泽春。"然后站起身来快速地走了出去。

叶丽一下子揣测到了刘一慧此刻的心情，她的泪水又涌出来了。

叶天水安慰叶丽说："没事，你奶奶他们会理解你的，现在也就是心里难受一会儿，我过两天再跟你公公说说，让他来做做你婆婆的工作。至于泽春，我今晚就批评他。你也别往心里去，注意身体。你一向都是个坚强的孩子，现在更应该坚强！"

叶丽用手擦了擦眼泪说："爷爷，我懂。"

叶天水说："懂了就好。"说完，他的眼睛也禁不住有了泪水，他一下子想起了叶丽所受的所有的苦。

忽然听说邻床的病人进了生产室，刘一慧的心肺一下子堵得厉害，在那一刻，她心里说不清楚是酸楚还是伤感抑或是别的感情，她感觉自己的脑袋忽然胀大了，她想冲人发火，想在病房里大喊，可是她不能这样，也不好意思这样，老伴刚才为了安慰叶丽所做的努力她还没有忘记，因此，她找了一个理由走了出去。

一走出病房，刘一慧就伤感得也想落泪，她感到自己的鼻子酸酸的，泪腺饱胀而不堪压力。

现在她才觉得自己是那样的可怜，别人很容易能得到的东西，到她这儿却变得异常地艰难。一年前她在心灵深处明显感觉到了自己已经衰老，只是那时她的思想还是那样的混沌，不能从中理出任何头绪来。但是现在她好像一下子全明白了，她追求的，想拥有的，一切都是那样的飘渺，没有任何激情可言。不像她年轻的时候，她想拥有事业，最后虽然拥有不了全部，但

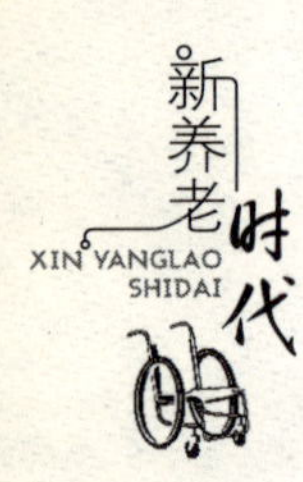

是可以拥有部分；她想拥有爱情，她得到的虽然不是很完美，至少可以让她留恋；可是，现在她想拥有儿孙的爱，想看到生命的传承，却是那样的艰难。她就在这么一种艰难中变得麻木，变得心灰意冷，这种麻木和心灰意冷会逐步将她带向死亡！

刘一慧觉得她现在活得越来越没有意思，她已经老了，她对人生还有什么追求？没有了！她只希望眼前每天能出现一副笑脸，一副来自儿孙的笑脸，但是她却得不到！刘一慧不明白人老了真的应该这样吗？就这样在风烛残年中等待死亡？这对老年人来说公平吗？

医院的工作人员和病人的家属不断地从刘一慧的眼前经过，这平时很正常的情景，此刻却像电影里的快镜头，拉出了隐藏在刘一慧内心里的伤感。她拼命地想阻拦眼泪，可是眼泪还是不争气地滚落下来，滑过她已经粗糙的皮肤。曾经为了改善这粗糙的皮肤，为了向苍老宣战，她做过多少努力？她总希望自己的心态年轻、充满活力。虽然岁月不饶人，但是她可以不服气，可以想着法子改变。然而要怎么改变这人为的一次又一次的打击！这也是大自然为人类安排的吗？

刘一慧越想越伤感，泪水滚滚而下，为了不让更多的人看到，她想快步地离开医院。正在这时她口袋里的手机响了。

刘一慧却不想去接听手机，她现在对这手机也产生了怨恨。说实话，手机对她来说没有什么用处的，她当初就不想买，可是叶天水却对她说，买了手机方便和孩子们联系，她也就买了。可是现在看来手机有什么用？

刘一慧任泪水恣意地流淌着，手机还在她的口袋里不停地鸣叫着，响了一遍又响一遍，大有刘一慧不接它就一直鸣叫下去的意思。刘一慧只好心烦地拿起手机，冲着里边“喂”了一声。

没想到是苏美华打来的：“妈，你现在在医院吗？没发生什么事吧？给你打了半天怎么没人接呢？”

刘一慧带着很浓的哭腔说：“没什么事！”

“妈，你怎么了？”

“不是跟你说过没什么嘛！”刘一慧心烦地说。

“你好像哭了。”苏美华穷追不舍地问。

“你有什么事直接说事，别来回问这样的问题了！”

“你现在还在医院对吧？”

“对。”

“那好，我马上赶过来，我想和你把叶丽的事情商量商量。”

“事已至此了，还有什么好商量的？”刘一慧心头又涌起一股悲伤。

“还有以后的事情，我想了想咱们不能任叶丽这样任性下去，否则我们迟早会被她气疯的！”苏美华说。

这句话仿佛说到刘一慧心里去了，她心里好像一下子轻松了很多，刚才有一股怨气在她的心里压着，现在被苏美华将气阀给打开了。

刘一慧感觉鼻子不酸了，泪水也止住了，她问苏美华：“你什么时候过来。”苏美华说：“我这就过去，你在医院门口等我。”刘一慧说：“好。”她用纸巾擦了擦眼睛，然后又从医院的后院往前院走。

刘一慧来到医院门口不久，苏美华便赶到了。

“你刚才是不是也很伤心？”苏美华问刘一慧。

刘一慧说：“我去了，叶丽隔壁那个孕妇正好生孩子去了。”

苏美华不再吭声，良久才说：“好事都是人家的，与咱们无关。”

“不说这些了，你找我是有什么想法？”

“我觉得不能这样忍让叶丽了，咱们以后必须得对她采取一些措施，或者制定一点家规，让她以后做任何一件事情首先一想到我们，就有一种惧怕心理。”

“祖先们世世代代都给我们留有家训，这是应该的。”

“您这样说我心里就有数了。说明我的想法是对的。”

“这没有什么不对的，国有国法，家有家规，这是恒久不变的真理。”

“不过现在不能马上对叶丽用这些，毕竟她是咱们家的儿媳妇，现在她的身体很虚弱。”

“过一段时间再说吧，这件事情先这样过去吧，也别再提它了。以后的事情你来想办法，具体怎么做你来安排。”

“好的，我明白。”

叶泽春终于为叶丽买了饭菜回来，看见爷爷和叶丽觉得有点不好意思。刚才叶天水那一骂将叶泽春骂醒了，他忽然想起了叶丽这一个多月来所受的精神压力和痛苦。他有什么理由怨恨叶丽，孩子在叶丽肚子里长着，她首先有决定是否要这个孩子的权利！叶泽春想起，叶丽曾经是很希望生下这个孩子的，那时的她不是在为自己考虑，而是为大家考虑，为了肚子里的孩子考虑，他有什么理由怀疑叶丽和他作对呢？

叶泽春羞惭地端起饭盒给叶丽喂饭："来，吃一点，这是你最爱吃的鲜虾馄饨。"叶泽春说着把装有馄饨的饭勺递到叶丽的嘴边。

叶丽没有张口，却说："对不起。"说着，一大颗眼泪从她美丽的眼睛里滚落下来。

叶泽春一阵心酸，泪水也想突破泪腺奔涌而出。

叶泽春放下饭勺，将叶丽紧紧地搂在怀里，用脸摩挲着叶丽的头。叶丽哭出声来，哭得那样地动情。

叶天水一阵感动，他对叶丽说："现在的年轻人，都没经过多少挫折，遇事后容易激动，容易任性，你也别介意，既然已经流产了就把它忘记，不要有思想包袱。"又批评叶泽春说，"以后不要自私地考虑问题，多替叶丽想一想，你是个男人，处理问题时更要大度坚强，表现出男人的胸怀来。叶丽是好孩子，不要对她那么小气。"又提醒两个人说："好了，都别难过了，赶快吃饭吧！现在主要问题是让身体赶快恢复过来！"

叶泽春又端起了饭盒，叶丽也终于吃了一口。

看着叶丽吃完了饭，叶泽春问爷爷："我奶奶呢，她没来？"叶天水说："来了，她刚才说出去找你，也不知道跑哪去了。"叶天水正说着，他的手机响了，是刘一慧打来的，刘一慧说她现在在医院外面准备回家。叶天水便对叶丽说："你奶奶心里也难过，这都是正常的，别往心里去，在这件事上你要明白，你也有不对的地方，你让大家一点心理准备都没有。"叶丽的眼睛又湿润了，说："爷爷，我明白。"叶天水说："爷爷知道你明白事理，爷爷先回去了。"

叶丽想下床送叶天水出去，叶天水阻拦了。

叶天水一走，病房里好像一下子变得空荡荡的。叶丽和叶泽春一时都没有话说，病房里显得非常安静。

过了很久，叶丽先开口问叶泽春："你还在生我的气吗？"叶泽春摇了摇头。叶丽说："别认为我不要孩子仅仅是为了我爷爷考虑，我也是为了孩子考虑。经过我这一段时间的折腾，他就是来到这个世界，可能也是一个发育不全的人，这将来会给他带来很多痛苦，我是和医生商量过才做的决定！"叶泽春心里又有了一些不服气，心想：孩子还没生下来，你就知道孩子会受影响？可是他想起刚才愧对叶丽的心情，又把他的不愉快咽了回去。叶泽春说："算了，不说这些了。再说也没什么用了。我爷爷说得对，现在最主要的任务是把你的身体养好。"叶丽不再吭声了，她理解叶泽春此刻复杂的心情。现在，她也不知道该怎么样来安慰丈夫了。

病房里又变沉寂了。

又过了很久，叶丽对叶泽春说："你心烦的话可以出去走走，在外面走走心情会好一些。"

叶泽春说："不用了。我心里慢慢平静了，就这样坐着吧！"

叶丽拿过叶泽春的手，放在自己的手心里，来回地摩挲着。叶泽春忽然非常感动，俯下头来在叶丽的脸蛋上亲了一口，说："对不起，我让你难过了！"

叶丽摇了摇头，又用手抚摸着叶泽春的脸说："没有，你没让我难过，现在，你反而让我感到安慰，我没有嫁错人，我找到了一个好丈夫。"

叶泽春呜呜地哭了："我有时候感觉我们活得太累了，真的，做什么事都有压力。本来，你流产了，我不是很难过，可是我一看到我妈难过我就非常痛苦，我不想让我妈难过，我想让我妈开心一些。"

叶泽春的话仿佛一把铁锤也砸出了叶丽内心的压抑感，泪水再一次蒙上了叶丽的眼睛，但她安慰叶泽春说："你做得没错，我换作是你也会这么做的。过两天我会向你妈解释的，我会争取你妈原谅的。"

叶泽春更加激动地哭着，叶丽很少见丈夫这么哭过，但是自从她住院后，丈夫已经两次这样动情地哭过了，这让叶丽心里何等的不是滋味！但是她不知道该怎样安慰丈夫，她只能将丈夫搂在怀里，不停地抚摸着他的头。

21 冤家宜解不宜结

和婆婆分手以后，苏美华并没有回到自己的家里，而是来到儿子家。她要让叶丽爷爷和叶丽妈第一时间知道这件事情。她要让他们感到尴尬，感到羞愧，从内心深处感到理亏，永远在她面前抬不起头来！另外她还要为她以后的行为做铺垫，她要让他们知道，以后不管她做什么都是理直气壮的，他们没有任何反驳的权利。

叶丽妈为苏美华打开了门，见她沉着脸，非常吃惊，小心翼翼地问："亲家母，今天怎么了？叶丽惹你生气了吗？"苏美华也没回避，气呼呼地说："等一下，你就知道了，先到屋里去，把门关上。"叶丽妈慌忙把门关上，跟着苏美华来到他们住的房间。苏美华坐下了，她才想起到客厅为苏美华沏茶。

叶丽爷爷见苏美华沉着脸，并且直接进了他们的房间，心里也是咯噔一下。这次重新回到孙女家来，叶丽爷爷已经觉得后悔了，为此他昨晚几乎整夜没睡。他自责为什么不能坚持一下，为了孙女他已经受了一辈子的苦，他为什么不能再忍受一段时间？他们已经老了，没用了，死了也就死了，为什么还要给可爱的孙女再添麻烦？他这一回来，虽然日子过得舒服了，可是自己的孙女要受多大的苦？他的意志也太不坚定了，太冲动了！昨天苏美华来的时候，他已经明显感到了苏美华的不满，他该怎样去面对苏美华？

此刻，这位憨厚的老人理亏得心里砰砰乱跳，良久才憋出一句话："你是从家里过来的吧？"苏美华直截了当地说："从医院。"叶丽爷爷心里又是咯噔一下。叶丽奶奶本来面朝里在床上躺着，听到苏美华说话，忽然转过身来，瞪着眼睛直直地看着苏美华，看得她心里极不舒服。

叶丽妈为苏美华沏好了茶，放在了她面前的一个板凳上。苏美华也没用手去接，更没有去看茶杯。

叶丽妈在自己的床上坐下来，小心翼翼地问："叶丽是不是说什么话惹你生气了？"

苏美华忽然扯着嗓门说："岂止是惹我生气了，她简直要把我气死了！她没和我们任何一个人说就打掉了孩子！”苏美华说着，眼泪涌出了她的眼眶。

叶丽妈心里一惊，仿佛自己正躺在手术台上，医生的手术刀在自己的身上划着，眼前的电源忽然被截断了，她不仅震惊还感到了一种恐惧和心疼。

叶丽爷爷也惊呆了，苍老的脸一下子变成了一块雕塑。只有叶丽奶奶没有反应，但她的眼睛却直直地瞪着苏美华。

“真的吗？亲家母！”叶丽妈愣了很久以后，才想起又问。

苏美华气愤地说：“这种事情我也要给你瞎编吗？”

叶丽妈哭了，说：“这孩子怎么这么不懂事呢？她不知道大家多么期待这个孩子的降生吗？她这么做让大家多么伤心？亲家母，对不起，我没有管好我的女儿，这一天她爷爷她奶奶刚来，我忙得一点歇息时间都没有，也没想起给她打个电话，问问她的情况！”苏美华打断叶丽妈的话说：“你不要说这些了，你一说这些我更生气，她爷爷奶奶不是好好地安排在叶丽她叔叔家吗？怎么说回来就回来了，叶丽冲动，你已经是大人了，也要跟着冲动吗？叶丽爷爷奶奶就不能暂时吃一下苦，为孩子做出一点牺牲？”

叶丽妈无语了，更悲伤地哭着。

叶丽爷爷说：“都怪我，我让大家受累了。儿亲家，你要生气就冲我吧，我没有听从你的安排，我对不起你！”叶丽爷爷说着也忍不住地老泪纵横起来。

这让苏美华看得有点伤心：“算了，算了，已经这个样子了，怪谁也没用，以后的事情你们考虑着办吧！我也不想再说什么了。”说完，她站起身来告辞了。

走出儿子家，苏美华心里却涌出一丝快意，她终于出了第一口气了。

但是，苏美华走后，叶丽妈坐不住了，她不再为叶丽的流产而生气，而是想着叶丽流产了谁在照顾她，她的身体能吃得消吗？她受气了吗？苏美华刚才在医院训斥她了吗？叶丽妈越想心里越难受，慢慢地她又恼恨起苏美华来：这个该死的女人，她有什么资格来教训他们！她以为她所做的卑鄙下流的事情，叶丽和她不知道吗？可恶，太可恶了！生了一会儿苏美华的气，叶丽妈又心疼起女儿来，孩子现在的身体到底怎么样？她心里有压力吗？

见儿媳嘟嘟囔囔个不停，叶丽爷爷说：“要么你去看看孩子吧，别在这瞎着急了。你这样转来转去，我也受不了了！”

叶丽奶奶说：“我也受不了了。”

叶丽爷爷大声呵斥老伴说：“别说话，没人把你当哑巴！烦不烦你？”

叶丽妈说：“要么我去吧，你们先自己照顾一下自己，不然我会急死的。”叶丽妈说着又哭了。

叶丽爷爷说："你去吧，没事，不能让咱们叶丽吃亏了，只要咱们丽丽好好的，我们就是死了也值得。"他说着嗓音沙哑了。

叶丽妈赶紧换鞋，想以最快的速度赶到医院。可是她正要出门，叶丽奶奶却挣扎着想从床上坐起来。叶丽妈吓了一跳，问："妈，你要干嘛？"叶丽奶奶回答说："我要尿尿。"叶丽爷爷吼道："不许尿，坐那！这么长时间了也没见你尿尿，怎么孩子有事了你就想尿尿？"叶丽妈对婆婆说："妈，你先别尿好吗？让我先去看看咱们丽丽，看她受委屈了没有？"叶丽奶奶却不顾叶丽妈的劝说，坚持着要下床。叶丽爷爷气愤地说："这个死老婆子，这些天都不知道尿尿了，怎么现在又明白了。"叶丽妈急得不停地跺脚："妈，你听我们的话好嘛！"叶丽奶奶却好像不明白她的话似的。叶丽妈只好说："好好好，我扶你上厕所，真被你气死了！"

叶丽爷爷说："别管她，让她摔死得了。"叶丽妈着急地说："爸，您这不是说气话吗？我妈要是有个三长两短，丽丽能好受吗？现在不要添乱了。"

叶丽爷爷说："要么你先给丽丽打个电话吧，问问孩子的情况怎么样，比你这样着急好。先给你妈拿块饼干让她吃，让她先躺下来。"

叶丽妈说："对，我把电话给忘了。"

她慌忙拿了一把饼干递到叶丽奶奶手上说："妈，咱们先不急着上厕所，先吃饼干好吗？"

叶丽奶奶看了看儿媳递过来的饼干，说："吃饼干。"说着，接住一块饼干又躺到床上去了。叶丽妈慌忙走到客厅拿起电话拨了女儿的号码。

叶丽正在安慰叶泽春，听见手机响，从床头柜上拿过手机，一看是家里的电话，慌忙按了接听键。

叶丽妈并不知道叶泽春就在叶丽的身边，听见女儿"喂"了一声，便着急地问："刚才你婆婆来了，说你流产了，是真的吗？你现在的身体怎么样？妈和你爷爷在家里快急死了！"

叶丽非常吃惊，她没想到婆婆会这么快去她家里，把她流产的事情告诉给她的家人，她一下想到了母亲心疼她的样子，不由得一阵心酸，眼泪不自觉地又流了下来："妈，没事的，我身体好着呢。"

叶丽妈说："你还没回答我的问题呢，你是真的流产了吗？"

叶丽"嗯"了一声。叶丽妈的眼泪便流下来了，说："你怎么这么轻率呢？难怪你婆婆要生气呢，你现在身体能吃得消吗？你怎么不告诉妈一声，让妈过去照顾你！妈现在想着就心里难受！"她说着，一声一声地啜泣起来。

叶丽也不由得变了腔调，说："妈，我没事的，你们都不要操心，你在家服侍好我爷爷奶奶，我明天就回去。”

叶丽妈哭着，不知道说什么好。

叶丽更难过了，沙哑着声音说：“妈，你别哭了，我没事，我真的没事。”

叶丽妈说：“我女儿第一次有孩子就是这种情况，妈想着怎么不难过？怎么不心疼？”

母亲的话像一支支强大的制酸剂打进了叶丽的心里，让她心里酸楚不已。她忍不住这份酸楚带来的连锁反应，哭得更加厉害，最后她只好将手机挂断了。

看见妻子越来越伤心，叶泽春生气了，他拿起手机到走廊里给母亲打了一个电话：“妈，你是不是到我们家去了，谁让你这么急着把叶丽流产的事告诉给她妈的，你还嫌叶丽不够难受吗？你一定要让所以的人都跟着伤心吗？”

苏美华在电话里教训儿子说：“你怎么和妈说话的？叶丽流产了，她母亲不应该知道吗？”

叶泽春说：“我不明白你是什么意思，你让大家心里先平静一下不行吗？”

苏美华的嗓门越来越高：“你说妈是什么意思？妈把你养成人了，你知道顶撞妈了，把妈不放在眼里了？你媳妇伤心了，你丈母娘伤心了，你心疼了？妈伤心了，你知不知道？”

“妈，我不是这个意思。”

“你是什么意思，你的意思是让妈去给你媳妇，给你丈母娘道歉吗？”

“妈，你怎么越说越离谱了？”

“妈怎么离谱了？你给妈打电话是什么意思？你不是要责问妈吗？妈做错事了，你想教训妈！”

“妈！”

“你太让妈失望了，你太让妈伤心了，妈把你养这么大，为你付出了那么多，妈图什么？你告诉妈，妈图什么？”

叶泽春听到母亲哭了，然后就是母亲挂断手机的声音。

一种郁闷油然而生，叶泽春一下子将手机扔出去好远好远！

叶泽春再回到病房的时候，叶丽已经穿戴整齐，坐在床沿上，手里还提着包，好像准备出去的样子。

“你想出去吗？”叶泽春有点吃惊，问。

“我想回去一趟，我怕我妈和我爷爷着急。”

叶泽春沉默了一会儿说：“你感觉身体能吃得消吗？”

“休息几个小时了，应该差不多了。你拿主意吧，我听你的。”

叶泽春又犹豫了一会儿，说：“好吧！咱们打车回去。”

叶丽动情地对叶泽春说：“谢谢你！”

叶丽站了起来，往前走了两步，立刻弯腰扶住了床头。叶泽春说：“我背你吧，你别逞强了。”说着，在她面前弯下腰来。叶丽听话地趴在了叶泽春的身上。

叶泽春背着叶丽走过了走廊，来到电梯口，下了电梯，又背着叶丽走出了医院的大门。期间，许多人都向他们投来了好奇的目光，叶泽春却没有丝毫的犹豫。此刻，叶丽感觉丈夫的后背是那样的坚实和温暖。

直到坐到了出租车上，叶泽春才整理了一下西服，明显地出了两口长气。叶丽拿过叶泽春的手，说：“我很重吗？”叶泽春憨憨地笑了笑说：“不重，只是路程远了，就显得有点重。”

叶丽趴在了叶泽春的腿上，叶泽春感觉到自己的手背变得湿润。叶丽轻轻地说：“这一刻我感到非常幸福。”叶泽春便把自己的头也弯下来，压在叶丽的头上。

下了车叶泽春又将叶丽背回到了家里。

叶丽妈正给二女儿打电话，向叶焕说叶丽的事情，见叶丽回来，她忙放下电话，立刻小跑着过来扶住叶丽：“你刚流产，不在医院住着，怎么回来了？”叶丽小声说：“我怕你和我爷爷担心，回来让你们看看，明天我再回去。”叶丽妈脸上便布满了泪水，哽咽着说：“你瘦得让妈都不敢认了。”

听见孙女的声音，叶丽爷爷拄着拐杖站了起来，晃晃悠悠地往外走。叶丽看到了，慌忙对爷爷喊：“爷爷，您别动，我这就过来。”说着想快步朝爷爷跑去，但是，她的脚底下一软，差点跌倒，叶泽春慌忙将她扶住。叶丽爷爷见孙女差点跌倒，也想快步过来扶孙女，动作却明显缓慢起来，叶丽妈慌忙跑过去扶住他。

叶丽在叶泽春的搀扶下快步走到爷爷的跟前，握住爷爷的手，叫了一声：“爷爷！”便再也说不出话来，只有泪水在她脸上流淌着。

泪水也从叶丽爷爷的眼睛里涌了出来，他声音颤抖着说：“都怪爷爷，是爷爷不好，拖累了你！”

叶丽哭出声来，说：“爷爷，是孙女不好，孙女没赡养好您，让您和我奶奶都受苦受罪了！孙女以后一定要好好孝顺你们！”

叶丽妈害怕公公和女儿过度伤心，忙说：“爸，什么都别说了，快让丽丽坐下来。”叶丽爷爷好像突然明白了，也对叶丽说：“你妈说得对，现在什么都别说了，赶快坐下来，让泽春也歇息歇息。”

叶丽却走到奶奶的床前,坐在奶奶的旁边。叶丽奶好像还没有注意到她，面朝里继续睡着。叶丽叫了两声“奶奶”，叶丽奶才挣扎着要转过身来，想看看眼前的人是谁，嘴里学着叶丽说：“奶奶。”更多的泪水便从叶丽的眼睛里涌了出来。她先帮着奶奶转过身来，让奶奶能看到自己，然后摸着奶奶的脸说：“我是您的好孙女丽丽，认出我了吗？孙女回来看您来了！”奶奶不说话，只是木呆呆地看着叶丽。”

叶丽又说：“我是丽丽，您还没认出来吗？叶丽奶奶说：“我是丽丽，您还没认出来。”叶丽说：“奶奶，您怎么成了这个样子？”说着，趴在奶奶的身上哭泣着。

叶丽爷爷说：“好孩子别哭了，每个人都有老的时候。这是自然规律，要说你奶奶来到这后情况还好了些，还记起你妈来了，一天还能说几句话。在你四叔家她是一句话都不说的，和傻子一样。”

叶丽含着泪问母亲：“是真的吗？”叶丽妈回答说：“是真的，你看你一叫她，她就知道转身了，她能听出你的声音。”叶丽又对奶奶说：“奶奶，您一定要越来越好，这样孙女心里才高兴，孙女就是受再大的委屈都愿意。”

奶奶也许为叶丽的眼泪感动了，她忽然抓住叶丽的手紧紧地攥着。叶丽一愣，随即又高兴得笑了，脸挨着奶奶的脸说：“您是我的好奶奶！”这一下，叶丽的情绪才稳定下来，和爷爷、母亲攀谈起来。

在医院里又打了一天点滴，叶丽便出院了。叶丽出院的时候，苏美华和刘一慧都没有来，叶丽心里虽然有些难过，但也能想通，在叶泽春面前半字没提。倒是叶泽春嘟囔了一句：“都是些什么人？”除此之外他也没再说什么了，自己一个人忙活半天将叶丽接回到家里。

回到家里，叶丽心里便安静了下来，她首先想了以后怎样照顾爷爷奶奶的事，然后又安排了工作的事。工作这一块，因为叶丽平时对大家非常好，在她住院期间，大家非但没有丝毫松懈，而且更加努力，经常自发地开会讨论，情绪空前高涨。“叶丽姐您就放心吧，我们一定会掏出我们全部的智慧的。”大家说。

“幸亏有这一帮好同事，不然这一次的任务真的要砸了。”叶丽想。

见女儿回来了，叶丽妈开始想着法子给叶丽补身子。她去买了两只鸽子，一只乌鸡，又买了枸杞子和红枣。东西买回来后，叶丽妈极细致地洗切，然后用高压锅先为叶丽炖了一碗乳鸽汤。

看到母亲将乳鸽汤端到自己的跟前，叶丽非常感动，她再一次想起母亲和爷爷奶奶为了养育她所付出的艰辛。

“给我爷爷和奶奶也盛一碗吧！”叶丽含着泪说。

“都有，妈熬的多。我这就盛去。你先喝吧！”叶丽妈说。

叶丽却把汤递给了爷爷，说：“您先喝，我等一下喝。”叶丽爷爷说：“你先喝吧，你身体都成那样了，还让爷爷！”叶丽说：“爷爷，没事，我们是年轻人，别看我身体弱，很快就会恢复过来的。”爷爷说：“你的身体现在能把爷爷心疼死，爷爷怎么喝得下去！你赶紧喝吧，爷爷现在营养丰富着呢，不差这一碗汤。”

这时候，叶丽妈又端了两碗汤进来，对叶丽说：“你赶紧喝吧，爷爷奶奶都有。”自己把汤喝完了，叶丽开始看着母亲给奶奶喂饭。奶奶现在吃饭非常慢，再好的东西她好像都没有食欲了。叶丽妈把勺子递到她的嘴里，她却不停地用手阻拦，一副不想吃的样子，跟小孩子似的。

叶丽对母亲说：“我来给我奶喂吧！”叶丽爷爷说：“你喂也不顶用，她现在脑子不管用了，自己想什么就是什么，不认人。”叶丽又开始伤感，心想奶奶才回去了几天就成了这样了？想到这，她对四叔四婶有了一丝恨意，心想他们怎么能这样对待他们的父母？可是，叶丽不敢把这些话说出来，怕爷爷和母亲伤心。叶丽又想母亲真是一个善良淳朴的女人，她一生受了多大的苦，可是她从没抱怨。想到这，叶丽又在心里暗暗发誓，现在她一定要养好爷爷奶奶和母亲。

“妈，这两天我不挑食了，你什么菜都可以给我做一些，我要尽快好起来，我要推着我奶奶出去散步。”叶丽对母亲说。

下午，经理和同事们都来看望叶丽，为叶丽的流产深表遗憾，都向她表达了美好的祝福。这让叶丽的心情又轻松了许多。同事们走后，叶丽想，人这一生阳光总会比阴暗多一些，她应该将以前发生的所有不愉快的事情统统忘掉，从现在开始，她还要以积极的态度对待人生。

叶丽这样想的时候，叶凯成来了，她正好放下思想包袱和叶凯成攀谈起来。

叶丽问叶凯成，婆婆为什么没来？叶凯成直截了当地说：“她可能生你气了。”叶丽便对叶凯成说：“爸，你回去后先替我向我妈道个歉，就说我这次的确做错了，这一点我也意识到了，当时我考虑得不够全面，现在想想非常后悔。让我妈相信我，我会尽快为咱们家生一个健康可爱的小宝贝的。”

叶凯成轻轻地点了点头：“爸现在担心你的身体，把身体养好吧，别的什么都别想了。”叶丽说：“我会的。我要尽快调整过来。”叶凯成见叶丽已经没有了心理负担，欣慰很多，他回过头来又和叶丽爷爷、母亲说了一些宽慰的话，然后告辞了。这时候，一家人的气氛才缓和下来。

公公走后，叶丽心里更加舒服一些，公公不仅博学而且仁义，做事公道而有分寸，她相信有了公公的支持，她一定会和婆婆处好关系的。然而她哪里会想到后边会有更大的痛苦在考验着她！

三天后，叶丽感觉身体有了力气。她一边加大了工作强度，一边又开始精心照料起爷爷奶奶来。

但是，这件事后爷爷却始终在为叶丽流产的事伤心，感觉自己老了老了却没有毅力了，受不了苦了。自己受点苦怕什么？毕竟是快死的人了，早死一天有什么不好？为什么要拖累孙女，孙女毕竟是别人家的人呀！

叶丽对爷爷说：“爷爷，您别这样想了，什么事不是您想瞒就能瞒得过的，再说我四叔成了家后，您就没和人家在一起住过，有隔阂是肯定的了，想处得融洽是不可能的事情，除非我四叔非常孝顺，我四婶还要非常大度。我虽然嫁给了叶泽春，但是现在男女平等，我是个自由人，我不属于任何一个人，他们只不过像你们一样是我的亲人，他们没有任何权利决定我的生活，你不要把事情想得那么复杂。我爸去世了，我是家里的长女，我有百分百的理由来赡养你们，更何况您又当爷爷又当爸爸，养育了我爸又养育了我们，一生受了多大的苦，别说我四叔四婶有意见，就是没意见，我也不会长期让您住在他们家的，我这才是您的家，只有在我这您才住得安心住得安稳。别多心了，和我奶好好享受你们的晚年。不要管我婆婆他们怎么想，他们一定要反对，只能说明他们心胸狭窄，缺乏道德，我不会理他们的。再说了，孙女又不是那种懒惰缺乏智慧的人，你放心吧，我会处理好和他们的关系的。”

爷爷伤心地说：“道理爷爷也懂，可是看见你受苦，爷爷心里难过。爷爷一开始就担心爷爷来会给你制造麻烦，现在麻烦还是来了，爷爷心里愧疚。”

爷爷说着哽咽了。

叶丽很伤心，安慰爷爷说：“没事的，您不要多心了。我妊娠反应不这么剧烈就不会出现这么多的事情，这完全是个意外，以后会慢慢好起来的。

等我新接的这份工作完成以后，我可以怀孕，照顾一下我婆婆他们的感情，到时候一切都会好的，您就别多想了。”

叶丽这话让爷爷心里多多少少有了一些安慰，爷爷说：“你到时候可一定要怀孕呀，不然爷爷以后都无脸在你这里呆了。”

“您放心吧，我一定会的。”

“等你婆婆再来，我就把这话跟你婆婆说了，让她心里也好受一些，冤家宜解不宜结！”

但是还没等叶丽爷爷开口说这样的话，突然而至的变化就让老人悲凉地去世了。这是后话。

为了让爷爷奶奶活得更健康开心，除了多陪爷爷奶奶聊天以外，叶丽又开始了给爷爷奶奶按摩、洗脚，天天坚持。爷爷对叶丽说：“你太累了，不要做了。”叶丽哄爷爷说：“少做一会儿，没事。”

爷爷的身体只需要慢慢调理，但是奶奶越来越痴呆让叶丽非常揪心。为了尽量延缓奶奶的病情，叶丽每天腾出一个小时在网上搜索有关治疗老年痴呆的帖子，发现好点子她就会运用到实际当中来，有时搜索到她认为有用的药她也会买一些，但是叶丽也不明白这些昂贵的药物对一个即将八十岁的老人能有什么用？

最终，叶丽还是注重“亲情疗法”，多给奶奶做头部和脚底按摩，多陪奶奶说话，力争唤醒奶奶的记忆。

为了能让爷爷奶奶多出去走走，换换心情，叶丽让叶泽春又将他同事家的轮椅借了回来。准备和母亲一起，推爷爷奶奶出去，逛商场，和社区的老人聊天。

没想到叶泽春将轮椅借回来的第一天就出事了，苏美华借此事大做了一篇文章，最后直接导致了各种事故的发生。

22 我要让儿子和她离婚！

叶丽的流产一直让苏美华耿耿于怀。她郁闷的是自己第一次给叶丽施展家长的威力，竟然被叶丽轻描淡写地化解掉了，这无疑是在她脸上扇了几个响亮的耳光或者说在她心上狠狠地抽了几鞭子。她如何咽下这口气？她从来都是礼让叶丽的，但是这次她一定要给叶丽点颜色看看，让她知道在这个家庭里，在她心里谁重谁轻？她是叶家的媳妇，她是属于叶家的，他们让她怎么做她就要怎么做！

想到这，苏美华又开始对叶丽爷爷奶奶产生一丝丝恨意，他们两个都是什么人？又脏又麻烦，怎么总是呆在他儿子家不走？她现在一想起儿子就想起这两个老不死的老东西，心里就如同吃了苍蝇一般难受。现在不要说感受儿子对她的爱了，不管是儿子到他家来还是她到儿子家去，她都会被这两个老不死的老东西弄得心烦意乱。

因此，苏美华无法静心地坐在家里，虽然她不愿看见叶丽的爷爷奶奶，但是她还是想到儿子家去，她想去看看叶丽回去后到底是在干什么？

没想到，她一到儿子家里就看到了摆放在客厅里的两张轮椅。当时，她心里就像被猫爪抓了一样。一种说不清是嫉妒还是愤恨的感情迅速地涌上她的心头。她当时就有一种想冲着叶丽大喊的冲动："你真的把我儿子家当成养老院了？"可是她压制着自己的火气，此刻她还知道自己是有知识的人。

叶丽看见苏美华盯着轮椅看，心里咯噔一下，以为苏美华又嫌自己买东西了，忙向她解释道："这是泽春借的。两张都是。"

苏美华没有吭声。

叶丽妈听见叶丽叫了一声妈，知道是苏美华来了，连忙走了出来，正看见她阴沉着脸，讪讪地笑了笑，也向她解释道："叶丽她奶现在几乎不能走路了，叶丽便想着用轮椅推着她奶奶出去转转。"

苏美华本来想问："她奶奶不会走路了，怎么会借两张轮椅呢？"可是话到了嘴边，她又把此话咽了回去，这不是白问吗？叶丽还有爷爷呢！

但是苏美华得给她之所以阴沉着脸找个理由，因此她说："叶丽刚出院，不要让她整天推着她爷爷奶奶出去瞎转。"

叶丽爷爷拄着拐杖走了出来，尴尬地说："这是孩子的一片心意，我们很少让她推我们出去，轮椅也是泽春昨天晚上才拿回来的。"

苏美华听了这话，心里更不舒服：怎么了，你还嫌泽春把轮椅拿回来得晚了？你没看你给我们家泽春添了多大的麻烦？

这时候苏美华看到了叶丽爷爷的脸和手，皮肤黝黑且粗糙，布满了皱纹，而且不管是脸上还是手上都有几块老年斑。虽然叶丽将她爷爷穿着得非常干净，但是苏美华觉得他也是泥土里挖出来的土坯子！

苏美华真不想再和叶丽爷爷他们多说一句话，可是她不能刚进了儿子家门就走，她总得说几句话，表个态。苏美华又对叶丽妈说："亲家母，这两天你就辛苦一些，尽量少让叶丽走动。"又对叶丽爷爷说，"老伯，你们也一样，叶丽是好孩子，但是我们要知道爱护她。"

叶丽爷爷尴尬地说："儿亲家说得对，孩子刚出院不能让她干这干那的，我们会注意的，你放心。"

苏美华又问："叶丽奶奶这两天好着没？"

叶丽妈说："好着呢，就是走不了路了。"苏美华说："走不了路也好，你稍微可以轻松一点儿。"说完这话，苏美华觉得此话不妥，又说："但是别让老人家得褥疮，得了褥疮就更麻烦。"叶丽妈说："这我知道，我经常扶老人家坐起来，或者抱着她走走，不让她经常躺在那儿。"

苏美华没有坐下来，而是又来到叶丽爷爷奶奶的房间，她想看看叶丽奶奶到底是一个什么样子？

叶丽奶面朝里睡着，大家走进来，她一点反应都没有。叶丽爷爷冲着老伴喊："转过身来，儿亲家来了。"叶丽奶奶听见叶丽爷爷喊，转过头来，但是因为她的身子没动，所以看起来非常吃力。叶丽妈就想过去帮助婆婆翻过身来，她一只手扶在婆婆的脖子下，一只手扶在婆婆的臀部，当她手放上去的时候，她却忘记了苏美华的存在，喊了一声："丽丽，快，你奶奶又尿裤子了。"

叶丽忙跑过去，提起奶奶的裤腰，在母亲的帮助下，从奶奶的下身处拿出一个纸尿裤来。纸尿裤还向外边冒着热气。

苏美华一下子恶心得想吐，她忙转过身去。叶丽则大大方方地提着纸尿裤扔到外边的垃圾筐里去了。

叶丽再回来，也没有注意苏美华的表情，而是急忙从奶奶床前的一个衣柜里拿出一条新裤子和一张新的纸尿裤，和母亲一起把奶奶尿湿的裤子褪下来，然后把新裤子给奶奶穿上。在这个过程中屋子散发着一股浓烈的尿骚味。苏美华再一次恶心得想吐，下意识地用手捂住了鼻子。叶丽爷爷看见了，对她说："儿亲家，你先到客厅里坐会。"叶丽妈这才想起苏美华还在场，不好意思地对苏美华说："对不起，让你受影响了，你先坐外边。"苏美华说："没事，没事，你们忙你们的！"说着却向外走去。

来到客厅，她想坐下来，又想：赶紧走吧，呆在这干嘛？恶心死人了！又一想，这样做不好，意图过于明显，让叶丽爷爷他们明显地感受到歧视。于是苏美华在客厅里站了一会儿。

叶丽想把奶奶尿湿的裤子拿到洗手间里，看见了苏美华，说："妈，要么您先到我房间休息会。"苏美华说："不用了。你忙你的。"叶丽便提着奶奶尿湿的裤子往洗手间走。苏美华又说："你把那裤子还不扔到门外垃圾筐去，拿到洗手间干嘛？"叶丽说："这不是那种一次性裤子，放到洗衣机里洗一洗还能穿。"苏美华立刻想：天哪，我儿子的衣服也要在洗衣机里洗，你怎么能把你奶奶尿湿的裤子放在洗衣机里洗呢？你们家有几个洗衣机？苏美华差一点大喊起来，可是她又想起喊一喊有用吗？叶丽也许早已经这样做了，儿子早已经遭殃了！她真的有点气急败坏了。

叶丽出来后，苏美华问叶丽："你们家几个洗衣机？"叶丽回答说："一个，怎么了，妈？"苏美华说："你应该再买一个洗衣机，你们的衣服和你爷爷奶奶的衣服分开来洗。一个洗衣机又不贵，便宜的五六百元。"

叶丽立刻明白了苏美华的意思，心想我难道还要嫌弃我爷爷奶奶吗？洗衣服是用水洗，洗完了，水就放掉了，不是用别的东西洗，洗完了还会剩下来，继续洗你儿子的衣服？可是叶丽不愿意和苏美华顶嘴，显得很屈服的样子说："好的，妈，我明天就去买。"苏美华说："你别去买了，我让泽春去买，买一个更好一点的，这个洗衣机就用来洗你爷爷奶奶的衣服吧！"叶丽笑着说："好。也行。就让泽春去买吧！"心里却非常地难受。苏美华说："今天泽春怎么到现在还没回来，已经六点多了！"叶丽说："他们单位这两天忙，泽春要下乡。"苏美华说："那我不呆了，我还要回去给你爸做饭。"叶丽说："我多做点你给我爸带回去。"苏美华说："不用了。"说着就向门外走。

叶丽妈赶紧出来说："亲家母，在这吃了饭再走！"苏美华看也没看叶丽妈，说："不用了，你们忙吧，以后让叶丽多休息。"

叶丽爷爷赶了出来，说："儿亲家，再坐会吧，我还想和你多说说话！"

苏美华是一分钟都不想多呆了，说："不了，明天吧，凯成该回来了，他回来后看不到我会急的。"说着走出了叶丽家门。

苏美华走了以后，叶丽爷爷哎了一声，说："她是嫌我们脏呀！"

叶丽安慰爷爷说："城里人基本上都这样，假干净，您别往心里去。我们不嫌就行了。"

叶丽爷爷说："这些都是矛盾，我怕你婆婆心里不舒服！"

叶丽妈说："爸，以后你理直气壮点，咱们在咱女儿家住的，别总看他们的脸色！"

叶丽说："就是，再说泽春也没计较，我婆婆要计较让她计较去。她说什么我们不顶撞她就行了。"

爷爷说："爷爷怎么能理直气壮得起来呢，现在和你奶奶都是这个样子？爷爷也是，这一次为什么要回来呢？爷爷要是不回来就没有这么多事了？"

叶丽说："爷爷，您又多想了，我跟你说过，你和我奶抚养了你孙女，你孙女赡养你是天经地义的，这没什么好计较的。我婆婆她也应该理解，她如果真的不理解那是她的事，孙女不会去管他的。孙女有自主性，不是谁的附庸。"

叶丽妈说："你婆婆今天来，或许是为了改善关系的，大家都别多心了。爸，你以后也别多想了，叶丽说得对，你跟着我们，我们就要赡养你，别人管不着。你现在在你孙女家呆着，不是在别人家呆着，腰板挺起来，底气放足一些。"

叶丽安慰爷爷说："就是，咱们高高兴兴的，您看您来了这么久，泽春没有半点讨嫌你们的行为吧！"

叶丽爷爷说："没有。"

叶丽说："就是嘛，我婆婆她就是那样的脾气，您别往心里去！现在把您的身体养好是最关键的。"

爷爷说："嗯！"

苏美华从叶丽家出来，心里变得越来越难受，两张轮椅，叶丽爷爷病恹恹的样子以及叶丽奶躺在床上大小便的情景让她如同进了农村的厕所。她不敢回味，一回味就悲哀得恨不得扇自己几个嘴巴。当初，她是怎么同意儿子的婚事的，她怎么找了这么一家亲戚？先不说自己有没有好心情，他们给儿子要造成多大的影响？儿子穿衣服也要穿充满了尿骚味的衣服！再说她付出了半生的辛劳，她得到了什么？想要一个孙子还让叶丽给流产了！碰到这样一家亲戚，她以后会幸福吗？叶丽爷爷和奶奶不知道要活到哪一年，叶丽要在他们身上耗费多少精力？

苏美华心里又是嫉妒又是难受，嫉妒的是叶丽会对她爷爷奶奶这么好，难受的是她怎么什么都得不到呢？苏美华越想心里越纠结，一会儿就难受得要走不动路了，心里像吞下了一大块无法消化的硬物。

苏美华的眼睛开始变酸，她忽然觉得她是那样的悲哀，她已经是快六十岁的人了，幸福为什么还要偏离她的人生轨道？她这样活着有什么意义？不行，她不能这样活着，她必须追求她的幸福，一定！叶泽春是属于她的，叶丽也是属于她的，他们首先要保证她的幸福！这是最起码的！想到这，苏美华忽然想发泄一下，她恨不得把自己的挎包扔出去。

当苏美华抬头想寻找发泄物或者发泄的地方时，她忽然看见叶泽春从一个小车里钻了下来。紧接着从小车里又下来一个年轻漂亮的女孩子，苏美华忽然想起来了，那女孩子是叶泽春的同事——那个银行副行长的女儿安米琴！

苏美华慌忙闪进一个小商店里，透过商店门观察着两人的举动。只见叶泽春和安米琴挥了挥手，然后大步流星地向家走来。苏美华慌忙把脸扭向商店里边。等叶泽春从她面前过去了，她才重新扭过脸来。这时她发现安米琴还没有上车，还站在车门外痴痴地望着叶泽春的背影。这个情景让苏美华一下子想起了叶泽春过生日那天，安米琴为叶泽春买花的事情。苏美华忽然间明白了——安米琴喜欢她的儿子！这时候一个大胆的想法突然间就在她心里产生了！

苏美华看见安米琴要钻进小车的一刹那从商店里冲了出来，迅速地跑向安米琴，然后叫了一声："米琴。"

安米琴愣了一下，回过头来，见是苏美华，惊喜地叫道："阿姨，怎么是您，您怎么在这？"

"阿姨刚从泽春家出来，在前边那个小商店买了点东西，出来就看见你了。"

"泽春刚回去，你没看见吗？"

"看见了，我出来时，他刚走过去。我刚从他家出来，不去了。我主要来看看叶丽。"

"我叶丽姐好吗？我说去看她呢，这两天工作太忙，你看现在刚从外边回来，中午也是在外边吃饭，一点时间都没有。"安米琴说着有点脸红。

"没关系，你们当然要以工作为主。你现在有时间没？阿姨想和你坐坐。"

安米琴愣了一下，不知道苏美华想干什么，她又不能多想，说："有时间，到哪里坐坐？"

"你还没吃饭吧，咱们找一个好一点的饭店，边吃边聊。"

“好吧，阿姨，您上车。我带你去。”

安米琴从车前绕过来，帮苏美华打开了右车门，苏美华一扭腰钻了进去。

安米琴将车启动了，苏美华问“你买的这辆车是奇瑞车里比较好的吧？”安米琴微笑着点了点头，说：“我买车的时候，好多人劝我买一辆更高档一点的车，但是我更欣赏你儿子说的一句话‘要时尚也要实在’，后来我爸也支持我的观点，就买了这辆车。”苏美华看了看安米琴，见她脸上洋溢着青春的笑容，又问：“你和泽春经常一块出去？”安米琴不知道苏美华为什么问这样一句话，小心翼翼地说：“我们是一个组的，你儿子是我们的组长。因为工作需要，经常一块儿出去。”安米琴说着，看到了一家装修得不错的饭店，随即将车拐了过去。

苏美华随安米琴下了车，进了饭店，这时，已有服务员迎了上来，问苏美华他们几位？安米琴抢着回答：“两位，有没有包间？”服务员说：“有的，在二楼。”说着，将安米琴她们引上了二楼。

坐下来后，苏美华对安米琴说：“小安，你今天想吃什么？阿姨请你。”安米琴羞涩地笑着说：“阿姨，你说的什么话？你是我的长辈，我应该请你才对。再说咱们认识以来，我还没请过你呢，今天就别和我争了，让我尽尽心吧。”安米琴的伶牙俐齿让苏美华很满意，她笑着说：“那好吧。今天就让你破费破费。”安米琴说：“阿姨太客气了，什么破费？我是应该孝敬你的。你看吃什么？”安米琴“孝敬”一词让苏美华心里温暖了一下，因此她直勾勾地看着安米琴，直到安米琴将菜单递到她跟前了，她才回过神来。苏美华说：“阿姨什么都能吃，既然你想请阿姨，你看着点吧！”安米琴说：“好。”然后问服务员：“咱们饭店有没有招牌菜？”服务员说：“有，芙蓉鲜螺，壳薄、肉厚、爽、嫩，配以鸡汤、金华菜更显味美。”安米琴说：“好的，先来道这个菜。”随后，安米琴又点了两道菜、一碗汤。

等菜的时候，苏美华和安米琴随便聊着，等吃了一会儿饭，苏美华忽然对安米琴说：“今天阿姨主要想问你一件事情，你必须得跟阿姨说实话！你能保证吗？”

自从苏美华说想和安米琴坐坐时，安米琴心里就一直忐忑不安，小心翼翼地回答着苏美华的每一句问话，同时猜测着苏美华的意图，现在听她这样讲，心里咯噔一下，不知道苏美华想说什么话，但是她又不能不回答，于是她说：“阿姨，我能保证，我没什么对你隐瞒的！”苏美华说：“那就好，阿姨就喜欢你这样的性格。阿姨想问你，你是不是喜欢我们泽春，早已在心里爱上他了？”

安米琴的脸腾一下红了，她刚才已经想到苏美华是不是猜到她喜欢上了叶泽春，怪她插足叶泽春的感情生活了？但是现在安米琴不能对苏美华撒谎，只好老实对苏美华说："阿姨，我的心思你早看出来了！"

苏美华说："嗯，你刚才看泽春的眼神让阿姨明白了这些！"

安米琴说："我是喜欢你家泽春，但是我们现在没什么，我没有引诱更没有强迫泽春做任何事情，我只是在心里喜欢他，自己享受着这份爱的甜蜜，等过几年我享受够了，我就会找个人结婚的，所以，阿姨，你不必为你家泽春担心。我不会破坏他的婚姻的。"

苏美华说："阿姨不是这个意思，阿姨现在倒希望你和泽春好，希望你们能走到一块。"苏美华说着眼睛忽然红了，不知道是为安米琴的话语感动还是为自己的处境难过？

安米琴大吃一惊，问："阿姨，是不是叶丽姐惹你生气了，哦，对了，你是不是怪罪我叶丽姐堕胎了？其实我叶丽姐也有她的难处，这么长时间了，忙不过来，她还要工作还要照顾她的爷爷奶奶。"

苏美华打断安米琴的话说："别提她的爷爷奶奶，一提他们我就来气。当初我就怀疑泽春和叶丽的婚姻，感觉我们和叶丽的家人不搭调，现在真的是这样了。你说阿姨现在想去看看我的儿子，想享受享受母子之爱，可是一进他们家，阿姨是什么感受？叶丽也是，她一点不体谅阿姨的心情，阿姨已经花钱把她爷爷奶奶安排回去了，阿姨为了自己心里高兴，愿意花这个钱，她怎么又把她爷爷奶奶接回来了，还为此流产了我的孙子？简直让阿姨太伤心了。"苏美华说着眼泪流了下来。

安米琴慌忙拿出一张餐巾纸递给苏美华，安慰说："阿姨，你别难过！我相信，我叶丽姐会处理好这些事情的。"苏美华说："她能处理好什么？她现在心里只有她的爷爷奶奶，哪里会有我们的位子！我今天去，还以为她能安心养她的身体，结果她一心照顾她的爷爷奶奶，完全置自己虚弱的身体于不顾。你说，她是这样的心思，她能理解我们的感情吗？"

安米琴本来想说叶丽姐就是孝顺也没什么的，可是又怕这句话说出来惹得苏美华更加生气，一时间不知道说什么了，只是安慰苏美华说："阿姨，你别难过了。"并再给苏美华递过去了一张餐巾纸。这反而让苏美华感到了安米琴的温柔，苏美华说："你听阿姨一句话好吗？如果你真的喜欢泽春，你就大胆地去追求去表白，只要我们泽春接纳了你，我们这边没有任何意见。阿姨现在真的有点受不了叶丽一家人了。"苏美华说着，眼泪又从她的眼眶涌了出来。

回到自己的家里，安米琴简单地和父母打了声招呼便走进了自己的闺房，母亲瞪着好奇的眼睛问：“你在外边吃过饭了？”安米琴心不在焉地回答：“吃过了。”母亲又问：“和谁一块吃的？是不是有男朋友了？”安米琴有点不耐烦了，说：“妈，你别问了！”母亲自言自语地说：“看来不是男朋友。”又对安米琴说：“好，妈不问了，不过，你应该考虑找男朋友了，妈还想早点省心呢！”母亲说着出去了。

安米琴将门关上，然后一仰身躺在了床上，躺下去后又拿起床头柜上的布绒娃娃搂在自己的怀里，将绒娃娃的脸贴在了自己的脸上。

苏美华的话让安米琴小鹿撞心。和苏美华分手后安米琴就有点迷糊，路上还差点闯红灯。

一开始见苏美华时，安米琴挺担心的，担心苏美华教训她，嫌她破坏叶泽春和叶丽的感情。可是，当苏美华说出反倒希望她和叶泽春好的话时，安米琴一切都明白了，此刻的苏美华已在心里排斥起叶丽来了，并且不是简单的排斥，好像已经到了不能容忍的地步，这对一直喜欢叶泽春的她来说无疑是一件好事情。

可以肯定地说安米琴对叶泽春有点迷恋，叶泽春那不卑不亢又很有主见的性格让安米琴陶醉。叶泽春很懂享受生活，但又不堕落，不消沉，事业上也有上进心，同时有正义感有爱心，在安米琴心里叶泽春简直是整个80后的领袖。虽然在单位里，叶泽春并没有混上太大的官职，但是安米琴绝对有理由相信这是叶泽春一年轻二不媚俗造成的，的确，在叶泽春心里好像就没有巴结人的奴性，有的只是英雄气概。叶泽春曾经对安米琴说过“活自己的，绝不做世俗的奴隶”，这句话让安米琴迷恋得疯狂。

安米琴曾经多次想象过和叶泽春生活在一起是什么情景，幸福是不是像花儿一样绽放？每次见叶丽时，安米琴很注意观察叶丽的表情，她很想从叶丽的表情上判断叶丽生活上的幸福感，但叶丽总是带着满足愉悦的表情。为此安米琴对叶丽充满了嫉妒。

但是，安米琴是受过良好教育的人，在她骨子里没有强夺人爱的想法，她鄙视这种自私的做法。为此，她不允许自己诱惑叶泽春，不允许自己给叶泽春施压，她只想慢慢地享受这份迷恋，享受这份迷恋给她带来的幸福感和陶醉。有了这份幸福感和陶醉，她的业余生活就会变得充实和短促。她会觉得生活很有意义。

然而，今天，苏美华将她内心这份平静打破了。苏美华给她了一份暗示，这份暗示也是她曾经期待过又无奈过的。同样，正是这份暗示让安米琴的内心变得紧张变得慌乱。她心里有了一份甜蜜又有了一份担忧。她不知道叶泽春是否会按照他母亲安排的道路前行？对于叶泽春，她是非常了解的，在婚姻问题上叶泽春有着非常清醒的认识，他对叶丽是百分百的忠诚。叶泽春不是那种喜欢胡来、求欢好色的男人，这也正是安米琴看重的地方。

想到最后，安米琴感觉适当可以向叶泽春示好，看情况的发展，毕竟爱情是自私的。想到这，安米琴又忍不住地将她和叶泽春的一张工作合影拿出来，甜甜地搂在怀里。这张照片是一家报社的记者为他们照的，当时是在宣传他们的工作。但是安米琴硬是从那名记者手里要回来了一张照片，她想将它永久地保存，此生此世她没有和叶泽春照婚纱照的机会，那么就让这张照片为她的单恋留下一份纪念！

安米琴曾将这张照片放大了装进相框里，放在自己的书桌上，以便自己每天能够看到，后来担心用意过于明显让同事看到，安米琴又将它放回到了相册里，专门为它买了一个大的相册，放在书柜里，以后想起叶泽春了，就它他拿出来搂在怀里。

然而，现在，苏美华是不是给了安米琴这个机会呢？

就在安米琴为苏美华的暗示胡乱猜想睡不着觉的时候，苏美华心里也不闲着。安米琴对叶泽春的暗恋让她似乎看到了一轮新的希望，她甚至觉得安米琴和叶泽春才是天造地设的一对。首先，安米琴的家庭可以说和他们的家庭门当户对，其次，安米琴的爷爷奶奶均已过世，根本没有叶丽那样的负担，这不管是对叶泽春来说还是对他们来说都是相当有利的。在小孩问题上，安米琴还和苏美华有着一致的想法，安米琴说她喜欢早要孩子，趁自己年轻，还有新鲜感，有精力带，等自己年纪大了，心劲就不足了，想带出一个高品质的小孩就有一定的难度了。这个观点很让苏美华受用，她甚至责怪自己以前怎么没有想到这一点。苏美华越发觉得没让安米琴做自己的儿媳妇而让叶丽做了自己的儿媳妇是一个错误。

但是，现在，这个现实几乎无法改变了。从儿子几次为了保护自己的媳妇不惜顶撞她的态度来看，儿子对叶丽是铁了心了。这也是苏美华想着心烦的地方。

而更让苏美华心烦的是丈夫叶凯成似乎也不赞成她的想法，叶凯成曾经多次跟她说过，让她不要去管孩子们的事情，孩子们的事情让孩子们去处理。这些观点常常让苏美华气炸了肺，孩子的事情如果单纯只是他们的事情，她又何必劳心伤神呢？但是，现在学校的事情常常弄得叶凯成焦头烂额，苏美华实在不忍心再拿这些事情去烦丈夫，否则的话他不知道和叶凯成吵多少回了！

苏美华越想越烦，干脆给叶凯成买了一包速冻水饺，反正自己也吃过了，管他叶凯成吃得滋润不滋润。他不是轻视家庭的温暖吗？那么就让他先尝尝冷漠的滋味！偶尔让他尝尝被冷漠的滋味未必不是一件好事情！

结果等了叶凯成很久，他也没有回来。苏美华不由得又生气了，恨不得将买回来的速冻水饺扔到垃圾筐去。这是一个什么样的家？大家都为某件事所累，那么温暖哪儿去了，幸福哪儿去了？

苏美华一屁股坐在沙发上，把速冻水饺和挎包愤怒地扔向一边，然后头靠在沙发上胡乱地生气。

夜幕悄悄地降临了，屋子里开始黑暗下来，电视、音响、茶几等逐渐变得模糊，并最终从苏美华眼前消失了。苏美华忽然觉得自己仿佛进入了一个墓地，她感到了一种从心底腾升起来的窒息，生命在这种窒息中也仿佛要离她而去。苏美华觉得这种窒息感越来越重，她的呼吸越来越困难。苏美华慌忙站起来把灯打开，然后抓起速冻水饺狠狠地摔在地上。

正在这时，门锁咔地响了一声，紧接着房门打开了，叶凯成开门进来。看到地上四处散落的速冻水饺，他愣了一下，随即又温和地问苏美华："怎么了？生我气了。我给你打电话，你手机关机了。"

苏美华这才想起，她在和安米琴进入饭店以后，她便将手机关机了。苏美华有这个习惯，有重要事情的时候，她不喜欢别人打扰她，以便让她的思想处于一种活跃的状态，专心地将一件事情做完。但是，往日，在她将事情处理完毕以后，她会及时地将手机打开，以免误掉别的事情，今天她却忘记了。

虽然想起了这件事情，苏美华依然没有吭声。叶凯成弯腰将散落于地的冷冻水饺一个一个捡起来，一边捡一边继续向苏美华解释道："最近一段时间学校扩建在资金上出现了问题，我陪几个银行的领导吃了顿饭，想从他们手上贷一些款。我也觉得很累，但是没办法，做着这个官就得做这些事情，除非我不干了，希望你能理解。"

眼泪悄悄地从苏美华的脸上流淌下来，她想和叶凯成大吵一架，但是她没有这个勇气。当初正是她鼓励叶凯成当这个官的，她不为钱只为名望。但是叶凯成上进心和责任心都很强，自从他当了这个官以后，他就把百分之九十的心思用到工作上去了。每次回到家里，叶凯成和苏美华闲聊的时间不会超过一个小时，更不要说陪她去逛街游玩了。刚开始，苏美华还非常支持叶凯成，可是，渐渐地，苏美华就感觉到郁闷，特别是当她渴望得到心灵安慰的时候，她想愉悦放松一下的时候。但是，苏美华自己也是班主任，她知道身在其位的压力，因此她也没法阻拦叶凯成，但她又需要释放自己的感情，叶凯成不能满足她这份要求的时候，她只能把希望寄托在儿子身上。谁能想到儿子这边现在也成了雾中花。你说，她苏美华能不伤心吗？

苏美华满肚子的委屈想往外喷发，可是她不习惯这个，自从她工作以后，她一直用一个高级知识分子的标准来衡量自己，撒泼和谩骂一直是她排斥的。可是她今天真的想发泄一次。她把叶凯成已经捡起来的速冻水饺又重新摔在地上，她还不解恨，又在眼前的水饺上踩了两脚。她的动作是笨拙的甚至是滑稽的，但是，她感觉到了一种发泄的快意。

“你？”叶凯成大惑不解，一丝愤怒也从心底油然而生。但他瞬间看到了挂在苏美华脸上的满脸泪水，他的愤怒又像失去了推力的浪水一样退潮了。他的话语又变得温柔：“今天怎么了，有什么不开心的事情？是不是又在为叶丽的事生气？”

苏美华忽然像小姑娘一样捶了一下叶凯成的胸膛，气愤地质问叶凯成：“我当初不同意泽春和叶丽结婚，你为什么要反对我？现在，你把我的家庭温暖还给我，把我的幸福还给我！”

叶凯成又生气了，他瞬间就明白了苏美华伤心的原因了，不耐烦地对苏美华说：“我就不明白，你为什么就不能尊重孩子的意愿呢，孩子是迫不得已，也是在做好事情，你为什么就不能屈就一下呢？我看是你的心理有问题！”

苏美华的火气一下子上来了，用从来没用过的大嗓门质问叶凯成说：“怎么是我心理有问题了？我不屈就他们，谁屈就过我，我为他们付出了多少？我迁就过他们多少次，我现在就想要一个孩子，就想享受一份从他们身上得不到的快乐，我为什么还得不到满足呢？我老了，我身心疲惫了，谁体会过我的压力，谁体会过我的心理？她爷爷奶奶需要照顾需要安慰，我就不需要吗？我是什么？我是外人，我是浮云吗？我不知道是谁心里有问题？谁不是东西？”

听了苏美华的前半截话，叶凯成有点同情苏美华，可是听了她的后半截话后，叶凯成心里又不舒服起来，顶撞苏美华说：“我看你是钻进牛角尖了，这个问题要辩证地看，谁面临的困难大就要先照顾谁，怎能等杆齐呢？！”

苏美华说：“谁和谁等杆齐了？我是长辈，我四处让她，还不够吗？孩子已经有了，妊娠反应几乎每一个女的都会碰到，它总会过去的，为什么她没和我吭一声就把孩子打掉了呢？我已经把她爷爷奶奶安排好了，买了空调，

买了冰箱，一个月给他爷爷奶奶1500的生活费，可以说建造了相当舒适的环境，她为什么还不和我商量就把她爷爷奶奶接来呢？她想干什么？她尊重过我吗？”

“孩子有些地方是做得不对，可是她已经这样做了，你为什么还要和她过意不去呢？你这样做有什么好处？”

苏美华冷冷地说：“有什么好处？我要让我儿子和她离婚，我要重新获得一个安宁幸福的家庭，凭咱们这样的条件，我为什么要受这份窝囊气！”

“你简直是胡闹！我看你该冷静冷静。我还有事，我不和你说了。”说完，气愤地走进了自己的书房。

“你别走。”苏美华说着拉了一把叶凯成，但是叶凯成还是不顾她的情绪走进了书房。

苏美华一下子趴在沙发上大哭起来。

苏美华从来没有这样大哭过，往日的她遇到伤心的时候最多也是默默地流泪，给人一种非常坚强的样子。但是，这一次，苏美华像是被大水冲垮了的河堤，崩溃得一塌糊涂。这让已经走进书房的叶凯成也伤心起来。苏美华的伤心不是没有一点道理，每个人都有渴望亲情，渴望温馨的欲望，特别是女人，这样的欲望更加强烈。自己陪不了苏美华太多的时间娱乐，苏美华又是一个非常正统的人，不接触纸牌不打麻将，不爱和街坊邻居瞎说瞎笑，她的工作性质也不允许，她渴望得到儿子儿媳关心的欲望也就更强烈一些。这样一想，叶凯成又走了出来，坐在苏美华的身边，拉过她的手，安慰说：“好了，别哭了，你受委屈了，我也知道，以后我先保证多陪陪你。至于叶丽，她一直是个不错的孩子，我相信她会处理好这些事情的，你就给她一点时间。上一次她也向我表示自己错了，她希望你能原谅她，她会好好补过的。你就别多想了。这一届干下来，我不干了，退居二线。我也经常在想，人活着到底是为什么？就是为了幸福两字，如果现在的工作让我们不幸福了，我们可以考虑退出。你也一样，明年不要再做毕业班的班主任了，已经够了，该退的时候就要退下来。”

苏美华慢慢地止住了哭声，对于丈夫她是永远支持的。当初，她要不是看重叶凯成的才气和优良的品质，她也不会违背父母的意愿坚持嫁给叶凯成而留到西安来的。

苏美华对叶凯成说：“好了，没事了，你去忙你的工作去吧。也没几年好干的了，把你的工作做好。”

叶凯成非常感动，说：“你这样想就好了。我相信委屈只是暂时的，一切都会好起来的。我去工作了。别多想了。把孩子们的作业批改完，然后早早睡觉。”

苏美华点了点头。叶凯成站起来走进了自己的书房。

但是苏美华却没去批改孩子们的作业，她在沙发上坐了一会儿，又想起自己刚才说过的话：她要让叶泽春和叶丽离婚！刚才她是一时兴起说起，现在这个思路却变得格外清晰和强烈。叶丽的爷爷奶奶不知道哪年才能归天，她还要忍受这种折磨多久？对！让叶泽春和叶丽离婚！

苏美华想起了安米琴，显然安米琴是那种和她能聊得来的姑娘。当安米琴面对她的突然提问能够不假思索坦诚地说出她的想法时，苏美华已经对安米琴有百分百的好感了。这说明这个女孩子的心理是光明的，没有阴暗的角落。这样的女孩容易沟通，不存芥蒂。

这时候苏美华又突然想起丈夫需要贷款的话，安米琴的父亲不正是银行的副行长吗？如果能和他做亲家，丈夫的贷款还要发愁吗？丈夫的事业不更加顺风顺水？这样的人才更适合做她的亲家，要几个土豹子做她的亲家干什么？说又说不到一块，还四处拉扯她，永不止休，没完没了！

可是关键的是儿子，儿子会同意吗？如果儿子不同意，安米琴再好也是没用的。从儿子平时对叶丽的袒护程度来看，儿子是深爱着叶丽的，称得上是十分地迷恋了，好端端地要将他们分开几乎是不可能的。

苏美华胡乱思想着，忽然一个有用的细节被她捕捉到了。她想起，上次他们在叶丽家里，有一个房地产商人来看叶丽，还为叶丽买了鲜花。这可不是小事，凭一个女人的直觉，这个房地产商人一定非常喜欢叶丽，并且想追求叶丽。但是儿子怎么就没有反应呢？有人喜欢他的爱人并追求到他家里来了，他真的体会不来这其中的意味？难道叶丽做得非常隐秘或者叶丽根本对那房地产商人没有兴趣？这个应该是对的，从叶丽当时的态度及那个房地产商人当时尴尬的表情来看，他们之间应该没什么，叶丽好像也瞧不起那个房地产商人。想到这，苏美华又觉得叶丽对儿子是忠诚的，算得上一个好儿媳。可是，就是她的那两个爷爷奶奶，烦得很，剥夺了她儿子和她的多少幸福？想着想着，苏美华又讨厌起叶丽来了，她觉得儿子和叶丽还是离婚好，现在不正好有安米琴吗？叶丽走了，安米琴马上顶上，不会给儿子带来任何损失！况且，安米琴不管是在经济上还是在家庭环境上都要比叶丽强百倍。苏美华越想越觉得儿子应该和叶丽离婚，就在这时一个阴险的计划终于在她的脑海形成了。

23 这个家，我说了算！

星期六的下午，趁叶凯成又去学校了，苏美华找到了朱子健的单位。但是朱子健没来上班，单位的一名员工对苏美华说有事可以给他打电话，并将朱子健的电话号码给了苏美华。苏美华心想朱子健这人也真够胆大的，可以把电话号码留给任何一个人。不过，这也是苏美华正好需要的。

苏美华拿起手机给朱子健打了一个电话，第一次没人接，第二次电话"嘟嘟"了半天才传来朱子健"喂"的声音："你是哪位？"苏美华说："我是叶丽的婆婆。"朱子健说："叶丽的婆婆，哪个叶丽的婆婆？找我有什么事？"他的声音有点不耐烦，外面还有汽车的嘈杂声。苏美华耐着性子说："给你设计楼盘的那个叶丽。"朱子健"哦"了一声，说："她的婆婆，你找我有什么事？"苏美华以为这时能听到朱子健吃惊的声音，但是好像朱子健对于她打来这个电话并没有多惊讶。苏美华说："我想和你商量一件对你非常有好处的事情，希望占用你一点时间。""和我商量一件对我非常有好处的事情？"朱子健笑了，说，"什么好事情？能不能先在电话里说说？"朱子健的笑声和这句话让苏美华如同吃了一只苍蝇，她讨厌这种油腔滑调的声音。但是，为了她的计划，她必须耐着性子，尽量让自己的嗓音正常，说："在电话里说不方便，你能过来和我见见面吗？"朱子健继续笑着说："什么好事情还不方便在电话里说，是买房子的事吗？"苏美华恶心得想吐，她拍了拍胸脯说："有一点点，但主要的不是。""噢，你的话倒让我产生了兴趣，好吧，一个小时后我过去找你。"这时候，苏美华又听到一句朱子健对他身旁人说的话："这个老婆子会不会让我娶她的儿媳妇？"紧接着是一阵放肆的笑声，然后才听到那边挂断电话的声音。

苏美华在附近找了一家叫做"悄悄话"的咖啡店坐下，她心里一直非常恶心，这时她才发现这些低素质的房地产商人在暴富以后是多么的低俗下流，和这些人打交道真是她的耻辱。不过，她真的无法再忍受叶丽爷爷奶奶对他们家的干扰。她希望一个平静的家，一个充满欢声笑语和温暖的家。到现在，她也不知道到底是怎么回事了，这一段时间她太渴望儿子儿媳对她顺从的爱了，她还渴望一个小生命能在她的怀里拱来拱去，把那一种天然的不经雕饰的甜蜜带遍她的全身。自从苏美华有了抱孙子的想法后，这一美好的景象就无数次地在她脑海里出现过，让她幸福，让她迷恋，让她眩晕。可是，叶丽将她的这一美好梦想打碎了。

泪水又悄悄地从苏美华的眼睛里涌了出来。她不明白，现在竞争激烈的社会以及人情寡淡的道德风气已经给她带来了多大压力，怎么就连自己最亲的亲人也无法慰藉她日渐寂寞的感情。她必须反抗，不能让她的人生就这样灰落落地淌过。

这样想着，苏美华又把对叶丽的愧疚忘掉了。

就在刚才给朱子健打完电话，收起手机的那一刹那，苏美华还想怎么能把叶丽这么好的闺女推给朱子健这样粗俗的人呢？这将是对叶丽多么大的侮辱？然而现在，苏美华觉得只有将叶丽推给朱子健，她才能得到她想得到的幸福。苏美华甚至为自己卑鄙的想法找到了理由：朱子健非常有钱，将叶丽推给朱子健也不见得是害了她。

苏美华又将眼泪拭掉了，然后静静地等待着朱子健的到来。就在苏美华等得不耐烦时，朱子健打来了电话："你在哪里？我怎么找你？"

苏美华说不清是惊喜还是恐惧地告诉了朱子健她的地址，然后怀着一种忐忑不安的心情等待着朱子健的到来。

一会儿，有人敲门，苏美华整理了整理衣服，然后将包间门打开。朱子健看见苏美华愣了一下，很快脸上又有了笑容，说："对不起，让你久等了。你就是叶丽的婆婆？看起来非常年轻，我就叫你大姐吧。"苏美华稍微笑了一下，说："没关系，坐吧！"说完，向朱子健做了一个让座的手势，然后向外喊了两声"服务员"，服务员走过来后，苏美华问朱子健："你喝茶还是咖啡？"朱子健将手机放在了桌子上，说："我平时不大爱喝咖啡，但是今天陪你，就喝咖啡吧！"苏美华说："这个没关系，你不要考虑我的感受。"朱子健说："就喝咖啡吧，提精神。"苏美华便让服务员再上一杯咖啡和一盘水果。

坐下后，苏美华盯着朱子健看了一会儿，只见朱子健并不是她想象的那种圆墩墩的人，倒是他脖子上很粗的黄金项链和手上硕大的蓝宝石钻戒和她想象的一模一样。见苏美华没说话先打量自己，朱子健说："大姐，你什么意思，这样看着我？你不会是来找我的碴吧？我先声明，我可没惹你儿媳妇，我是对她有那么一点意思，但是我很尊重她，她不理我，我也就没再纠缠过她。因为我看她是一个非常孝顺的人，我对孝顺的人怀有敬意。"

朱子健的回答让苏美华有点意外，可是讨厌叶丽爷爷奶奶的想法还是占了上风，苏美华说："我不是来找你碴的，相反，我是来求你帮我个忙的，这件事对你很有好处。""哦？"朱子健非常吃惊，瞪大眼睛看着苏美华。

苏美华说："我也不想和你拐弯抹角了，跟你实说吧，现在我想让我儿子和叶丽离婚，但我儿子很喜欢叶丽，我想让你继续追求叶丽，做出一些行动来，让我儿子对叶丽死心。好处是等你楼盘开业后，我一定保证买你一套房子。"

朱子健突然间哈哈笑了笑,笑得苏美华身上直起鸡皮疙瘩。他笑完了说："有意思,你是嫌弃叶丽爷爷奶奶了,还是给你儿子物色到更好的女孩子了？"

苏美华淡淡地说："两者都有，但是这不是你关心的。我想你应该关心你能不能将叶丽追到手？"

朱子健笑了，说："我还没见过你这样的婆婆，不过我能理解。做人都不容易，都有自私的想法。不过，我可能没办法答应你，我一开始就跟你说过，我对孝顺的人怀有敬意，我希望孝顺的人都能够幸福美满，少一些伤心和挫折,因为现在懂得孝顺的人实在是太少了！你可能把我想象得粗俗卑劣，但是，我还起码懂得一个'人'字怎么写，不然的话，我也不会取得我今天的成绩。"

苏美华感觉自己的脸微微有些发烫，说："你是在讽刺我吗？"

"不敢，绝对不敢，你是知识分子，并且是高级知识分子，我有什么资格来讽刺你。"

"跟你说实话，我一开始就不同意我儿子和叶丽结婚，我从心里就没有接纳过她，当时我随了儿子的意思，但是我现在想通了，儿子是我的，他有追求他幸福的权利，也有让我幸福的义务。现在，我不幸福了，他就要做出一定的牺牲。我不能总是随着他。关于叶丽，我为什么找你，一是因为你喜欢她，二是因为你有钱，事业成功，会给她幸福。我没有觉得我害了叶丽，反而我觉得我在帮她。"

朱子健又笑了笑说："有意思。"苏美华说："难道你不喜欢叶丽？"朱子健说："我承认我喜欢叶丽，但是叶丽不喜欢我，我就是想得到她也得不到，除非我用非常规的手段。"

听了朱子建这话，苏美华心里一道亮光闪过，说："每一个人在想得到他想要的东西时都要使用一些手段，特别是那些优秀的男人。李世民为了做皇上杀掉了他的亲兄弟，但是后人没有一个人不说他是英雄。"

朱子健又笑了，说："你是说我不是一个优秀的男人？"

苏美华说:“我没有这个意思，我只是在鼓励你去追求叶丽。你这边使点劲，我那边再做做我儿子的工作，我想你会得到你心爱的女人的。”

朱子健再一次笑了笑，但是没有说话。苏美华感觉到受到了侮辱，心里一阵阵绞痛，但是她必须继续自己的计划，她已经超前迈出这一步了，那么她就不想回头。苏美华坚决地对朱子建说:“你是答应我,还是不答应我?”

朱子健顿了一下说:“我答应你，既然你这样想，今天也能这么做，我想叶丽在你们家也肯定不会幸福。现在，你心里一定有一个完整的计划，你可以把你的计划说出来。”

“我想得到你们亲密的照片。”

朱子健又笑了,语气中带着讥讽说:“没想到呀,世间还有你这样的婆婆。你想让我做非法的事情？这可是要冒巨大风险的。”

苏美华的脸一下子红到了脖子根，但她还是平静地对朱子建说:“我没有让你做非法的事情，我只想让你点到为止。如果叶丽真的不喜欢你，你也别为难她！”

“这是什么话？我跟你实话说吧，你的想法根本就办不到，叶丽根本就不会给我一点机会。除了谈工作，她根本不可能和我呆到一块！谈何亲密照？”

苏美华似乎烦了，说:“我就不相信你平时没有一点追女人的招数？”

朱子健笑着说:“招数是有，并且很多，但是，这些招数看给谁用，有的人能用上，有的人用不上。”

“你是说对于叶丽你的这些招数都用不上？”

“你根本就对你的儿媳妇不了解，她是一个非常正气的人。”

“你让我失望，我还以为你的智商很高呢！既然你办不到，那我就当咱们今天的话白说了，你以后也不要再去追求叶丽。”

朱子健有点恼火,扭了扭身子说:“你还别激我,我的智商我相信。不过,今天我还是要答应你，不是为了你这话，而是为了得到我想得到的女人，你等着吧，一个星期以内我保证让你拿到我和叶丽亲密的照片。”苏美华长出了一口气。

然而，就在苏美华和朱子健商量着挑拨叶丽和叶泽春的婚姻时，叶丽正和叶泽春商量着要不要到叶泽春爷爷奶奶家去。

“我的身体能行，我的意思咱们还是去吧！”叶丽坐在床边说。她已经穿好了衣服，化好了妆，就等着叶泽春同意呢。

叶泽春却不耐烦地说：“不是我说你，我觉得你活得太累了。你总是在替别人考虑，你怎么不替自己考虑一下？”

叶丽说：“你爷爷奶奶也是别人吗？他们年纪大了，又是家长，给咱们使脾气是正常的。再说，我这一次的做法也的确让他们伤心了。咱们再不去，我担心他们气坏身体。”

叶泽春说：“你不要把我爷爷奶奶想得那么小心眼。他们曾经都是当过干部的人，遇事怎么能单方面的考虑？听我的，这一次就别去了，在家好好养你的身体，等你身体养好了，工作上正轨了再说。”叶泽春说完，走进自己的书房玩电脑游戏去了。叶丽无奈地在床上坐了一会儿。

说实话，叶丽现在有点在家里坐不住的感觉，她非常想尽早修复她和叶泽春爷爷奶奶以及婆婆的关系，倒不全是为了自己的鲁莽遮掩，主要还是考虑到几位老人的身体，让他们有一个舒适的心情。叶丽想，要是这两天一耽搁又会是一个礼拜，到时候叶泽春爷爷奶奶还不知道要生什么气呢？现在她虽然受点苦，但是能让老人们一个个高兴，她觉得也是值得的。但是叶泽春不去，她也没办法，如果她一个人去，事情反而会糟糕。几位老人要是给她冷脸怎么办？她怎么下台阶？叶泽春去了，至少可以为她打圆场。

叶丽有些伤感，叶泽春刚才说她活得太累，她现在也觉得自己活得累，怎么会有那么多的事情要自己应对？自己一个单薄女子有那么大的能量吗？可是，这些都是她的责任，她能推掉吗？她曾经多么渴望叶泽春的爷爷奶奶还有公公婆婆能打心眼里接纳她的爷爷奶奶，不要说帮助她，别对她有过多要求就好。但是，这只是她的一厢情愿。她现在能看到的反而是他们变本加厉地索取她和叶泽春的爱。他们的心情她能理解，毕竟，每一个人都有自私的一面。问题是，这样，大家给她的伤害谁来替她弥补呢？她要面对工作的压力，还要面对这些家庭的压力，她不委屈吗？她每天休息的时间只有六个小时，一天连放松的时间都没有，谁能知道呢？

叶丽的眼睛有点湿润，她抿了抿嘴唇，泪珠就从她的眼眶里滚落了下来？但是，很快，叶丽又将眼泪拭去，她生在了这个时代，就不能有任何怨言，她相信总有一天，生活会美好起来的！

就在这时，母亲走进来了，看到了叶丽脸上还没有完全干的眼泪。母亲心头马上一酸，问叶丽：“怎么了？和泽春吵嘴了？”

叶丽摇了摇头，母亲又小声问：“他不去吗？”叶丽又点点头，说：“他让我在家里好好休息休息，等下个礼拜再去。”母亲说：“泽春这样做是对的，说明他关心你，你哭什么？”叶丽说：“我就觉得我这一次惹他们一家人生气了。”母亲没好气地说：“这是你太善良，放在一般女人的手里，身体成这样了还想着他们，不和他们吵架已经是容忍的了。”叶丽不想让母亲再说下去，打岔说：“我爷爷奶奶睡着了吗？”母亲说：“没有，你爷爷让我过来看看你，见你这么长时间没出去。”叶丽心里一阵感动，说：“我去和我爷爷说说。”

叶丽来到爷爷的房间，爷爷坐在床边，脸上的皱纹越发显得拥挤、深刻。爷爷先开口了：“今天不去了？”叶丽说：“泽春嫌我身体不好，不让去了。”爷爷说：“泽春这娃还是懂事情。有时候大人还不如孩子。爷爷觉得你的想法是对的，去去也好，不要让人家对咱们意见越来越大了。泽春不去也就没办法了。别想这么多了，心尽到就行了。人家也都是城里人，都有文化，能明白事理的。”

叶丽说：“不说这些了，爷爷，来，咱们锻炼身体吧！”然后走到爷爷身边，将他扶起来。叶丽奶奶听见响动，扭过头来看着叶丽。奶奶自从回了一趟乡下后，情况变得越来越糟，首先不知道大小便了，其次再也不会走路了。这为叶丽和叶丽妈带来了更多的困难。他们必须每隔一个小时就要检查一遍放在叶丽奶奶身下的纸尿裤，看她大小便没？同时他们经常得帮叶丽奶奶翻身，隔一会儿扶她坐起来，或者用轮椅把她推出去转转。

叶丽见奶奶看着自己，对奶奶说：“奶奶，等一下，我推您出去。”最近不爱开口的奶奶这一次却说：“等一下推我出去。”叶丽眼里立刻有了眼泪，笑着对奶奶说：“对，等一下我推您出去。”叶丽妈对叶丽说：“你扶你爷爷吧，我推你奶出去转转。”

到了晚上，睡下后，叶丽又想起了应该到叶泽春爷爷奶奶家去的事情。叶丽想冤家宜解不宜结，别到时候积累下更多的矛盾了，对自己没什么，而且对几位老人的身体都没好处。说实在的她也曾对苏美华厌恨过，也想过和她大吵一架，可是这样有用吗？受影响的不仅仅是爷爷奶奶，而是整个一家人！他们一家人以前积累起来的一点点幸福和温馨会因为一次或者两次的吵架而丧失殆尽的！

叶丽想和叶泽春马上商量，又怕叶泽春心烦，于是便等着，直等到夜里两点，叶泽春才从书房走了出来。

见叶泽春打开了卧室的灯，叶丽将叶泽春的枕头往外挪了挪。叶泽春吃惊地问：“都两点了，你怎么还没睡觉？”叶丽说：“我想和你商量个事。”叶泽春钻进了被窝，问：“商量什么事？”叶丽说：“我觉得还是应该到你爷爷奶奶家去一趟。”叶泽春说：“哎哟，怎么又是这事？”叶丽说：“还不是为你爷爷奶奶好，我不想让你爷爷奶奶生太多的气，气生多了对身体不好。他们的年纪都那么大了。要么这样吧，你明天一个人去，我不去了，我在家休息。”叶泽春说：“好，好，好，前一段时间紧张兮兮的，这两天刚放松下来，想好好玩玩也不行，你真是的。”“你今天不是已经玩了一天吗？”“我还想再玩一天。”“你知道我从来没有强迫过你的，不过我今天真的有点担心，也是为了你的家人好，以后再好好玩行吗？”叶泽春说：“好了，别说了，我明天去。”说完，翻过身去，睡觉了。叶丽说：“是今天，不是明天。”叶泽春没有应答。叶丽虽然觉得有点受了冷落，但她还是觉得很安慰，叶泽春就有这点好处，不和她大吵大闹，不是那种特别放纵自己欲望的人。不过，这与她平时对叶泽春的过分宽容也是分不开的。

叶丽的担心一点都不多余，刘一慧见了叶泽春第一句话就是：“昨天怎么没来？叶丽怎么没来？”叶泽春说：“我没让她来，她身体不好，我让她在家里休息。”刘一慧说：“她身体不好？她扶她爷爷锻炼身体时她的身体就好了，来看我们时身体就不好了？”叶泽春问：“你怎么知道的？”刘一慧回答说：“我怎么知道的？你们没来，我昨晚就给你妈打电话了，你妈把什么都给我说了。我看你现在应该好好管管你媳妇了，要让她知道，她现在是谁家的人，应该把谁家的事情放在第一位！哦，现在就管她爷爷奶奶了，把我们全家都不放在眼里了？那我们还要这样的媳妇干什么？”

叶泽春不耐烦地说：“奶奶，你们怎么都这样呢？你们怎么一点同情心都没有，你们就是讨厌叶丽爷爷奶奶，也不能这么强烈吧！”刘一慧脸色变得难看，斥责叶泽春说：“春泽，你怎么和奶奶说话的？我们还不是为你好，叶丽爷爷奶奶走了，叶丽不是有更多的时间伺候你？”叶泽春冷笑了一声说：“为我好，我的脑袋都快让你们搞炸了。叶丽养她爷爷奶奶有什么错，那是她爷爷奶奶呀！你们为什么那么讨厌人家呢，人家才来了几个月，你看你们闹的？”

刘一慧说：“泽春，你说话得负责任，我们怎么闹了？我们到你们家去闹了吗？我们只是争取我们的权利，有错吗？按照你的思路，现在就去管叶丽爷爷奶奶，你爸你妈我和你爷爷都不用管了，你让我们的日子怎么过？你让我们忧愁死呀？”见奶奶生气了，叶泽春的语气缓和了下来，说：“奶奶，我不是这个意思，我是说你们想多了。跟你说实话吧，叶丽昨天一早就缠着我来看你们，缠了我好长时间，可是，我想玩，我没让她来。”

这时，叶天水从里屋走了出来，说：“好了，别说了。来了就来了，没来就没来，有什么好说的。”又对刘一慧说：“咱们现在能行能走，能做能吃，为什么一定要让孩子们来？”刘一慧说：“现在不提醒着他们，以后孤独死你。”叶天水说：“以后的事情以后再说，现在咱们先好好的。”又对叶泽春说：“孙子，来来来，和爷爷下棋去，你别看你奶发脾气，实质上她爱你着呢，昨天一早就出去采购你爱吃的东西了，冰箱里都装得满满的，现在让你奶奶给你做去。”叶泽春对奶奶说：“对不起，奶奶。”刘一慧没好气地说：“去去去，和你爷爷下棋去吧。”

叶泽春在爷爷奶奶家吃完饭，又来到了母亲家。

叶凯成又去上班了，叶泽春问了句：“我爸这一段时间怎么这么忙？”没想到又引起了苏美华的新一轮啰嗦：“你还知道你爸忙？我看你爸就是累死，你也不会关心的！”叶泽春又心烦起来，说：“妈，你们怎么都这样呢？谁不关心你们了？我们每个星期天像工作一样往你们这跑，还要怎么样？我爸要去工作，那是他的职责，我有什么办法？”苏美华瞪了叶泽春一眼，说：“你当然没办法，叶丽一家人就够你忙活的了。”

叶泽春的怨气更大了，说：“妈，你怎么总是和叶丽一家人过意不去呢？你们怎么总有这样的想法？你还说我不来，我来你尽说些让人心烦的话，你图什么？图我不高兴，图你不高兴？你再说这些，我就回去了，我今天的心情本来就不好。我越来越觉得累得慌。”叶泽春说着站了起来，想往外走。

苏美华威严地说：“你给我站住。”然后，又舒缓了语气说：“你坐下来，妈想问你一件事情。”叶泽春又坐了下来，没好气地说：“什么事情？”苏美华说：“妈大前天看见小安送你回家了，你走后，小安目送了你好长时间。小安好像对你有意思。”叶泽春说：“妈，你又瞎猜了。”苏美华说：“妈没瞎猜，我和小安谈过了，小安都承认了，你不信给小安打个电话求证求证？”叶泽春生气地说：“你怎么能这么做呢？”苏美华说：“我这么做怎么了？我关心你不行吗？”叶泽春没有吭声。苏美华的语气忽然变得温柔，说：“妈想问你一句真心话，你到底对小安是什么看法？”叶泽春警惕地问：“你这是什么意思？”苏美华说：“我就觉得小安比叶丽好，家庭环境好，人年轻又漂亮，性格还活泼开朗，特别是我看了小安的臀部，到时候生小孩一定生男孩。妈很喜欢，如果你对小安有意思，妈支持你。”

叶泽春说：“妈，你说什么呢？你是不是想挑拨我和叶丽的关系？”苏美华又把脸板了起来，说：“妈是这样的想法又怎么了？你非得在叶丽一棵树上吊死？”叶泽春说：“妈，你简直太离谱了！那我跟你说实话吧，我和安米琴根本就不合适。我俩都是享受型的人，我们组织一个家庭，将来的家务活谁

做？到时候，我们为做家务整天吵架？”苏美华说：“没人做家务，我帮你们做，我马上也退休了，闲在家里也是没事干。”叶泽春说：“越说越不像话了，我不和你说了，我回去了，这一段时间我很累，我想好好休息一下。”叶泽春说着，利索地站了起来，直接向门外走去。

苏美华生气地说：“你这孩子，敢给你妈耍脾气了？你给我站住。”叶泽春说：“你今天说的话太离谱了，我不爱听，改天我再来看你。”说着径直走了出去。苏美华说：“你，你是不是觉得自己长大了？”可是等她把这句话说完的时候，叶泽春已经没了踪影。苏美华生气得一屁股坐在了沙发上，然后疲惫得用手托住了脑袋。

已经坐在了公交车上的叶泽春同样生气，他搞不清楚家长们为什么不能团结起来，反而要火上浇油、忙中添乱？这让他如何承受？他感觉到累，太累了，这样做人谁能受得了？叶泽春想得心烦，又跑到一家游泳馆游了一个多小时的泳，等他心情稍好一些才回到了家里。

这时候，叶泽春无法想到，更大的痛苦还在后边等着他，这期间仅仅过了不到一个礼拜的时间。

24 滚，从我家滚出去！

叶泽春走后，苏美华更是气炸了肺，她没想到因为一个叶丽，儿子现在也越来越敢顶撞她了，这在以前简直是没有的事情。苏美华对叶丽的讨厌程度又达到了一个高度，最后苏美华咬着牙说：走，让他们赶紧走！

于是苏美华拿起手机又给朱子健打了一个电话，问朱子健打算什么时候行动？朱子健讽刺苏美华说："天下还真有整媳妇的婆婆！"苏美华变了脸说："我和你谈的是正经事。"朱子健说："我知道你和我谈的是正经事，我也没和你说别的事。放心吧，快了，我已经想好办法了。"

放下电话，苏美华又狠狠地说："走，让他们走！"

星期一，叶丽正式上班了。一上班，她便连着召集大家开了三次会，对大家设计出来的方案一一进行讨论，在此之间，叶丽非常感动大家的尽心尽力，一度，泪花就蒙在她的眼球上。现在，叶丽对大家这一次设计出来的作品感到了惊讶，她不明白这一次大家怎么会有这么惊人的爆发力，大家的创造力似乎都登上了一个更高的台阶。但是因为距离交稿时间还有一个多月，叶丽又让大家打破自己的思路，继续找亮点，力争设计出完美无瑕的标志性建筑。

叶丽说："我们搞的就是设计，所以永远不要满足于我们现有的成绩，只有这样我们才能取得更大的进步，也才能在工作过程中体现我们的价值、享受工作的快乐。"

即将下班了，苏伟红突然说："叶姐，我们几个刚才商量过了，想为你接风，你生病了，我们几个也没怎么去照顾你。同时趁这个机会，大家一块聚聚，也高兴高兴。"

叶丽说："这是个好主意，我也这么想，但不要说为我接风，大家聚聚才是硬道理，大家也辛苦这么长时间了，应该放松放松，这样才更有干劲。这样，我犒劳大家，谢谢大家在我生病期间表现出来的巨大凝聚力和工作热情，这是对我最大的鼓励和帮助，我非常感谢大家。"

雷曼说："这可不行，我们本来想表达表达对你的关心和安慰，主要是我们处得好，大家是最好的哥们，绕来绕去成了我们骗你的吃喝了。大家说是不是？"

几个人全说是。

叶丽一看，说不过这几个人，只好答应了。晚上下班后，几个人欢欢快快地出去吃饭了。

星期三上午，叶丽正在电脑旁聚精会神地思索大家设计出来的效果图，忽然总经理给她打来了一个电话，让她到他办公室去一下。叶丽去了，问总经理什么事？总经理说,朱子健中午要请她吃饭。叶丽问为什么要请她吃饭？经理说，朱子健没说，有可能是为设计的事，你最好还是去一趟。叶丽想了想，还是听从了经理的建议，中午下班后赶到了朱子健预订好的餐厅。

见到朱子健后，叶丽直截了当地问："朱老板今天请我有什么事？"朱子健要着贫嘴说："我没事就不能请你吃饭？"叶丽礼貌地说："你也知道我很忙的，工作上任务很紧，家里边我爷爷奶奶都需要我来照顾，没有时间在这里休闲。"朱子健继续要着贫嘴说："我正是看到你对工作这么认真，对老人这么孝顺，我才想起请你吃饭的。"叶丽说："谢谢。但是我真的没有时间，希望你能原谅。如果你没有正事，我告辞了。"叶丽说着站了起来。朱子健伸出手拉住叶丽的胳膊说："我们还没正式开始吃饭呢,你就知道我没事情？"叶丽厉声说："朱老板,我希望你放尊重点,我从小干着和男人一样的体力活，上大学期间我还练过跆拳道,你想试试吗？"朱子健将手放下了,叶丽继续说："如果你真的有事，请你找我经理，我经理会和我谈的。"说完头也不回地转身走了。朱子健气急败坏地说："他妈的，假装清高。"说完，拿起餐桌上的酒杯摔在了地上。

出了餐厅的门，叶丽觉得一阵恶心，买了一瓶果汁，连喝了几口，心里才舒服一些。

星期四没事，到了星期五，下午刚上班，叶丽忽然接到大学同学高美的电话，叶丽非常惊喜，说："你什么时候到西安了，咱们应该四年没有见面了，听说你在广东发展？"高美说："是呀，所以这次来西安非常想见你。我刚下飞机不久，现在在豪门酒店住着。你的单位在哪里？我想过去看看你。"叶丽说："你刚下飞机，应该很累的，你不用跑了，等一会儿我过去见你，我先把我手头的工作安排一下。”高美高兴地说：“谢谢，你还是这么热情，那我就在酒店等你了，你一会儿一定要来哟！”叶丽抓紧时间安排手上的工作，大概过了四十多分钟，叶丽便乘出租车来到了高美下榻的酒店。

高美是陕西榆林人，上大学时和叶丽住一个房间，算是同学加室友，关系自然亲切一些。两人见面以后都非常兴奋，问寒问暖，说东道西，显得同学情深。这期间，叶丽喝了一杯高美递过来的饮料。叶丽哪里知道这却是朱子健为她设计的一个陷阱，不知不觉间，她便跳了下去。

叶丽喝完饮料后不久，高美说她出去一下。叶丽也没在意，过了几分钟，叶丽忽然觉得浑身燥热、发麻。她试着站了一下，两腿却像面条一样绵软无力。她一下子又跌坐在板凳上。与此同时她的胸膛里像燃起了一团火球，一种无法形容的欲望迅速从她的下身向上蔓延，控制了她的大脑。

这时，房门再一次打开了，走进来的却是朱子健。叶丽愣了一下，随即打了一个寒战。朱子健却迅速地关上门，抓住叶丽的一只胳膊，将叶丽抱到了床上。叶丽脑子清醒了许多，可是她还是浑身无力，想反抗朱子健显得是那样的力不从心。朱子健的手放进了叶丽的衣服里，淫邪地说：“你不要反抗了，没用的，药力至少会持续四十多分钟的。这是全世界最猛的性药，你是不是特想让男人爱抚呀？等一下我就给你加加油。”叶丽的眼泪流了下来，恨恨地说：“你卑鄙！你无耻，我会告你的。”朱子健的手拨开了叶丽的上衣，说：“哦，好漂亮的皮肤呀，这么白嫩，我快受不了了。”

叶丽想拦住朱子健的手，可是她手没有一点力气。叶丽只能说：“朱子健，你混蛋，你知道你这样是在犯法吗？你不顾你的身份了吗？你不顾你的生意了吗？”朱子健却淫笑着说：“我在犯法？谁知道呀，有什么证明呢？这房间是我开的，你亲自跑到我的房间里来了，能说我强迫你了吗？宾馆里有录像，会证明你是自投罗网的。你把我朱子健想得太简单了？”“不要！不要！”叶丽挣扎着，可是她却无法阻止朱子健的兽行。更多的眼泪从叶丽的眼眶里涌了出来。

朱子健突然停止了动作，对叶丽说：“你知道吗，这不是我的主意，而是你婆婆的主意，你婆婆要让你从她儿子身边走开，她需要我和你上床的证据，好让他的儿子对你憎恨。但是我对你还是充满了爱意和敬意，今天我就不伤害你了。不过拿人钱财替人消灾，样子还是要做一做的，这也全当是你上一次对我的侮辱的反击，以后咱们之间就算扯平了。当然你也可以告我，但是你想好利害再说，没人能把我怎么样？但是你的名节可能就要完蛋了。刚才你所做的一切已经全被我录下来了，没人会相信我是强迫你的。我和你

亲近的镜头也已经被我的自动相机拍了下来，你好自为之。只要你不乱来，这些东西我保证很快就会销毁，并且不让任何人知道，当然除了你的婆婆以外。相反，你就知道后果了。”说完，朱子健收拾了自己的东西吹着口哨得意地走了。

朱子建走后，叶丽感觉自己的脑袋要炸了，如果说朱子健的猥亵让她感觉到羞辱，婆婆的阴毒却要将她击溃了。这是真的吗？婆婆真的如此卑劣吗？这到底是为什么？难道就是因为她养了她的爷爷奶奶吗？老人抚养了她，难道她不应该回报他们吗？叶丽感觉一把锋利的匕首戳进了她的心脏，一刀一刀地在她五脏六腑上划。

叶丽已不知道流泪是什么，她只感到自己难过极了，难过得仿佛感觉整个世界要毁灭了。此刻，世界上再没有比叶丽更伤悲的女人！

不知过了多久，叶丽的手机响了。一个细小的声音不断地提醒着叶丽：“母亲来电，母亲来电。”叶丽一个激灵，本能地拿过手机，急匆匆地将手机打开。话筒里立刻传来了母亲的声音：“丽丽，是你吗？”叶丽赶紧调整自己的情绪，尽量用平静的语气回答母亲说：“妈，是我，家里有事吗？”母亲说：“你的声音听起来怎么不对劲？你现在在哪里？家里没事，你爷爷说他今天眼皮不停地在跳，几次催我给你打个电话，你真的没事吗？”泪水再一次从叶丽的眼睛里奔涌而出，她极力想控制住自己的情绪，带着沙哑的声音说：“妈，我没事。等一下我就回去了，咱们见面说。”说完将电话挂了。

叶丽心里依然伤悲，但是此刻，她忽然想到了坚强。她是一个优秀的女人，她不能倒在摧残辱没之中。婆婆越是摧残她的意志，她越是要坚强地活着。孝亲的道德价值观不能在她心中动摇，永远不能动摇，不论遇到何种困难！

叶丽跌跌撞撞地拿起了一个饮料瓶，将自己的尿液收集起来，她不能让朱子健这类无耻之徒逍遥法外，得意忘形！

将尿液收集完后，叶丽又悲伤得难以自已，她想马上给高美打一个电话，责问她为什么要这么做？是什么让她沦丧道德？不顾同学友情帮助一个无赖来坑害她？可是叶丽又想到了婆婆，这个无耻的主意真的是婆婆出的吗？叶丽又决定先不打草惊蛇，她想看看幕后的主使到底是不是婆婆！

半个小时后，叶丽回到了家里。路上她已经想好了，她要振作精神，她不能在爷爷和母亲面前流露出过多悲伤的表情，她不能让爷爷和母亲为她操心。

进了屋子，叶丽先装作若无其事地到爷爷的房间和爷爷、母亲打了声招呼，然后还像往常一样想帮爷爷锻炼身体。可是刚才受辱的经历就像电影一样不停地在脑海里闪现，她真的想不明白，只是想养好爷爷奶奶，怎么会给她带来这么多屈辱的经历？一股又一股的心酸不停地往叶丽的脑海里钻。让她的情绪难以控制。叶丽只好向爷爷、母亲撒谎说她还有一项重要的工作要做，然后急切地回到她的房间。一进自己的房间，叶丽就忍不住地趴在床上痛苦地抽泣。今天，她觉得真的好屈辱，她身上所有的骄傲好像在那一瞬间全部被清除干净了！

叶丽悲伤地哭着，不知道什么时候一双温暖的手放在了她的肩膀上，随后传来了母亲那慈怀的声音："丽丽，坐起来，跟妈说究竟发生了什么事情？"叶丽惊慌地说："妈，真的没发生什么事情，就是和老板为工作的事吵了一架。"母亲很冷静地说："你不是为工作的事和老板吵了一架，你别骗妈了，你知道妈也是很聪明的！""妈——"叶丽再也忍不住了，一下子扑进了母亲的怀里。

叶丽妈几乎不敢相信叶丽的描述，在那一瞬间，她的脑袋轰轰直响，就像庞大的飞机刚从她的头顶飞过一样。她感觉她的肺里仿佛被插进了一个威力无比的气筒，有人在不停地往里打气，顷刻之间将她的胸腔吹得鼓胀！叶丽妈简直要爆发了，她真想马上去找苏美华拼命，或者用刀砍朱子健："让妈去找他们，妈非撕了他们的脸皮不可。"叶丽妈说着就要向外冲，叶丽拉住母亲说："妈，你别生气，你冷静点。女儿能咽下这份屈辱，只要你和我爷爷奶奶都好好的就行了。"

母亲倔强地要往外冲，叶丽哭着拉住母亲说："妈，你要考虑我爷爷的承受能力，你也要考虑你女儿的名声呀！"听了这话，母亲一下子抱着叶丽哭了，多么懂事的孩子，她为什么还要受到这么多的磨难呢？母女两个抱头痛哭了，母亲安慰叶丽说："或许是那个混蛋经理在挑拨你和你婆婆的关系吧，孩子，你先别急，别难过，等过一两天事情明了以后再说。我不相信你婆婆会这样卑鄙无耻。"叶丽哭着说："妈，我也是这么想，你别操心了。"母亲说："如果是朱子健那家伙故意嫁祸你婆婆，妈立马让警察把那家伙抓起来，为我女儿出气。你别怕，咱们村的张建林就是警察，就在西安，还是刑警队长，以前，他爸和你爸的关系非常好，他爸还多次对我说你有什么事情可以去找他的儿子。到时候妈去找他。”叶丽说：“妈，我知道，我以前还和建林哥见过，我有他的电话号码。”

母亲说：“女儿，别怕，一定会有人替你出气的。老天爷会长眼的！”叶丽“嗯”了一声，然后止住哭泣对母亲说：“我今天的遭遇别跟我爷爷说好吗？就说我和老板吵架了。”母亲流着眼泪说：“妈答应你，妈一定答应你，你放心吧。”叶丽说：“谢谢妈，还有，暂时也别让泽春知道，他是无辜的，不要增加他的思想负担。一会儿，他回来后，咱们就装作若无其事的样子。”母亲问：“你能行吗？”叶丽说：“我能行，我现在心里好受多了。”母亲又抱着女儿哭了：“我女儿太不易了！”

整整一个晚上，叶丽都在祈祷天亮以后婆婆不要来，星期天婆婆也不要来，她的经历只是一场梦，一场随意而来的噩梦，而不是一场经过婆婆精心谋划并生产出来的面目狰狞的怪胎！

叶丽忐忑地等待着，同样忐忑的还有叶丽的母亲。半个晚上，叶丽爷爷不停地追问更是增加了叶丽妈的郁闷，让她本来忐忑的心情更加不安。

但是一切都是他们的一厢情愿。第二天一早，还不到八点钟，苏美华就气势汹汹地闯进了叶丽的家门。她没有理睬叶丽的招呼，而是直接走进了叶丽他们的卧室，一掀被子，将还睡在床上的叶泽春拽了起来。叶泽春睡得正香，讨厌母亲道：“妈，你干嘛呢，你来这么早干嘛呢？”苏美华大声说：“我来这么早干嘛呢？你看这是什么，你起来就知道了，你快点起来，妈都快要被气死了！”见母亲说得这么严重，叶泽春睁开了眼睛，问：“什么？”苏美华浑身颤抖着，显得很生气的样子说：“你看看，你看看这都是什么？妈都没脸见人了。”说着迅疾地从随身带的挎包里拿出一沓相片，一下子全扔在叶泽春的面前。叶泽春看完这些照片，一下子惊得坐了起来。随着一张张照片被扔出去，叶泽春的头发竖了起来，额头上的青筋一根根暴胀起来。

他瞪着可怕的眼神问苏美华：“妈，你这些照片是从哪里来的？这是怎么回事？”苏美华气愤地说：“这些照片是在我们家的邮箱发现的，是怎么回事你不问你老婆，问妈干什么？”叶泽春失态地冲着卧室外大喊：“叶丽，你给我进来。你告诉我这些照片到底是怎么回事？”

听见叶泽春大喊，叶丽心里哆嗦了一下。自从苏美华走进叶丽家后，叶丽的心就乱了，她刚才还在想今天的暴风雨会以什么样的形式到来？她该怎么来应付？她完全没有想到，暴风雨会来得这么迅疾，这么猛烈！

叶丽被动地快步走到自己的卧室，她也一下子气血涌头。那都是一些什么样的照片呀？照片上的情景就连叶丽也感到震惊。那羞辱的一幕立刻再一次涌上心头。叶丽气得说不出话来。

见叶丽不吭声，叶泽春更抓狂了，他的声音大得能将整个屋顶冲塌："你快点告诉我，这到底是怎么回事？快呀！"

叶丽不知道该怎样回答，羞辱和惊恐的泪水一串串地从她的眼睛里往下掉。

看到叶丽的感情被摧垮了，苏美华帮着叶泽春厉声问道："叶丽，你今天一定要告诉我们，你到底都背着泽春干了哪些见不得人的可耻勾当？你今天不老实说，我们和你没完！"

苏美华刚把这话说完，叶丽妈忽然从外边冲了进来，扬起手就给了苏美华一巴掌，紧接着她的怒气还没有撒完，一巴掌又一巴掌向苏美华扇去，一边打一边还骂着："你这个不要脸的女人，你还是人民教师？你还是高级知识分子？你竟然能做出这么卑鄙的事情，我当初瞎了眼了，怎么将我的女儿嫁到你们家来？我今天打死你这个不要脸的女人？我一定要为我受辱的女儿出气！"叶丽妈一边骂着一边疯了一样向苏美华扑去。

苏美华一开始还阻挡着，可是她哪里是叶丽妈的对手，她的脸上很快就挂了彩。眼看着自己要被叶丽妈彻底击垮了，苏美华向叶泽春求助到："儿子，你傻了吗？你还不快帮妈打这个疯女人？"

叶泽春一开始不敢向叶丽妈动手，只是阻拦着她疯狂的行为。叶丽也帮着叶泽春阻止着母亲，可是，今天，叶丽妈完全像一头暴怒的狮子，力大无比，出手灵活。看到母亲一次次挨揍，叶泽春暴怒了，一把将叶丽妈推了出去，并大骂道："滚，从我家滚出去。"

叶丽随着母亲踉跄了几步，碰到门框后，在跌倒在地的那一刹那，她听到了叶泽春的这一句怒骂，叶丽一下子愣住了。又一把利剑戳向了心脏，但是，叶丽却冷静下来了，冷冷地问叶泽春："叶泽春，你刚才说了句什么，你再给我说一遍！"还没等叶泽春开口，苏美华回答说："我儿子让你们滚，你们没听见吗？滚，赶快滚！"

叶丽再一次问叶泽春："你是这样说的吗？你再给我说一遍！"苏美华说："告诉她呀，她做了对不起你的事情，还这么凶，这样欺负你妈，你还是男人吗？你还是我儿子吗？你是不是让你妈羞死在你面前！"叶泽春终于又开口了："你妈凭什么打我妈？我让你妈滚！"

眼泪静悄悄地从叶丽的眼眶里流了下来，母亲再一次想冲上去和苏美华拼命，叶丽拦住了，对母亲说："妈，不值得，咱们走。"然后迅速地拿起手机给雷曼打了一个电话："雷曼，你马上给我叫两辆出租车到我家里来！"

雷曼问："出什么事了？"叶丽说："你别问了，你马上过来。"然后冷静地对母亲说："妈，咱们去收拾东西吧。"母亲说："不行，我们就是走，也要让这个不要脸的女人暴露原形。"叶丽大声说："妈，你这样做还有意义吗？你不要再说了，我让你去收拾东西。"母亲却固执地说："妈要说，妈不能眼看着你白白受辱。"叶丽说："妈，你怎么也这么固执呢？你不明白你女儿的心吗？你要让女儿受多大的伤你才能明白呢？"

母亲一下子不再吭声了，紧接着，眼泪就硬生生地从眼眶里掉了下来，母亲哭着说："好，妈答应你，妈不说了。妈相信作恶自有报应的。"叶丽对婆婆说："妈，我给你留余地了，这已经是第二次了，你不要以为我什么都不知道！最后我也要告诉你一句，我是有自尊的，也是有脾气的，希望你能斟酌。"说完开始收拾自己的衣服。

叶泽春想拦叶丽，苏美华大吼道："别动！让她收拾。"

很快，雷曼叫了两辆出租车来了。叶丽让雷曼帮忙把她爷爷先用轮椅推到楼下去，叶丽爷爷被这突如其来的一切搞得昏头昏脑的，不肯往外走，坚持在问叶丽："你告诉爷爷到底发生什么事情了？"叶丽安慰爷爷说："呆一会儿我告诉你，咱们先走，咱们不能让人小瞧了。"雷曼非常吃惊，问："叶姐，到底怎么了？"叶丽说："你别问了，现在我让你怎么做，你就怎么做。"雷曼又看了看叶泽春。苏美华大声说："不要看我儿子，她让你怎么做你就怎么做。"就在这时，雷曼看到了掉在地上的叶丽的艳照，她似乎一下子明白了，不再吭声，帮着叶丽将叶丽爷爷推到楼下。下楼时，叶丽爷爷不停地问雷曼："姑娘，你知道是怎么回事吗？你告诉爷爷。"雷曼安慰叶丽爷爷说："爷爷，您别着急，我暂时也不知道是怎么回事，可能是两口子吵架了，不过很快会好起来的，现在都在气头上，你别多想。"爷爷连着哎了几声，说："一定是为了我，一定是为了我呀！"

叶丽飞速地收拾完衣服，然后提着包，头也不回地走出了卧室。叶泽春在后边叫了一声："丽丽！"苏美华立刻斥责叶泽春说："你像个男人好不好，你愁没有老婆吗？"叶丽也没有应答，走出来，看到母亲已经收拾好了，简单地说了一句："妈，咱们走。"然后和母亲一起推着奶奶下楼了。

叶丽先在附近找了一家好一点的宾馆开了两个房间，然后对雷曼说："你今天辛苦一下，帮我在附近找一套房子。要稍微好一点的。"雷曼说："叶姐，什么事搞得这么僵？”叶丽说：“你先帮我找房子，以后我再和你说。”雷曼难过地对叶丽说：“叶姐，那你要想开一点。别太生气了。”叶丽说：“放心吧，没事的。去吧，今天可能要让你辛苦一下。”

雷曼走后，爷爷不停地问：“到底是怎么回事？怎么一下子就吵起来了？”叶丽忍着伤痛，安慰爷爷说：“爷爷，没事的，就是一件小事情，结果泽春说了不该说的话，我得警告警告他。”爷爷说：“你不要瞒爷爷，爷爷不是三岁小孩，你老实告诉爷爷，是不是因为爷爷的事？”叶丽说：“爷爷，您别多心了，要是为您的事早该发生了，哪能等到今天？”爷爷说：“那一定是有别的事了，昨天，爷爷的眼睛不停地跳，你回来时，气色也很差，你妈又在你房间里呆了那么久，你一定有事瞒着爷爷，快告诉爷爷，不然爷爷心里很着急的！”叶丽说：“爷爷，真的没事，就是一点小误会，现在还没有说清楚，说清楚就没事了。”

然而，叶丽说着这些话时，自己心里却是越来越痛。她没想到自己一直深爱着、一直迁就着的丈夫居然对自己也是如此般的粗鲁！叶泽春刚才的表现此刻就像一把老虎钳钳在她的心上，搞得她心里生硬硬地疼。爷爷越问，叶丽心里越难过，她需要出去冷静一下。于是，叶丽对爷爷说：“我现在就回去跟他们解释一下，您别担心了。”爷爷说：“这样好，有误会就要说开，不能耍脾气，总有一方要退一步的。咱们的条件差，咱们就退一步。”叶丽妈说：“爸，退一步也要看什么情况，这一次咱们坚决不能让步，我支持咱们叶丽。”还没等母亲把话说完，叶丽赶紧阻止母亲说：“妈，你别说了，还是听我爷爷的吧！”然后用眼睛看着母亲。母亲和女儿对视了一会儿，明白了女儿的意思，说：“那你去吧，妈等着你。”叶丽说：“你照顾好我爷爷奶奶。”母亲点了点头，眼泪却润湿了她的眼角。

叶丽走出了客房，母亲又追了出来：“你真的要回去给他们道歉吗？”叶丽说：“我只是想安静一会儿。”母亲长出了一口气，说：“关键的时候人要有志气，妈相信好人有好报的。”叶丽说：“妈，你放心吧，我不会去找他们的。”母亲说：“也别太难过，早点回来。”叶丽嗯了一声，眼泪却忍不住地要朝下落。母女连心，虽然叶丽极力阻止着眼泪的掉落，但是母亲已经深刻地感受到了，泪水先从母亲的眼眶里掉了下来。叶丽说：“妈，别哭了，你赶快回去吧，不然我爷爷会起疑心的。我走了。”然后头也不回地朝电梯口走去。这时，叶丽再也忍不住了，大颗大颗的眼泪从她的眼里掉落下来。

叶丽先是在宾馆大厅里坐了一会儿，脑子里乱成一团。看到大厅里人来人往，叶丽又走出宾馆，沿着马路慢慢地往前走着。今天是星期六，马路上的人更多，却多半是出来放松的，大家在马路上悠闲地走着。一些情侣甚至耳鬓厮磨，完全不顾人来人往的干扰，看起来是那样的恬然幸福。

叶丽的眼泪再一次流了下来，就在这时，她突然想起要整治朱子健。她迅速拿起手机给张建林打了一个电话，请求他的帮忙。

张建林听了叶丽的遭遇以后非常吃惊，立刻从家里赶了过来。与此同时，张建林给派出所的朋友打了一个电话，让他帮忙报案，并过来协同作战！

叶丽先给朱子健打了一个电话，说她婆婆已经找过她了，她相信他的话了，现在想和他好好谈谈。朱子健笑着说："欢迎，你到我单位来吧，我在办公室等你。"

在去朱子健单位的路上，叶丽又给高美打了一个电话。结果叶丽连打四次都没人接，但是叶丽一直坚持着。直到第五次，高美才接了电话。接通电话后，叶丽先按了免提键，并示意张建林将这次通话用他的手机录下来。叶丽伤感地问高美："你为什么要这么做？难道我以前对你不好吗？什么地方伤害过你吗？你一打电话，我就去看你，你怎么狠心这样对我？你知道吗？他把我强奸了。"

高美显得非常震惊："不会吧？他说他不伤害你的，只需要几张照片，昨天我还给他打电话了，他说他没伤害你。"叶丽激动地说："你相信一个畜生的话吗？你知道他让你在饮料里放了什么？那是性药，一种让我没有任何抵抗能力的性药！我已经将尿液交给公安局了，我要控告他强奸，你是同谋，你知道吗？"

高美哭了，说："叶姐，对不起，原谅我，我是无奈的，我在深圳做生意亏了，他答应给我十万元我才这样做的，我真的不知道他那么无耻！他答应过我不伤害你的。他是个骗子，你一定要原谅我，我这就赶过去给你赔罪，你让我怎么样都行，千万别让我坐牢呀！我知道我错了，我给你下跪好吗？"叶丽越听心里越难受，说："你太让我伤心了！我把你当做最好的朋友看待，你却这样对我！"说完，将手机挂了。高美连续打过来几个电话，叶丽都拒绝了。

这时，出租车也已经到了朱子健的单位。叶丽给了出租车司机十块钱，说："不用找了。"然后迅速下了车。张建林和派出所的朋友紧跟在她的身后。

门卫显然是受了朱子健的指示，问了叶丽的姓名后不仅让叶丽进去了，而且告诉了她朱子健的办公室在几楼。但是当张建林派出所的朋友也要跟着叶丽进去时，门卫却将张建林拦住了："对不起，我们老板吩咐了，只准叶小姐一个人进去，随行人员一律不准进入。"张建林拿出自己的证件在门卫面前晃了晃，威严地说："警察正在办案，谁阻拦谁就是在妨碍公务。"门卫一下子被震住了。

叶丽他们迅速来到朱子健的办公室。办公室的门大开着，朱子健正在接电话，听话意是高美打来的，她正在大骂朱子健，朱子健在不断解释着。另外，办公桌上的座机还在嘟嘟地响着，看来朱子健还没顾上接听办公桌上的座机电话。看见叶丽身后还跟着张建林，朱子健睖睁了一下，迅速地将手机关了。

看见朱子健，叶丽要冲过去，张建林将叶丽拦住了，迅速地掏出自己的证件对朱子健说："我是警察，现在我们已掌握你涉嫌强奸叶丽的证据，请你马上将当天的影像资料和底片交出来。"朱子健睖睁了一下，随即说："你是警察怎么了，你有搜查令吗？你以为你拿那个破证件在我面前一晃我就怕了，告诉你就是市公安局的局长来了我也不怕。我没有什么影像资料，就是有也不会随随便便给你。"叶丽要扑上去，张建林拦住了，冷笑了一下对朱子健说："你到底是见过世面的，但是你以为我们都是吃闲饭的？你听一下这是什么？"说着将叶丽和高美的电话录音放了出来，又说："同时我告诉你，叶丽比你更聪明，她提取了她的尿液，当时就交到公安局了，公安已经检查出尿液里边含了性药成分，派出所也已经调取了宾馆的录像资料，你涉嫌强奸叶丽的证据确凿，你还有什么话说？！"

朱子健显然没有想到这招，额头上有了细汗，但他狡辩说："我没强奸叶丽。我只是和她闹着玩玩。"张建林威严地说："你强奸没强奸叶丽，影像资料上全有，请你马上将那天的影像资料交出来，我们现在对你是客气的，等一下我的同事来了，你要让手下看到你被手铐铐住吗？"

朱子健好像一下子回过神来，着急地说："对，对，影像资料，影像资料可以证明我的清白。"说着急忙从办公桌的抽屉里拿出那天的影像资料，恭恭敬敬地交到张建林的手里。张建林问："底片呢？"朱子健说："底片？在相机和录像机里。"张建林说："交出来！"朱子健只好乖乖地将当天用的照相机和微型摄像机全部交了出来。

张建林又问："电脑里有保存的吗？"朱子健说："没有。"又改口说，"有。"这时张建林看了一眼叶丽，叶丽瞬间就明白了张建林的意思。她一下子冲上去照着朱子健的脸就是几巴掌。这样还不解恨，叶丽又将朱子健从办公桌后拉了出来，用她学过的跆拳道将朱子健一顿暴打。朱子健想还手，可是他发现，自己真的不是叶丽的对手，叶丽的手劲他一试就知道了，更何况她身边还有两个警察在场。

见叶丽下了狠手，朱子健只好放弃自己的自尊求饶道："叶姐，你别打了，兄弟我知道错了，我以后再也不敢骚扰你了，我给你磕头了，姐，快饶了我吧！”

叶丽泪流满面，暂时停止了对朱子健的殴打，可是她心里还想继续出气，说：“你这个无耻的混蛋，你不是想欺负我吗，现在我让你欺负，你起来呀，你来欺负我呀！”朱子健说：“叶姐，我不敢了！我再不敢了，我今天领教你的厉害了，我以后再也不敢骚扰你了！我给你磕头了。”朱子健说着，一遍又一遍地在地上磕着头，磕得地板咚咚直响。

叶丽则气愤得又抬起了脚。张建林及时地将叶丽拦住了，说：“算了，别打了，再打就要出人命了。”叶丽又跑到朱子健的电脑旁，拆掉电脑的电线，端起电脑摔在了地上，然后拿起板凳不断地在那台电脑上砸着，直到那台电脑成了一小块一小块的碎片。

这时，七八个保安冲了进来，张建林立刻呵斥他们说：“我们现在已经拿到了你们老板涉嫌强奸的罪证，你们想让他罪加一等，和他一块儿坐牢吗？”张建林说着，将手中的相机和微型摄像机向赶来的保安扬了扬。朱子健对保安们说：“你们下去吧，这里没你们的事。”见保安迟疑着，朱子健向保安们大吼道：“我让你们下去，你们听见没？”保安们这才一个个走出了朱子健的办公室。

重新走出了朱子健的办公大楼，张建林将证据材料交给了派出所的朋友，说：“你拿去立个案吧，尽快地将这个家伙抓起来，不要给他留任何情面！”又安慰叶丽说，“让一切都过去吧，不要再难过了。”

然而就在这时，叶丽却收到了母亲的电话：“女儿，你赶快回来吧，你爷爷昏倒了。”

25 爷爷，我对不起您！

民生医院的无影灯下，叶丽爷爷的开颅手术正在紧张地进行着。急救室外的走廊里却静得仿佛掉下一根针都能听见。那雪白的墙面让人感到少有的苍凉和落寞。叶丽趴在墙上，脑子里和心里都像被插了数以万计的钢针，那彻底的疼痛是很难用语言形容的。她悲伤得后背一抽一抽的。她自责自己遇到伤害后怎么不够坚强？为什么不能把所有的秘密埋藏在心里？她刚才为什么要离开爷爷，找那个可恶的小人报仇？为什么不能大度一些，把所有的仇恨放下？爷爷已经患了一次脑梗，这一次还能逃过劫难吗？爷爷要是死了，她心里该是怎样的愧疚？叶丽再一次过度悲伤地哭着，身体的起伏显得更加剧烈。

母亲走过来抓住叶丽的手，此刻她真的不知道该怎样来安慰女儿，但是她又是那样地渴望安慰女儿，女儿的伤痛就像一把锥子在她心上猛捅："孩子，别难过了，都怪妈！妈不该跟你爷爷说出真相，妈意志不坚定，妈是笨蛋！你别难过了，妈求你了，你这样会哭坏身子的！你爷爷会好起来的，老天爷会保佑他的！"母亲说着哭起来，叶丽却悲哀地趴在墙上。

母亲继续说："乖女儿，你现在是咱们家的顶梁柱呀，家里所有的事情都要你来拿主意，你不要太伤心了。你这样伤心妈也活不成了！"

母亲的这句话犹如一道闪电在叶丽脑海里闪亮了一下。她突然间想起来了，此刻不是她悲伤的时候，她要坚强，她要坚强地面对一切艰难险阻！

叶丽转过身来，喊了一声"妈——"，抱住母亲痛哭起来。母亲的泪水也像绝了堤的大河，哗哗地下落，但她还能颤抖着声音说："哭吧，好好哭吧，把所有的委屈都哭出来，哭出来就好受了。母女两个的哭声让墙灯都暗淡了它们的光芒。

时间一分钟一分钟，艰难地流逝着，这期间叶丽的几个叔叔急急忙忙地跑来了，多了几个人的关爱，多了几个人的担心，但是叶丽爷爷的手术进行得并不顺利。

大概过了六个多小时，手术室里的护士忽然跑出来问："谁是老人家孙女叶丽？""是我。"叶丽立刻回答。护士说："快进来，你爷爷要和你说话！"叶丽心里"嗖"的一下，好像有一股凉气冲了进去，她的双腿立刻有点发软，可是她还是飞快地跑进了抢救室。

爷爷一眼就看见了叶丽，轻微地抬了抬手，叶丽马上明白了爷爷的意思，把手放在爷爷的手心里。爷爷握住了叶丽的手，两眼挣扎着看着叶丽，用微弱的声音对她说："以后照顾好你妈，爷爷一生最亏欠的就是你妈了，有机会给你妈找个老伴。爷爷走后，你奶就交给你了。"叶丽满眼是泪，说："爷爷，我知道了，您放心吧！"爷爷继续说："泽春是好孩子，不怪……不怪他，原……原……谅他。"爷爷说到这，忽然脖子一伸，喉咙咕噜了一声，不动了。叶丽惊骇地叫医生："医生，医生，快看我爷爷怎么了？"医生却冲叶丽摇了摇头，叶丽一下子明白了过来，趴在爷爷身上一声一声撕心裂肺地叫着。

叶丽悲痛的哭声传了出来，抢救室外的走廊里顿时一片哭声。

医生则安慰叶丽说："姑娘，别哭了，赶快为你爷爷安排后事吧，让我们把你爷爷的伤口处理好。"见叶丽还趴在她爷爷的身上哭着，医生又对护士说："把她扶出去。"两个护士走过来，一人架住叶丽的一只胳膊，边把叶丽往起拽边说："姑娘，别哭了，你爷爷的后事还要安排呢，赶快起来吧。"另一个护士说："姑娘，坚强一些，人已经去了，现在让你爷爷走好是最重要的。你爷爷有没有寿衣？没有的话赶快去给他买，你在这哭没用！"

叶丽愣了一下，突然明白了，站了起来向外跑去。叶丽四叔问："丽丽，你干嘛去？"叶丽哭着回答："我给我爷爷买寿衣去。"叶丽四叔说："你二婶已经去了，你回来吧！你别哭了，你看你爷爷的后事怎么安排吧！"叶丽二叔忽然对叶丽四叔吼道："咱爸没生你吗？你还有脸没脸，什么事情都拖累丽丽？"叶丽四叔说："那怎么办，我没钱！"叶丽一下子冷静了，对二叔和四叔说："你们别争了，整个事情我来办，我来拿主意。"随即问母亲："妈，现在咱们农村都有什么讲究？"叶丽妈说："先买一个活的大白公鸡，等一会儿把你爷爷的魂引回家去。"叶丽妈说着又哭了。叶丽立刻掏出一百块钱递给四叔说："你去买一个大白公鸡来！"又对二叔说："你现在就安排咱们那最好的司仪，我要厚葬我爷爷。"说完这话，泪水再一次涌出叶丽的眼眶。

这时，叶丽二婶已经将衣服买回来了。叶丽妈对叶丽说："你别去了，我们去给你爷爷穿衣服吧！"叶丽却说："我要亲自给我爷爷穿衣服。"说着，不管别人的阻拦，坚决地从二婶手里要过爷爷的寿衣走进了抢救室。

在母亲、婶婶的帮助下，叶丽流着眼泪一边提醒着爷爷：“爷爷，你把胳膊抬起来，孙女给你穿袖子……”一边给爷爷穿着衣服。

这些叶丽平时常说的话语此时此刻却是那样的催人泪下，就连见惯了这种场面的护士也禁不住泪水涟涟。

四叔将大白公鸡买回来后，听说市场上柏木棺材最好，叶丽又拿出四千元钱交给四叔，吩咐他去为爷爷买一口最好的柏木棺材，然后和二叔、四叔一起准备将她爷爷带回农村。

这时叶丽的手机响了，是雷曼打来的：“叶姐，我现在为你找了一处房子，你要不要过来看看？”叶丽说，你先替我拿主意吧，差不多就行了。雷曼问：“叶姐，你怎么了，你的声音怎么那么沙哑？是不是发生什么大事了？”叶丽忍住哭泣，说：“我爷爷去世了，麻烦你告诉大家好好工作，我这两天不能上班了。”雷曼说：“叶姐，不可能吧，早上爷爷不是还好好的吗？”叶丽终于哭出声来，说：“真的，刚才去世了！”雷曼哭了，说：“姐，你别难过，别太伤心了，我马上过来。你现在在哪里？还在宾馆吗？”叶丽说：“我现在还在医院。”

雷曼迅速关掉电话，从一个小区里跑出来，到街上拦了一辆出租车。上了出租车后，雷曼突然想起应该给叶泽春打一个电话。而此刻叶泽春还被他的母亲软禁在家里。苏美华替叶泽春接了电话。雷曼问：“你是谁？这不是叶泽春的电话吗？”苏美华反问：“你是谁？我是叶泽春他妈！我现在不允许他随意接外人的电话，你现在有什么事跟我说，我觉得有用会转告他的。”雷曼几乎是哭着说：“阿姨，你快告诉泽春，我叶丽姐她爷爷死了，现在我叶丽姐非常痛苦！”苏美华也大为吃惊：“你说什么？叶丽爷爷死了？不可能吧，这么快？”

叶泽春一下子从母亲手里夺过电话，大声问：“你是雷曼吗？我爷爷真的死了？”雷曼说：“哥，是我，我叶丽姐她爷爷真的去世了，就刚才的事！现在在医院里。”叶泽春吓蒙了，等反应过来，立刻拿起外衣往身上套。苏美华拦住叶泽春说：“就是她爷爷死了，也不准你去！”叶泽春大喊一声：“妈，够了！我再跟你说一遍，叶丽绝不是那样轻浮的人，这里面一定有隐情！”说完，推开母亲，打开房门飞奔而去。

苏美华还想拦住儿子，可是叶泽春已经没了踪影。苏美华一下子跌坐在沙发上，她隐隐约约地感到，一切都完了，她要弄巧成拙了。坐了一会儿，苏美华步伐沉重地向自己家里走去。为了能软禁住儿子，她刚才还在向丈夫撒谎，说他在和叶丽爷爷奶奶聊天，晚上晚回去一会儿，这一下这个谎言也要不攻自破了，到时候她该如何面对丈夫的责问？

雷曼给叶泽春打完电话后，又纷纷给张凯、李雅婷他们打了一个电话，一会儿大家全来了。可是面对死去的老人，面对叶丽的悲痛，他们除了抱头痛哭别无他法。很快，叶泽春也赶来了，看到放在急救室外走廊里的叶丽爷爷的尸体，他先是愣了一下，紧接着一下子跑过去跪在叶丽爷爷的尸体旁大哭起来："爷爷，我对不起您，我错了！我把您害了！"

叶丽二叔很快和医院的服务车说好了价钱，这时张建林也将叶丽奶奶送了过来。大家便一起将叶丽爷爷的尸体往医院的服务车上抬。刚才放在叶丽爷爷尸体旁的大白公鸡受了惊吓，虽然双脚被捆，还是挣扎着跳跃起来。叶丽三叔将大白公鸡逮住，搂在自己的怀里，坐在父亲的尸体旁边。

大家先后上了车，雷曼他们也要跟着去，说："叶姐，让我们今晚陪陪你吧！这样你心里会好受一些。"叶丽说："谢谢你们，姐没事，今晚我要安排好多事情，埋葬我爷爷那天你们再来吧！"雷曼几个这才停了下来。

叶泽春也要上车，叶丽妈虎着脸阻拦叶泽春说："你回去吧！我们不需要你，我们看见你难受！"叶泽春一时愣在哪里，不知道该怎么做。叶丽说："妈，让他去吧，我爷爷刚才交代了，不要怪他。"叶丽妈不吭声了，叶泽春这才上了车，挨着叶丽坐下，叶丽却别过脸去。

一个小时后，服务车将大家送回到了叶丽的老家。叶丽四叔已经将棺材提前买了回来。这时有人说农村有讲究，死在外边的人不能进屋，要放在门外，说将死在外边的人放在家里不吉利，叶丽坚持将爷爷的尸体抬回到了自己农村的家里。

叶丽二叔找的司仪也已经进屋，叶丽流着眼泪对司仪说："叔叔，我对以前的风俗不懂，从现在起你一点一点地教我，每一件事我都要亲自去做，我一定要将我爷爷安葬好！""嗯，嗯！"司仪感动地答应着。

接下来第一件事就是将叶丽爷爷的尸体往棺材里放置，这叫装殓。按照农村的习俗，这件事一般不由女人来操作，怕女人伤心。但是，叶丽一定要亲自操作。这时的她是那样的镇静，虽然她的脸上挂满了泪水。

叶丽先在司仪的教导下在爷爷的棺材里撒上草木灰，又放上柏树叶，然后和大家一起将她爷爷的尸体抬进棺材，放置周正。叶丽为爷爷放枕头，为爷爷整理衣服，摆正爷爷的双脚，她是那样的一丝不苟，她的神情却是那样的悲痛！

将爷爷的尸体放进棺材后的最后一道工序是为爷爷洗脸，叶丽去舀了一盆温水，将毛巾沾湿，一边替爷爷洗脸一边问：“爷爷，烫吗？烫的话，你就跟孙女说，孙女另外去给你换水。”叶丽轻轻地说着，好像爷爷还没死，只是睡着了躺在哪里。周围的女人全部哭出声来。

接下来，叶丽连夜亲自为爷爷设置灵堂，吊孝帘布，写挽联，写丧牌，升上杆纸，等等。叶丽为爷爷写的挽联上联是：前日，昨日，今日，音容犹在；下联是：幼年，中年，老年，勤苦终生；横批是：哀悼爷爷。而在丧牌上，叶丽写尽了爷爷一生的艰难和伟大，堪称一篇真情美文。在六米多高一米多宽的上杆纸上，叶丽则写了“流芳千古”四个大字。

这些做完了，叶丽就跪在爷爷灵柩前为爷爷守灵。听说放在爷爷灵柩前的水灯不能灭，灯火灭了，爷爷在阴间的福气也就没有了，叶丽就两眼不眨地看着水灯，看到油捻子快要浸入到油中去时，她就将油捻子向上挑一挑。

那冒着青烟的火焰伴随着叶丽的眼泪跳跃、跳跃！

亲朋好友过来劝叶丽去休息休息，说这里由他们来照料，叶丽却一点回应都没有。亲朋好友又都一个一个地叹息着走掉了！

第二天一早，哀乐低回响起，亲朋好友、邻里乡亲纷纷前来为叶丽爷爷吊唁。那低沉的哀乐和人们的哭嚎——“老人家，你怎么这么没福气呀，你刚到享福的时候你就去了，你怎么就能舍得呢？”——让人们感到无限地悲凉和无奈。

这一天，叶焕也乘飞机赶了回来，一进屋就趴到爷爷的灵柩上痛哭不止：“爷爷，我还没在您面前尽一天孝呢，您怎么就走了呢？您怎么就不等等孙女呢？”其情其景让人肝肠欲断。

晚上，叶丽继续守灵，叶焕让叶丽去休息一下：“姐，让我来为爷爷尽孝吧，把最后这一段时间留给我吧！”叶丽坚决地摇了摇头。叶丽没有说话，但是她显示出来的意志却是那样的坚定。叶焕便和叶丽一起跪在爷爷的灵柩前。

按照当地的习俗，人死后一般第三天下葬。第三天，叶丽早早地就为爷爷洗脸、端茶、现饭、祭酒，然后为爷爷准备了一切在阴间所用的东西，最后将自己的照片放在爷爷的身旁，她要让爷爷知道，她会永远守护在爷爷的身旁，爷爷永远不会孤独！

封棺了，叶丽忍着悲痛去为爷爷把墓道清扫干净。她一遍一遍地擦拭和打扫墓道，一点灰尘都不留。

终于到了要下葬爷爷的时候了，市领导来了，叶丽单位的经理来了，叶丽的同事们来了，而众多的乡邻更是从四面八方聚拢来，他们都为这个孝顺的孙女感动，他们都要帮助这个孝顺的孙女抬埋她的爷爷。这是叶丽这个村子有史以来最长的送葬队伍。叶丽已经没了哭声，没了眼泪，可是当大家帮助叶丽将装有叶丽爷爷尸体的棺材抬进五彩棺罩，叶丽却大喊一声："起灵——"，这句本来由司仪喊的口号积蓄了叶丽所有的力量，她把所有的感情和呐喊都宣泄到那一声口号里了，也让这一声震撼人心的口号悲怆地久久地回荡在空中！人们愣了一下，随即四平八稳地将棺罩抬了起来，缓缓地抬着叶丽爷爷向墓地走去，整个村子响起一片哭声。

叶丽在家里静静地为爷爷守完了头七。爷爷的头七过后，叶丽回到了西安。叶泽春让叶丽回去，叶丽没有答应，而是在外面租了一套房子和母亲、奶奶住在了一起。叶丽觉得没有必要将真相告诉叶泽春，如果叶泽春怀疑她，那么他们的婚姻就没有维持的必要；如果叶泽春不怀疑她，那么他现在首先要做的是他妈的工作。叶丽明白，苏美华已在心里将她排斥，她无法和苏美华沟通，她也没有必要去做苏美华的工作，苏美华需要的是自悟。能留的留，留不住的就让它随风而去。

但是叶丽无法忘记这接连发生的变故，特别是爷爷的去世给叶丽带来了巨大的悲痛。她曾经多么想好好报答报答爷爷，然而现在所有的一切都变成了一场空。难道这就是生活吗？为了爷爷，她做出了多么大的牺牲，她放弃自己的兴趣，她放弃精神上的愉悦，尽量周到地顾全一切，她将自己变成了一只不停旋转的陀螺，然而她怎么得到了这样的结局？这是为什么？她什么地方做错了吗？叶丽想不明白，她真的想不明白。现在，她多么想依偎在爷爷的身旁，听爷爷絮絮叨叨地和她唠嗑，她多么想再喊一声爷爷！然而，没有了，再也没有了！

每一天，人虽然在单位，但是，叶丽却无法集中精力来工作，那平时让她引以为自豪的办公桌、电脑，此刻都变得那样的苍白和缺乏生机。雷曼他们知道叶丽心里难过，也不用工作来烦扰她，这反而让叶丽心里更加地落寞和悲伤。

晚上下班后，大家回去好长时间了，叶丽才想起回家。这一次她选择了走路回家，她想用运动消磨她的感伤，然而，她越是这样，越是感伤得涕泪横流，她想不明白自己为什么就不能完成养好爷爷的心愿呢？爷爷的音容就像电脑里的视频一样清晰自然！

当叶丽路过一家酒吧时，她忽然有了强烈进去喝酒的欲望，虽然这时叶焕不断地打来电话催她回家，可是叶丽还是走进了酒吧里。为了独自买醉，叶丽甚至将手机关了。她哪里想到她这一次买醉又给她带来了一次致命的伤害。

叶丽选了一个位子，要了一瓶酒，独自地喝着，她似乎觉得，此刻只有这酒能麻醉自己，只有这酒能让她忘掉一切，不再痛苦。她一杯接着一杯喝着，当她想起来该回家了，母亲会为她担心，奶奶还需要她照顾时，她已经醉了。

叶丽摇摇晃晃地走出了酒吧，在马路边上拦了一辆出租车。进了出租车后，叶丽对司机说："你先——别走，让我——躺在你车——上醒醒酒，耽搁——的时间我会给你钱。我——不想让我——妈担心。"说完叶丽躺在车座上睡着了。

然而，当叶丽因为肚子里一阵翻腾，难受得醒过来时，叶丽忽然发现一个男的正趴在她的身上。叶丽大惊，瞬间明白了是怎么回事，她先是"啊"一声，紧接着几乎没有多想，张口就在压在她身上的男人的手臂上咬了一口，趁男人疼痛的瞬间，她双手抓住男人的腰将她掀翻下去。叶丽迅速地抓过衣服披在自己的身上，然后又一脚向这个男人踹去。叶丽想穿衣服，男子却扑过来，和叶丽撕扯起来。叶丽瞅准机会，猛抬膝盖顶向男子的裆部，男子"嗷"了一声，痛苦地蹲在了地上，叶丽趁机迅速穿上衣服。这时候，她想起发怒了，扑过去狠揍这个混蛋，她把这些天来所有的愤怒都发挥到了手上和腿上，男子想反抗，发现他竟不是叶丽的对手，此刻叶丽手臂上的力气大得惊人！

"你这个王八蛋，我让你趁人之危，我让你欺负我！你这个卑鄙小人！"叶丽一拳一拳，一脚一脚地揍向这个男人！这个男人发现实在没有还手之力了，开始一遍又一遍地祈求："姐，别打我了，我错了，我不是人，我是一时糊涂，我平时没做过这种混蛋事，我媳妇在乡下，我一时冲动，你看这就是我租的房子，我什么都没有呀！"叶丽骂道："你混蛋！你憋不住，你来伤害我，你把你的痛苦转嫁到我的头上！"

叶丽继续对男子拳打脚踢，男子不停地求饶："你把我交给警察吧，你会把我打死的，我不想死呀，我还有老爸老妈呢！"男人最后一句话让叶丽将已经抬起来的手放下了，她颓废地坐在床上，泪水静悄悄地从她的脸上滑过。男子突然站起来想往外跑，叶丽一个飞踹再一次将男子踢倒在地。男子赶紧拿起手机："姐，你别打我了，我自己报警，我投案自首。"说着男子自己打通了"110"电话！一会儿，警察飞奔而到，男子没有反抗地向警察伸出了双手。在公安局，警察向叶丽做完了笔录，叶丽谢绝了警察同志送她回家的帮助，一个人走出了公安局的大门。

泪水再一次从叶丽的眼眶里滑落下来，她又从板凳上跨了下来，蹲在地上抱头痛哭。

哭了很久，叶丽擦去了眼泪，然后整理好衣服，准备回家。

再一次乘坐出租车，叶丽心里甚至产生了一种恐惧，她浑身哆嗦着，刚才的一幕又清晰地出现在她的脑海了。此刻，她感到自己是多么的可怜和孤独，一次次地受侮辱，她却无法向任何人言说，谁能替她分担哪怕是一点点痛哭呢？叶泽春还是母亲？这种事要告诉叶泽春吗？怎么告诉他？告诉他后，他又该如何反应？叶丽又想起了苏美华，这个可恶的女人，正是她一步步将叶丽推向了痛苦的深渊，原因仅仅是她的自私和小肚鸡肠！算了，让他们从她眼前消失吧，永久消失吧！就在此事发生以前，叶丽对于和叶泽春的婚姻还抱有幻想，想着叶泽春只要能知道忏悔，以后能有效阻止她母亲的恶行，她还可以原谅他。可是此刻，就算叶泽春做到了这些，她还能以一颗平常心对待叶泽春吗？她无瑕的身体已经被践踏得污渍斑斑！叶丽将头埋在两腿之间，抽噎着。外边传来出租车司机关心的话语："姑娘，不管遇到什么事情都别太难过了，今天日落了，明天太阳照料出来！"

车子停在了叶丽租的房子的楼下，出租车司机说："姑娘，该振作起来了，到你家了。"一句话让叶丽打了个寒战，是的，她该振作起来了，到家了，她不能让母亲有任何察觉，她都受不了的打击，母亲能受得了吗？

十一点多一点，叶丽进了房间。母亲和叶焕都急急地跑过来，母亲问："女儿，你跑到哪里去了，让妈在家里替你担心？"叶焕说："姐，你没做傻事吧，这么晚才回来？"母亲哭着说："女儿，你可不能做什么傻事，现在我们都离不开你呀！"眼泪顺着叶丽的脸庞流了下来，但她安慰母亲说："妈，我没事，我只是在外边喝了点酒。女儿不会撇开你们不管的。"母亲抱住叶丽哭着说："女儿，别难过了，以后的路还长着呢，好人有好报，恶人有恶报，老天爷会替你安排的。"叶丽叫了一声："妈！"搂住母亲委屈地哭着，看到母亲和姐姐都哭了，叶焕也跟着哭了起来。

这时，从屋里忽然传出来一声："我明白。"大家愣了一下，随即全都向屋里跑去。叶丽奶奶不知道什么时候已经醒了，费力地扭过头来向屋外看着。

叶丽问："奶奶，您明白什么？"

奶奶说：“我明白。”

叶丽再问，奶奶还是说“我明白”，别的话却一句都不说。

母亲说：“自从你爷爷去世后，她常说这句话，她好像知道你爷爷去世了？”叶丽再一次伤心得不能自已。

26 叶泽春，我们离婚吧

整个晚上，叶丽一夜未眠。最近发生的一切不停地出现在叶丽的脑海里，折磨着叶丽已经疲惫不堪的心。她觉得心好痛，没有丝毫的困意。

早上五点多钟，叶焕醒来了，发现叶丽还没睡着，她心里不由得一阵难过："姐，过去的事情就让它过去吧，别想那么多了。"叶焕想安慰叶丽，可是她的喉咙却哽咽了。叶丽鼻子一酸，可是她没有哭，接二连三巨大的痛苦让她大脑无法承受，已经把她的泪水抽干了。

叶丽忽然对叶焕说："妹妹，我想求你一件事。"叶焕哽咽着说："你是我的亲姐，怎么还用带求字这样的话？什么事妹妹都答应你，只要你心情能好。"叶焕说着大颗大颗的眼泪从她的眼眶里掉下来。姐姐是多好的人呀，她孝顺，她善良，她有才干，老天爷为什么还要给她带来这么多的磨难，让她受这么多的痛苦？叶丽说："姐想求你替姐照顾几天咱奶和咱妈，姐想出去走走。"

叶焕警惕地说："姐，你不会是想不开吧？你可不要想不开呀，咱妈跟你说了，我们都离不开你呀！"叶丽说："姐正是要打败想不开的念头，才想出去散散心，姐姐想用一段时间给自己的心灵里重新注入力量。姐姐现在需要这种力量。"

叶焕止住哭声说："你这样说，我支持你，咱奶咱妈你就放心吧，我一定会照顾好他们的。"叶丽问："你单位允许吗？"叶焕说："这个你放心吧，我回来时已经给领导说了，我要在家里呆上一个月左右的时间。可是，姐，你一定要答应我安全回家哟，你不能有任何想不开的行为！"说着，泪水又涌了出来。

叶丽的眼睛也湿润了，她说："姐答应你，姐一定答应你，咱爷爷还给我安排了好多任务呢！"说到这，叶丽咬住嘴唇，没在说下去。过了一会儿，叶丽又对叶焕说："姐今天就走，呆一会儿我到单位去的时候，你和咱妈先说一下，我到单位请个假就回来。"叶焕答应了。

这时候，姐妹两个听到了母亲到厨房烧水做早餐的声音。叶焕说：“这时候最能体会到咱妈对咱们的关爱了。其实她心里的苦绝不亚于咱们呀，她和咱爷爷相处了大半辈子,其中的感情会有多深？”叶丽说：“你别说了。”然后穿上衣服出去了。

叶丽先走进厨房，叫了一声“妈”，又问：“你怎么起得这么早，以后你不要起得这么早了，这些活让我们干。”母亲用袖子擦了一下眼睛说：“妈这两天也睡不着,早点起来给你们把饭做好。”叶丽哭了,走过来抱住母亲说：“妈,你别多想了,女儿不愿意看到你难过。”母亲抱住叶丽,同样哭着说：“妈同样不想看到你难过。你没睡着妈知道，妈一直想跟你说，再大的苦只要咱们一起扛,它总会过去的。”叶丽说：“女儿会听你话的,一定会听你的话的,你就放心吧！”

叶焕走进来看见母亲楼着姐姐哭着，她也搂住母亲和姐姐痛哭起来。

一个多小时后，叶丽来到了单位，把自己想出去散散心的想法告诉给了经理，经理犹豫了一会儿，说：“出去散散心也好，有利于你从痛苦中走出来。我支持你。不过不要让我们替你担心哟，你还记得那一天市委副书记安慰你的话吗,咱们单位甚至咱们全省都需要你！”说完期待地看着叶丽,叶丽轻轻地点了点头。

雷曼几个不忍心让叶丽走，哭得梨花带雨：“叶丽姐，你别走好吗？我们会为你担心的,我们舍不得你。我们真不想让你离开我们,你在我们身边,我们心里才觉得踏实。”看着大家满脸的泪水，叶丽说：“谢谢大家，不过，我想让大家尊重我这一次。”大家不好再说什么了，最后只能眼睁睁地看着叶丽离去。

一个小时后，叶丽从大雁塔下踏上了去终南山的征程。公交车走走停停，晃晃荡荡。叶丽的大脑也在这种晃荡中变得更加混沌不清。她只知道自己很苦，不知道自己在想什么，或者说想的东西太多太多，反而让她心里麻木了。车外的景色变化万千,一会儿是高楼大厦，一会儿是田园村庄，一会儿是山水林木，然而它们在叶丽脑海里却是一样的，那就是迷蒙！

车主大喊着到站了，叶丽糊里糊涂地跟着大家下车。好几个小车贩开始把叶丽围住，问她去哪里？要不要坐车？几个人一起，很便宜的。叶丽坐上了一个小三轮车，对车夫说：“你要多少钱我给你，但是我不要和别人拼坐。”可是三轮车开出去不到十多分钟，叶丽就让车夫停下了，给车夫点了钱，让车夫走了。车夫说：“姑娘，这儿离山上还远着呢！”叶丽说：“没关系，我想走走。”

但是叶丽却在山上狂跑起来，她心里不断涌出一种想大喊大叫的欲望，她想像疯子一样在山上跳、蹦。

叶丽跑得踉踉跄跄。她想把身上的包扔了，把脚上的鞋扔了，就这样在山里跑得筋疲力尽。

然而，这时候电话却响了起来，叶丽以为是母亲打来的，打开手机一看却是叶泽春打来的。

叶丽接听了电话。叶泽春问叶丽她在哪里？他想见她！叶泽春说，他坚信她不是轻浮的女人，但是他想知道真相。这不仅仅牵扯她还牵扯他妈，这几天他太痛苦了。叶丽却平静地说，你别痛苦了，也别多想了，咱们离婚吧，过几天我就会让律师找你。叶泽春说："我坚决不离婚，我就是死也不离婚！"叶丽将电话挂了，然后关机。

叶丽再一次狂奔起来，像一头疯牛狂奔着。碰到她的游客都睁大了好奇的眼睛，叶丽却全然不顾。她想赡养好爷爷的愿望没有实现，现在她还成了一个不洁的女人，真真实实成了一个不洁的女人，谁能理解此刻她内心的痛苦呢？

林中的鸟儿不时地发出各种各样好听的鸣叫，山泉流过山涧时闪着亮晶晶的光芒，那溪水碰撞石头发出悦耳的声音，叶丽却体会不到它们的美，在叶丽心里这些一切都好像不存在似的。

叶丽不知道跑了多久，眼前的行人愈来愈少，山林却显得愈发地原始。叶丽累了，原始森林却给了她一种空灵的感觉。叶丽忽然想起给家里打一个电话，告诉母亲她已经上山，让他们放心。叶丽还想提醒母亲山里信号不好，如果遇到电话打不通，也很正常，让她们不要多想。

放下电话，一次次受屈辱的情景再一次出现在她的眼前，她又痛苦得难以自已，此刻她多么想变成一只猴子纵身悬崖。那里才是她最想去的地方。那里有苍翠的树木，有清澈的山泉，有无名的花儿，那里没有纷扰，没有争斗，那里是一个幸福之地。可是爷爷却交给了她那么多的任务，爷爷为什么要交给她那么多的任务呢？

叶丽又在山林里跑起来，跳起来，喊起来，她想把她身上的痛苦全部发泄掉。可是她跑了好久，跳了好久，喊了好久，她的心情依旧。纵深的山林接纳了她的疯狂发泄，却给不了她半点安慰。

叶丽不甘心，她继续要跳要喊，要寻找她心中的宁静。

这时，叶丽看见了一座寺庙。叶丽立刻停止了她的疯狂发泄，佛教圣地，是禁止喧哗的。

在这一刻，叶丽心里安静了许多。冥冥之中，她来到终南山不正是要向佛祖问事的吗？她渴望佛祖能驱散她心中的阴霾，给她光明和力量。可是，一路上，她路过了多少佛寺，她怎么没有停？难道冥冥之中，她就该来到这个佛寺跟前吗？这里的佛祖会为她的心灵手术，剔除她心中的痛苦，让她坦然面对眼前的一切？

叶丽犹豫着要不要进去，眼前的这个寺庙不仅传统而且破旧，旁边的茅棚露出一层黑褐色的尘埃，好像建立的年代已经很久了。

忽然，叶丽听到一个苍老而有力的声音："女施主，请进吧，佛祖在这里已经等你多时了。"叶丽吃了一惊，眼前没有人，难道这个佛寺里的高人有心灵感应？

叶丽循声进去，一个老比丘尼正背对着她打坐在佛像面前。看见佛像，叶丽下跪，磕头，然后将一百元钱放进功德箱里。

老比丘尼没有再招呼叶丽，而是双眼微闭，嘴唇不停地动着，却没有声音。叶丽静静地站在老比丘尼的旁边，没有去催促她，也没有要走的意思。她知道在佛祖面前要心诚，既然来了，她就要相信佛祖的力量。十分钟，二十分钟，三十分钟，一个小时，老比丘尼开口说话了："佛祖已经向你敞开了胸怀，像孩子一样将你的委屈告诉给佛祖吧，佛祖会通过我的传达向你指明方向。"

叶丽虔诚地再次跪下去，心无保留地将自己的遭遇一一地说给佛祖听。此刻，她唯有相信佛的力量，才能让自己获得新生。

叶丽将自己的遭遇诉说完后，老比丘尼说："孩子，今晚留下来吧，佛祖告诉我让我和你谈禅。你是个聪慧的孩子，佛祖让我给你安排更多的使命。现在你和老衲先去吃饭吧！"老比丘尼的话不容置疑，叶丽跟着老比丘尼来到寺庙旁边的茅棚。茅棚里一半是卧室一半是厨房。卧室里有两张简易的床铺，三床被子已经非常陈旧但还算干净。一沓小孩用的作业本还有几本发黄的书放在一张床铺的顶端，那应该是老比丘尼的卧铺了。厨房里两个石缸，一个泥灶，一个案板，一把刀，一把擀面杖，显得简单而朴实。

"你可以先坐在那里看我整理出来的佛经，我帮施主做饭，一会儿就好。"老比丘尼说。

叶丽说："我来吧，或者我来帮您。"

老比丘尼说："让我帮施主做饭是佛祖的意愿，不可违背，施主不必在意。"

叶丽便安心坐下来，拿过老比丘尼的本子来看。老比丘尼的字体非常苍劲有力，每个本子封面上都有"心得"两个字，显得工整漂亮。

叶丽打开第一页，一行小字立刻映入她的眼帘：游人进山叹花容，不言花身经寒风；折来一支嗅芬芳，不惜残肢随水流；来年择日再游山，万千花草笑脸迎。叶丽看着看着，忽然就有两颗泪珠从她的眼眶里滚落下来。

老比丘尼正在擀面，忽然又来了一句：终南山上易草木，世代千古是魂灵。

叶丽泪流满面，忽然站起来说："师父，您不用说了，我明白了，谢谢您！"老比丘尼脸上露出一脸欣慰的笑容，说："佛祖教化的都是有气度有智慧的人，孩子，今晚下不了山了，就在老衲这休息吧！"叶丽重重地点了点头。

这一晚叶丽终于睡着了，她梦见爷爷对她笑了，笑得那样的欣慰动人。

第二天，叶丽决定和老比丘尼再呆一天，她想让自己悲苦的心灵彻底得到解脱。叶丽决定把这个想法告诉她的母亲和妹妹，她重新打开手机，可是叶焕一接到电话，就焦急地说："姐，你赶紧回来吧，叶泽春服毒自杀了！我一直给你打电话就是打不通。"叶丽感觉脑子里"轰"的一下大了，她急促地问："他人现在怎么样？"叶焕说："人没死，正在医院抢救呢。你赶紧回来吧！"

叶丽再一次感觉心里是那样的疼痛。她前两天对叶泽春还有点失望，可是，现在她觉得叶泽春依然是她心目中最重要的人。

老比丘尼说："孩子，该你回去了，相信好时光在等着你。"叶丽便向老比丘尼告辞，匆匆地向山下跑去。跑了一段路程，看到一辆准备下山的三轮车，叶丽二话没说，给了车夫五十元钱，让他赶紧拉她下山。

27 纸包不住火

咱们再回头说说叶泽春。

叶丽爷爷的突然去世一下子将叶泽春推向了尴尬、愧疚的境地。说与叶丽爷爷一点感情都没有那是假的。老爷子的淳朴和善良曾让叶泽春深深感动过，他也曾多么希望老爷子的晚年能过得幸福一点、开心一点。这不仅仅是为了照顾爱妻的感情，也是发自他内心的。因此老爷子住在他家里，不管老爷子多么难伺候，多么肮脏，他没有反感。他虽然没有叶丽对爷爷那么用心，但是也没轻视叶丽的家人。如今，叶丽爷爷突然去世了，而且在他看来还是因为他的一次不理智的行为，叶泽春觉得非常愧疚。忏悔的心情就像遇到大风的浪水一样，一浪高过一浪。可是他的处境又是那样的尴尬，他甚至连向叶丽爷爷表达忏悔心情的机会都没有。在埋葬叶丽爷爷的那几天里，叶丽不理他，叶丽妈也不理他，甚至叶丽叔叔婶婶们也不理他，除了吃饭、睡觉或者有什么需要他出面的仪式有人招呼他一声外，他好像就成了一个完全与这家人没有任何关系的人。这让叶泽春很痛苦，他想安慰叶丽，叶丽不理他，他想长跪在叶丽爷爷的灵柩前，叶丽妈不让他跪。他只能在叶丽家游荡着!

几次，叶泽春想向叶丽妈打听事情的真相，因为他想起了叶丽妈在和自己的母亲吵架时说的那些反常的话，他想到了这件事肯定有什么隐情，并且叶丽妈应该知道一些。可是他一走到叶丽妈面前，叶丽妈就转身走掉了，反让他感觉到尴尬甚至屈辱。

叶泽春就在这么一种环境下苦捱了三天。

期间，母亲向他打听了一次叶丽这边的情况，叶泽春心烦地挂掉了电话。后来，叶泽春想给父亲打个电话，告诉叶丽爷爷去世的消息，又怕父亲来后受到叶丽家人的冷遇，最终，叶泽春也没有这么做。而苏美华因为自知理亏，吓得也没有将叶丽爷爷去世的消息告诉丈夫和公公婆婆。叶凯成他们对于叶丽爷爷去世的消息竟然全然不知！

三天后，叶泽春回到了家里。他反反复复考虑这个问题，一个个疑点也不断地出现在他的脑海里。按常理讲，如果叶丽有外遇，不管制造这些艳照的人出于何种目的，这些艳照应该首先落到他或者叶丽的手里，怎么会到母亲的手里去呢？就算母亲首先得到了这些照片，她也应该首先找他商量一下呀，那一天她怎么表现得那么冲动？还有，那一天，叶丽说两件事她都知道真相，这话是什么意思？那两件事，叶丽知道什么真相？大家都对他隐瞒了什么？

和叶丽已经交往六年了，叶泽春深信她是一个很正统很有气节的人，这不是他随便下的结论，而是叶丽做事的每一个细节给他留下的深刻印象。可是这个艳照是怎么产生出来的呢，这的确是叶丽本人呀！

叶泽春感到非常地痛苦，他想，如果他长期这样下去，非崩溃不可！于是，他决定去找母亲，一定要向母亲打听出事情的真相！

再说苏美华，叶丽爷爷的突然去世，也让苏美华感到非常的意外。她无论如何也不会料到事情会发展到这种地步。她忽然间意识到自己玩大了，她心里开始有了一丝后怕和恐惧，叶泽春去叶丽老家的三天，她提心吊胆，忐忑不安。她生怕叶丽和她母亲在儿子面前说她的坏话。听叶丽和她母亲的口气，好像他们知道这所有的事情都是她一手策划的，她们知道真相！如果真的是这样，而她们又把这些都告诉给了她的儿子，她该怎么办？几天来苏美华也是吃不好，睡不着，她现在才明白做那些见不得人的事情，心里要背负多大的压力！

苏美华也曾想过向儿子坦白一切，可是如果一旦坦白了这些，那么她想让叶丽和叶泽春离婚的事情怎么实现？如果叶泽春和叶丽离不了婚，叶丽会怎样对待她？还有，她的家人知道这件事的真相后又会怎样对待她？这件事传出去了她还怎么在社会上立足，她该如何向她的那么多学生交代？苏美华越想越怕，脑袋里轰轰直响，像转久了的马达越来越热，苏美华能感觉到她的脑细胞在不断地死亡。

想来想去，苏美华觉得，无论叶泽春怎么问，她都不能承认这些事情，她就不相信叶丽会去报警，让警察来追查这件事情！

苏美华的反常行为让叶凯成很纳闷，问她怎么了？苏美华说最近学校里的事多，烦。叶凯成也没再多问，只是安慰了几句。叶凯成哪里会想到，他的家庭已经发生了翻天覆地的变化！

同样被蒙在鼓里的还有叶泽春的爷爷奶奶。礼拜天，叶泽春爷爷奶奶左等右等，孙子就是不来，刘一慧给孙子打了一个电话，电话竟然是苏美华接的，苏美华说叶泽春去给叶丽爷爷买药去了，得过一会儿回来。然后刘一慧再打，叶泽春的手机竟然关机了。刘一慧问苏美华怎么回事，苏美华撒谎说叶泽春陪叶丽去参加一个同学聚会了，刘一慧气愤地说："看来现在是奶奶求着孙子了！"

这时候的苏美华不会想到，她所做的一切都在给自己作茧。

星期二的晚上，叶泽春两眼通红地走进了苏美华的家门。还没等苏美华说话，叶泽春先开口了："妈，我今天不要你来关心我，也不需要你的絮叨，我是来寻找事情的真相的，我希望你能把所有的一切真实地告诉我，你能做到吗？"

苏美华心里咯噔一下，心想叶丽将事情的真相告诉叶泽春了？不大可能呀，叶丽怎么能知道事情的真相呢？但是现在的情景不允许她做过多的考虑，苏美华说："你让妈做到什么？你今天一来是怎么和妈说话的？妈处处为你着想，恨不得将自己的心掏给你用，妈还有什么隐瞒你的？叶凯成，你瞧瞧你的儿子？！"

叶凯成问儿子："今天又怎么了？"

叶泽春忽然吼到："我痛苦，我害死了叶丽爷爷，我现在没脸见叶丽！"

苏美华说："她给你戴绿帽子，做出那样肮脏的事情，你还没脸见她，你有志气没有？"

叶凯成惊诧极了，瞪大眼睛问儿子："你说什么，你害死了叶丽爷爷？叶丽爷爷是什么时候死的，是怎么死的？"

叶泽春哭嚎着说："三天前就死了，今天已经下葬了。我妈给我拿了一些叶丽的艳照，我把他们赶走了，叶丽爷爷一生气脑子出血了，就死了。我现在后悔呀，爸，我不相信叶丽会干出那种事情，我现在要让我妈给我解释，她的那些照片是从哪来的，怎么来的？"

叶凯成愤怒了，厉声问苏美华："你知不知道叶丽爷爷已经死了？"

苏美华小声说："知道。"

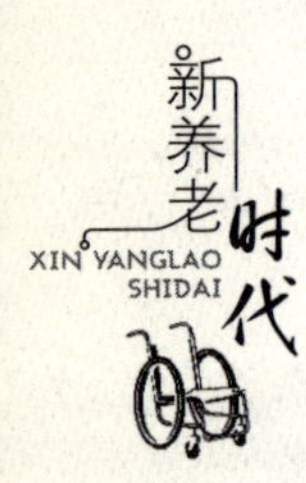

“你知道，这么大的事你为什么不告诉我？你的良心让狗吃了吗？你还有没有做人的原则？”

“我还不是让那些照片给气的！”

“什么照片？你怎么从来没有跟我说过。”

“全是艳照呀，不堪入目，我知道你忙，我怕打扰你，现在你看看，全在我的电脑里。”苏美华说着，跑过去把自己的电脑打开，然后再打开自己的邮箱，叶丽的那些艳照就完全展现出来了。苏美华说：“你看看，你看看，这些照片你能看得下去吗？你说我不应该拿去让咱们的儿子知道吗？”

叶凯成瞪大了眼睛，眼前的一幕简直来得太突然了，太恐怖了，让他瞬间停止了思想甚至呼吸，他的脑子也一下子转不过来了，不知道该说什么好！

叶泽春说：“妈，我现在就来问你，你是什么时候收到这些照片的？你怎么收到的？叶丽有外遇，我为什么收不到这些照片，反而在你这儿？发照片的人怎么知道你的邮箱！”

苏美华说：“你问你妈这些，你妈怎么知道，我的邮箱一直对外公开的，我的每一个学生基本上都知道，或许是我的哪个学生关心我呢！”说完这句话，苏美华自己也吃了一惊，自己现在怎么能越来越会撒谎了，反应还这么快？但是她却紧张地看着叶泽春的表情变化，她担心如果叶泽春真的知道真相了，她该怎么圆谎？

叶凯成说：“你真的不知道这些照片是从哪里来的？对方的邮箱你不熟悉？”

“叶凯成，你这话是什么意思，我难道还会害我的儿子不成？”

叶凯成问儿子：“叶丽和她母亲没跟你说什么？”

叶泽春说：“她们好像知道真相，她们却不告诉我。但是，她们和我妈吵架时说的话好像我妈也知道真相！”

叶凯成继续问儿子：“她们说什么了？”

叶泽春说：“叶丽她妈一看到照片就打起我妈来，骂我妈卑鄙无耻，什么丑恶的想法都能想得出来！叶丽也说，她两件事情都知道是怎么回事，让我妈自尊自重！”

苏美华一听叶丽没告诉儿子什么，心里反倒轻松了许多，这时候反驳儿子说：“什么两件事？他们母女两个看到那些恶心的照片，为了遮掩真相，倒打一耙，辱骂你妈，你也相信？”

叶凯成对儿子说：“现在咱们先不说这些照片，你是怎么把叶丽他们赶走的？”

叶泽春说：“我看到叶丽妈打我妈了，我一急就让他们滚，我后来后悔了，想拦叶丽，我妈不让拦！”

叶凯成气得浑身发抖，指指叶泽春又指指苏美华：“你们呀，你们呀，你们简直混蛋呀！你们的书白读了，老人多好，就这样让你们给活活气死了，你们作孽呀！”说着，他一下子老泪纵横，浑身发抖着不知道再说什么好！

苏美华对儿子发怒说：“还不赶快哄你爸！”

叶凯成大吼一声：“滚，都给我滚！”说完，扑通一声跪在地上：“老伯呀，晚辈对不住你了，你死了，晚辈都不知道，晚辈连送你的机会都没有呀！你让晚辈以后该怎样自责呢？”

叶泽春说：“爸，我错了！”叶凯成痛苦地连连摇头：“你不要再说了，爸没有管教好你们，这是爸的失责呀！你一定要给爸查出真相！”

这句话又让苏美华心里咯噔一下。她没想到丈夫会对叶丽爷爷那么敬重，投入那么多的感情！他一个高级知识分子，一个高校的党委书记，享受着国家高级津贴的人，今天竟然完全放弃了面子，失态地跪在地上！苏美华再一次感觉到了恐惧。她感到有一只巨大的手掌已开始在她的心脏上压，几乎要将她的心脏压爆破了。

第二天上班以后，苏美华赶紧给朱子健打了一个电话，想从朱子健那打听一些具体的情况，并告诉朱子健她家里这边有可能报警，让他做好心理准备，早早毁掉证据。苏美华现在觉得只能继续隐瞒了，如果真相公布出来，她的命运将是毁灭性的。

但是，电话怎么也打不通，朱子健的电话一直处于忙音状态。利用下午没课的间隙，苏美华又去了一趟朱子健的单位，结果得知他已经出差了，苏美华问朱子健的手下，他什么时候回来。手下说，这个说不准，估计至少得一两个月，甚至更长时间。这反而让苏美华心里长出了一口气。时间长了，这件事慢慢就会无声无迹地过去了，不管是儿子也好叶丽也好，谁会拿自己的绯闻纠缠不清呢？苏美华甚至想到了，可以暂时让叶泽春和叶丽重归于好，等大家的心情平静以后再考虑要不要让儿子和叶丽离婚的事情！

礼拜六是叶丽爷爷的头七，叶凯成打算去给叶丽爷爷上坟，为了显示

他们一家人的诚意，叶凯成又将叶丽爷爷去世的消息告诉给了自己的父母，看他们愿不愿意一同前往。叶天水和刘一慧听说叶丽爷爷去世的消息后也大为震惊，对苏美华和叶泽春好一顿训斥！末了，叶天水一句感叹："想着老人家可怜呀！"叶天水和刘一慧坚决要和儿子一起去为叶丽爷爷上坟。看大家都去，没办法，苏美华也只好跟着去。

叶凯成他们的到来让叶丽和叶丽妈大为吃惊，叶丽妈本来还想和叶凯成他们寒暄几句，可是一看到苏美华，她的心情立刻阴暗下来，和叶凯成他们一句话都不想多说了。

看到叶丽过度伤悲和憔悴的样子，叶凯成含着泪对叶丽说："爸相信你的清白，爸一定会想办法将这件事查清楚，还你个公道。"

叶丽妈忽然开口说："有些事情我想给你说。"

叶丽哭着阻止母亲说："妈！"

叶丽妈哭了，说："孩子，你为什么要受那么大的委屈呢？"

叶凯成说："丽丽，你妈说得对，你没有必要受那么大的委屈，你应该把你知道的真相告诉我们，让我们为你做主！"

叶丽说："爸，我今天很累，我不想说这些。我也想给那些做坏事的人留一点机会，让他们自己感悟，自觉地说出事情的真相，让她自觉地对我爷爷对我忏悔。这就是我今天的意见！"这些话叶丽说得铿锵有力，但她没有朝苏美华脸上看一眼。

叶凯成说："你说得很有道理，爸尊重你，爸也希望那些做坏事的人能够自觉悔悟！能够自净！"

来到叶丽爷爷的坟头前，叶凯成郑重地跪了下去，真诚地为叶丽爷爷磕了三个响头！

从叶丽家回来后，刘一慧首先怀疑到了苏美华，她对丈夫说："会不会是美华设计陷害了咱们丽丽？！我看丽丽母亲和叶丽说的话意怎么全是冲着她来的！"叶天水阻止刘一慧说："这种话你可不要乱讲，美华凭什么要用这种卑劣的方式陷害丽丽，她就是想，也不可能让丽丽知道呀！"

刘一慧轻蔑地说："我看你这个儿媳也未必，她有时候是自作聪明的愚蠢！让叶丽怀孕不是她的主意吗？"叶天水说："也倒是，美华一直在想办法赶走叶丽爷爷。不过，这种话你暂时千万别讲，叶丽说得对，让她自悟，等她自己把真相讲出来的时候，事情会好办一些！"刘一慧说："你越这样说我越觉得是美华干的，我现在搞不明白了，她怎么会想出这么卑劣的方法呢？她和谁合伙呀？"

就在叶天水和刘一慧对苏美华产生怀疑的时候，叶凯成也对苏美华产生了怀疑，因为在回家的路上，他忽然想起苏美华想让儿子和叶丽离婚的念头。回到家后，叶凯成和苏美华做了一次深谈，问叶丽的艳照是不是苏美华找人设计制造的："如果你真的参与到这件事情中来了，我希望你能马上说出实情，你也从叶丽口中听出来，她是想给你留面子，你能够主动说出来，这件事也就好办多了，你要是让叶丽迫不得已把你揭露出来，你想一想这一件事怎么收场？！"

但是此时，因为朱子健的逃离，苏美华还心存侥幸，她到现在还不相信朱子健会将她这个幕后主使坦白地告诉叶丽，因为这是她以前要求过朱子健的，她相信叶丽也只是瞎猜，甚至是在诈她！苏美华故作愤怒地说："叶凯成，你今天和我说话是什么口气？你把我苏美华想成什么人了？我会用这种下流的手法害我儿媳妇吗？你是不是也在给我气受，让我死了你才心甘！我就是想让我儿子和叶丽离婚，我也会光明正大的，我怎么会想到这些下三烂的方法？我看你们都是被叶丽母女迷惑了！他们现在到底是什么想法你能知道吗？"听苏美华这样讲，叶凯成只剩下无奈了。

现在回过头来再说叶泽春，现在，最难受的就是他了。听叶丽的语气，叶丽绝对是清白的，他也相信叶丽是清白的。可是这些照片到底是怎么来的呢？照片上的男主人公又是谁呢？叶泽春忽然想到从照片上的男主人公下手，可是他已经将那些照片撕碎扔了。就算他没把那些照片撕碎扔了，那男的脸上也是打了马赛克的！叶泽春简直是颓废地坐在了床上。后来，激动之余，叶泽春又想到了报警，可是当他准备向派出所出发的时候，他又想起事情万一与母亲有关了怎么办？再说这件事传出去了，他的脸往哪儿放？叶泽春就这样一天一天地痛苦地过着日子。

叶丽爷爷头七过后，叶泽春给叶丽打电话让她搬回家住，叶泽春请求叶丽说："你相信我好不好？咱们相爱了六年多了，咱们的感情真的经受不住这个事件的冲击吗？你就是不愿意告诉我，我也会把这件事搞清楚的！"叶丽却坚决地拒绝了。

叶泽春不知道，在这个过程中叶丽又经受了一次巨大的伤害，而这些仅仅因为他一次冲动的吼叫！

叶泽春再给叶丽打电话，叶丽却明确地告诉他准备离婚，这简直让叶

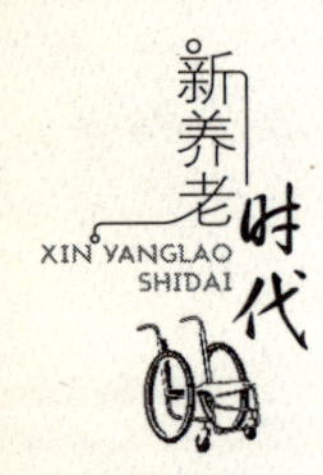

泽春发了狂。叶泽春几乎不敢想象，自己离开叶丽后会是一种什么样子，会过怎样的生活？叶泽春痛苦得头都要裂开了，他不顾还在上着班，跑到了叶丽的单位来找叶丽，叶丽的同事却告诉他叶丽已经出远门了，谁也不知道她究竟去了哪儿。叶泽春来到叶丽的办公室，门竟然开着，叶泽春想在办公室找一点有用的线索，可是他什么也没有找的。叶泽春趴在叶丽的办公桌上悲伤地哭了。一会儿，他想起了雷曼，他将雷曼叫到了叶丽的办公室，把门关上，一下子跪在了雷曼的面前，用沙哑的声音乞求雷曼说："你告诉哥，你叶丽姐她们现在住在哪儿？你应该盼你姐不再受委屈，盼你姐和我幸福吧！"雷曼哭了，赶快过来扶叶泽春："哥，你快起来，我姐是受委屈了，受了天大的委屈了，我希望你们幸福，我真的希望你们幸福！你起来，我告诉你她们住在哪儿，我带你去。"

于是，雷曼领着叶泽春找到了叶丽租住的地方。一路上，叶泽春已经想好了，他今天一定要问出真相，哪怕死在叶丽妈的面前！于是，一见到叶丽妈，叶泽春就重重地跪在了叶丽妈的面前，悲苦地说："妈，我今天就是来打听真相的，你知道你女婿是爱你女儿的，那天只是我一时的冲动，我现在后悔了，真的后悔了。现在，叶丽要和我离婚，我受不了呀，妈！"

听着叶泽春一句句真诚的请求，叶丽妈本来就不坚强的心弦一下子被拨动了，她忘掉了女儿的叮嘱，气愤而又毫不犹豫地将所有事情的前前后后仔细地讲给叶泽春听。叶泽春简直惊呆了，她简直不敢相信母亲竟然会做出这样无耻的事情，亲自为他儿子戴绿帽子，虽然他以前也怀疑过！

叶泽春头发竖起来了，眼睛血红！他一下子冲出了房屋！

叶焕急了，责怪母亲说："妈，你也怎么这么冲动呢，你再弄出一条人命来怎么了得？"

叶丽妈狠狠地说："我现在就是要让泽春去收拾那个王八蛋！"

此刻，已是晚上八点，叶泽春几乎是冲进了母亲的家门，完全不顾父亲和母亲惊愕的眼神，一进屋就睁着血红的眼睛冲母亲发泄起来："妈，你不觉得你很幼稚吗？"苏美华瞬间意识到了危险即将到来，呵斥叶泽春说："你怎么和妈说话的？"叶凯成也帮苏美华的腔说："泽春，你是没教养的孩子吗？"

叶泽春却全然不顾："爸，我今天就想做一个没教养的儿子，你们都不许打断我，让我把话说完，我压抑得很久了！"说着，叶泽春的眼泪大颗大颗地流了下来，"妈，你是做坏事的人吗？你有那么多做坏事的脑子吗？你是高级知识分子，你是教书育人的人民教师，你能把坏事做得天衣无缝吗？

你太让我失望了！叶丽为了照顾你们的感情，她做出了多大的牺牲？我都觉得她活得太不是人了！她是孝奴！她经常委屈自己，只求得你们心里能平衡一些，好受一些，哪怕她受再多的累，受再多的苦，可是你为什么还要想到这么卑鄙的方法来整治她？你不觉得你的做法非常歹毒吗？”

叶凯成的脸色大变，斥责叶泽春说：“有事说事？不许你这样攻击你妈？你好好说，到底发生了什么事？”

叶泽春看了一下叶凯成，又回头看着母亲，大声说：“你问她！”

叶凯成语气稍微缓和了一些问苏美华：“你今天必须说实话，到底是怎么回事？要知道隐瞒真相于事无补，真相也是隐瞒不住的！”

苏美华无论如何也不会想到儿子竟然会这样对她，竟然会冲她发这么大的火，儿子的情绪会这样的激动，她的感情一下子就被儿子的态度冲垮了，虽然她还想抵赖，可是她明白了，抵赖是没有任何作用的，就像儿子说她的那样，她没有做坏事的智力！

苏美华一下子跌坐在沙发上，这时候善良也从她心底复苏，眼泪瞬间涌出了她的眼眶，她再也控制不住原存于她内心深处的软弱，一五一十地说出了她设计整治叶丽的真相。叶凯成的手抡起来了，但最终抓了一只茶杯狠狠地摔在地上：“你，你，你真的太让人失望了！这竟然真是你做的事情！你——”

苏美华痛苦地说：“叶丽爷爷呆在这儿，我感觉到了压力，我感到心里更加寂寞和孤独，我也不知道我怎么一步步走下来的！”叶凯成气愤地说：“你有压力，你寂寞，你就有理由这样害人吗？你马上给我站起来，走，马上去给叶丽负荆请罪！”

叶泽春疲惫地说：“不用了，叶丽已经离家出走了，没有人真正知道她的去向，她能不能活着回来还是一个问题！她就是想养她的爷爷奶奶，那是养育她的亲人呀，她有错吗？”叶泽春说完，痛苦地走出了父母的家门。

叶泽春前脚到家里，叶凯成后脚就赶过来了。他说了许多安慰叶泽春的话，希望叶泽春能安静下来。但是叶泽春无法安静了，再也无法安静了。母亲这样去伤害叶丽，叶丽能回来吗？还有母亲，叶泽春现在怀疑，她是自己的亲生母亲吗？这件事传出去，该怎样被人笑话？！叶泽春想到了死，他真的没有再活下去的勇气了！叶泽春乘车跑到附近的农村买了一瓶“百草枯”农药，然后于第二天早上喝了下去。他对生活失望了，彻底失望了……

叶泽春从叶丽老家回来后，苏美华就安排安米琴多接触叶泽春，用意有两个，一是安慰叶泽春，替她照顾儿子，另外为以后叶泽春喜欢上安米琴做些铺垫，为此苏美华甚至将叶泽春家的钥匙给了安米琴，想让叶泽春体会到安米琴的温情。

这一天早上，安米琴过来叫叶泽春去上班，可是任凭她怎么叫，屋里就是没人应，安米琴赶紧拿出她从来没敢用过的叶泽春家的钥匙，将门打开。安米琴惊讶发现，叶泽春已经倒在地上，口吐白沫，不停地抽搐，痛苦得双手乱抓，双脚乱蹬。安米琴吓蒙了，赶紧打120急救电话。医生赶到后，先是用手指头塞进叶泽春的喉咙，为他催吐，然后给叶泽春挂上点滴，急匆匆地将他送往附近的医院。安米琴吓得不停地哭，叶泽春稍微清醒一点，对安米琴说："赶紧——赶紧给叶丽打电话，我快——快不行了。"可是安米琴如何给叶丽打电话都打不通。叶泽春又说："找——找叶丽单位的——雷曼，让她——带你去——找叶丽母——亲，她——她们一定会打——打通叶丽的——电话。"安米琴哭着说："我现在不能离开你，我要帮你！"叶泽春说："不——不用了，有——有医生，你——你赶快去。你一定要答应我，听话。"叶泽春说完，完全地昏了过去。安米琴吓得脸都变了颜色，问医生："大夫，他死了吗？"医生说："没事，他是疼昏过去了。"安米琴求医生说："大夫，你们一定要全力抢救，一定要尽全力抢救呀，用最好的药，他爸是大学党委书记，我爸是银行的副行长。都有钱！"医生说："我们会尽力的。"

安米琴这才想起她身上没带多少钱，她赶紧给苏美华打了一个电话，又怕苏美华身上也没装钱，又给自己的父亲打了一个电话，让父亲马上送几万元过来。

救护车进了医院后不久，安米琴的父亲就赶过来了，可是苏美华还没过来，安米琴顾不了那么多，迅速地为叶泽春办了住院手续。随后她对父亲说："爸，你先呆在这，照顾一下我同事，我去找个人。"然后急匆匆地去了叶丽的单位。就这样，叶丽妈和叶焕很快知道了这件事情。

28 她就像个天使！

叶丽一边心急火燎地往回赶，一边开始懊悔自己对叶泽春的绝情，爷爷不是已经嘱托过她吗？叶泽春是无辜的，她怎么还这样对待叶泽春？此刻，叶丽才知道她对叶泽春的感情是那样的真，一路上她的心是那样的痛！

叶丽下了山后直接坐上了一辆出租车，但是路上不停地堵车、堵车、再堵车，严重地考验着叶丽心脏的承受能力。

两个多小时后，叶丽才急匆匆地赶到医院。这时候，叶泽春已经被抢救下来，安排到了普通病房里。叶丽虽然长出了一口气，可是她还是心疼得不能自已。一见面，她就趴在叶泽春的胸膛上不停地啜泣着。叶泽春眼里含着泪，不停地抚摸着叶丽的头。经历了一场生离死别，两人的感情更加牢固了。他们发现如果真的失去对方，似乎都没有办法活下去。

看叶丽哭得悲切，叶泽春想起与她开玩笑了："傻丫头，我是不会离开你的，在拿起药瓶那一刹那，我想起自己如果死了就不便宜你了？我还要你照顾我，照顾我一辈子！我只喝了一点农药，死不了的！"

叶丽说："你知道那些农药都是很厉害的，你稍微不注意就会要你的命的，你怎么会开这样的玩笑？"

叶泽春却笑着说："值得的，值得的，我不这样做，咱们家的矛盾没法解决了！只是我没想到这个药这么厉害，喝了那么一小口，就疼得我死去活来的。"说完，叶泽春又哭了，说："叶丽，我爱你，我真的爱你！我不要离开你，永远！"

叶丽说："我也爱你，我也舍不得离开你，可我现在不纯洁了，我心里难受，感觉再也配不上你了！"

叶泽春说："不会的，你在我心中永远是圣洁的，他们可以侮辱你的身体，但是侮辱不了你的心，你的心永远是纯净美丽的。这就够我享受一辈子了。"叶丽再也说不出话来，趴在叶泽春的身上动情地哭着、哭着！

看到这里，一直站在一边的安米琴悄悄地走出了病房，她心里说不清

是嫉妒还是为叶丽和叶泽春的真情感动。

他们搂着哭了一会儿，叶丽问叶泽春："你妈和你爸呢，他们怎么没来？"叶泽春说："我也不知道，米琴说她没通知我爸我妈，我现在也不想见他们。"叶丽说："米琴怎么知道你喝药了？"叶泽春说："这几天她一直来接我上班，到咱家里就发现我喝药了！"叶丽说："我问问安米琴。"回头一看，安米琴已经不见了，叶丽又出来找她。安米琴正一个人站在走廊里发呆。

叶丽走到安米琴的面前，对她说："谢谢你。"安米琴冲叶丽笑了笑说："姐，你和我还客气？"叶丽看见安米琴眼睛有点湿润，说："最近让你辛苦了，姐相信你将来一定会找到一个好丈夫的！"安米琴哭了，说："看见你们真的让人羡慕，我到现在才懂得真正的爱情是什么！"叶丽将安米琴搂进自己的怀里，说："你也会找到真正属于你的爱情的，姐相信。"安米琴点了点头说："谢谢姐！"

叶丽问安米琴："你真的没跟叶泽春他母亲说吗？还是里面有别的事情，你别瞒我？"

安米琴逃避了一下叶丽的眼神，然后才回答说："我一直不敢告诉泽春，他妈出事了，在往医院赶的路上，可能是连吓带急出了车祸，现在也正在医院抢救。"叶丽大惊，着急地问："严重吗？"安米琴说："泽春他爸在泽春还没出手术室以前来过，说没有生命危险，不过伤势也挺严重的。"叶丽说："不行，我得过去看看。"安米琴问："泽春怎么办？"叶丽说："你先帮我照顾着。不过他母亲的事暂时还是不要让他知道为好，等我回来再说。"

叶丽走了，叶泽春问安米琴："叶丽刚才没对你说过要和我离婚的话吗？"安米琴回答说："没有。"叶泽春说："我以为她把我托付给你了呢！"

安米琴的眼泪悄然而下。她忽然趴在叶泽春的身上说："我真的不应该喜欢你，你们家的事情我也有责任，现在把你们害成这个样子，我心里好难过。"叶泽春说："与你没关系的，问题出在我妈身上。其实我很感激你，没有你，我这次真的可能没命了，我没想到这个药这么厉害，幸亏我只想吓吓他们，喝得少。"

安米琴说："原来你是有预谋的？"叶泽春说："我喜欢叶丽，我不这样做，他可能真的要离开我了，那我一生将不会快乐。"安米琴说："叶丽姐会回到你的身边的，她刚才只是嘴上说说。"叶泽春说："这我明白，叶丽最大的优点就是心地特别善良，不过现在还要看我妈，如果我妈继续执迷不悟，我们的婚姻真的就要遇到问题了！所以，现在有些事情还要你帮忙，你也是个很好的姑娘，我希望你早日寻到你的真爱。咱们两个真的不合适。我跟你说明白点，论理想，咱们有共同语言，但是组织家庭是一些琐碎的事情，咱们两个在这方面不会和谐的，到时候咱们可能会经常吵架，恩爱也就无从谈起了。”安米琴哭得非常伤心，说：“现在我明白和叶姐的差距了，我会永远地祝福你们。”叶泽春的眼泪也出来了说：“谢谢你,你是我一生最好的朋友。”

叶丽很快赶到了苏美华所住的医院，叶凯成看见叶丽非常吃惊，随即问了一句：“你什么时候回来的？”叶丽回答说：“回来不久，我妈她有危险吗？”叶凯成叹了一口气说：“要做脾脏切除手术，已经在做了。”叶丽大惊，问叶凯成：“要切除脾脏，这会对以后的生活产生多大的影响？”叶凯成沉重地说：“这已经是不幸中的万幸了。”

叶丽的眼泪哗一下就流下来了：“我妈怎么这么倒霉呢？”叶凯成说：“你别伤心了，这是你妈的造化，不是以我们的感情为转移的。你到泽春那去过吗？他现在怎么样？”叶丽回答说：“我就是从他那来的，医生说他没事了，打几天针就好了。”

叶凯成忽然沉痛地说：“这一次你妈给你们添了许多痛苦，你妈自己也受到了报应，现在希望你们都能原谅她，爸在这里也代替你妈向你表示道歉！”叶丽说：“爸，您别难过了，先给我妈看病吧？别的事情以后再说吧！”

叶凯成的眼里蒙上了泪花，说：“你是好孩子，爸真的希望你能留在我们家里，你妈终有一天会悔悟的！”叶丽说：“爸，你给我点时间好吗？有些伤害不是一下就能抚平的。再说这也要看我妈的意思，我妈如果不喜欢我，我留在这个家里也没有什么意义！”

叶凯成说：“爸理解你，爸会做你妈的工作的！你妈也是一时糊涂，她内心深处还是很善良的，她也不是那种不懂道理的人。这一次，你爷爷奶奶来得太突然，她主要是太嫉妒了，思想也太过专横，老传统，一下子对你们有了过多的要求，当这些要求达不到的时候，她未能摆正她的心态，做了这些不该做的事情。经历这么多事，她会明白过来的！”

叶丽的眼泪掉了下来，说：“我也希望我妈她能明白过来。你放心吧，我不会为难我妈的，我也尽量忘掉过去。这次我在终南山上碰到了一个老尼，她给我讲了许多人生的道理。我会调整自己的。但是，爸，你也知道，人心理上的阴影要消除需要一个过程，我也不知道这个过程需要多少时间，我尽力做好就是了！”叶凯成说：“谢谢你，你这样回答已经让爸很欣慰了！”

叶丽说：“我爷我奶呢，没去泽春那，也没来这？”

叶凯成说：“你奶奶也住院了。”叶丽再一次大惊失色：“什么，我奶也住院了？她怎么了？”

叶凯成说："现在都把孩子太当孩子了，孩子稍微有个差错，首先受不了的是她们。听说泽春喝农药了，等不来电梯，就想走楼梯，一不小心滚下去了。右胳膊和胯骨都骨折了，还一度出现了心脏骤停。"

叶丽说："现在没事了吧？"叶凯成说："没事了，就是浑身打满了石膏，看着惨不忍睹。"更多的眼泪顺着叶丽的脸庞流下来，叶丽说："爸，要不要我先去看看我奶奶？我妈这边的手术还需要一段时间。"叶凯成说："你去去也好，你奶奶现在最关心的是泽春了，你把泽春的情况跟你奶奶说说。也告诉你奶，你妈这边没有太大的问题。"

叶丽又急匆匆地打车来到刘一慧所住的医院。刘一慧正躺在病床上唉声叹气，突然看见叶丽进来了，两眼一下放出光来："好孙女，你可回来了，你让奶奶急死了，泽春没你不行啊，你千万不要再和泽春提离婚的事了，算奶奶求你了。你婆婆这次做事太气人了，等她好了以后我一定骂着她去向你道歉。简直无法无天了，这样龌龊的事情她也能做得出来？简直丢叶家的人了，太丢叶家的人了！这事要是传出去，我们的老脸都没地搁！"刘一慧说着，忽然用左手摸起了自己的头，嘴上哎哟着，一脸痛苦的神情。

叶天水着急起来，问："老婆子，又怎么了？"叶丽也慌忙走到刘一慧的面前，问："奶奶，您没事吧？"刘一慧说："奶奶现在一激动就头疼。这一次脑子摔出毛病了。"她忽然又抓住叶丽的手说："你答应奶奶好吗？奶奶死了没关系，我孙子不能死，我还指望他为我们叶家传宗接代呢！"说着呜呜地哭了，继续说："我要知道我孙子想喝农药，我会替他把那瓶农药喝了。"

一句"我还指望他为我们叶家传宗接代呢"让叶丽听着心寒，但是看到老太太哭得那么伤心，叶丽又非常同情，安慰她说："奶奶，您别伤心了，我会慎重考虑我和泽春的婚姻的！""真的吗？""真的。""奶奶太高兴了，奶奶太高兴了。这一次我们让你受委屈了，受大委屈了，你能这样做，奶奶没有想到。奶奶会感激你一辈子的。奶奶病好后，奶奶去帮你妈养你奶奶，陪你奶奶说话。"

这句话让叶丽心里温暖了很多，心想当初你们要抱这种心态该有多好，现在还会有这么多的事吗？等恶果都出来了，你们才服软起来？可是，叶丽没有趁人之危撒气的想法，善良的心让她更多地考虑到了别人的苦痛！

刘一慧说："到奶奶跟前来，让奶奶搂着你，奶奶现在疼死你了，奶奶现在才完全明白，我们叶家娶了一个最懂事最善良的好媳妇。奶奶以后一定护着你，再不让你受到半点伤害，谁想伤害你都不行！"

这句话又让叶丽心里一阵阵泛酸："奶奶，我婆婆这次真的把我整得很苦很苦，疼我的爷爷死了，我再也见不到我爷爷了，我再也没有爷爷了！”说完这话，叶丽大哭起来。

刘一慧也忍不住泪流满面：“我们对不住你，我们真的对不住你！”

叶天水看见叶丽趴在刘一慧的床边动情地哭着，忍不住长出了一口气，眨了眨眼睛，然后走出了病房。

哭了一会儿，刘一慧对叶丽说：“你赶紧回去照顾春儿吧，奶奶这没事，有你爷爷呢！”叶丽便告辞了。

但是从医院出来，叶丽并没有去看叶泽春，也没有去看苏美华，她想回家看一看。离开母亲和奶奶已经两天了，母亲该替她担心了。另外，她心里也想静一静，突然间发生了这么多的事情让她一时间难以承受，她心里有一种纠结，不知道该立刻原谅苏美华他们还是留待观察！可以说苏美华把她搞得伤痕累累，这种精神上的创伤她可能要用一生来治疗！原谅苏美华虽然不难，可是给她带来巨大伤害的这个责任谁替她承担！

母亲说：“他们现在挺可怜的，算了吧！人生就是受难和享福两种方式，每个人该经历的都得经历。过去的就让它过去，只要以后好好的就行了！”

母亲的话让叶丽一下想起母亲几十年来的悲苦人生，她忍不住搂住母亲嘤嘤哭泣着！

母亲拍着叶丽的后背：“把这些都看成是人生的财富，不要把它看做是人生的负担，这样你以后才会生活得快乐。坚强些，妈和你爷爷都希望你过得快乐！”

这时，叶丽想起了老尼的话“终南山上易草木，世代千古是魂灵”，叶丽重重地向母亲点了点头！

再回到苏美华所住的医院，叶丽看见她已经苏醒过来，用被子盖着躺在病床上，病床一边吊着引流袋，一边安置着监护器。叶丽看着有点心疼，走过去叫了一声：“妈。”苏美华却用虚弱的声音说：“你别叫我妈，我没你这个儿媳妇。”叶丽愣住了，一时不知道说什么好。

叶凯成批评苏美华说：“你怎么能这么说话？”苏美华却瞪着眼睛说：“你告诉我怎么说话？不是因为她，我儿子能喝农药吗？不是因为她我能被切掉脾脏吗？”说着，脸上流露出痛苦的神情。

叶凯成生气地说：“你呀你，你把书读到羊肚子里去了！这事到底是怪

你还是怪叶丽？”叶丽没想到，到这个时候了，苏美华还这样说话，她简直失望透了，她真想扭头就走，可是母亲的话又在她的耳边响起，叶丽顿了一下说：“爸，你先别和我妈争了，我妈刚动过手术，不要惹她生气，让她安静一会儿。我先回去。晚上我再来陪我妈！”

走出苏美华的病房，眼泪一下子就从叶丽眼里涌了出来。叶丽真的搞不懂好人怎么这么难做？难道做好人真的要永远被人欺负吗？她真的就没有自尊、脾气吗？她离开叶家后找不到更好的对象吗？苏美华将她当傻瓜了，当做没有心计的白痴吗？她只是不想和她苏美华斗，她苏美华不明白吗？

叶丽心里一阵一阵地绞痛。

可是，母亲的善良和老尼的话不断地在她脑海里闪，同时一个声音连着一个声音也在叶丽耳旁响起：别和她计较了，她毕竟是长辈，她也是因为受了伤才说这样的话的，她会想明白的。

叶丽静静地将眼泪擦去了，然后去看叶泽春。

叶丽走后，叶凯成生气极了，严厉地批评苏美华说：“我看你是把书白读了，忠奸美丑你都分不清了？你以为你家是皇宫，人家叶丽是农村来的，没出息没文化的姑娘？任凭你侮辱？叶丽是不和你一般见识，人家这叫大义，人家是懂得大爱，拥有高素质的人，你懂吗？我今天得和你好好说说。”

苏美华还不服气，说：“你别和我说，叶丽不是白痴，我是白痴，行了吧？我什么都不懂！”说着脸上又流露出痛苦的神情。

叶凯成却没顾这些，气得坐在了板凳上，说：“我看你就是什么都不懂！叶丽要不是善良，要不是委曲求全，咱们家非毁在你的手里不可！”这时，苏美华捂着头，瞪大了眼睛，叶凯成又换了一种语气对苏美华说：“好了，你也别生气，你也别激动，你听我慢慢给你讲道理。”苏美华舒缓了一口气，闭上了眼睛。

叶凯成继续说：“我问你，叶丽爷爷奶奶和你不一样吗？不都是人吗？你凭什么瞧不起人家，嫌弃人家？你感觉到你有知识有文化，干着像样的工作，叶丽爷爷奶奶没知识没文化，干着又脏又累的体力活。可是你明白不？就是他们在帮着我们，养着我们，他们是我们的衣食父母呀，我们吃的粮食，盖的被子，穿的衣服，哪一件能离开他们的劳动？

“人和人之间是有差别的，但是做为一个有知识有修养的人就应该懂得正确对待，正确处理这种差别。该同情就得同情，该包容就得包容，该支持的就得支持。

“你养孩子，就是希望你的孩子能听你话，将来能给你带来幸福，带来快乐。那么叶丽爷爷奶奶他们呢？他们不是出于同样的心理？”

这时，苏美华插话说：“我还替我儿子着想呢！”

叶凯成说：“你替你儿子想，叶丽爷爷奶奶就不替叶丽想了？他不替叶丽想，他能吃那么大的苦、经受住那么多的考验供养叶丽读研究生吗？他不替叶丽想，你让他回农村他就回农村吗？你讨厌叶丽爷爷奶奶赖在咱们儿子家不走。但是叶丽爷爷奶奶这么做有一个前提，那就是他们生病了，他们几乎无法自理了，这时候他们心理是最脆弱的时候，求得安生的欲望到了最强的时候。我想问你，你现在躺在床上不能动了，你是想着让你儿子来服侍你呢，还是想着让你儿子去继续玩他的电脑？

“我再说说孩子们。你干了一段时间的工作，感觉有压力了，想放松了，那么孩子呢？他们是不是也需要放松？可是叶丽有放松的时间吗？她不仅要赡养她的爷爷奶奶，还要处处替咱们设想，替我爸我妈设想，唯恐把你们照顾不周，她的心有多累？可是她对你发过牢骚吗？她有过怨言吗？就是被你处处设计的时候，她也没想过要叛离你，不卑不亢，还想着处处照顾你的感情，孩子的心多纯多正呀，你怎么还看不清楚，怎么忍心再去伤害她？”说到这，叶凯成的眼睛湿润了。他把脸别向一边。苏美华心里终于也有了一丝伤感。

叶凯成继续说：“你知道吗？孩子是因为爱泽春，是懂得大爱才这么做的，而不是因为她傻才这么做的！美华呀，你好好想想，现在社会到了什么时代了？两个孩子养几对老人，他们能养过来吗？他们的压力多大呀。如果我们没有一个正确的认识，反而在制造矛盾，我们害的是我们自己呀，你知道吗？因为我们到时候也要靠孩子养呀！现在，正确的方法应该是，作为家长首先要放弃成见，互相团结，结成帮扶对子，以积极的心态，学会以老养老，形成一个小团体，寻求幸福，减少孩子的压力，让孩子有精力有心情来面对眼前的困难，也让他们有一个好的心情。但是看看你怎么做的，自私自利，持有成见，恣意个性，互相挤对，忙中添乱，这样你不给大家带来伤害还带来什么？回头还说是叶丽的错！

“假如叶丽爷爷奶奶来后，你不是采取挤对的方式而是和我爸我妈一起积极地帮助叶丽赡养她爷爷奶奶，叶丽会是什么样的心情？你们又会是什么样的心情？能有今天这么多的烦恼吗？好好想想吧，美华！

“美华，叶丽是好孩子呀，你遇到她是你的福气，你应该感到满足感到幸福才对，不要在里边作梗了！”

说到这，叶凯成站了起来，激动地在屋子里走了走。过了一会儿，叶凯成又补充了一句：“现在赶快弥补吧，别再等到出现更大的不幸你才清醒，你要知道出现不和谐的地方，更多的责任在我们身上。”苏美华没再说话，只用手轻轻地捂住自己的脸。

再见到叶丽，叶泽春小心翼翼地问：“你妈批评我了？”叶丽摇了摇头，忽然对叶泽春说：“有一件事我必须告诉你。”“什么事？”叶泽春心里又紧张起来。叶丽说：“你妈出车祸了，但是不要紧。现在手术已经完了，非常成功。”叶泽春愣了一下，却说：“她是自找的，我已经有预感了，我猜到她出事了。”说完，他眼睛眨了眨，叶丽分明看到有泪花在他眼里出现。

这时，还在病房的安米琴说：“别这么说阿姨好吗？”叶泽春忽然冲动地说：“有她这样当妈的吗？想着法子给他儿子戴绿帽子，差一点将我和叶丽害死，这一次我就是要给她一点教训！”见叶泽春发起了火，安米琴不再吭声了。

叶丽本来想对叶泽春说，你妈刚才还在教训我呢，可是话到了嘴边却咽了回去，她觉得现在对叶泽春说这些一点意义都没有。

叶丽说：“米琴说得对，现在已经出事了，就不要再说伤她心的话了。”叶泽春说：“你还替她说话，你还去看她，要是我，就永远都不想理她，让她好好反省反省！”叶丽阻止叶泽春说：“泽春，这是公众场合。”这时，安米琴站起来对叶丽说：“叶姐，你们在这儿聊吧，我先回去了。”叶丽说：“好吧，谢谢你，今天麻烦你一天了。”

安米琴走后，叶丽让叶泽春给母亲打一个问候电话：“你妈和你奶现在都需要你的安慰，他们都躺在病床上，都需要最好的呵护，你的态度是最好的治疗方法。”叶泽春还想反驳，叶丽看着他说：“难道你的心胸没有我一个女人宽大吗？我都想起去看你妈了，你就不安慰一下她吗？”

叶泽春哽咽了，拉过叶丽的手说：“你是我最好的老婆！”叶泽春终于拿起手机给母亲打了一个电话。电话一接通，叶丽就听见了苏美华的哭声。苏美华问：“叶丽在你身边吗？”叶泽春回答说：“在，她一直在我身边。”苏美华说：“她没抱怨妈吗？”叶泽春说：“没有，这电话也是她让我给你打的。”苏美华没再说话，而是激动地哭泣着，等了一会儿将电话挂了。叶泽春挂了电话后，脸上满是泪水。叶丽也没有说话，陪着叶泽春静静地坐了一会儿。

眼看到了晚上吃饭的时间了，叶丽对叶泽春说：“现在你的点滴也打完了，你一个人先呆在这儿，我回去给奶奶熬点骨头汤去，咱妈也估计能吃饭了，我先给她熬点营养粥。”叶泽春又握紧叶丽的手，动情地说：“你真的像天使一样，我没看错你，我要永远爱你，永远！谁都阻止不了我们！”

叶丽动了动嘴唇，却没有说出话来。她为叶泽春将被子盖好，然后走出了病房。一走出来，叶丽的眼泪就像断了线的珍珠一样往下掉，她再一次想起了被出租车司机侮辱的事，她的身体已经不再纯洁了，她再配不上叶泽春心目中那个圣女的形象了。然而她以后只能自己为自己疗伤了。她想把这个秘密永远埋在心里！

这个时候，老尼的话又在叶丽耳边响起：“你被人侮辱只是形式，如果让形式决定内涵，那只能说明你的价值观有了问题。生活有时候是需要谎言的，如果这个谎言能为幸福服务，那么就要让这个谎言继续下去。当然撒谎是需要勇气的，也是需要忍受感情的折磨，这就要看你的意志和定力了。这也是智者和凡人的区别！”

叶丽买了上好的骨头回到自己租的房子，为刘一慧和苏美华把骨头汤和营养粥熬上，然后去超市买了两个保温瓶，怕汤和粥凉了，又打车去了医院。这期间叶丽跑来跑去，其中的辛苦只有她知道！

看着刘一慧含泪将骨头汤喝下，叶丽又来到了苏美华的病房。

看见叶丽，苏美华将脸扭向一边，没有吭声。

叶丽问叶凯成：“爸，你吃过饭了吗？”叶凯成回答：“爸不饿，现在还不想吃。”叶丽说：“我带来了炖排骨，你吃一点吧。我刚才已经给我爷爷奶奶送去了一些，他们已经吃过了，您放心吧！”叶凯成红着眼睛说：“难为你了。”叶丽说：“没事。”叶凯成说：“爸出去吃饭吧，你和你妈坐一会儿。”叶丽说：“今晚就让我陪我妈吧，您吃完饭去看看我奶奶，然后回家休息休息。泽春那边已经没事了，我已经给他说过了，晚上他可以一个人呆在医院。”叶凯成点了点头，然后出去了。

叶丽又问苏美华：“妈，医生没说你能吃东西了吗？你今天放过屁了吗？”苏美华低声说：“还没有。”叶丽说：“你想大便的时候给我说一声，我给你放便盆。我以前在网上看到刚做过手术的人早一点通气非常重要，只有通气后才能进食。我已经给你熬了小米粥，到时候用微波炉热一下就行了。”

眼泪悄悄地从苏美华脸上流了下来。停顿了一会儿，苏美华忽然问叶丽：“丽丽，妈想问你一句真心话，你真的能原谅妈吗？”叶丽重重地点了点头，然后眼泪也涌出了叶丽的眼眶。

苏美华抽噎起来，说：“妈到现在才明白，妈做事太武断了，给你造成的伤害太大了，妈心里难过呀！”

叶丽说：“妈，别想这些了，我已经不怪你了，我也有做得不对的地方，我不该自拿主意，让你伤心了。”

苏美华说：“你没有错，那个孩子本来就不应该那个时候来。过来，坐到妈跟前来，让妈好好看看你，妈现在要好好认识你。”

叶丽听话地往苏美华的跟前挤了挤，苏美华摩挲着叶丽的脸，动情地摸着摸着……这时候，叶丽也一下子明白了，她以后还要继续爱这个家，爱她的公公婆婆，爱她的奶奶爷爷。至于她心中的伤害，就让她自己去慢慢地抚平吧!

一年后的一天，叶丽抱着爷爷的遗像，叶泽春推着叶丽的奶奶，叶丽妈和苏美华抱着叶丽和叶泽春的一对双胞胎儿女出现在了北京天安门广场。站在五星红旗下，叶丽含着泪对爷爷说：“爷爷，咱们来到北京天安门了，你好好看看，回去后我代你向村里人好好讲讲。”苏美华将孙女递给叶泽春，然后从叶丽的手里接过叶丽爷爷的遗像，抱在自己的怀里，动情地对老人家说：“亲家公，我一定记下你的遗愿，一定帮叶丽照顾好她奶，一定帮我嫂子找一个好伴侣，让她幸幸福福一生，你放心吧！”两颗大而晶莹的泪珠挂在了苏美华的脸上。